文治
© wénzhì books

更好的阅读

# 不能开的门

## 怪谈百物语

三島屋変調百物語伍之続
あやかし草紙

[日]宫部美雪 / 著
宫部 みゆき

高詹灿 / 译

中国友谊出版公司

图书在版编目（CIP）数据

怪谈百物语. 不能开的门 /（日）宫部美雪著；高詹灿译. -- 北京：中国友谊出版公司，2024.8
ISBN 978-7-5057-5766-0

Ⅰ.①怪… Ⅱ.①宫… ②高… Ⅲ.①长篇小说 – 日本 – 现代 Ⅳ.① I313.45

中国国家版本馆 CIP 数据核字 (2023) 第 225325 号

著作权合同登记号　图字：01-2024-3245

AYAKASHI ZOSHI - MISHIMAYA HENCHO HYAKUMONOGATARI GO NO TSUZUKI
by MIYABE Miyuki
Copyright © 2018 MIYABE Miyuki
All rights reserved.
Originally published in Japan by KADOKAWA CORPORATION, Tokyo.
Chinese (in simplified character only) translation rights arranged with
RACCOON AGENCY INC., Japan
through THE SAKAI AGENCY and BARDON CHINESE CREATIVE AGENCY LIMITED.

本书中文译稿由城邦文化事业股份有限公司独步文化事业部授权使用，非经书面同意不得任意翻印、转载或以任何形式重制。

| 书名 | 怪谈百物语：不能开的门 |
|---|---|
| 作者 | ［日］宫部美雪 |
| 译者 | 高詹灿 |
| 出版 | 中国友谊出版公司 |
| 发行 | 中国友谊出版公司 |
| 经销 | 新华书店 |
| 印刷 | 嘉业印刷（天津）有限公司 |
| 规格 | 880 毫米 × 1230 毫米　32 开<br>12.875 印张　328 千字 |
| 版次 | 2024 年 8 月第 1 版 |
| 印次 | 2024 年 8 月第 1 次印刷 |
| 书号 | ISBN 978-7-5057-5766-0 |
| 定价 | 58.00 元 |
| 地址 | 北京市朝阳区西坝河南里 17 号楼 |
| 邮编 | 100028 |
| 电话 | （010）64678009 |

# 序

位于江户神田筋违御门前的提袋店三岛屋,这几年一直举办奇异百物语。

说到聊怪谈的百物语,一般选在某个夜晚,人们齐聚一处,事先点亮一百根蜡烛,依序说出怪谈,每说完一个故事,就熄灭一根蜡烛——就是这样的安排。说完一百个故事,蜡烛全部熄灭,现场被黑暗笼罩后,就会有真正的灵异事件发生。也有人说,百物语不是这种娱乐活动,它是聆听严肃的人生训示,进而从中学习,只不过是采用这种形式。

话说三岛屋的百物语,一次只会请一名说故事者。地点就在店内的厢房"黑白之间"。而为说故事者递茶点,迎面而坐,担任聆听者的是店主伊兵卫的侄女阿近,她今年芳龄十九。阿近将听闻的故事藏在心中,绝不会从黑白之间往外传。"说过即弃,听过即忘。"

这是三岛屋百物语最重要的规矩。因此,造访黑白之间的说故事者,就算坦白说出自己过去做过的坏事也无所谓,即使自曝丑事也无妨。

为了让客人能畅所欲言,阿近会适时在一旁附和,推一把,但对对方不想说的事,绝不会加以刺探。故事里会提到的地点或人名,说故事者可以隐而不表,或是更改其名称,甚至说故事者自己没报上真名也无妨。

不过,由于聆听者只有这位年轻姑娘一人,所以黑白之间的隔壁小房间里,会有一位名叫阿胜的女侍担任守护者。另外,从上一次开始,三岛屋的次男富次郎也和阿胜一起坐在隔壁房间聆听,但他们两人不会在客人面前露面,听过的事也绝不外传,和阿近坚守同样的原则。

三岛屋是伊兵卫与妻子阿民当初靠挑担叫卖辛苦建立的店面,如今已成为江户家喻户晓的提袋名店。因为是这样的名店举办的活动,再加上众人听闻担任聆听者的阿近有闭月羞花之貌,奇异百物语自然佳评如潮。正如光顾三岛屋的顾客大排长龙一般,奇异百物语的说故事者同样络绎不绝。

人们渴望说出深藏于心的故事。

今天,黑白之间又来了一名新访客。

# 目录

001/第一章　不能开的门
087/第二章　沉默公主
195/第三章　面具之家
259/第四章　怪奇草纸
341/第五章　金眼猫

# 第一章　不能开的门

今年冬天的第一阵寒风，从神田町街道席卷而过。一早在店门四周打扫的童工新太，被这股寒气冻得鼻头发红。有腰痛老毛病的掌柜八十助频频发着牢骚："要从被窝里起床可真痛苦。"

"啊，这个好时节可终于来了。一年当中，我最喜欢冬天了。"阿民说道。她带领着三岛屋的裁缝女工和工匠做针线活儿，所以她常说，要是手干裂，勾破了丝绸，那可不行。因此她比别人更注意双手干裂的问题，但每到冬天，还是忙得双手处处干裂。她这个人就是这么勤奋。

"婶婶，你为什么喜欢冬天呢？"

"因为能吃到热乎乎的米饭，觉得满是感激。"

"娘就是这么古怪。"富次郎在一旁调侃。为了学做生意，这五六年来富次郎一直都在其他店家当伙计。这是他回到三岛屋后的第一个冬天。

"像我，就只有在春天百花盛开以及秋天枫红如梦这种美丽的季节，才会觉得活着真好，对现在的生活心存感激。"

阿民闻言，毫不客气地回道："那是因为你还不懂什么是真正的苦。我看你身体也康复了，那就别老想着待在家里白吃白喝，再去其他店家修行磨炼吧。"

富次郎原本在一家名为惠比寿屋的棉布批发商铺当伙计，但因为受到伙计同事间冲突的波及，身受重伤，甚至一度有性命之忧，好不容易才康复。当时阿民终日随侍枕边看顾，还哭着说，要是富次郎有个好歹，她也不想活了。

阿民会讲出这么不客气的话来，其实是因为自己心疼的次子已完全康复，心中的不安已除。她一时高兴，才会刻意说这种反话。而富次郎也很明白母亲的心思，故意做出缩起脖子、落荒而逃的模样。

"噢，真可怕。阿近，怎么办？再不快点儿想想自己的出路，我会被撵出三岛屋呢。"

"哎呀，堂哥，你放心。真是那样的话，就到丸千来吧。"丸千是阿近位于川崎驿站的老家，"喜一大哥一定很高兴的。"

喜一是阿近的哥哥，富次郎的堂哥。阿近也很久没见到自己的哥哥了。以江户市和川崎驿站的距离来看，只要有心，马上就见得上面，所以她心想，没消息就是好消息，反而感到放心。

"嗯，说的也是。"面对阿近的玩笑话，富次郎反而一本正经地露出思索的表情，暗自颔首，"不管怎样，大哥都是这家店的继承人，所以我改做别的生意，或许也不错。感觉开旅馆也挺有意思的。"

大哥是长男伊一郎，年长富次郎两岁，今年二十三岁。他同样出外当伙计，目前在通油町的杂货店菱屋工作。他虽然没像弟弟一样遭逢劫厄，而且工作表现优异、颇受倚重，但毕竟是三岛屋的继承人，所以也是时候回来接班了。

"你又说这种话。旅馆和提袋店可是'隔行如隔山'呢。"大哥在杂货店，弟弟在棉布批发商铺，这是因为两种生意都和提袋店有点儿关联。

"我就请喜一哥彻底从头指导。为了不成为丸千的生意对手，我就到镰仓的干道旁开旅馆吧。"富次郎向来个性开朗，说话逗趣，所以在谈重要的事情时，也看不出他究竟是认真的，还是在开玩笑。

"堂哥，你挑一处你喜欢的地点开设三岛屋的分店，全力投入提袋生意,不是很好吗?叔叔婶婶应该也是很早以前就有这样的打算吧。"

长男掌管本店,次男掌管分店,三岛屋的生意日益兴隆。这样的远景不是很美好吗?但富次郎似乎没这个意思。

"爹以前挑着扁担叫卖,就此白手起家,我也想和他一样,试着创立自己的生意。若不这么做,便不知道自己有多大能耐。"

"你是刻意要吃苦,想知道自己有多大能耐吗?"

"嗯,我想知道。"富次郎颔首,莞尔一笑。

"会说这种话,或许就是因为我还没真正尝过做生意的辛苦吧。"

"没错,你这种说话口吻,当真是不知天高地厚。"

"什么嘛,原来阿近也是个乖孩子,真无趣。"富次郎闹起别扭,还随口说了一句——"我索性当个让三岛屋头疼的人物算了。"

"我爹是个生意狂,我哥的个性则是一板一眼的,所以我娘从没因为家中的男人沉迷玩乐而落泪。我富次郎就亲自……"

"堂哥,你要是沉迷玩乐,我这就收拾行李,回川崎驿站去。"

"哦,你嫉妒啦?沉迷玩乐,又不见得一定是沉迷女色。喝酒、赌博也算啊。"

"小少爷。"在一声宛如威吓般的叫唤下,富次郎回身而望,只见阿岛从隔门后探出头来。阿岛是三岛屋的资深女侍,富次郎从小就受她照顾,对她相当恭敬。顺带一提,"小少爷"是富次郎自己提议的称呼。

他说,三岛屋的少爷是哥哥伊一郎,所以他要叫小少爷。

"刚才您是不是提到玩乐什么的?"

"哦,那个啊……"富次郎变得结结巴巴,"我是在跟阿近讲一个功德无量的佛门故事。提到'前往乐土'。"

"哎呀,真了不起。可惜今天太忙,抽不开身。改天也说那个故事给我听吧。"

阿岛以此挖苦富次郎，接着对阿近说："小姐，灯庵先生家的小厮前来传话，说他们想带下一位客人过来，不知道方不方便。"

灯庵是当初开办奇异百物语时，伊兵卫委托代为介绍说故事者的人力中介。此人油光满面，长得活像癞蛤蟆，三岛屋的伙计背地里都叫他蛤蟆仙人。

"嗯，说的也是，也差不多该准备了……"

约莫半个月前，阿近与她略感心仪的人道别。她自认并未因为此事而心伤，但叔叔婶婶可能对此有所顾忌。为了不让阿近陷入愁思中，总会不时邀她一同外出，或是派她为生意奔忙，所以奇异百物语自然也暂歇了。

阿近也不想一直这样停下去。只不过，就奇异百物语的情况来说，有时说故事者所说的内容会令人惆怅良久。她并不是现在才感到怯缩，但说实话，此刻她仍提不起劲，所以一时无法做出明确答复。

阿岛马上察觉出阿近微妙的心情。她以爽朗的口吻说道："不过，就算灯庵先生催促，小姐也没理由照他的话做啊。"

阿近投靠三岛屋已经三年了，每天都和阿岛、阿胜一起工作。就身份来说，她们之间是店主的侄女与女侍的关系；但是就情感上来说，她们关系亲密，犹如亲人。

"在店里的生意方面，最近实在少不了小姐这位得力帮手，所以就跟对方说，暂时再停一阵子吧。"

阿岛往榻榻米上轻轻一拍，站起身，阿近急忙唤住她："请等一下。那名小厮只是代为传话，要是因此遭灯庵先生责骂，也太可怜了。"

"哎呀，小厮挨骂，也算是工作的一环呢。"富次郎原本在一旁把玩着阿近用来练习针线活儿的提袋，闻言突然抬起头来，"那么，由我来代替阿近吧。"

他说得一派轻松，一脸笑眯眯的神情。"由我坐镇黑白之间，担任聆听者。之前说故事者前来时，我也在隔壁房间，所以我都懂。"

"可是小少爷，您才只有一次的经验啊。"阿岛板起脸，"不能这样就说自己都懂。"

"啊，好痛！"富次郎突然抛出缝到一半的提袋，弹跳而起，"好痛。针刺到我了！"

因为才缝到一半，所以还连着线的绣针仍插在布面上。阿近急忙走近，富次郎让她看自己右手拇指的根处。

"你看这里。哇，出血了。阿岛，帮我拿软膏来。"

"真的刺得那么深吗？"

富次郎紧按着右手，夸张地大呼小叫："好痛，好痛！"

不管怎么说，阿岛毕竟很疼爱小少爷，她急忙从走廊上跑远。听闻脚步声远去后，阿近莞尔一笑："你根本没被刺伤吧。"

没出血，甚至连泛红也没有。

"真的刺到了。扎了一下。"说完后，富次郎做了个鬼脸，"阿近，你趁这个机会跟人力中介商的小厮说，请他们明天安排下一位说故事者吧。"

"到时候阿岛姐怨你，我可不管哦。"

"没关系。讨阿岛欢心，可是我的拿手绝活。"接着他端详阿近，"没问题吧？这次就交给我这位可靠的堂哥来处理吧。"

阿近也静静端详堂哥。富次郎是女人会喜欢的美男子，但完全没有花花公子的轻浮。与阿近素有交谊的那三位调皮鬼，对富次郎的评语是"很像剧场里的演员"。如果以成人的话语来解释，应该是说，他虽然长得五官端正，但又带有一点儿质朴。

"堂哥。"

"什么事？"

"请恕我拒绝。"

"什么嘛。"富次郎颓然垂首,"你就这么信不过我吗?还是说,因为我说我都懂,惹你不高兴?我是为了给阿岛听,才刻意那样说的。"

"不是的。因为你太热心帮我,反而让我舍不得将聆听者的位子让给你。"这次换阿近做了个鬼脸。

"噢,好一个坏心的姑娘啊。"

"我才没那么坏心呢,这次我同样准许你躲在隔壁房间听故事。"

"呵呵。你可真是宽大为怀啊,感激不尽。"富次郎笑道,"算了。只要你能打起精神就好。"

堂哥真的很温柔。外头寒风飕飕,如果光靠一个烤火盆,手指一样会冻得僵住,但此时阿近心中却涌起一股暖意。

"是。我会精神抖擞地迎接下一位说故事者。"

灯庵老人那里似乎已积攒了不少想在三岛屋说故事的客人。让那名小厮带着满意的回答回去复命后,隔天果真来了一名新的说故事者。一如平时,百物语末时(下午两点)在黑白之间举行。阿岛带来一位三十岁出头、中等身材,有着一张圆脸的男子。一看他的举止就能知道,他从事的是招待客人的工作,动作相当利落。

此人身穿色泽亮丽的正统结城绸窄袖和服。如果是店里的伙计,想必店家来头不小,或许不是店内的掌柜,但身份应该比一般伙计高。也可能是大路旁的小店店主。换言之,店面虽小,好歹也是一店之主。

"欢迎莅临三岛屋奇异百物语。"

阿近向对方问候,并说出"说过即弃,听过即忘"等百物语的规矩,这时阿岛静静端来茶点。今天的点心是扇形的练切[1]和小豆沙包,隐隐透

---

[1] 一种日式糕点。——本文注释若无特殊说明,均为译者注。

出里头红豆馅儿的白皮，仿佛入口即化，是近来神田一带的热门商品。

热爱美食的富次郎比客人早一步进入隔壁房间时，便像小孩似的盼咐阿岛："我要豆沙包，记得留我的份儿哦。一个不够，要三个。"

"我的份儿也给小少爷吧。"连阿胜也来讨他欢心。担任奇异百物语守护者的阿胜，是拥有一头浓密黑发和纤纤柳腰的美女，但她的脸上和身上长满了痘疤。痘疤，是天花遗留的残酷痕迹；相反地，这也证明此人深受疮神这位拥有强大力量的瘟神疼爱，接收其部分的灵力。

阿胜在这处讲述怪谈的黑白之间，以其灵力清除那些汇聚而来的邪气和灾祸。对阿近来说，阿胜既是可靠的同伴，也是她的保镖，自从富次郎加入后，阿胜还得兼任他的守护者，说来也实在好笑，令人莞尔。

话说，面对说故事者的，就只有阿近一人。来访者最后是畅所欲言，还是欲言又止地离去，一半得视阿近的处置而定，另一半则是看说故事者自己。

是真心想说出一切？

还是只说自己想说的事？

或者单纯只是不说觉得难受？

这位圆脸的说故事者朝端来茶点的阿岛微微行了一礼，然后恭敬地面向小碟子上的豆沙包端正而坐，似乎看得出神。

阿近心想，是不是有事令他感到在意，便柔声唤道："请问，是否甜食不合您的胃口？"

说故事者仰起脸来，眨了眨眼。

"哎呀，真是糟糕。"他频频搔头，一脸歉疚。

"没这回事。在下最爱吃甜食了。因为这豆沙包实在太漂亮了，一时看得入神。"他端起小碟子，把脸凑近，朝豆沙包端详。

009

"这就像中秋的名月[1]般,晶莹剔透,通体浑圆。"

"是的。听说它正是以'名月豆沙包'的名字贩售呢。"

"噢,这令我想起小时候含着手指、紧盯豆沙包瞧的往事呢。哎呀,我竟然都在讲吃的。"男子搁下小碟子,双手置于膝上,"在下名叫平吉,和内人以及丈人在吾妻桥附近经营一家名为'丼[2]屋'的饭馆。"

来过黑白之间的说故事者,不分男女老幼,各种身份、职业的人皆有,说话方式也各有不同。平吉说的"在下",听起来像"宰下",是位谈吐比较粗俗的说故事者。不过他给人一股亲近感,是出于做生意的关系,还是因为他的人品呢?继续听他聊下去应该就会明白吧。

"这屋号[3]有什么来历吗?"

"哎呀呀,小姐,说什么来历,没那么高级啦,就只是因为店里卖大碗的丼饭。"

——饭菜一起装在大碗里端上桌的一家饭馆。

"原本是我丈人开的店,早在三十年前,因为店里使用小碗、小盘子,结果要清洗的餐具越积越多,忙得不可开交,所以立下规矩,餐具只要一个大碗就够了,如果客人无法接受,那我们宁可不做这个生意。"

的确,这样的话就能大幅减少清洗餐具所花费的工夫。身为老饕的富次郎,对餐饮业知之甚详,他或许知道这家店,不过阿近倒是首次听闻有饭馆采用这种做法。

"听您这么说,是将米饭添进大碗里,上头再摆上配菜,对吧?"

"是的,实在是招待不周。配菜每天变换,共有两种。常备的佃煮[4]

---

[1] 日本对农历八月十五日中秋夜的月亮的称呼之一。——编者注
[2] 在日文中是盖浇饭的意思。——编者注
[3] 即商店名。——编者注
[4] 一种传统日式烹调方式,味道甜中带咸,一般都视为佐饭的配料。

则有三种。顾客可以自由挑选配菜和佃煮加进饭中。"

"感觉配菜的味道会渗进米饭中，相当可口呢。"

平吉挥着手否认："不是什么了不起的店，小姐您这样夸奖，实在担待不起。因为我们唯一的优点，就是便宜又快速……"

这时，隔壁房间突然传来一个声音："丼屋老板，您这样讲就太谦虚了！"

接着，与隔壁房间做区隔的拉门被打开，富次郎探出身子。

"关于你们店面的评价，我在江户市到处都有耳闻。饕客之间甚至有人说，吾妻桥边的'丼屋'，他们店里每天更换菜色的丼饭，才是真正的美食极致。"

哎呀呀，这位老饕堂哥无法乖乖躲着偷听，竟然自行登场了。阿近以手掩面。

"哎呀，这位是？"

富次郎没理会慌乱的平吉，迅速走进黑白之间，与阿近并肩而坐。隔门旁露出阿胜白皙的双手，无声地合上拉门。

"抱歉。我是三岛屋店主的儿子，阿近的堂哥，名叫富次郎。"

"啊！在下真是有眼不识泰山啊。"平吉大为吃惊，跪着滑出坐垫外，手指紧抵着榻榻米，拜倒在地。

"在下明白，像在下这种开饭馆的粗人，实在不配踏进三岛屋的厢房内，但因为有灯庵先生的介绍，这才忘却自己的身份，前来叨扰。在下绝不敢对小姐有任何冒犯，在下用语粗鄙，全因为出身低下，绝非在下有任何恶意，还望见谅。"

平吉一再鞠躬道歉。富次郎嘴巴张得老大。阿近也听傻了眼。两人面面相觑，富次郎率先回神。

"请等一下，平吉先生。请您抬起头来。"

"不，请您见谅。"

"如您所见，我只是个年轻小伙子，而您却是远近驰名的饭馆老板，还是我们邀请来的座上宾。您这样磕头跪拜，才真让我不知如何是好呢。"

阿近强忍着笑。这不用你说，我也知道啊。她一直很希望有机会将这句话搬出来用。

"首先，您又没做出什么需要我们'见谅'的错事。"

平吉满头大汗："不，少爷，您不是这位漂亮小姐的未婚夫吗？像在下这样的粗人与小姐面对面交谈，您看了觉得心里不是滋味，也是理所当然。"

"啥？"富次郎与阿近又是一愣。

"未婚夫？谁啊？"

"就是少爷您啊。"

"我刚才说我是阿近的'堂哥'啊。"

堂哥。富次郎又说了一次，平吉闻言后，仍旧身子蜷缩，应了一声："咦？"

阿近再也按捺不住，发出咯咯娇笑："丼屋老板，您可真冒失呢。"

富次郎也笑了，平吉这才惴惴不安地抬起头，来回望着相视而笑的阿近和富次郎，似乎这才明白是自己误会了。

"小姐，您说得一点儿都没错。"平吉无精打采地抚摩着自己的后颈，"在下从小就是个冒失鬼。现在也常会听错顾客的餐点，以为自己已经改正了错误，结果却又弄错了。"

现场气氛变得轻松不少，三个人都笑了。造访黑白之间的说故事者，在和聆听者阿近混熟之前的这个阶段，各种情况都有：有人一心想将潜藏心中的秘密一吐为快，几乎没任何开场白便进入正题；有人则是迟迟下不了决心，一直保持沉默；也有人只是一味闲话家常，迟迟不谈正题。

不知道这位丼屋老板是哪一种。

"有幸在这种附壁龛的上好厢房里坐在坐垫上,在下实在是无福消受啊。在下没有这样的身份地位,而且这身外出服也是向房东先生借来的,因为太紧,连呼吸都有困难。在两位面前出糗了,真是抱歉。"

平吉从衣袖里取出手巾,擦拭额头的汗水。原来这件正统结城绸是借来的。

"该道歉的是我们才对。"富次郎说。

"三岛屋奇异百物语的聆听者,只有这位阿近一人。世人都说这里听闻的故事绝不外传,正是奇异百物语的独特之处,但其实有人在一旁偷听。"

"这点在下一点儿都不介意。怎么能让府上的大小姐和来路不明的男人共处一室呢?"

"谢谢您的谅解。那么,可以请您继续说吗?"

平吉鞠了个九十度的躬。

"当然,两位若不嫌弃在下的故事无趣,就请听在下娓娓道来。"平吉似乎松了口气,"坦白说,在下对小姐很抱歉,不过,有这位少爷在,在下也比较好开口说。这是在下这不成才的男人亲身经历的故事,与夫妻及亲子间的纷争有关。这是在下老家发生的事。呃,抱歉,在这之前,得先说明一下,为什么在下会想讲这段往事。"

这没什么好抱歉的。来这里的说故事者,大多有"要说的故事"以及"说故事的理由"。

"在下和内人育有三子。长男今年十二岁,次男十岁,最小的女儿今年七岁。"

七岁的女儿,今年初春时感染风寒,久病不愈,至今仍咳嗽不止。

"平时并无大碍,但一旦咳了起来,就没完没了,甚至直喘气。吃下肚的饭全呕了出来，夜里睡不好觉，痛苦得满脸通红，或是喘不过气来，脸色发白。"

她原本就身材纤细，这下越发消瘦了。

"您一定很担心吧……"

"真是可怜。"

"是啊。当时在下一度想要放弃，心想，这孩子好不容易养到七岁大，眼看就要被老天爷带走了。"

平吉夫妇当然是竭尽所能。他们筹钱，四处拜访名医，购买昂贵的中药，只要听说是对治咳有效的符咒，他们也全都试过。

"没有一种有效。到最后，或许该说，时间就是良药。盛夏过去，到了早晚开始出现虫鸣的时节，她突然就自行痊愈了。"

"啊，真是太好了。"

"是啊。只不过……"在女儿痊愈前那段时间，发生了一场风波。事情的开端是平吉的妻子，为了祈求女儿病愈，她许愿要"断盐"。

"断盐？含盐的食物一概不吃，是吗？"

"听说向附近的地藏王祈愿时，只是献上供品，双手合十，是不够的。"

——我得展现决心，让地藏王菩萨知道，我做了些牺牲，是诚心诚意祈愿的。

——地藏王菩萨慈悲为怀，如果我断盐的话，他一定会同情我。这样我的祈愿就能实现了。

"当时她双眼坚定地直视前方，如此说道。"

的确，街头巷尾的人们都说，许愿时承诺要断××，越是艰苦难以达成，越能向神明展现当事人的祈求有多坚定，所以相当有效。

"在下当时觉得此事太过荒唐，要求她绝不能这么做。"

"为什么？"

面对阿近的询问，平吉似乎倒抽了口气，喉结上下滑动。

"因为会有可怕的后果。在下的老家就是这样断了香火。全家都死了，只剩在下一人。"这话着实沉重。阿近和富次郎听了，都微微往后移动身子。

"原来如此，这样确实可怕。"富次郎附和道，"平吉先生会想要劝阻夫人，也是合情合理。结果呢？"

"在下当时……"平吉开始冒汗，他说话速度加快，却变得吞吞吐吐，"没能像现在这样坦然地说出原因。"

——要是断盐的话，会有可怕的后果！

"我就只是一味地朝内人咆哮。"

见妻子一脸愁容，平吉没跟她讲道理，也没安慰她，而是大发雷霆。

"在下对她说：'说什么梦话啊，你少做那些无谓的事，好好照顾女儿。'内人却还是不肯放弃，最后我忍不住动粗。"

"虽然此举不值得效法，但夫妻吵架，这是常有的事。"

"可是在下过去从未动手打过内人。那次却像失控一样，大打出手。

"接连着像这样猛揍她。即使内人放声大哭，在下仍旧不停手，仿佛打红了眼，连自己也记不得了。不过在下当时好像口沫横飞地大吼——不准跟丈夫顶嘴，我叫你别这样做，你就不准做。"

感觉不太寻常。

"我丈人个性冷淡，沉默寡言。平时无论是在下和内人吵架，还是训斥孩子，他都一副事不关己的模样，绝不插手。但这次连他也脸色大变，飞跑过来。"

他整个人撞进平吉和他妻子中间，将两人架开。

"在下这才回过神来。内人蜷缩着身子，暗自啜泣。附近邻居也都跑来围观，帮助丈人压制在下，闹得鸡飞狗跳。"

猛然回神，平吉发现自己冷汗直流，就像全身被泼了一桶水似的。

他说当时感觉既丢脸,又难为情,仿佛烈火焚身。

"在下犯下了难以挽回的过错,真想挖个地洞钻进去,然后请人朝洞口覆土,直接掩埋,再把土踏实。"

"我明白您的意思。您很后悔,对吧?"富次郎打断他的话,"那么,您夫人和丈人原谅您了吗?"

"是的。在下哭着向他们道歉,而且在下的丈人和内人说:'当时你很奇怪,感觉不像平常的你。'他们反而还替我担心。"

——因为担心女儿的病情,你把自己逼得太紧了。

"他们人真好。"

"她嫁给在下实在可惜。在下在她面前一辈子也抬不起头来。"

由于让左邻右舍也为他们操心,所以平吉之后全力投入打扫水沟的工作中,妻子也在一旁帮忙。这样不就越来越像贤内助、贤伉俪了吗?

"最后夫人没断盐吧?"

"是的,最后没那么做。"

平吉的丈人建议他们每天供上丼饭来祈愿,而夏天过后,女儿的咳嗽痊愈,当真可喜可贺。

"比起断盐祈愿,地藏王菩萨当然更喜欢你们供上丼饭。"富次郎一脸嘴馋流涎的模样,说出很像老饕会说的话。

真是的,这里又不是老饕大谈美食的聚会。

"平吉先生,后来您向您夫人和丈人说明自己当时生气发狂的真正原因了吗?"

平吉默默摇了摇头。

"一直说不出口,是吧?"

这次平吉改为默默点头。一下,两下。

"所以这件事一直压在您心中吧?"

"小姐……"平吉吞了几下口水，以拳头拭汗，接着抬起头来，"在下完全没想到，直到现在竟然还会觉得这么可怕。因为那已是过去的事，一切早已经结束了。"

过去其实也没刻意隐瞒。只是因为那不是什么好拿出来谈的事，所以也就一直没提。本以为就算再度想起那件往事，也不会有事。

"然而，当内人提到断盐的事情时，在下突然眼前一黑，呼吸困难，双膝打战，完全管不住自己。"

判断力、男子气概什么的全都抛诸脑后，而是发现了一个像孩子般恐惧怯缩的自己。直到现在，仍旧无法完全摆脱。平吉是老家唯一的幸存者，但现在仍被困在其中。

"在下有几次想向内人和丈人坦言此事，心中兴起一股无来由的指望，期盼讲出来之后心情可以变得比较轻松。"

但就是办不到。

"因为那件事太过离奇，他们也许无法相信……"说到一半，平吉用力摇起头来，"不，不是这样。是我不想让这件事在家中传开来。感觉只要我谈到这件事，好像就会将那可怕的东西引到我家中来。"

这时平吉突然涨红了脸，一跃而起。

"抱歉！这句话的意思并不是说，在下不想让这故事在家中传开，但在三岛屋就没关系。在下并非打这个主意！"

"只要讲出来，就会消失。"阿近以凛然之姿，配上温柔的声音说，"我们也一样，听完这故事后，便会舍下。"

"可是小姐，这是一个既可怕又不吉利的故事啊。"

"三岛屋奇异百物语过去也曾邀请过好几位像平吉先生您这样的人物。"

有人说完故事后，放下心中的重担；也有人在了无遗憾后，选择一死；甚至有生灵[1]前来说故事。

平吉闻言后，血色从脸上抽离。

"生……生灵？"

"是的。所以我们不会那么轻易受到惊吓，对吧，堂哥？"

"没错，尽管放马过来吧。"富次郎一时出现眼神游移之态，阿近决定假装没发现。

"我们早已做好准备，不管是怎样的故事，一概不会受影响。请您放心说吧。"

平吉凝视着阿近，接着视线移往富次郎。

"少爷，真的可以吗？"他似乎已看出富次郎担任聆听者的经验尚浅。平吉毕竟也是位生意人，具有一眼便能识人的好眼力。

"当然可以。"

堂哥，你可要争气点儿啊。

"平吉先生，请不要叫我少爷，要叫我小少爷。真正的少爷是我大哥。"

富次郎对这些细枝末节的事倒是很一板一眼。

平吉理了理那件借来的外出服衣襟，双手置于膝上，拿定主意，深深嘘了口气。

"那么，小姐、小少爷——"丼屋的平吉娓娓道出他的故事。

"我老家是一间五金店，屋号为三好屋，位于先前吉原的大门路上。两位可能也知道，那一带有许多五金店，我老家的店铺也是其中之一。家人及住在家中的伙计总共有将近二十人之多。工匠也常在店内进出，所以家中可说是门庭若市，好不热闹。"

---

[1] 活人灵魂出窍。

冒失鬼平吉，说故事的速度也相当快。也许这当中带有一份焦急的心情，一旦开口说起故事，就想趁自己还没感到害怕赶紧说完。

"说起这故事的开端，已是二十二年前的事了。在下的姐姐……呃，她是与我年纪最相仿的姐姐，是我的三姐。在下有三位姐姐、三位哥哥。"

故事中有这么多人，如果一样是这么快的讲话速度，马上便会分不清谁是谁，所以阿近决定由她来主导。

"三好屋是一家老店吗？"

平吉就像原本冲过了头，被人一把拉住似的，猛然噤声，接着才用力摇头，连声喊"不"。

"是在下的祖父一手建立的店面，家父是第二代，在那条街道上还算是一家新店。"

"您的祖父和祖母，是店里的大老板和大老板娘，对吧？"

"不过，我祖父在我出生前就已经过世了，祖母也在我两岁时驾鹤西归。"

"这么说来，这个故事发生时，您家中只有您的双亲、兄姊，还有您，一共九人？"

"是的。"

"接下来您要说的故事，是您一家人都卷入其中的一起事件吗？"之前平吉说过，他全家人都死了。

"没错。"

"那么，事先请教一下您家人的名字或许比较好。如果您排斥的话，可以不必讲真名，用太郎、次郎这样的称呼来代替。"

"这样啊，也有道理……"平吉的眼神游移，"不，还是算了。这样的话，在下在说明的过程中会不小心忘了。我大哥叫松吉，二哥叫竹藏，三哥叫梅吉。"

分别是松、竹、梅。

"您的姐姐同样有三人。"

"大姐叫阿优,二姐叫阿陆,三姐叫阿道。"

"如何排序?"富次郎问。

"排序?哦,顺序是松吉、阿优、竹藏、梅吉、阿陆、阿道,然后是在下。

"我爹娘生了很多孩子。"平吉搔着头。

"在下上面原本还有两个兄姊。一个出生没多久就夭折,一个出生的时候就死了。家母常跟在下说:'要是他们也养大的话,就不会怀你了,所以你可是背负着三个人的生命呢。'"

这句话或许也带有"你就是这么可爱的幺儿"的含意。

"正因为这样,我大哥松吉和我相差了十八岁,感觉不像我哥,反而比较像叔叔。"

"说的也是。那件事发生时,你们多大年纪呢?"

"不行了,阿近。"富次郎举起双手,打断他们的对话,"请等一下。我记不住。可以记下来吗?"

阿近向平吉询问:"可以吗?"

平吉颔首:"这样会占用您的时间,但还是请您这么做吧。因为,除此以外,还会提到在下的嫂嫂,以及姐姐们的结婚对象。"

"哇,人会越来越多,是吗?那么,店内的伙计和工匠呢?"

"几乎不会提到他们,请您放心。"

矮桌和文具盒就摆在隔壁房间。阿近站起身,正准备打开隔门时,富次郎抽出夹在衣带里的笔墨盒。

"只要准备纸就行了,阿近。"守在隔壁房间里的阿胜从文具盒中抽出几张纸送了过来。富次郎将纸摊在榻榻米上,润了润笔。

"等故事说完后,我马上将这张纸扔进火盆里烧毁。先从您双亲说起吧。"

"当时家父五十二岁,家母四十七岁。"

富次郎动起了笔尖,一面复诵,一面抄下。

"三好屋店主五十二岁,老板娘四十七岁。"

"长男松吉呢?"

"二十八岁。"

"您的兄姊各有三人,他们如果有什么特征的话……"

平吉直言不讳地应道:"他是个浪荡子。"

富次郎挑起单眉:"嗯,是属于哪一方面呢?我指的是吃喝嫖赌。"

"嫖。家母常抱怨说,他原本就早熟,才刚成年就三天两头爱往花街柳巷跑。"

"是令女人着迷的美男子吗?"

"不,他长得像家父,有张马脸。"

富次郎写得一手好字。当初他在惠比寿屋时,还曾学画当娱乐,因此绘画也有相当的造诣。

"长男松吉,好玩乐的公子哥。"他边说边写,底下还画了一个顶着银杏髻[1]的马面男子。

"那么,长女阿优呢?"

"二十六岁,是名下堂妻。她十九岁出嫁,二十四岁与丈夫离异,回到娘家。说来一点都不稀奇,跟她婆婆处不好。"

"有孩子吗?"

"有。离婚时有个三岁的儿子,不过孩子归婆家养。"

"待会儿会提到吗?"

---

[1] 江户时代最普遍的男性发型。

"会。不好意思。"

"那孩子就叫太郎吧。"富次郎在"阿优"的名字底下画了一个顶着发髻的无脸女,在她的白脸旁补上一个小圈,里头写着"太郎"。

"那么,次男竹藏呢?"

"二十五岁。长得像家母,有张圆脸。"

媳妇是阿福,二十二岁,嫁到家中已有四年。两人还没孩子。

"我二哥二嫂取代我那没用的松吉大哥,继承了三好屋。"

富次郎画下一对年轻夫妇的轮廓,一旁写着小老板、小老板娘。

"接下来是三男梅吉。"

"十九岁,体弱多病。他好像从小就身子骨孱弱。每当季节变换,或是盛夏、隆冬时节,就常卧病在床。一年当中,就只有春、秋这两个时节状况比较好,其他时候几乎都穿着睡衣。"

富次郎画下梅吉纤瘦的轮廓,在那空白的脸蛋中写下一个"病"字。

"再来是次女阿陆。"

"十七岁。已谈好婚事,正准备出嫁。"说到这里,平吉突然音量转小,"她是个很温柔的姐姐,但说来可怜,长了一张比家父和松吉哥还长的马脸。"

富次郎换了张纸,开始朝岛田髻[1]底下画一个有着长下巴的无脸女。

"左邻右舍都在背后说闲话,说这场婚事是我们送了一大笔嫁妆才得以谈成。"仿佛是昨天发生的事一样,一旁的平吉直呼可怜,一脸的不甘心。

阿近从旁伸长脖子,望向富次郎手中的画。富次郎在那马脸女子的发髻上画了一支玉簪。

"三女叫阿道,对吧?"

---

[1] 日本传统发型中最普遍的女性发髻。未婚女性或烟花女子常梳这种发髻。

听到这声询问,平吉就像在反击似的说:"她是个坏心肠的女人。"

阿近闻言为之瞠目,富次郎也抬起笔,望向平吉。

"抱歉,她虽然是在下的姐姐,但的确是这样的人。"

"她几岁?"

"十六岁。在我三位姐姐当中自然就不用说了,就连在当地,也是数一数二的大美人,远近驰名。"

富次郎开始画起一名脸颊圆润的少女轮廓,并补上桃割髻[1]。唯独这张脸,他动笔要画眉和眼。

"明明是个小姑娘,却横刀夺爱,抢走阿陆姐的婚事。"

"哦。这件事也和故事主轴有关系吗?"

"大有关系!"

富次郎一面交谈,一面画着少女的眉和眼。眼角上挑,眉毛两端微微歪斜。

"小少爷画得真好。"平吉也从上座趋身向前,双手撑在榻榻米上,窥望富次郎的画。

"接下来是老幺平吉。当时几岁?"

"十岁。啊,小少爷,在下现在还是一样没变,头发又细又稀疏。"

的确,平吉的发髻很小,发鬓和发髻都没有厚度。

"当时我还留着光头。"富次郎依言描绘。

没画脸,只在轮廓里写下"冒失鬼"三个字。

"这样没错吧。"富次郎将那两张纸呈给平吉观看。

"对,就是这样。虽然没画脸,但每个人看起来就像这样。"像这样画下之后,阿近也觉得简单易懂多了。

---

[1] 江户时代后期到昭和期间流行的少女发髻,外形似桃。

平吉望着纸上所画的每一张脸,伸手摸自己的发髻。

"阿陆姐也和在下一样,发量稀疏,所以无论是梳岛田髻还是银杏返[1],模样都很穷酸。"

形容美女有一头"翠发",并非毫无由来。女人一旦发量稀疏,发髻就显小,看起来很不起眼。

"发髻小,更加凸显出她的马脸。我姐姐真是天生就吃亏啊。"平吉这次不像刚才那样显得很不甘心,而是充满哀戚。如今他的年纪,已追过早逝的兄姊,这是一名独当一面的男子的由衷感慨。

"这么一来,登场人物全凑齐了。"富次郎说,"待会儿出现的人物,我会依序补上。"

"谢谢。多亏有您写下,这样在下说起故事来就方便多了。"

首先要说的是——平吉双手收进衣袖里,来回望着那两张纸,然后指向长女阿优。

"故事的一开头,是这位阿优姐。"

阿优十九岁出嫁,二十四岁被休,夫家在大川对面的本所经营一家当铺。

"当初举办婚礼时,在下还是个懵懵懂懂的小孩子,所以没看到对方的长相。听说好像是家父在町内聚会中熟识的一位好友,介绍了自己的亲戚。开当铺的通常财力雄厚,所以感觉是桩不错的婚事。"

但是对阿优来说,这并非良缘。

"那位姐夫是独生子,同时也是家中的继承人、婆婆的宝贝儿子,所以阿优姐似乎打从一开始就受尽虐待。因为在两人离异前,她也曾哭着跑回娘家。"

---

1 少女和艺伎常梳的发髻。

虽然不清楚原委，但平吉清楚记得，当时阿优打着赤脚。

"别说一举一动了，就连呼吸，还有眨眼的次数，她婆婆都有意见。"

尽管处于这样的境地，阿优还是很快便有了身孕。然而……

"足月后产下的是女婴，这又成了婆婆虐待她的另一个原因。"

——女孩百无一用，只会吃白食。生不出男孩的媳妇，也一样百无一用。

"她自己不也是女性吗？"阿近忍不住板起脸，以强硬的口吻这么说道。平吉缩起脖子。

"小姐说得一点儿都没错。她似乎是个在店里颐指气使的恶婆婆，所以行事相当任性。"

女婴断奶后，便在婆婆的安排下送人当养女，阿优终日为此落泪。

"她每天以泪洗面，茶不思饭不想，憔悴得不成人形，但婆婆还是不断催她早点儿生儿子，当真是个连虎姑婆都会怕得赤脚逃跑的恶婆婆。"

后来终于生下了男婴，婆婆开心不已，整天抱着婴儿，对于阿优，则完全当她是喂奶的女侍，毫不顾及。公公和丈夫也都不居中调解。阿优再也无法忍受，跑去媒人家求助，最后换来婆婆一句："这种媳妇休了算了！快给我滚！"

"阿优姐前往婆家，说她想看太郎最后一眼，但他们不仅冲她咆哮，还朝她撒盐。"

最后终究没能见太郎一眼。

"我姐姐她很不甘心……"平吉嘴角垂落，露出遥望远方的眼神。

"尽管回到了家里，但她仍长达好几个月夜不能眠，不是独自哭泣、动怒发火，就是抓着某个兄弟姐妹诉苦，说着说着，气血上涌，怒不可遏。家父说，虽然觉得她很可怜，但还是造一座牢房，把她关起来吧。结果惹来家母一顿痛骂。"

平吉说到这里打住，眨了眨眼，望向阿近和富次郎。

"所以当时并未建造牢房。虽然没建，但还是空出一间储物间。如果要造牢房的话，就用它了。"

三好屋北侧有一间三张榻榻米宽、铺有木地板的储物间，用来收纳旧衣和旧道具。"家父把里头的东西清空，还找来木匠到现场查看。足见家父是很认真看待此事的。"

"是否认真看待姑且不谈，好在最后没真的建造牢房。"

平吉听阿近这么说，点了点头，但不知为何，举止显得不太自然。

"虽然晚了点儿，不过时间的良药开始发挥功效，阿优姐的情绪开始平复。真是太好了！但当我们准备让那间储物间恢复原状时，发现里面的旧衣都破损发霉，那些旧道具也都变得像破烂一样。我们搞不清楚这是怎么回事，几乎把所有东西都扔了，那三张榻榻米大的储物间就这么空了出来。

"那是个面朝北方，只在天花板开了一扇采光窗的昏暗空间。就这样空出约两张榻榻米大的空间。这和刚才提的事有关，请两位先记得。"

平吉已平静许多，开始由他主导发言。这或许也是托了富次郎图画的福。

"由于整个人消瘦许多，身子骨也变弱不少，阿优姐花了将近一年的时间，才恢复正常的作息。她觉得自己出现在人们面前只会丢人，所以很是排斥，虽然不曾帮忙做生意，但会主动做饭、打扫。"

——因为我是个回娘家吃闲饭的人。

"她常说自己立场尴尬，比女侍还不如。所以她就找上了和她一样立场尴尬的梅吉哥……"

也就是在空白的脸蛋上写了个"病"字的三男。

"她常和梅吉哥聊天，在一旁照顾他。因为梅吉哥只要一发烧、咳嗽、背痛、头痛，就得请大夫、买药，所以每次阿优姐都会陪在一旁。同是天涯沦落人，彼此应该比较处得来吧。"

和武士家一样，商家除继承人以外，其他孩子都算是家中"吃闲饭"的包袱。如果是儿子，就会找其他人家收为养子，全力投入生意中，培养能成为分家的实力。

如果是女儿，则要把握好姻缘。想要安身立命，能走的道路有限。要是没能想办法走上这条道路，就会一辈子待在老家吃闲饭。父母健在时还不成问题，但是等店面改为由兄姊这一代接手后，如果只是觉得尴尬倒还好，有时甚至会被扫地出门。阿近偷瞄富次郎一眼。这位好脾气的堂哥也是家中次男。他在三岛屋内绝不是个吃闲饭的角色，而是位前景看好、相当可靠的好儿子。但他终究不是家中的继承人，这是不争的事实。

富次郎正专注聆听平吉的故事，完全没有要插话的意思。

"就这样，阿优姐和梅吉哥不时会一起出门，这也造就了这个故事的根源。"

当时平吉十岁。那是二十二年前盛夏的某天所发生的事。

"当时已过未时，在下刚从附近的习字所返家，看见阿优姐站在家中的后门。她背对着在下，和某人站着交谈。"

尽管与丈夫离异已经两年多，阿优还是一直萎靡不振，很忌惮左邻右舍的目光。

"她常说，附近的那些大婶尽管表面很亲切，但背后一定都在讲她的坏话，说她是个被人休掉、回家投靠的可怜女儿。"所以今天这一幕实属罕见。

——姐姐在跟谁说话啊？

连平吉这样的小孩子也被激起了兴趣，他马上躲在暗处观察阿优。

那是个闷热的日子。阿优可能也觉得阳光刺眼,抬手放在额头上遮光。她缩着脖子,眯起眼睛,与对方窃窃私语。

阿优的交谈对象似乎刚好被她挡住。从平吉所在的位置看不到对方的身影,就算踮脚也看不到。

"就在这时,阿优姐弯下腰,深深一鞠躬。只有那时候,她以十分清晰的声音这么说道:'那就请您入内吧。'"

"阿优姐往后退,让出路来,感觉就像要让人通过似的。"

平吉心想:是客人吗?会不会带了什么礼物来?

"因为在下那时候正是能吃的年纪,整天都肚子饿。不管什么时候,满脑子想的都和吃有关。"平吉大为开心,满怀期待地望着前方,但这时他发现一件怪事。

"根本就没人。"阿优恭敬地守在后门外头。她再度行了一礼。要是她身旁有人,此时正要进入门内,平吉应该会看到才对。

"但完全没人,就只有阿优姐。"

阿优脚下有很深的人影,就只是她自己的影子,没有其他人。

——这是怎么回事?

这时阿优利落地抬起头来,迅速环视四周。平吉缩回头,躲在暗处,尽管只是眨眼间的事,但阿优那宛如被逼急了的可怕表情,平吉看得很清楚。

"阿优姐没发现我,她逃也似的冲进后门内,'啪'的一声把门关上。"平吉感到一头雾水。

"当时我还只是个小孩子,不懂得顾虑,马上从暗处冲出,朝姐姐背后追去。"

平吉手搭向后门的门板,想要打开时,却不由自主地感到恶心作呕。

"您差点儿呕吐,是吗?"

"是的，因为我闻到一股为之皱眉的恶臭。"那只是转瞬间的事，臭味马上消散。但这绝不是平吉自己神经过敏，因为他甚至还发出"哕"的一声。

"是怎样的臭味？可以做个比喻吗？"

面对阿近的询问，平吉嘴角垂落，一味用手指在人中处摩擦。

"有一种形容，说是像鱼腐烂的臭味。"

"没错。"

"在下开的是饭馆，所以很清楚，如果只是鱼肉腐烂，并不会散发出熏人的恶臭。大不了鼻子一捏也就没事了。真正可怕的恶臭，是鱼肚腐烂的臭味。"

那才真的是令人"作呕"。

"就像是那样的臭味。"

平吉调匀呼吸后，从后门走进一看，里头空无一人。

"每天女侍都会准备好蒸地瓜摆在橱柜里，给我当点心。我吃着蒸地瓜，但连半个人都没有。"

如果家里有客人，姐姐她们或女侍应该会到厨房烧开水、沏茶才对。

"在下当时对吃相当执着，心想，要是客人带了礼物来，她们或许会拿来给我吃。"

不过，平吉的苦等完全是白费工夫。他越发觉得自己像丈二和尚摸不着头脑。但平吉毕竟只是个孩子，而且是个冒失鬼。

"无论是在家中，还是在习字所，在下都常挨骂，受人嘲笑，所以在下逐渐明白自己是个冒失鬼。虽然有这么一件事，但要是在下随便乱说，只会给自己惹麻烦，在下可不想这样。"

大人做事自有其道理，往往不是孩子所能明白的。用不着细究，平吉便忘了那件诡异的事。

"阿优小姐有没有哪里不一样？"

"这问题很难回答呢。"

自从离婚返回娘家后，阿优总是显得无精打采，而且少言寡语，一直过着低调的生活。

"毫无生气，只比鬼魂图画里的鬼魂强那么一点儿。"她不会和家人说笑闲聊，所以幺儿平吉也没什么机会接近她。

"只有梅吉哥例外，不过，他自己的情况也差不多，不知道该说是他刻意与家人保持距离，还是遭到众人疏远。"

"就算有哪里不一样，也不容易看出来吧。"

"是的，此事后来引发灾祸，但在灾祸发生前，没人发现任何异状。大家浑然未觉。"

平吉以感慨的口吻说："事后回顾，不光在下，三好屋的人个个都很粗心。而坏心肠的也不止在下一个。"他的话语中满是痛苦的悔恨。

阿优在后门做出那奇怪举动后，隔了约半个月，发生了一件事。当时正是夏去秋来的时节，早晚天凉。出于这个缘故，平吉半夜尿床，一早醒来，发现被窝里积了摊水。平吉已很久没犯这种错了，羞愧得脸上几乎冒出火来，而他父亲更是暴跳如雷。因为他是父母中年后才生的幺儿，所以平时备受父母宠爱。这还是他第一次因为尿床挨骂，他不懂父亲为何这般生气。

不过大致猜得出来，跟松吉大哥的事有关系。昨天长男松吉又在外头欠了一屁股债，一文钱也没还，四处躲债，放债的人跑到家里来要钱。

——松吉那家伙，到底要让我们家的招牌蒙羞到什么程度才肯罢休？

"爹脸色大变，把气都撒在我身上。"

这个冒失鬼，粗心大意，又爱不懂装懂。旁人想怎么评价都行。不过这种个性若换个角度来看，也代表脑筋转得快，而且脑袋想到的事，马上就会说出口,也就守不住秘密。

平吉是个想到什么就说什么的孩子。

"爹,你冷静一点儿啦。其实你气的人不是我,是松吉大哥,对吧?在顾客面前丢脸,竹藏哥也很生气呢。"小孩子说话用这种狂妄的口吻,只会在父亲的怒意上火上浇油。

"你和松吉一样不成才!"父亲怒喝一声,一把揪起平吉睡衣的后领,直接在走廊上拖行。

"像你这种家伙,就得好好饿你一顿。在你洗心革面前,不准出来!"

他将平吉关进北边的储物间,并命女侍拿来顶门棍,把门关得无比牢靠。

"听好了,没有我同意,谁都不准放平吉出来。连一滴水也不准给他喝!"

在紧闭的木门外,父亲仍骂个不停。平吉吓得身子蜷缩,浑身颤抖,甚至还微微漏尿。这时有人快步奔来,大声喊着"爹、爹"。

——是阿优姐。

原来阿优姐也可以发出这么大的声音啊。平吉一时忘了自己所处的窘境,脑中浮现这样的念头,足见阿优发出的嗓音有多尖锐。

——姐姐是要替我说情。

平吉松了口气,但很遗憾,情况并非如他所想。

"爹,请您别这么做。原谅他吧。"

"爹在管教孩子,没你插嘴的分儿。"

"我指的不是平吉,是不能关进那个地方啊。"

"为什么不行?"

"不能关进那个储物间啊。要是把人关进去,会被带往其他地方去。关进仓库或壁橱也行吧?"

咦？在胡说些什么啊，姐姐也真是的。

"这间储物间里有神明，是肯听我祈祷的重要神明。要是平吉在里头小便的话，一切可就全完了。"

你也是，在这里激动个什么劲啊。

——爹更加光火。

只听到砰、啪、呀！似乎是爹朝紧抓着他不放的姐姐打了一巴掌。

真糟糕，木门后方乱成一团。家人就不用说了，连掌柜和女侍也都聚了过来。有人安抚，有人道歉，有人安慰，不久，闹哄哄的众人全部离去。

平吉独自被留在原地。真过分。

——我真的要在这里饿肚子吗？

朝北的房间原本就光照不佳，而且当天又是阴天。平吉坐在地上，双手抱膝，环视四周，发现堆满老旧行李和木箱的缝隙处结了蜘蛛网，满是灰尘味，寒气袭人。

以前这个储物间差点儿就成了阿优的牢房。平吉知道当时整理完后就这么搁着，所以里头空出很大的空间。因为动不动就爱装出大人样的三女阿道，曾经以一副无所不知的神情告诉他这件事。

"女人要是变成那副德行就完了。阿优姐干脆出家为尼好了，免得受罪。"

因为一段不幸的遭遇而差点儿被拿来当牢房的场所，原本是储物间，现在仍是储物间。没什么好怕的。

道理是这样没错，但还是免不了害怕。就是不合道理才可怕。此刻他仍穿着那件尿湿的睡衣，所以更加冰冷，寒意直蹿全身。

先忍耐一会儿，当个乖孩子吧。这样马上就会有人放他出来了。要是大吵大闹，永远都得不到原谅。平吉身子蜷缩，把脸埋进双膝间。就这样不知道过了多久，他试着缓缓抬起头来，周遭一片阒静，没人过来。

顿时一股泪意上涌，他强忍了下来，转为抽噎。为了止住抽噎，他试图憋气，结果痛苦难耐，一口气爆了开来，情绪完全溃堤。

平吉一跃而起，扑向门板。

"喂！放我出去！我不会再尿床了。对，不会了，快放我出去啦！"他以拳头敲打门板，不住挥动手脚，大哭大叫，一面吸着鼻涕，一面大喊，"爹，对不起！放我出去，放我出去！"

就在这时——平吉的右耳后方吹来一股温热的气息。

"呵呵。"传来一声轻笑。

平吉紧贴着门板，全身僵硬。刚才那是谁？他害怕，不敢转头。接着他又听到了。这次像是一声微微的叹息，不，应该是鼻子的呼气声。

"你的尿可真香。"一个女人的声音如此低语。

不是我娘，也不是姐姐她们，更不是女侍。是个没听过的女人声音。对方抿着嘴笑。

平吉肚子紧贴着门板，全身簌簌发抖。

"你、你是谁？"他嘴巴颤抖，连话都说不好。

"你吃的都是好东西，所以才会这么香。"女子的声音显得更加开朗、愉悦。

"你看起来也很好吃呢。"

平吉双膝发颤，极力张开双臂，像壁虎一样紧贴在门上。他心跳加速，冷汗直流。

接着女子又问他："想离开这里吗？"

我想，我这就想出去。平吉极力点头。他心想：我得好好回答才行。

"我想出去，请让我出去。"他以颤抖的声音请求。

"那么，你要给我个东西当作交换。"平吉转动眼珠，想看清楚站在自己右耳后方的女子的身影。如果不转头就看不到。他因为眼睛瞪得太大，泪水再度涌现。

"要、要给你东西？"

"没错。"

"要给什么？"

女子又呵呵轻笑。

"你可能还没办法吧。"

越听越觉得这是个从没听过的声音。

"你几岁？"

"十、十岁。"

"哎呀，本以为你还不到十岁呢。不管怎样，你还只是个尿床的小鬼，还不懂得挑选什么是自己最重要的东西。"

女子打量着平吉。不只是"看"，还用眼睛把他从头到脚来回舔舐过一遍。平吉感觉到她的视线，觉得奇怪。对方就像是在品尝味道一样。

"没办法，今天就由我来帮你评价吧。"

不知道是什么事令她开心，她发出像猫儿震动喉咙般的声音，如此说道。紧接着门外发出"咚"的一声，顶门棍取下了。声响传向平吉的脚掌。

一开始的片刻，平吉仍维持紧贴在门上的姿势。接着就像有人一把拉开般，门就此开启，平吉滚向走廊。

由于力道过猛，他一头撞向对面的墙壁。"咚"的一声，他痛得眼冒金星。尽管如此，他还是不忘回身而望。

顶门棍掉在地上。储物间的门缓缓关上。就在那一刹那，平吉看到了，看到女子那蓬松的和服衣袖。淡紫色的布面，上头有藤蔓般的图案。

砰！木门合上，微风掠过平吉鼻端。

"哟。"他闻到一股令人皱眉的恶臭。

说到这里，平吉喘了口气，低头行了一礼。

"因为当时在下还只是个挂着鼻涕的小孩子,所以既胆小又没用,请多多见谅。"

根本没有什么好见谅的,阿近在一旁听得双臂直起鸡皮疙瘩。

富次郎也说:"这才不是胆小又没用呢。会害怕是理所当然的。就算是成人,遇上这么奇异的事也会被吓到腿软吧。"

阿近用铁壶里的热水重新沏茶。

平吉望着她的动作,继续说:"在下从储物间逃出,冲向附近的厨房。土间[1]有女侍在,阿优姐缩着身子蹲在木板地上,家母不断轻抚她的背。"

一看到平吉,阿优马上推开母亲,站起身,像猫一样利落地飞身而来。

——平吉,你见到神明了吗?你是怎么出来的?

她紧抓着平吉,用力摇晃,一再询问同样的问题。她完全失控了,与平时的她判若两人。

"家母急忙将她拉开,但阿优姐大声叫嚷着一些莫名其妙的话,让人不知如何是好。"

平吉害怕得不住发抖,因为害怕,所以才想说,想说出他在储物间里发生的事。

"可是,我无论怎样也发不出声音。"平吉呼吸凌乱,喘息不止,发不出声音。他感到害怕,泪水狂涌,但就连哭也哭不出声,最后只能按着喉咙,挥动着手脚。

这时,阿优双目圆睁。

"她突然像恢复正常似的,如此说道。"

——神明夺走了你的声音,对吧?

"家母和女侍皆听得目瞪口呆,但在下当时猛然想起,顿时明白了这

---

[1] 一种没铺木板的黄土地面的日式房屋。

句话的意思。"

因为那名女子的低语，与这句话的意思有紧密的关联。

"想要走出储物间的话，就必须以什么东西当作交换，对吧？"富次郎说。

平吉就像变回那个十岁的小鬼似的，点了点头。

"阿优姐所说的那位待在储物间里的'神明'，就是这样的人物。"

阿优带着三男梅吉看大夫，陪他去药房拿药，去了很多地方，远超三好屋的人的想象。

梅吉只要听闻哪里的大夫医术高超，哪里的煎药疗效卓著，就照单全收，非得亲身尝试过才甘心。不过，能花费的预算有限，就算是再厉害的名医灵药，只要价格太过昂贵，也只能放弃。那么，那些风评好，价格又不贵的大夫和草药，又有哪里不好呢？答案是"大排长龙"。病患挤得水泄不通。在天亮前就已经开始排队的候诊间里，从早一直等到太阳下山，这样还算好，有时甚至等上一整天依旧轮不到，只好第二天重新排。

梅吉的确身子孱弱，但这当中有一半是精神衰弱造成的，因此，他向来都不会说"要是得等这么久的话，身子反而吃不消，我们回去吧"这样的丧气话。越是大排长龙，他越是满怀期待，心想"这位大夫一定很高明"，而更加执着等候。

至于阿优则无法一直陪他候诊。如果大夫的住处离三好屋不远，她就会送梅吉过去，在候诊室安顿好他，之后再看准时间前去接他。如果要出远门，她就会把用具打包好，背着出门，以便在候诊时缝补衣物。

"候诊的时候还做活儿，我看姐姐并不是真心替我的病情担忧。"梅吉像个孩子似的闹脾气抱怨，不过阿优从不回嘴。原本她就个性温顺，喜欢照顾人。连次男竹藏、三姐阿道也说梅吉"你得的是懒人病",冷眼以对,只有阿优觉得梅吉可怜,无法抛下他不管。她也因为梅吉依赖她而得以稍稍化解重回娘家投靠的尴尬。

梅吉性子急,又没耐性,然而对于习惯四处造访名医的病人来说,这也是在所难免的。"这位大夫一定是名医!"他往往一开始都很高兴,但又很快放弃,向人抱怨,"这位大夫根本是个名过其实的庸医,凭他那种医术,根本治不好我的病。"

因此,同一位大夫他从没连续登门过三次。自然,随行的阿优在任何一处候诊室都是生面孔,没机会和人混熟,闲话家常。有时阿优心想:我这到底是在做什么?我既然能吃得了这种苦,当初忍一忍我那恶婆婆不就好了吗?不知道我的孩子现在怎么样了。送人当养女的大女儿,可能已经忘记我的长相了。太郎也许已经被灌输观念,拿婆婆当自己的亲娘了。

如今阿优的生活乏善可陈,唯有的就是遐想的空闲。她将胸中的懊悔、愤怒、悲伤取出,重新咀嚼过一遍后,再次细细回味。

如果你一再这样做的话,早晚有一天会把自己的心嚼碎,别再这么做了——阿优身旁没人会这样向她出言告诫。

独自一人遐想,缩小了阿优心灵的开口,如此一来,她遐想的空间也变得更加狭窄。她已经受够这种无趣的日子了。她想见孩子,希望能再和孩子一起生活。阿优心无杂念,一味诚心祈祷。

她祈祷的对象,是三好屋的历代祖先。她早晚都向屋内的佛龛双手合十膜拜。接着是拜神佛。说来实在有点儿不敬,她根本就不挑对象,看到神明就拜。从家附近的稻荷神社,到陪梅吉出外看病时看到的神社或地藏王祠堂,无所不拜。

然而,不管她再怎么祈求,始终都无法如愿。阿优的生活依旧没有任何改变。

阿优心想：到底是欠缺什么呢？为什么我的诚心没能传达给神明呢？我明明拜得这么虔诚，难道就没有哪位祖先或神明听到我的祈求吗？

阿优自己钻牛角尖，最后，从那年的年初起，开始断盐。含盐的食物她一概不吃。

为了祈愿而禁止自己做某件事，并不是什么稀罕事。不过，这并不是自己说禁就禁，得先在神明面前立誓，这是规矩。所以为许愿而禁××时，得清楚地表示自己要达成怎样的心愿，例如祈求病愈，或是求子。这是惯有的规矩。

在这方面，阿优交代不清。

"希望能和孩子见面。"

是见一次面就好，还是要常常见面？

"希望能一起生活。"

是在哪儿一起生活？三好屋，还是和丈夫破镜重圆，重回夫家？又或者婆婆和前夫都丧命，夫家破碎，没人可以养育孩子，这样就行？

这种愿望不是许愿。越是诚心，祈愿者的意念越能凝聚。尽管本人没恶意，但私欲却会越来越强烈，而私欲会迷惑人心。

阿优没想到这个层面。她只想着：只要我含辛茹苦地忍耐，神明就会听见我的祈愿，只要我诚心祈求，神佛应该就会听见我的心声吧。

而这时同样没人劝诫阿优。三好屋里没人发现阿优断盐的事。

在三好屋这个大家庭里，女侍每天都会准备三餐，如果要断盐，就只能吃白饭。阿优自从回到娘家后，因为身份尴尬，早晚都是独自一人匆匆解决一餐，所以断盐并非什么难事。

阿优持续了一个月、两个月、三个月，都没人对她说些什么。"怎么剩这么多菜，真奇怪。""阿优，你最近又瘦了呢。""好好吃饭了吗？"这些话一概没人提。

——这个家有没有我这个人，完全没影响。

她感到既可怜又寂寞，因而更加思念孩子。

在心愿实现前，她变得无比顽固，拼着一口气也要坚持断盐。

这时，不论是对阿优还是对三好屋来说，都是个分界点。要是有人发现了阿优怪异的行径，向前关心询问，应该就会改变事情之后的发展。

那是盛夏的某日发生的事。阿优一如平时，陪同梅吉出远门，来到江户川桥。

大夫的候诊室里，挤满了依序候诊的患者。阿优让梅吉挤进里头后，受不了里头的闷热，自己来到屋外。

从候诊室拥挤的情况来看，接下来大约还有一个时辰（两小时）的时间得想办法打发。

今天她同样背着要缝补的衣物前来，但此刻如果不先找个阴凉处，恐怕会中暑。音羽町的街道相当热闹，但周围寺院和武家宅邸林立，祥和宁静。

从江户川桥往回走，来到水道町和关口水道町，再往南行，是一片开阔的农田。

在凉风的诱导下，阿优开始过桥。她想暂时吹吹风，等汗干了之后再往回走，没有特定的目的地。河风吹拂脸颊。碧河蓝天，桥上来往的行人皆抬手挡在额头上遮阳，踩踏着地上浓浓的影子。

——不知道太郎现在在做什么。会不会为汗疹所苦？会不会因睡觉发冷而腹痛？

——与其缝补衣物，不如替那孩子缝一件肚围吧。

她停下脚步想着心事时，突然感到背后有人。

回头一看,眼前站着一名女子,正微微侧着头朝她笑。女子有着光滑的鹅蛋脸,配上额头上的美人尖,明明没抹香粉,肤色却白皙剔透,是十足的美人坯子。

一时间看不出多大年纪。亮泽的黑发梳了个岛田髻,穿着带有花朵图案的琉璃色单衣,系着一条锯齿图案的衣带。与阿优目光交会后,女子露齿而笑。牙齿没涂黑,呈现原貌。

"让你久等了。"

阿优眨了眨眼。她心想:啊,难道是轮到梅吉看诊了?

"真是抱歉,我这就过去。"

这时女子眯起眼睛。

"哎呀,你要去哪儿呢?"

对方伸手,一把握住阿优的右手腕。

好冰凉的手。在盛夏的大太阳下,阿优差点儿跳了起来。

"请问,您是哪位?"

女子说:"真是可怜。受尽皮肉之苦,好不易生下的两个孩子,竟然都被抢走。"

"咦?"

女子凑向惊讶的阿优耳边。

"你一直断盐,真不简单。我来帮你实现愿望吧。"

阿优倒吸一口凉气,重新端详这名女子。

"我的愿望?这到底是……"

阿优不由自主地向前逼近,女子倏然闪身避开。

这时阿优看见了。

只要自己移动,脚下的影子也跟着动,满是沙石的桥上同时发出展鞋摩擦的声响。女子却没有影子,移动时也没发出声响。她朝女子仔细打量时，女子脸上浮现的笑容更明显了。

她不曾眨眼。这女人不是阳间之人。

阿优全身颤抖，汗毛直竖，向后退去。

女子的动作如同行云流水般，缩小与阿优的距离，对她说道："我是你的行逢神[1]。"

行逢神。

"俗话说，相逢自是有缘。因为听到了你的心愿，我想助你实现。"

一名卖甜酒的小贩，从桥的另一头走来。小贩挑着扁担，两端挂着箱子。

"卖甜酒喽，白菊甜酒。"

隔着身旁女子透明的身影，可望见那名小贩。

阿优因极度恐惧而发不出声来。女子笑得更开了。

"你得先在家中替我安排一处容身之所。"她抬起右手，拔下插在发髻里的黄杨木发梳。梳子呈米黄色，看起来颇有年代感。

"喏，你带这个回去。"她朝阿优递出那个发梳，"只要是没人的空房间即可。光线昏暗比较好。别告诉你家中的其他人哦。"

把这把发梳藏在家中某处，别让任何人知道。

"要是你办妥此事，我就会去造访你。到时候我会叫你，你再来迎接我进入家中。"

"然、然后会怎样？"

阿优以颤抖的声音发问。女子把脸贴近，几乎快要碰到她的鼻尖，对她说道："我不是说了吗，我会实现你的愿望。"

再也没有这么好的事了吧——女子喉咙发出声响，开心地接着道："相

---

1 在路上遇见人或动物，带来灾难的神灵。饥神也算是行逢神的一种。

不相信是你的自由，不过，你一定会相信的，对吧？"女子接着松开手。阿优猛然一阵眩晕，回过神来。

——刚才那是梦吗？不是梦。

因为阿优右手牢牢握着那把老旧的米黄色黄杨木发梳。

阿优毫不犹豫。等梅吉看完大夫，两人一起回到三好屋后，她马上直奔北边的储物间。阿优知道这间储物间当初差点儿被改建为监禁她的牢房，从那之后就不太使用，最适合作为那名女子要求的场所。

——她说我很可怜。还是第一次有人这么说。

——家里都没人发现，但她却知道我一直在断盐。这不就是神通吗？

——她真的是神明。就照她说的去办吧。我相信，她是我的神明。

"结果第二天，那名女子真的来了。所以阿优姐请她进入家中，带她前往北边的储物间。"平吉如此说道，喝了一口冷茶，额头冒出冷汗。

"发生在下那件事之后，阿优姐说了一长串莫名其妙的话，家父将她痛骂一顿，家母则在一旁安抚，后来好不容易才问出是怎么回事。"

阿近和富次郎都坐在原位，一时说不出话来。因为这实在太光怪陆离。

"啊，对了。"富次郎朝膝盖用力一拍，"平吉先生，您说您早在半个月前就发现阿优姐站在家中的后门。"

"是的，就是行逢神走进三好屋内的时候。"只不过，平吉当时没看到她的身影。

"阿近，你知道行逢神吗？"

阿近摇了摇头："不知道。我这还是第一次听闻。"

"家母抢先说阿优姐是被狐狸或狸猫耍弄了。"

"应该说，那名女子是通物之类的妖怪吧。"

通物、通魔，指的是会附身在恰巧路过或是在场的人们身上，使其做出坏事或是可怕行径的妖怪。对方所说的"行逢神"这个称呼,也不禁让人产生这样的联想。

"不管怎样,感觉不会是什么好东西。太诡异了,很不对劲。"

事实上,平吉曾两度闻到那股恶臭。

"阿优小姐不曾从那女人身上闻到恶心的臭味吗?"

"她什么也没说。也许是她对此坚信不疑,因而完全不在意吧。"

"也许只有小孩才闻得出来。"

俗话说:"孩子在七岁前都算是神之子[1]。"孩子纯洁无瑕,犹如神明一般,所以才能嗅出妖魔与常人的不同。

虽然对专注说明的富次郎有点儿抱歉,不过此时阿近将这个道理搁在一旁,心中更在意另一件事。

"平吉先生,您当时有多久无法说话?"

"整整两天。两天过后,突然就神奇地恢复了。"

"应该是您要求离开那间储物间,因而有两天的时间被夺走了声音,以此作为代价。这位行逢神会替人实现愿望,但也会要求对方付出相应的代价。应该就是这样的一套规矩吧。"

平吉神情严肃地颔首:"小姐说得一点儿都没错,所以阿优姐在请行逢神进入家中后,有半个月的时间一直迟迟做不出决定。"

据说行逢神曾问过阿优一句话。

——你想见自己的孩子,对吧?

是的,请您务必帮忙。阿优如此恳求。

——既然这样,就给我你的双眼。从今以后,除了心爱的孩子,你将什么也看不到。如果你同意的话,我就让你实现心愿。

---

[1] 以前的孩子容易早夭,所以有一说指称七岁前的孩子是神明寄放在人间的孩子,随时都可能带走。

这样太为难了，阿优说。

——那么，就给我相当于孩子两人份的性命。什么人都行，只要你指名即可。三好屋的人也成，你原本的婆婆或前夫也可以。

阿优说，这和原先说的不一样。她哭了起来。

神明啊，您原本不是说会实现我的愿望吗？

——我是说会帮你实现愿望。难道你以为完全不必吃苦，也不必提供相应的供品，就能实现愿望吗？你以为不必付出辛劳，世事就能尽如人意吗？世上哪有这么好的事？

——我是你的神明。和你一样贪婪，和你一样不死心，和你一样执着。

阿优惊恐莫名。我的神明，将她召唤来的人是我，将她请进家中的人也是我。

行逢神朝阿优逼近。

——没什么好哭的，你为什么害怕？只要照我说的去做就行了。来，把你的眼睛给我。来，把某人的性命给我。还是说，你有其他东西可以给我？想要其他交易方式吗？我会一直待在这儿。你要花多久时间都行，用心好好思考这个问题吧。

"于是阿优姐一直独自为这件事而苦恼。"

听了平吉这句话，阿近深深叹了口气。

她替阿优感到可怜。也许她的想法确实浅薄，也许并非只能靠祈愿，虽然她是个弱女子，但或许还有其他她能做、该做的事。她没这么想，或许是她思虑欠周。然而，行逢神这么做，就是看准了阿优的弱点。

"这也许要怪她当初随便采取断盐的行为。"富次郎沉声低吟，"因为盐能驱除邪气。"

平吉听得直眨眼："啊，家母也说过同样的话。她还说：'你就是太轻率，做出这样的决定，才会受老天爷惩罚。'"

"这话说得也太重了。"

在场三人的心情皆为之一沉。

"那么,后来怎样呢?"阿近询问后,平吉神情颓丧。

"家父涨红了脸,大发雷霆。"

——这种来路不明的东西,哪算得上是什么神明。看我把她拖出来,赶出屋子!

"然而,门却打不开。"

储物间的门紧闭,不管推还是拉,皆纹丝不动。

"里头传来女人的咯咯娇笑。家父听了更加恼火,命人取柴刀来,想破门而入。"

柴刀嵌进门内,门板裂开,但在下一刀劈落之前,裂痕旋即恢复原状。

"家父大为激动,用力砍下,结果柴刀刀刃缺损,刀柄断折,无法使用。"

就算换另一把柴刀,增加人手帮忙,结果还是一样。

"后来家父也明白了,自己不是她的对手。"原本的震怒转为恐惧。

"他在储物间的门板外挂上注连绳[1],在外面摆上盛盐[2],并吩咐任何人皆不得靠近,然后通过能够想到的各种渠道四处寻人。"

找寻可以祛除这种邪祟的能人异士。

"和尚、巫女、祈祷师、修行者,能用的方法都试过了。只要对方肯来,一概来者不拒。"

但一切皆是徒劳。

"因为行逢神的法力高强吗?"

"不,不是这样。"

只要和尚、巫女、祈祷师前来,北边储物间的房门就会自动打开。

---

[1] 一种用稻草织成的绳子,乃神道中用于洁净的咒具。
[2] 将盐堆成圆锥形,摆在大门前或家中,用来消灾除魔。

没任何可疑的气息，里头也空无一人。

"来者都说里头什么也没有。"

没有可净化的邪物。和尚、巫女、祈祷师、修行者，全都异口同声这么说。由于太过意外，阿优向他们道出原委，哭着央求，但结果还是一样。

"'或许曾经有怪异的东西潜入，但现在已经不在了，你们大可放心。'和尚、巫女、祈祷师都这样说，而送走他们后，回到屋里一看……"

储物间的门又关上，女子在里头发出笑声。

"约有半年的时间一直反复上演这出戏码。最后终于宣布放弃，重新挂上注连绳。"

——这是不能开的门。

"家父说，只要任何人都别靠近的话，就不会有事，大家把它忘了吧。"

"也只能这么做了……"

"阿优姐后来上吊自尽了。"

富次郎为之一惊，阿近则是双目圆睁。

"就这样过世了吗？"

平吉颓然颔首。

"而且才下葬不到两天——"

阿优姐的婆婆突然前来。

"不光她一个人来，还牵着太郎。"

她要求三好屋收留这个孩子。

"阿优姐被赶出家后，她的前夫马上续弦，这次很快便生了个男丁。"

那位婆婆说，太郎老是欺负这个同父异母的弟弟。不管再怎么责骂、管教，他都不听，相当危险。劣根性这么重的孩子，他们不要了，还给三好屋。

"家父告诉她，阿优已经死了，那位婆婆闻言后也大为吃惊。但她还是说，既然这样，更应该将这孩子看作阿优重要的纪念，看来这世上真的存在虎姑婆。"

当时太郎才刚满五岁。此事说来可怜，引人落泪。但是三好屋的人们既没生气，也没落泪，而是个个浑身发抖。

阿优死后，太郎马上就回来了。

她与行逢神完成交易。阿优交出自己的性命，实现了愿望。

"那不能开的门变得越来越可怕。家母大为慌乱，甚至提议把家当和家人全都移往屋外，然后一把火烧了这栋屋子。要是纵火的话，我们一家可全都得受火刑啊。"

因为太过悲惨，富次郎和阿近不知该如何附和。

"后来三好屋收养了太郎吗？"

"不，家父与竹藏哥讨论后，将孩子送交我家供奉祖先的寺院，请他们收留。阿优姐的坟墓也在那里，太郎在那里修行，日后当和尚，是最好的做法。"

经这么一提——平吉眨了眨眼。

"太郎后来真的当了和尚。最后一次见到他，是他十五六岁的时候了。听说他要前往陆奥一座分寺，前来与我道别，从此就没再见过了。他如果还活着，也算是三好屋幸存的血脉。我实在太糊涂了。"

真像是糊涂鬼会做的事——他搔着鼻梁。

"好在太郎与三好屋的烦恼一概无关。"

"烦恼……是吗？"

"是的，小姐、小少爷。"

平吉重新坐正，加重语气。

"两位可有什么愿望？"

阿近和富次郎略感怯缩。

"如果有，请试着想想。家中有间不能开的房间，人们吩咐绝不能靠近。但是那里住着一位神明，只要肯拿东西来交换，就一定会替人实现愿望。如果是这样的话……"

能忍住想前去见她的冲动吗？

三好屋北边的储物间是不能开的房间。绝不能打开那扇门。

最先打破这个禁忌的，是三女阿道。此事将三男梅吉和次女阿陆都卷了进来。

阿优死后过了约莫半年，有人前来替梅吉说媒。

其实这桩婚事更早以前就谈过了，但因为阿优是那种死法，所以三好屋方面多有顾忌。正因如此，他们让对方等了好一段时间，对方却仍未改变心意。

要是一家人始终都这般愁云惨雾，阿优地下有知，想必也不会开心。于是大家对这桩婚事相当投入。

对方是建材行的独生女，即将满二十一岁。

五金店也会经手隔门、门把之类的建材零件，所以和建材行素有生意往来。想招梅吉为婿的店家，位于吾妻桥旁的材木町，虽然规模不大，但一直都脚踏实地地做生意，也是三好屋的往来客户之一。

商家之女到了二十一岁尚未出嫁，便算已过了适婚年纪。不过听说对方是个美人坯子，性情又好。这对待在家中吃闲饭的三男来说，是桩求之不得的好婚事。

问题在于当事人梅吉。自从阿优可悲地辞世后，家中已没人会那么有耐性地陪在一旁照顾他。

老板娘对他说，就算是为阿优祈冥福吧，你一定要让自己好起来啊。

也不知是不是这番恳求和说教奏效了，梅吉好不容易摆脱卧病在床的生活，但还是一样意志消沉。严重时，甚至会像个小姑娘般嘤嘤啜泣。

——好想跟姐姐一起走。这样的我干脆死了算了。

他本人这副德行，实在无法成家立业。这桩婚事一再拖延，结果就此断了良缘，导致三好屋在客户间的风评一落千丈。才刚发生阿优离异、猝死等不幸事件，接着又发生这等不名誉的事，街坊间开始传闻，说三好屋有点儿古怪。

就在这时，次女阿陆的婚事也中途告吹。对象是在大门路上一家五金店的次男，原本已安排好，与阿陆成婚后，便要另开分店，但就在婚事即将谈妥时，发生了那场行逢神的风波，接着阿优上吊自缢，这桩婚事也因此束之高阁。

阿陆的结婚对象名叫德助，那年十九岁，年长阿陆一岁。两人在同一条市街长大，是青梅竹马。两人个性和善，情投意合，打小感情就好。

德助经常进出三好屋，阿陆也深获对方双亲疼爱。而且两人年纪匹配，若结为夫妻，对这两家人来说，是顺理成章的事。

就是因为有这层情谊，德助也知道有行逢神待在三好屋内不走的消息。

他甚至曾经帮助三好屋的人们，企图砸破那扇木门。因此，自从北边的储物间成了不能打开的房间后，他和三好屋的人们一样，对那个场所既惧怕又厌恶。

他想早点儿带阿陆离开，自行成家立业，但面对三好屋的店主夫妇，尤其是对长女自杀一事备感哀伤的老板娘，德助实在开不了口说他想早点儿成亲，因而只能暗自感到心焦。

因为担心阿陆，所以德助常往三好屋跑。有个人在一旁看他们两人浓情蜜意，渐渐感到不是滋味，此人就是三女阿道。

她是家中的幺女，长得又漂亮，在三好屋的三姐妹中最得父母宠爱。而她原本就娇纵傲慢，向来不把其他人当人看。对于长着一张马脸，和她这位大美人一点儿都不像的二姐阿陆，更是完全没瞧在眼里。

而阿陆的未婚夫德助同样个头儿矮小、长相平庸，所以就算德助和她打招呼，她也都装作没看见，懒得搭理。

然而，德助无比担心阿陆的安危，阿陆也感受到他这份情意，将欢喜全写在脸上。这些阿道看在眼里，感到无比碍眼。

见大姐那样的死状，感到无比惊讶，同时对行逢神所在的那间不能打开的房间感到害怕，这点阿道也一样。

然而，德助一点儿都不替阿道担心。

这都是过去阿道完全没将德助瞧在眼里，对他没很礼貌的缘故，但个性娇纵的人向来都不会这么想。

——德助哥也真是的，那个马脸到底哪里好？

——现在三好屋里最该担心、最该安慰的人，明明就是我。德助哥却头脑不清，阿陆姐则是厚脸皮。

阿道心里怀着这股大言不惭的怒意。

她满心以为，只要自己笑容可掬地挨向男人，他们个个都会拜倒在自己的石榴裙下，因而向德助频送秋波。

说到青梅竹马，阿道也跟两人从小一起长大，她很清楚德助善良的个性，所以刻意嚷嚷着"我好害怕""我觉得很不安""我好寂寞"，紧黏着德助，但德助始终没有移情别恋。虽然德助也会安慰她、安抚她，但那终究只因为她是"心爱的阿陆"的妹妹。德助其实不关心阿道。

阿道锐气受挫，就此激起她心中的怒火。

恨意日渐高涨，她对他们两人恨之入骨。

——你们要怎么补偿我啊？该如何将德助据为己有，让可恨的阿陆姐大惊失色呢?

虽说是如此心术不正而又任性自私的愿望，但这一样是愿望。

——有了，只要去不能打开的房间，求行逢神帮忙就好了。

这个任性女孩所想的这个念头，正是三好屋下一个不幸的开端。

"不过，阿道姐进入储物间的事，并未马上被人发现。"

阿道趁家人和伙计不注意，暗中行动，从里头走出后，也记得将注连绳和盛盐恢复原状。因此完全没人发现异状。

某天，梅吉暴毙，而在发生那场风波的过程中，德助突然跑来三好屋，说要取消与阿陆的婚事，想改娶阿道为妻。

梅吉仰躺在自己房间的垫被上，断了气。他死时双目圆睁，口吐白沫。可能是临死前用力搔抓的缘故，他双手摆在喉咙处，睡衣的衣襟凌乱。

说到德助，他的态度豹变，向三好屋的店主夫妇下跪磕头，反复地说对不起。

"他说，我已没办法和阿陆成婚。我爱上了阿道。不，其实我从很久以前就爱着阿道，现在才明白这点。"

他以连自己都感到吃惊的气势说个不停。他的双眼隐隐透着光芒，说话音调因激动而上扬，汗水直冒。

"他一看到阿道，就想扑过去抱她，家父和竹藏哥两人联手才压制住他。"

至于阿道，脸上一阵红一阵白，虽然脸上挂着微笑，却全身颤抖。

"见她那副模样，连在下也明白是怎么回事，所以家母想必也马上想到了。"

——阿道，你许愿了，对吧?

老板娘放声大叫，打了阿道一巴掌。

阿陆伏卧在地，放声大哭。德助也极力挣扎，扯开嗓门大喊。

"德助的脸皱成一团,一把鼻涕一把眼泪地大喊着:'对不起,对不起,可是阿陆,我已完全爱上阿道了。'"

阿陆哭着想抱住他,但德助却像是有什么脏东西沾上身似的,将她一把推开,大喊:"我已不想再看你这张马脸了。阿道,阿道!"

"最后,竹藏哥和伙计将德助拖走。"

德助一直没恢复正常,连跟他父母也一直吵着说要娶阿道,为此废寝忘食,终日吵闹不休。

三好屋慌忙地将梅吉下葬。这段时间,他们将阿道关进内宅的房间,并派女侍看守,但阿道不显一丝歉疚,还悄悄唤来平吉,问他:"你之前遇到的行逢神,是否穿着锯齿图案的衣服?"

平吉看到的,就只有藤蔓图案的和服衣袖。

"在下当时问她:'姐,你看到那家伙的脸了吗?'"

——没看到脸。她就只是从背后对着我的耳朵低语。

和平吉那时候一样。

——我向她许愿,说我想要德助哥的心。

结果行逢神对她说,如果她想要偷走某人的心,就得拿某个人的命来换,当作代价。

——所以我对她说,请取走梅吉哥的命吧。

——反正他是个半死不活的病人。连那么好的一桩婚事都让它给溜走,害得我们家被传出难听的流言。反正留那种人在家,也只会添麻烦而已。

"在下当时觉得理应是位大美女的阿道姐,那张脸看起来却像恶鬼。"

阿道姐那张宛如恶鬼的脸,发出呵呵的笑声。

"与行逢神的笑声一模一样。"

之后过了十天左右,泪水干涸、整个人憔悴万分的阿陆,说她想前去探望德助。

"她说自己前去和德助哥说说,他就会清醒过来。"

从那天之后,德助仍旧无比狂热,一直叫嚷着说他爱阿道。他家人同样为此发愁。

"家母问阿陆姐,要怎么跟他说。"

——我只能叫他取消跟我的婚事,让他和阿道成亲。

"'这么做可以吧,爹,娘?'阿陆姐如此向我爹娘确认时,那张脸看起来也很像鬼。"

不过这次应该说是幽魂吧。

"这样就谈妥了吗?"

面对阿近的询问,平吉低下头。

"德助先长时间不吃不喝,就只是闹,整个人也变得虚弱不少。"平吉声音变低,眉头深锁,"所以阿陆姐请众人离开,让她和德助哥两人独处一会儿。"

她喂德助喝了凉开水。

"掺了老鼠药的凉开水。"

阿近与富次郎面面相觑。

"德助先生痛苦挣扎,阿陆姐自己也服下老鼠药自尽了。"

这样便成了殉情,要是官府得知此事,两家店都会被问罪。他们只能对外声称两人是病死,将遗骸分葬。

"事情变得这么严重,似乎连阿道姐也害怕起来。"

——我会被阿陆姐诅咒!

她惊恐害怕,大呼小叫,不断喊着"为了消除诅咒,我要再去跟行逢神许愿",众人都拿她没办法。

"搞到最后,三好屋真的打造了一座牢房。"

阿近心情为之一沉，屈指默数——阿优、梅吉、德助、阿陆，这样就四个人了。

**呵呵呵。**

仿佛听见行逢神的窃笑声。

三好屋还有一名行径放荡的长子松吉。发生这起和行逢神有关的风波时，他已被逐出家门五年之久。

不过还不算是正式断绝父子关系。如果想要正式断绝父子关系，那可是件大事。

倘若只是个过一天算一天的一般町人[1]，父子吵架后，只要双方展开"给我滚，我和你断绝父子关系""好啊，求之不得"之类的对话，就此断绝关系，应该就不会有什么问题。但要是换作有相当财产、身份的商家，可就不能这么做了，而是请町级官员、名主[2]、町内聚会的大老[3]等做见证，大家讨论过后，制作正式的证明文件。被断绝父子关系的孩子，会从户口名册中除名，就此成为居无定所之人，所以需要选择一位监护人（虽然只徒具形式）。

从十五岁起便沉迷玩乐的松吉，完全不把父母的抱怨、说教当一回事，所以三好屋的店主多次真的想制作断绝关系的证明文件，但每次老板娘都哭着央求，百般劝阻，所以最后就只是口头上说断绝关系。

但是他确实说过，不准松吉再次跨进三好屋的家门。

其实松吉并不是个无可救药的不肖子。

好女色的松吉，同样喜爱繁华街的生活。

---

1 日本江户时代的一种社会阶层，主要从事工商业。——编者注

2 村级官员。

3 幕府时代，幕府系统中的非常设官职，辅佐将军，地位高于老中，仅次于将军。——编者注

话说回来，当初他也是跟着附近的年轻人到浅草的矢场[1]游玩后，立即爱上这种玩乐，因而沉迷其中，开启了他的玩乐之路。

他虽然长着一张与美男子相去甚远的马脸，但为人亲切，做事又机灵，而且个性认真，所以女人缘颇佳。

虽然年轻时就老从家里拿钱四处散财，但他熟悉繁华街的生活，在此地累积经验，增长智慧。如今他在繁华街如鱼得水，练就一套自己的谋生术。

不可否认，他有做生意的才干。

喜欢繁华街，喜欢女人的香粉味，喜欢游艺，喜欢玩乐。

一板一眼的五金店继承人，的确与他的个性不合。就这点来说，他是个不成才的儿子。不过他本人年纪轻轻就已领悟这个道理，这样甚至称得上聪明。

不过这反而使他惹祸上身，尽管父亲一再怒骂"我要和你断绝父子关系"，但他也只是回一句"唯独这点，您可千万别这么做啊，爹"，从不曾真正心怀歉疚地道歉。这使他看起来更像是个品行不端的浪荡子，吃了不少哑巴亏。

他很明白自己不孝，但就是这种生活才适合他。

店里，还有家中的一切，都交给弟弟竹藏，我想只身一人出外闯荡。今后我绝不会给家人添麻烦。当时松吉已有这样的觉悟。

然而，三好屋的不幸传闻接连传入耳中，连他也对店面及家人的未来感到担忧。

——老家到底会变成什么样？

长女阿优、三男梅吉，以及次女阿陆过世时，松吉都没列席送殡。

---

[1] 收费供人玩小型弓箭的场所。同时有在此卖春的女人，名为"矢取女"。

弟弟和妹妹过世时，附近一些和松吉素有交谊的旧识（以前德助也是其中之一）都会前来向他通报，但重要的是，父母和竹藏都没叫他回去。

松吉自己也对竹藏夫妻有所顾忌，因而不敢随便靠近三好屋。

他在心中暗忖，在老家厄运连连的此刻，原本身为家中继承人的他，要是风光地回家露面，想必很尴尬吧。

事实上，最近三好屋丧事连连，焚香袅袅，从未间断，连老主顾也开始疏远他们，甚至有人口出冒犯之言。

"三好屋该不会是做了什么遭天谴的事吧？"

"将长男逐出家门，由次男继承店面，果然不是明智之举。毕竟这种事还是得看重长幼顺序啊。"

因为有这样的风评，松吉的顾虑并不是杞人忧天。

三好屋的恶评就这样在人们的窃窃私语中逐渐传开。阿道被关进牢房的事，也通过建造牢房的木工的口传了出去，无法掩盖。

此举有辱三好屋的名声，质疑大老板和小老板才干的声音也越来越多。

大老板和小老板竹藏对家人和店里的伙计下了严格的封口令，不管别人在背后怎么批评，怎么难过、生气，都不能公然抱怨行逢神的事。

在外人眼里，那间不能打开的房间就只是个普通的储物间，所以就算说出实情，也无法取信于人，反而有可能因此遭人误会，认为他们这家人扯谎骗人。

伙计当中有人因为受不了三好屋内阴沉的气氛以及严格的封口令，自行逃离了。而这又成为助长负面传闻的因素之一。

松吉渐感不安。

"结果你们猜松吉大哥怎么做了？"

某天，他来到平吉就学的习字所。

"当时正值中午。在下向来都是回家里吃午饭。但那天松吉大哥带在下去大门路外郊的一家荞麦面店,对在下说,喜欢吃什么尽管点。"

平吉不太记得这位五年前被逐出家门的大哥。在习字所门口与他重逢时,一时间竟没认出,还是其他年长的伙伴提醒后才知道。

"我松吉大哥一身洁净的模样,说他目前在大川对面开一家饭馆。"

其实那家饭馆是挂羊头卖狗肉,简单来说,就是提供酒菜,顺便卖春的店家。店主是当时松吉的相好,一位曾当过辰巳艺伎[1]的女人。松吉似乎是她的情夫。

"此事在下是后来才听说的,但不管怎样,这种事都不是一个小孩子所能懂的。总之,松吉大哥看起来很阔绰。"

因为在自己的亲人当中,平吉已很久没遇到像大哥这样不憔悴、不紧锁愁眉、不落泪、不显慌乱、两鬓没冒青筋的大人了。

"能见到他,在下好开心。真的有种获救了的感觉。"

在大哥的询问下,平吉说出三好屋内发生的事,还一并说出自己第一次遇见行逢神的事。

"在繁华街生活的松吉大哥,比三好屋的任何人都要懂得人情世故。"

平吉说的话,他当然不可能完全相信。不过,他一本正经地接受了平吉的话。他说,既然家里的人都害怕行逢神,深信她一直都待在三好屋里没走,那她就确实"存在"。

——原来家里陷入这么复杂的困境啊。平吉,你很害怕,对吧?

大哥轻抚平吉的头,平吉便落下泪来。

——虽然对家里的众人有点儿过意不去,不过,最好还是放弃大门路那家店吧。大家一起搬走。只要能保住性命,生意可以再从头做起。

---

[1] 江户的深川位于东南方(辰巳),所以当地的艺伎人称"辰巳艺伎"。

"松吉哥说，就算死守着现在这家店不放，但要是失去与客户和工匠之间的情谊，早晚会走进死胡同。得在走到那一步之前，一起逃离那里。"

——一次全部舍弃，借此改运。

"这点子可真果决呢。"富次郎摩挲着下巴说道，"不过，真要执行的话，可不简单呢。毕竟搬家得花钱。"

"松吉哥说，如果是钱的问题，他可以帮上一点儿忙，而且他知道哪里有不错的店面。"

多可靠的长男啊。

"而最棘手的，是要让家里的人接受这个好主意。"平吉这边没问题，现在完全靠母亲在照料，在牢房里度日的阿道也没问题。

困难在于父亲和竹藏。

松吉不认为他们会坦然接受他的提议。

"这时候一定得坚持到底。"松吉也明白这点，很认真思考此事。他说，得先拉拢竹藏的妻子阿福以及她娘家的人，让他们和自己站在同一阵线，由他们来说服这两个难缠的人物。

"阿福是町内聚会召集人的远亲。娘家在花川户经营船屋。"

船屋与五金店相比，算是比较柔性的生意，甚至有传言说阿福其实是这位召集人的情妇所生，当初在谈这门婚事时，三好屋的店主没给好脸色。但双方见面后，竹藏对阿福一见钟情，非她不娶，成就了这桩姻缘。

"阿福嫂的娘家应该也不希望自己的女儿被夫家瞧不起吧。因此阿福嫂嫁入门时，娘家为她准备了许多气派的陪嫁品，好像还有一笔不小的嫁妆钱。"

船屋和繁华街关系密切，如果不通晓人情事理，便做不了这门生意，所以松吉和他们谈得来。

话虽如此，他毕竟是和三好屋断绝关系的身份，要是贸然独自前往阿福的娘家拜访，恐怕会有不好的传闻。这方面得多花心思安排。

"于是呢……"不知为何，平吉变得有些欲言又止，"呃……在下一开始也提到过，竹藏哥与阿福嫂已结婚四年多，但膝下犹虚。"

阿福并非从未有过身孕。第一个孩子是怀胎三个月后流产的，第二个孩子足月产下，但不满七天便夭折了，是个男婴。

"当时阿福嫂为了早点儿怀胎，还曾经向店里告假，到娘家附近的产土神[1]神社参拜。"

发生行逢神的风波后，阿福依旧坚持前往参拜。

不，随着三好屋内笼罩的暗云越来越浓重，她更加频繁地前往参拜。

"她会顺道回娘家一趟，在家中过夜。简单来说，阿福嫂也觉得行逢神很可怕，尽可能想离三好屋远一点儿。"

为人媳妇，一般是不许有这样的行径的，但公公婆婆以及丈夫竹藏都明白，阿福会感到恐惧也是情有可原，所以也不便苛责拦阻。

"由于三好屋接连发生不幸的事，所以阿福嫂的娘家看到女儿回家露面，也跟着松了口气，很不希望她再回三好屋。竹藏哥似乎也很担忧，怕再继续这样下去，对方会主动提出离婚，所以……"

平吉搔抓着鼻梁。

"就这点来说，是有点儿尴尬。"

"有什么好尴尬的？"

平吉显得扭扭捏捏："松吉哥说，他想知道阿福嫂下次什么时候会去参拜，要和她约在那里见面。"

"用约见面这个说法有点儿奇怪。"富次郎说，"松吉先生应该是要事先和你阿福嫂商量好……这样讲好像也不太对？"

---

[1] 日本神道将土地的守护神称作产土神，其被认为具有安胎顺产的神格。

"是要抢先阿福嫂一步到吗?"

这好像也不对。

"难道是事先埋伏?"

这就更不对了。

"算了。总之,他想知道参拜的日期。然后呢?"

"因此,为了想知道……"

松吉写了封信,是写给三好屋老板娘——他母亲——的一封信。

"首先要让家母明白这件事,然后请家母跟阿福嫂说:'下次你什么时候要去参拜,我也跟你一起去。'"

"嗯,嗯,这样的话,也能跟老板娘把话说清楚,可说是一举两得。这主意很好嘛。然后呢?"

"那封信就这样封好,交到在下手中。"

——你听好,一定要交到娘手中。要偷偷进行,别让其他人发现。

"他还对在下说:'明天我会再到习字所去找你。所以你要在那之前,先向娘询问她对这封信的答复。'"

很好的安排。但平吉说着说着,身子却越缩越小。这当中的缘由,从他接下来这番话中便可明白。

"在下却弄丢了那封信。"

阿近和富次郎都听得瞪大眼睛。

"弄丢了?"他们异口同声叫了起来。

没错。

因为三好屋发生的事太过沉重,令他们差点儿忘了平吉是个糊涂鬼。

"小、小少爷,小姐,不必叫得这么大声吧。"

"不不不,这种情况下,当然会忍不住大声叫啊。"

"怎么又犯下这样的疏忽呢?就像事先安排好似的。"

"在、在下也不是刻意要弄丢的。在下事先也将信好端端地收在怀中了啊。"

"是在哪儿弄丢的呢？在外面吗？"

平吉颓然垂首："如果是那样倒还好。"

"这么说来，是在家中喽？"

结果掉在了厕所旁。

"而且捡到的人是竹藏哥。"

阿近和富次郎都张大了嘴。糟了。

"只要看信便会明白，那是写给家母的信，而且内容也不长。但信中提到了三好屋的未来，以及阿福嫂的名字。"

完全不知情的竹藏，对此感到怀疑也是理所当然。

"我竹藏哥高举着那封信，怒喝道：'这是什么？这里头写的是什么意思？'在下当时吓坏了。"

其实只要如实相告就没事了，但平吉却装不知道。

"您装不知道？太过分了。"

"小少爷，您要体谅。在下当时只是个十一岁的小孩子。"

此时的平吉在说话的同时，满脸是汗，泫然欲泣。

"后来怎样？"

"因为在下守口如瓶，其他人自然什么也不知道。再说，就算看了那封信，上面也没交代清楚。因为上头只写了想在阿福嫂的娘家与我娘和阿福嫂见面，要为三好屋的未来共商大事。"

由于内容简略，显得很神秘，反而惹出了麻烦。

"竹藏哥满脸通红，怒不可抑，一会儿向家母逼问，一会儿向阿福嫂责问，已经和家中断绝关系的松吉哥为什么会在信中提到她们的名字。"

众人慌乱不已。

这更加激起竹藏的怒火,整件事变得错综复杂,越来越有意思了(这样的说法有点儿失礼)。

"'娘,你想让松吉哥重回三好屋,是吗?阿福,这项阴谋你也掺和了一脚,是吧?'竹藏哥厉声咆哮,就像变了个人似的。"

像恶鬼一样。

"他抓着阿福嫂的衣襟,用力摇晃。"

——你看这封信,上头写着你的名字呢。

"'难道你和松吉哥好上了?你想跟我离婚,改去讨好松吉哥,是吧?'他当时如此大叫,看起来几乎完全失去了理智。"

接着竹藏双手抱头,放声号啕。

富次郎发出一声长长的低吟。

"嗯,平吉先生刚才那番话我懂。确实很尴尬。竹藏先生和他妻子之间产生了裂痕。而松吉先生生性风流,又有女人缘。"

让竹藏把这件事往坏处想的材料皆已齐备。

"当时的局面,是家父极力安抚才平息下来的,但阿福嫂惊恐不已,光着脚逃往庭院。"

"全部都是我的粗心大意所致。"平吉自己也很清楚明白,所以在和松吉再度碰面前,内心无比煎熬。

"第二天,松吉哥依约来到习字所,在下向他坦言一切后,他的反应不是生气,而是脸色惨白。"

——这下糟了。

"演变成最糟的情况。这么一来,可就不能再慢慢来了。"

——对娘和阿福也很过意不去。

"于是我大哥急忙来到三好屋。"

却招来了反效果。

"竹藏哥一见到松吉哥，再度变得像恶鬼一样，大发雷霆。"

——你竟然有脸踏进我们三好屋的家门！你来做什么？有何居心？你是看准了三好屋现在声名狼藉，特地来嘲笑我，是吗？你瞒着我和爹，想教唆娘替你说话？光找娘还不够，还想找我媳妇商量？

"松吉哥一直放低姿态，请竹藏哥冷静下来，听他说句话，但竹藏哥就是听不进去。"

阿近感到心痛。

这故事听到这里，她觉得竹藏的愤怒以及疑神疑鬼有些过于急躁，而且超乎常理。未免也太没转圜余地了吧，根本就是一味往坏处想。

但是当时的三好屋背负着行逢神这个可怕的难题，被接连发生的不幸打击得一蹶不振，连带影响了生意，诸事不顺。竹藏为了守护店面和家人，想成为父母最大的支柱，必定力求振作。

此刻他身为继承人所背负的一切，原本应该是大哥来背负，偏偏这时大哥又出现在他面前——借用平吉说过的话——以一身洁净的模样现身。

反观竹藏，他因为百般操劳而面容憔悴，也无暇注重自己的打扮。和生活随性的大哥相比，他看起来苍老许多。

——瞧大哥现在的样子，再瞧瞧我现在这副德行。

他既焦躁又伤心，既羞惭又嫉妒。交杂的黑暗烈焰烧灼全身，令竹藏忍不住怒火勃发。在猜疑的催促下，他被恐惧附身，向松吉兴师问罪。

"对长期在繁华街摸爬滚打的松吉哥来说，打架早已是家常便饭。"

竹藏因愤怒而失控，朝松吉扑去。松吉侧身避开，巧妙地加以压制。

竹藏像老虎般咆吼，像恶犬般龇牙咧嘴，痛骂大哥，极力挣扎。阿福则在一旁哭着不断叫唤："相公，相公！"

"竹藏哥像突然被抽走了脾气般，整个人瘫软下来，变得安分许多，终于能够沟通了。"

松吉当着大老板、老板娘、竹藏以及阿福的面,开始晓以大义。

——只要把行逢神留在这里,大家迁往他处,重新改运,这样就行了。

——我愿意鼎力相助。过去我对爹娘不孝,一切辛劳全都丢给竹藏一人扛。

——我向大家磕头谢罪。我不认为这样就能得到你们的原谅,不过我希望你们能接受我这个提议。

"家父马上表示同意。"把这个家拱手让人,实在愧对祖先。

但要是继续这样下去,生意每况愈下,就此毁了三好屋,更是万万不可。

"竹藏哥也乖乖点头表示赞同,他说,'爹决定的事,孩儿不敢忤逆',所以接下来大家都认真起来。"

大老板唤来掌柜,向他说明缘由后,开始与老主顾和工匠交涉,也得跟五金店的同业聚会知会此事才行。

"松吉哥对阿福嫂说'你娘家那边想必很担心吧',让竹藏哥和阿福嫂回花川户的娘家一趟,还吩咐他们,如果他们两人沟通之后仍无法获得娘家那边的谅解,自己再亲自前去拜会。"

所有大人连日来忙得不可开交。

"在下除了上习字所,其余的时间都窝在家中最安静、最没人打扰的地方。"

就是三女阿道所在的牢房。

"虽然在下只是个孩子,但陪在姐姐身边,多少能照顾她。"

"当时阿道小姐情况怎样呢?"

"她也因为往不好的层面联想而变得安分许多。"

阿道至今仍害怕阿陆的诅咒,夜不能眠,食不下咽。醒着的时候,总是茫然地坐着，不知望向何方。

"还会喃喃自语，悄声诵念佛号。"

她面容憔悴，头发脱落，已不见往昔的美貌，整个人衰弱不少。

"虽然偶尔会突然恢复正常。"

"她认得您吗？"

"认得。她会问我在这里做什么。在下对她说：'姐，你和我一起复习认字吧。'她也都会配合。"

但要是家中某处传来说话的声音，或是传出声响，她就害怕不已。

——平吉，刚才的声音你听到了吗？

"她说那是阿陆姐在生气，然后就盖上棉被，想把自己藏起来。"

虽然这是她自作自受，但那模样也实在可怜。"她是市街里出了名的大美人，大家都说她日后肯定会嫁入大户人家，但现在变成这副模样，连在下这样的小孩看了，都忍不住落泪。"

就这样过了四五天。

"松吉哥说他在不远处找到一家租金不贵的店面，约大家再次碰面讨论。"

为三好屋提出解决方案的松吉，自然成了会议的核心人物。

"家父家母很依赖松吉哥的建议，跟他报告同业聚会里的人是什么看法，工匠说了些什么，并询问他该如何处理。"

松吉也干练地回应，俨然一副浪子回头之姿。

"不久，原本默默坐着聆听的竹藏哥突然站起身来。"

阿福问他怎么了。

——我去上个厕所。

竹藏离席后，父母仍和大哥热络讨论着。阿福也很恭顺地在一旁仔细聆听。平吉当时就坐在阿福身旁。

"她和竹藏哥一起回娘家后,稍稍减轻了她父母心中的担忧,而且未来露出一线曙光,也令他们松了口气。阿福嫂的眼神也变得开朗不少。"

她对平吉嫣然一笑,靠在他耳畔悄声说道:

"虽然店面搬迁很辛苦,但我很开心呢。平吉,你呢?"

"能摆脱行逢神,在下当然也很开心。"

——嗯,我也想早点儿搬家。希望是个日照充足的好房子。

"她说,离开那个地方后,阿道姐一定也会恢复正常。我们两人相视而笑。"

这时,正和父母热络讨论的松吉突然闷哼一声。

——呃。

"在下和阿福嫂大吃一惊,望向松吉哥。"

竹藏不知道是什么时候回来的,他站在松吉身旁,紧贴在他背后。

"那张脸,看起来就像戴了面具般。"

面无表情,没有半点儿血色。

——呃。

松吉又是一阵呻吟。他嘴巴微张,鲜血从他嘴角淌落。

"家母放声尖叫,向后跃开。"平吉这才看清楚到底发生了何事。竹藏手中握着菜刀,一刀刺进松吉的侧腹。

"眼看松吉哥的脸色转为惨白。"松吉就此横身倒卧。

竹藏握着染血的菜刀,俯视着自己的大哥,说:

"我才不会上你的当呢。我岂会将三好屋交给你?"

阿福放声哭号,平吉望着大哥身体下方扩散开来的一摊血,愣在原地。

"竹藏哥根本就没接受大哥的提议。他之所以默默听他说,并不是因为他接受松吉哥的想法。他那全是装出来的。"

竹藏转身面向父母说:

"大哥他想侵占三好屋,想把我赶走,将阿福据为己有。我绝不答应。"

"他把菜刀扔向一旁,朝账房的方向走去。"

松吉身受重伤,已回天乏术。

父母和幺弟还来不及送他最后一程,他便已瞪大眼睛,扭动着身躯,一脸惊诧地咽下最后一口气。

"在下当时眼前一黑。"

尽管彼此是兄弟,是至亲,但这仍是杀人的滔天重罪。要是让世人知晓,竹藏定会被五花大绑,三好屋店主夫妇也难逃问罪。

最后将会被抄家,没收一切财产。要如何脱离眼前的困境?

没时间再拖下去了。

三好屋的店主做出决定,要向行逢神许愿,让松吉复活。他才刚断气,如果以神力施救,应该能死而复生。

由于许多伙计都已离开,目前仍留在三好屋内的,包括掌柜在内,只有几名资深伙计,全都是和三好屋同甘共苦的自己人。只要请他们帮忙,紧守秘密,就不会有事了。

在店主的安排下,男丁将松吉的尸体运往北边的储物间,女眷则清理染血的房间,将那起惨事的痕迹清理干净。

竹藏就只是睁着一双鱼眼,望着他们忙进忙出。

"不准到外头去,也别靠近北边的储物间。在派人过去叫你之前,找个地方乖乖待着。"

在父亲的命令下,平吉前往阿道所在的牢房。

阿道尚未发现同一个屋檐下所发生的异变,独自在牢房的角落里玩着老旧的手球。这是阿道在平吉这个年纪时,德助买来送她的。

等了许久,都没人来叫平吉。

不久，夕阳西下，夜幕降临。平吉感到饥肠辘辘。来到走廊后，他顿感恶心作呕，一股腥臭扑鼻而来，弥漫整个屋内。那是之前曾经闻过的恶臭。

平吉捂着鼻子前往厨房，只见阿福坐在入门台阶上，背对着他，尽管平吉向她叫唤，她仍一动也不动。

他蹑手蹑脚前往厨房翻找，捧着装有冷饭的饭桶回到牢房。打开饭桶，露出里头的冷饭后，阿道主动靠了过来。两人就这样用手抓冷饭吃。

阿道吃得米饭掉了满地，平吉捡起来喂她吃。

这时，阿道嫣然一笑。虽然带着任性，但那是她昔日的美艳笑脸。

——真好吃。

平吉点头，泪水滑落。

阿道抬起她枯瘦的手臂，拭去平吉的泪水。平吉拿起一团冷饭送入口中，也塞了一些在阿道嘴里。

阿道嚼了几口后咽下，平吉也将冷饭和着泪水一同吞下肚。这时，阿道突然张开嘴，嚼到一半的冷饭从嘴里掉出。

阿道颓然垂首，接着身体缓缓前倾，卧倒在平吉身上。她已没了呼吸。

几乎在平吉明白发生了何事的同时，北边的储物间传来一声号啕：

"松吉，松吉，啊，太好了。"

——是娘的声音。松吉真的活过来了。

——啊，这表示……

平吉明白这是怎么回事。

为了向行逢神许愿，让松吉死而复生，父母以阿道的性命做交换。

想要实现愿望，就需要付出代价，得拿某样东西来换。这是向行逢神许愿的规矩。

就像阿优死后，她的孩子太郎被送回三好屋一样；就像阿道为了赢得德助的心，而送上梅吉的性命一样。这次换阿道当交换品了。

平吉抱着阿道逐渐变冰凉的身躯，泪如雨下。起初是啜泣，但不久转为放声哭号。

啪嗒、啪嗒。

有人朝牢房走近。

啪嗒、啪嗒。

莫名响亮的脚步声。

哭得涕泗横流的平吉，转头望向牢房门口。

松吉在母亲的带领下，站在门口。他穿着一件浴衣，衣带高高地系在胸口一带。母亲陪在一旁，手里紧握着松吉的浴衣衣带，双脚用力踩在地上，稳住身子。

"平吉。"

娘出声叫唤。

"你过来帮忙，今后要让松吉在这里休息。"

松吉睁着双眼，不知道他在看哪里，嘴角垂涎。他像酒醉般步履摇晃，缓缓抬起脚，然后脚掌重重踩向地面，所以才会发出那么奇怪的声音。

在母亲的引导下，松吉走进了牢房。平吉闻到一股刺鼻的恶臭。

"来，松吉，坐这边。"尽管松吉已停下脚步，但身体还是前后摇晃。他已失去主干，整个人软趴趴的。

虽然身体活过来，却没恢复原状。尽管如此，实现"复活"这个愿望的，是行逢神的力量。这种实现愿望的方式，是她的惯用伎俩。

"这才不是松吉哥！"平吉控诉道，"可是阿道姐却死了。"

"这也是没办法的事啊。"说完，母亲又哭了起来。

"这是为了三好屋，为了大家。阿道她……已经跟死了一半没有两样,所以这样做也好……这是你爹的决定。"

母亲一松手,松吉马上身子瘫软,当场卧倒。

但是他仍旧瞪大眼睛,保有呼吸。每次他用嘴巴呼吸,就有浓浓的臭味传出。

平吉轻轻将阿道的尸体平放在地上,跨过松吉卧倒的身躯,冲出牢房。

他因一时冲劲过猛,撞向了墙壁,但还是朝北边的储物间跑去。

储物间的门再度合上,重新挂上了注连绳。有两个装盐的小碟子,像卫兵一样,分别摆在木门的左右两侧。

平吉握紧拳头,用力敲打木门。

他一再敲打,并大声唤道:"你这家伙,我一定要打倒你!我一定要打倒你!"

**呵呵呵。**

里面传来一阵窃笑声。

紧接着,平吉大叫一声。

父亲不知何时站在他身后,一把扭住他的手臂!

"不准对行逢神这么没礼貌!"他那语带威胁的声音,令平吉的怒火和勇气瞬间消失。父亲那近逼的眼神,与刚才竹藏的眼神如出一辙。

啊,平吉为之震慑。阿优、梅吉、阿陆,还有阿道,不到一年的时间,办了四场丧礼,就像做了什么坏事似的,草草办完了事,之后三好屋表面上恢复了原样。

搬家的事最后当然不了了之。由于生意规模大不如前,所以生活变得清苦,已毫无体面可言。尽管如此,却还是能对外表现出一切祥和的假象。说来也讽刺,这全是因为大老板从那之后顿时苍老许多,直接退休,改由竹藏担任一家之主。

竹藏看起来似乎对自己做过的事没半点儿愧疚。

他热心投入生意中，为了挽回三好屋江河日下的名声，他努力开拓新客源，以取代那些离弃他们的老主顾，并重新联系后来没再合作的工匠。他那认真的模样，看在周遭知道实情的人们眼中，反而觉得可怕。

竹藏已不是原来的他。

但在外人看来，他却代替父亲背负起这家店的未来，展现出继承人的凛然之姿。

最先上当受骗的，不是别人，正是松吉的女人。

松吉是她在繁华街做生意的重要伙伴，也是她的情夫，只因松吉听闻老家最近负评不断，感到担心，而回老家查看情况，结果就此一去不回，她会担心也是理所当然的。

历经百般牵肠挂肚，女子决定前往三好屋拜访，那已是松吉死后复生十天后的事。

女子很清楚自己的身份，一直采取低姿态，模样令人同情。

竹藏展现出店主的气势，态度从容地接待她，脸不红气不喘地信口胡诌，说大哥突然染上急病，卧床不起，一直在家中接受照料。

当时在母亲的请托下，松吉已被移往北边储物间附近的房间休养。

已退休的大老板也一同住在那个房间。他整天坐着不发一语，犹如想立地成佛一般。

女子见到卧病不起的松吉，眼见自己的爱人落得这般惨状，顿时张皇失措，不断质问："他得了什么急病？请大夫看过了吗？"

大老板娘闪烁其词，大显慌乱，但竹藏则只是冷冷撂下几句话："你有意见的话，大可将松吉带走。不过，一旦你带走他，松吉与三好屋将真的从此断绝关系，今后再无任何瓜葛，我们也不会再为他出半文钱。"

女子也是个见过世面的人,她马上从竹藏冰冷的眼神中看出他根本不值得依靠。于是她中规中矩地低头行了一礼:"那就照您说的方式去办。"从自己店里唤来众男丁,将瘦得皮包骨的松吉放上板车,运出三好屋。

当时,平吉一直躲在暗处观看这一幕。

——这么一来,松吉大哥就能远离三好屋,他也能就此安心了。

平吉一方面有如此成熟的想法,但另一方面,想到再也见不到大哥,仍不免悲从中来。

可能女子也看到了平吉的神色。

当平吉慌忙地想要跑远时,女子拉住他,温柔地对他说:"像我这种不正经的女人,其实是不该和小少爷交谈的。你就当我是在自言自语,听过就算了吧。你松吉大哥的事,一切包在我身上。我会好好照料他的。"

平吉一时之间无言以对。因为那大人的温柔声音直透他心底,令他喉咙一紧,说不出话来。

女子见平吉一副泫然欲泣的模样,替他担心,更加温柔地轻声细语:"你是平吉,对吧?我听你松吉哥提过。他说你虽然淘气,其实是个好孩子。虽然他现在病成这样,但好在三好屋有竹藏先生这么了不起的当家在。小少爷,请你放心,当个好孩子,打起精神来。"

平吉各种思绪交缠,形成一股旋涡。说什么竹藏哥很了不起,这个脸上抹着浓浓香粉的女人根本就看走眼了。

"我想向她坦白家里发生的事,可怕的行逢神栖宿在我们家中,完全拿她没辙,我们会一个一个被她吃掉!"

但平吉说不出口。他不知道该怎么说女子才会相信。要是贸然行事,对她说出秘密,将她也一并卷进来,可万万不行。

平吉不发一语,紧咬下唇,全身颤抖不停。女子见状,觉得非比寻常。她猜测,可能光是安慰鼓励还不够。

"小少爷,你是不是有什么烦恼?"

平吉低着头,沉默不语。

"我知道三好屋接连发生不幸的事。你应该也很难过吧。不过,有那位了不起的当家在,一定可以重振店里往日的繁荣。一切就交给你竹藏哥去办,不会有事的。"

不,不是这样。平吉在心中死命呐喊。

"像三好屋这种名气响亮的店家,我这种人对你们的家务事多加置喙,实在不像话。我并不想多嘴,不过……"

女子思考了片刻,接着她拿定主意,抬起目光,突然伸手紧握平吉的手。

"我在永代桥对面的八幡神社附近开了一家饭馆,名叫'猫丸屋'。挂在店门外的广告牌是猫的形状,所以你到那附近的话,一看就能认出。如果你有什么烦恼,心中觉得不安,请到那儿找我。记住了吗,叫猫丸屋哦。"

说完,女子起身离去,之后没再造访过三好屋。

竹藏身为店主,显得干劲十足。成为老板娘的阿福,则宛如他的影子般,总是低调忙碌着。而退休的大老板和大老板娘,则整天待在北边储物间旁的房间里。

这段时间,平吉都浑噩度日。后来他多次靠近北边的储物间,也曾下定决心,要打开木门,朝里头纵火。

会吃人,而且散发臭味、令人作呕的行逢神,是一只兽神。她一定怕火。

既然这样,就能用火赶走她。但是每次不管什么时候,只要平吉一靠近北边的储物间,里面就会传出像野兽咆吼般的声音威吓他。那不是行逢神发出的声音，是住在附近房间里的父亲发出的声音。

"住手，平吉！你这天杀的。你这么做会下地狱的！"之后母亲一定会步履蹒跚地赶来，抓住平吉的衣袖，抱住他的头，向他苦苦恳求："别这么做，别这么做。"

"平吉，你不能来这里。到别的地方去。不能靠近储物间。别惹你爹生气。"一听到这句话，平吉便双腿无力，勇气全失。悲伤之情几乎胀破他的胸口。

行逢神想必在暗自窃笑：把我请来的人就是你们。我只是听你们的祈愿，加以实现罢了。有什么不对？

"有什么不对？"如今已长大成人，在黑白之间说故事的平吉，重复说着这句话。

"我请问两位，到底有什么不对？我的家人到底是哪个环节做错了？"

在听故事时，一直交叉双臂，像在防卫似的富次郎，这时深深叹了口气。

"阿近，可以再沏壶茶吗？哎呀……这故事用难过还不足以形容呢。"

在全新的茶香弥漫下，说故事者和聆听者都一起稍事休息。

阿近语气平静地说："三好屋的人们是哪个环节做错，做错了什么事，我不清楚。我只觉得这个故事太没道理，太残酷了。"

不过，还是从中明白了一些事。

"平吉先生，夫人为了您家的小女儿而说要断盐祈愿时，您百般惊恐，极力阻止她这么做，最后甚至不惜动粗，这份心情我能体谅。"

平吉默默行了一礼。

"尽管夫人和周遭人问您为何如此生气、百般阻止，您都还是无法如实以告，不管怎样就是说不出口，这当中的原因我也明白。"

平吉觉得，只要一说出口，似乎就会将那可怕之物唤进家中。他会这么想也是无可厚非的。

"……也是。"富次郎以恍惚的眼神如此低语,"这一切的起源,就在于阿优小姐的祈愿和断盐……"

"可是,不能因此而责怪阿优小姐。"

"没错。我也没责怪她的意思。不过……"富次郎显得欲言又止,低下头去。

"那是邪恶之物乘虚而入。"平吉悄声道,"阿优姐因为自身的不幸,心灵极度脆弱,满是破绽。所以才会……"

在夏天的艳阳高照时分,于桥上和不属于阳间之物进行交易。

"嗯。"富次郎出声应道,端正坐好。

"您能说出这段痛苦的过往,实在不简单。虽然不知道后续的故事还有多长,但请说完这整个故事吧。"

"是。就快说完了。"

竹藏保有暂时的理智,全力投入生意中,所以三好屋的生意渐渐东山再起。但松吉离开半年后,大老板就过世了。

"死于中风。"

他整天都窝在北边储物间旁的房间里,某天突然昏倒,之后短短三天便宣告不治。

"竹藏哥公开为家父举办丧礼。所以猫丸屋可能是听到了传闻,一名自称是那位老板娘代理人的老先生前来要求上香。"

虽然不是很确定,但那名老先生似乎是那名女子的父亲。

"当时对方提到,一直都卧病不起的松吉哥,在三个月前过世了。"

那位老先生说,由于遗体的情况古怪,所以他们已自行安排火葬,如果家里想要部分骨灰,可以配合处理。

"竹藏哥当场拒绝。"

"对方提到松吉先生的遗体情况古怪,是怎样个怪法?"

"毕竟那是死后复生的身体。"平吉极力以平静的口吻说明。

"猫丸屋的老板娘请町上的大夫前来诊治,但松吉哥自从被他们带走后,便一直都没有脉搏。"

没有脉搏,却有呼吸,而且还会动。

"第二次死的时候,之所以知道他死了,是因为他睁着眼睛,没有了呼吸。尽管如此,还是撑了好几个月。是猫丸屋老板娘的这份情,才让他撑过这么长的时间。"

松吉这次是真的死了,他的尸体马上散发腐臭,请来为他诵经的和尚才刚抵达猫丸屋,他的下巴一带就已浮现白骨。

"因为这样,才决定火葬。"

这么一来,三好屋一家又失去了两个人。

"由于已没有家父在一旁监视,在下又想杀进北边的储物间,但家母还是一样苦苦央求劝阻。"

——就这样放着别去管她吧。拜托你,别去招惹她。不去招惹,就不会惹祸上身。

"在下也不忍心见家母为此哭哭啼啼,只好乖乖离开储物间。"

而且当时发生了另外一件事,大老板娘特别不希望节外生枝。

"那是一件喜事。"平吉以看不出半点儿喜气的口吻接着说道,"在为家父治丧时,阿福嫂已明显看得出小腹微凸。"

"啊,有宝宝了。"

"是的。好不容易第三次怀胎。"阴沉可怕的怪事接连发生的三好屋,终于照进一道光明。

也许行逢神所带来的危难终于渡过了。只要他们不主动招惹,不向她许愿,她就只会待在北边的储物间里,今后不会再带来灾祸。

或许是吧。这是无从指望却很真切的希求。

"原本变得像幽魂般的家母，自从知道阿福嫂怀孕后，也微微重拾往日的朝气……"

而戴着"理智面具"的竹藏，得知妻子怀孕后，开心不已，对阿福百般体恤。

"所以在下也心想，竹藏哥应该是真的很理智吧。忘了他杀害松吉哥的事，以为眼前那开朗、温柔、认真做生意的人变回了以前的竹藏哥。"

如果真是这样就好了。真希望是这样。

平吉如此低语，发出冷笑，嘴角难看地弯曲上扬。

"不过，事情可没那么简单。"

待孩子足月生下后，三好屋最后的致命一击终于降临。

"阿福嫂难产。自从叫产婆来之后，已过了整整两天。"

阿福因疼痛大声哭喊，而且严重出血。

"要是没处理好，恐怕母子都保不住。"

最后孩子勉强产下，阿福却就此殒命。

"'这是老板娘留下的孩子啊。'产婆如此说道，帮婴儿洗澡，想让竹藏哥抱抱那孩子。"

是个男婴。

"当时产婆并没有恶意，只要是产婆都会那么做。"产婆用婴儿服稍微裹住男婴，一面让竹藏看他娇小的身躯，一面说道。

——是个健康的男孩。不过，右边侧腹有一道红色的胎记，也许是难产的关系。慢慢就会消失的，不用太担心。

"右边的侧腹有一道红色的胎记。"

平吉说话时，表情僵硬。

"竹藏哥之前刺死松吉哥时，也留下同样的伤痕。"

竹藏当然也发现了这点，顿时脸色大变。

啊，他之前果然只是戴着理智的假面具。

"竹藏哥大叫。他情绪太过激动，一开始完全听不懂他在说些什么。"竹藏如此大叫。

——这不是我的孩子！是松吉！是那家伙在作祟。他终于从我身边夺走了阿福！

"接着他一把从产婆手中抢走孩子，赤着脚冲出屋外，边跑边放声大叫。"

他穿过大门路后，马上和一辆路过的煤炭店货车迎头撞上。

"竹藏哥和婴儿都当场毙命。"

阿近坐在原位，无言以对。

富次郎也垂落双肩，注视着坐在上座的平吉。

平吉低下头吸着鼻涕，接着抬起头来。

"家中再度办丧事。"

大老板娘因悲伤过度而倒下，掌柜代替她操办丧礼。

"在下已流不出泪来。"丧礼结束后，大老板娘把掌柜唤来，吩咐他将家中的钱财分给留下来的伙计，让他们离开三好屋另谋生路。

"掌柜泪流不止，但事已至此，伙计也顾不得道义了。大家就此散去。"

空荡荡的三好屋内，只剩平吉与母亲两人。

"当时正好是樱花盛开的时节。"

春光烂漫。人们正忙着赏花，心花怒放。

"家母将在下唤至跟前。"

——你去收拾一下行囊。

"家母对在下说：'等你收拾妥当后，扶娘到北边的储物间去。'"

——其实我是想自己去，但我已经连爬行的力量都不剩了。

"抱歉。"平吉违抗母命,"我不要这样。

"娘,你想做什么?如果你打算做什么,我要陪在你身边。"

"家母对在下说:'不管怎样,我都已这把岁数了,死不足惜。'"

所以她准备前往北边的储物间,向行逢神许愿。

"家母要献上自己的性命,请行逢神离开三好屋。"

要请她实现这个愿望。

"家母说:'等我一进入储物间,你就马上带着行囊离开这个家。到衙门去,拜托值班的官差,请五金店同业聚会的召集人前来。娘已事先拜托他照顾你了。'"

"我不要,我不要!"平吉放声哭喊,"娘,你也和我一起走。别去管行逢神不就好了吗!"

"可是家母摇着头说,要是不好好做个了结,不管逃到哪儿,都一样逃不出行逢神的手掌心。

——我们家就只剩你了。我希望你能逃离这可怕的灾厄。"

"在下……"

平吉就像变回那个十一岁大的勇敢男孩似的,耸起双肩,吸着鼻涕,两眼散发精光,说话特别用力。

"在下心中已拿定主意,要跟她拼了。就照娘说的去做,带她到北边的储物间去吧。"但他不会丢下母亲,自己逃走。他要收拾行逢神。

"等家母走进储物间后,行逢神见又有新的供品送上门来,应该会开心地舔舐唇舌,走出门外。"行逢神以甜美的声音和熏人的臭气朝母亲低语。

"在下心想,她看我是个小鬼,完全没把我瞧在眼里。这次我一定要出其不意,给她点儿颜色瞧瞧!"

带母亲前往时,平吉事先点亮一盏陶灯,藏在走廊角落。陶灯是在火盘里倒油，插上灯芯，装进陶制容器里使用的。只要往前掷出，将它砸碎，灯油便会四处飞溅，引燃大火。

——我现在已经什么都不怕了！平吉将装盐的小碟子移向一旁，拆下注连绳，伸手搭向储物间的木门。就像刻意要让等不及的平吉更加焦急般，木门微微卡住，接着突然自行打开。

一道春天的阳光从采光窗射入。尘埃在那道光束中飞扬。

"在下让家母原地坐下，这时，从堆栈的木箱后方露出和服的衣袖。"

"啊。"平吉倒抽一口冷气。

"在下第一次见到行逢神时，她穿着一件淡紫色的窄袖和服，上头有藤蔓图案。当时是亲眼所见，绝不会有错。然而……"

这时出现在眼前的衣袖，却又宽又长。行逢神穿的是宽袖和服。而且袖口铺了棉，加上了层次和厚度。

"颜色也变得截然不同。"改为鲜艳的大红色，"那和服的红色有浓有淡，图案看起来像锯齿。"是以前见过的藤蔓，每一根都长大了，变得又粗又圆。

——因为吸了每个人的血。

行逢神吸取三好屋一家人的鲜血和精气，穿上了这身华服。

"家母双手撑地，想要往前爬，想要磕头，却只能不住颤抖。"这时听到那低语声。

——又想许愿了吗？

那低语声又一次在平吉耳畔响起。

"但说来也奇怪，家母也和在下一样，就像听到有人在耳畔说话一样，东张西望。"

——有什么愿望，说来听听吧。

呵呵呵。

行逢神发出窃笑声。平吉感觉那笑声顺着他的身体往上爬。

"家母发出一声惊呼,那极度虚弱的身子像在挣扎似的,重新坐正,磕头鞠躬,头紧贴着地面。"

——是的,拜托您,拜托您成全。请您离开三好屋。

为了请您实现这个愿望,我愿献上我的性命。所以请您离开三好屋吧。

蹲在母亲身旁,全身僵硬的平吉,耳畔突然吹来一股腥味浓重的气息。

——这样啊。

她实现的那些愿望,是呛鼻的恶臭。

——好啊。

行逢神答应了。

——要是你们没那么贪婪,打从一开始就献上一个人当供品,许下这个愿望,我不是就能早点儿离开了吗?

**真是傻啊。**

"在下怒火上涌,想扑向躲在木箱后方的行逢神。不,我当时的确伸手搭向木箱的边角。"

紧接着下个瞬间,平吉就像被一只看不见的大手抬起来似的,整个人腾空而起,被抛出储物间。

"我凌空飞起,一头撞向另一侧的墙壁,马上眼冒金星。但这次和先前不一样,是直接眼前为之一黑。"

平吉不知道昏厥了多久。他醒来后一跃而起,发现储物间的木门敞开。

"家母仍在里头维持跪地磕头的姿势。"维持着这个姿势断了气。

现场没有其他人在。

平吉并未遵从母亲的吩咐。他扛起行囊,但并没前往衙门,而是直接渡过大河,往猫丸屋去了。

081

"在下在奔跑时,既未感到难过,也不觉得哀伤。就只是移动双脚,跑得气喘吁吁。"

幸好果真如同老板娘所说,很快就找到了猫丸屋。他走进八幡神社的门前町,向路人问路后,对方马上牵着他前去。

"可能是在下当时的模样很不寻常吧。"

平吉看到猫丸屋那位老板娘后,这才真正清醒过来。

"在下'哇'的一声大哭起来。"不断哭泣,不断大声叫喊。

"听说在下当时喊着莫名其妙的话,紧紧抱住老板娘,教人不知如何是好。"平吉自己已不记得了。每次想要回想,就一定会头痛。

"当时我额头肿了一个大包,就像将一颗水煮蛋切成一半贴在额头上一样,可能出于那个缘故吧。"

听平吉说明后,猫丸屋老板娘这才明白三好屋遭遇灾祸的整个前因后果,她大为吃惊,深感恐惧,不过……

"她真是胆识过人。家母的丧事以及后续的一切处置,都由她一手包办。"

所以平吉才得以不必再次踏进人去楼空的三好屋。

"三好屋后来怎样?"

"整整空了半年。有个胆子特别大的人,知道原委后,仍觉得无所谓,就出钱买下了……不过,没花几文钱就买下一间店面,也算是捡到便宜了。"

就在那时,大门路沿途一带发生了火灾。

"墙壁因而变得焦黑,看起来很不吉利,所以那人决定改建。"

屋子拆毁后一看,北边储物间的地板下,连托梁都严重腐烂,一股引人作呕的臭气淤积不散。

"在那之前不久,附近有人目睹一名身穿大红色宽袖和服的女子,从三好屋后门走出。"

"是一名像花魁[1]般，梳着鬓发向外挺出的发髻，插着华丽发簪，身穿宽袖和服的女子。"

"不过，听说她打着赤脚，像这样扭动着身躯，赤脚而行。那个人看了之后汗毛尽竖，当然不敢出声叫唤。"

那就好。好险。

"原本三好屋的所在地，现在开起另一家五金店。好像生意相当兴隆，也没听说有什么不良传闻。"

平吉也曾造访。

"在下扮成客人前去，一名伙计很亲切地前来招呼。"

平吉说他做的是小生意，买了一袋钉子，但始终没用过。

"这个故事就这样圆满落幕。"

平吉表情僵硬地微微一笑，长叹一声。阿近注视着他，语气平静地问道：

"平吉先生，后来您一直投靠猫丸屋，在那里生活吗？"

平吉往自己的额头上用力一拍："啊，对了，忘了提在下自己的事。"

在十五岁之前，平吉都在猫丸屋里当童工，受老板娘照顾。

"老板娘曾问在下，日后想从事什么工作。在下说，不想当伙计，尤其是五金店。"

——不管是什么营生都好，我想从事和五金店没任何瓜葛的工作。

"老板娘听了之后说，既然这样，开饭馆很合适呢，就这样安排我到丼屋的老板那儿去了。当时丼屋还没打响名号，虽然好吃，但只是一家脏兮兮的饭馆。"

---

1 日本江户时代的吉原游郭里，地位最高的游女称号。游郭，即花街柳巷。

老板有个女儿，长大后的平吉与老板的女儿成婚，老板成了他的丈人。脏兮兮的饭馆后来以"丼屋"打响名号，直至今日。

"在下在丈人和内人面前实在抬不起头来，尤其对猫丸屋的老板娘，更是不敢有丝毫不敬。"

"那位老板娘现在……"

"去年过世了。她酒量过人，最后是在沉睡中安详辞世的。"

平吉莞尔一笑。看到这样的笑容，阿近和富次郎才得以放松地喘口气。

"这个故事，过去您都没告诉过任何人吗？"

"没有。"

"连对丼屋的丈人也没提？"

"没跟他说过。不过，我丈人似乎也没刻意向我问过，所以我想，猫丸屋的老板娘或许曾向他透露过。"

阿近倏然趋身向前，紧盯着平吉。

"说完之后，感觉如何？"

平吉紧抿双唇，用力点头后应道："痛快多了。"

"太好了。"阿近笑靥如花，以坚定的声音说道，"平吉先生，您已经摆脱她了。行逢神老早就和您没有任何瓜葛了。趁这次在这里说出这个故事的机会，您大可忘了这段过往。"

"既然小姐这么说，就当作是这样吧。"

"不过，对于夫人……"富次郎话说到一半，平吉打断他，展露欢颜："在下绝不会让她断盐。在下会向她鞠躬拜托，苦苦央求，要她别这么做。"

三人这才含蓄地相视而笑。

人们心中都抱持悲苦的愿望：想和自己分隔两地的孩子见面；想让不喜欢自己的人回眸看自己一眼；想让死者复生；想让接连发生的不幸就此结束。正因为人很脆弱、贪婪，所以会许下各种愿望。乘虚而入的行逢神才因此不愁没东西吃。

老天保佑,老天保佑。

这时,与隔壁小房间做区隔的隔门,微微传来声响。

"啊,怎么了?"是阿胜在叫唤吗?这还是第一次。

阿近正准备站起身时,富次郎抢先靠向隔门,打开一个约手掌宽度的门缝,往内探头,发出"噢"的一声。

"堂哥?"

"你等我一下,阿近。"

富次郎迅速交谈了一会儿后返回,重新坐正,突然开口道:"平吉先生,阿优小姐所生的太郎先生,现在应该已是一位独当一面的和尚了吧。"

"咦?嗯,对啊。很久以前和他一别后,就没再见过面了,在开始说这个故事前,我甚至忘了他的存在呢……"

"您知道他人在哪儿吗?"

"如果想找他的话,应该找得到。"

"那么,您和他见上一面如何?"

为什么突然这样说?是阿胜提议的吗?

"太郎先生一定还没忘记自己的母亲以及三好屋的亲人。"富次郎的说话口吻莫名带有一股激情,"为了替各位祈冥福,他现在应该是一心向佛的。"

平吉为之一怔,然而富次郎却是一本正经。阿近虽然不清楚是怎么回事,不过既然担任奇异百物语守护者的阿胜这么说,那就一定有其道理,于是她也自信满满地朝平吉点头。

"这样的话,我就试试看吧。"

故事说完,到了该道别的时刻,说故事的人显得一脸茫然。这也是过去不曾有过的情形。

平吉说他要替女儿买点心回去，阿近听了马上唤来阿岛，请她将名月豆沙包打包。

"谢谢您。"请阿岛送客，平吉走出黑白之间后，阿近马上一跃而起，冲进隔壁房间。富次郎笑着调侃她："这样成何体统啊？"

阿近正欲回嘴时，全身为之一僵。

一直守在隔壁小房间里的阿胜，她的姥子[1]发髻右侧发鬓，有一缕白色线条。

原来是她的一撮黑发变成了白发。

今天，在平吉来访前，阿胜走进这小房间时，还没有这缕白发。

"这次的妖魔很不好对付呢。"阿胜面带微笑地说道，以手指梳开白发，结果白发脱落了。

"怎么会……"阿近看得说不出话来，阿胜温柔地回以一笑。

"不过，并不是只有我一个人，所以才顺利驱退邪魔，这样就没事了。"

真是谢天谢地啊，阿胜说。

"不是只有你一个人？"富次郎来到阿胜身边，抬手搭在她肩上。

"因为成为和尚的太郎先生也在。"皈依佛门的太郎，至今仍为三好屋的人们祈福，守护着平吉。平吉就是带着他的守护来到三岛屋，说出这个故事的。这样就没事了。

"平吉先生要是能去见他就好了。"

"是啊。"阿近如此应道，但她望着缠绕阿胜指间的白发，打起哆嗦。

**呵呵呵。**

---

[1] 一种传统发型，形状呈日文中的"の"字形，所以又称"田螺的午睡"。

## 第二章　沉默公主

江户的神无月（阴历十月）二十日，是惠比寿讲之日。

尽管八百万神都已前往出云[1]，但生意之神惠比寿大人仍留守江户。于是江户的各个商家都热闹地祭祀惠比寿大人，祈求生意兴隆，这就是惠比寿讲的习俗。

这时，在亲戚、主顾、工匠齐聚一堂的宴席上，有个有趣的习惯，那就是在座众人会分成卖家和买家两方，给现场的家具、道具、身上穿搭的配件标上价格，模仿做生意。价格会定得特别高，拉高到千两、万两，以炒热气氛。

三岛屋每年也很期待惠比寿讲的到来，准备时毫不马虎。今年将里头的两间客房打通，为了宴席和这场买卖过家家，张罗了各项物品。

请常光顾的外烩店送料理，向常来兜售的挑担小贩购买漂亮的鲷鱼，店主伊兵卫则将之前从某家旧道具店挖宝买来的一对黑檀木惠比寿与大黑像摆在上座。

受邀前来的人们也都各自绞尽脑汁，想让在座众人吃惊又佩服，以此为乐，所以就好的层面来看，这丝毫大意马虎不得。给真的有价值的东西标上高价，太过无趣，而从意想不到的东西中看出价值，展现机智和风趣，才是这种"过家家"的重点。

---

[1] "神无月"时，日本全国的八百万神都会暂时离开岗位，前往出云参加神明会议。

阿近向来都不出席宴席，往年只会在一旁观看，不过今年富次郎一直坚持要她一起参加这场买卖过家家，最后阿近硬是被他拉来。之前都到其他店家学做生意的富次郎，回到家中后，第一次参加惠比寿讲，所以来宾和工匠都比往年玩得更加尽兴。

——堂哥人缘真好。

望着盛装出席、模样挺拔的富次郎，阿近心头浮现这样的感想。这时，旁边一位打从伊兵卫和阿民将提袋吊在细竹上沿街叫卖的时代起便经常光顾的某商家老板娘，大声喊道："富次郎先生旁边的坐垫，一千两！"意思是指现在阿近坐的位子，她要以一千两买下。

"哦，一千两不卖哦。"富次郎也大声应道。

"那么，一千五百两。"

"不够不够。"

"这样的话，我出两千两。"发话者是一位正值二八年华、身穿宽袖和服、长得很标致的姑娘。她羞红了脸。坐在她身旁的，似乎是她父亲，他也扯开嗓门唤道："如果富次郎当我女婿，我出三千两！"

众人百般调侃。

"哇，原来我值三千两啊。"

富次郎先是低头行了一礼，一副愧不敢当的模样，接着他改为笑嘻嘻地挥动双手。

"也把我看得太便宜了吧。"他那副笑脸，活像戏剧里的花花公子，引来哄堂大笑。

"别说得这么无情嘛。"那名穿宽袖和服的姑娘仍不罢休。

"那位姑娘的红脸蛋，我出两千两。"插进另一个声音。

"如果是脸上抹的胭脂，我近江屋出一千两。"也有人马上做起了生意，当真精明。

在热闹欢腾的席位后方，阿近发现一张熟悉的面孔，是租书店葫芦古堂的少东家勘一。他就像一盏白天仍没有熄灭的灯，一副凡事与己无关的模样。

"好了，有没有人要开价三千两以上？"在富次郎的鼓动下，阿近朝他一笑，环视在场众人后，很豪气地说道："我开价三千五百两吧。"

噢，三岛屋的小姐开价了。

众人一阵哗然，富次郎也开心地扯开嗓门：

"好，卖了！"

当当当当。

阿近拍了拍手，站起身，对那位身穿宽袖和服的姑娘说：

"我有事离席一下。这位客官，这是我刚买下的宝贵坐垫，请您帮我看管一下。"

"啊，乐意之至！"穿宽袖和服的姑娘欢欣雀跃地走来，坐上阿近的位子。

富次郎看得瞠目结舌。

"喂，阿近。"

"不好意思，打扰两位了。"阿近笑着开溜，来到勘一身旁，悄声对他说道，"我们到庭院去吧。这里满是人们的气息，热得让人难受。"她拉着一脸优哉模样的勘一，离开座位。

葫芦古堂是女侍阿岛常租书的店家。而常进出三岛屋的，是一位喜欢战争故事的大叔，名叫十郎。今天是勘一亲自前来。

"是我堂哥请你来的吗？"

"是的。今年三岛屋的惠比寿讲广为对外宣传，说'欢迎莅临共赏成果'。"的确，富次郎觉得这项活动很有趣，勤跑两国广小路，向剧坊和珍奇展示屋借来小道具，在厢房里摆放。

091

"他将纸吹雪[1]放在簸箕里,摆在博古架上。你发现了吗?"

"哦,那果然不是一般的纸片,原来是纸吹雪啊。"

"听说剪成三角形。因为这样的话,从天飘降时比较漂亮。"

两人前往黑白之间,坐在外廊后,阿胜马上端来热茶。

她说自己这张满是痘疤的脸还是别在客人面前露的好,所以没去看热闹,而是绕来了后院。不过话说回来,她还真是个眼尖又机灵的人。喉咙干渴时,一杯温茶入喉,当真如同久旱逢甘雨。

"大家玩得相当投入,整个厢房热闹得有如蒸笼一般。"

"我叔叔婶婶人在哪儿?"

"在房间里和其他客人闲聊。他们说,今天的买卖过家家,就交给富次郎去处理。还喝了酒呢。"

"还喝酒啊。"

聊着聊着,又传来热烈的鼓掌声。

"不过,老爷应该还是打算最后由他自己收尾吧。他好像有什么腹案。"

现场交由富次郎去主持,最后的重要压轴,再一把抢过来,这应该是叔叔打的算盘吧。

"比起其他的庆典和活动,我叔叔最喜欢的就属惠比寿讲了。"

"因为我是商人,所以这也是理所当然的。"伊兵卫曾得意地撑大鼻孔说道。

"葫芦古堂少东家,您可对哪样物品开了价?"

勘一一脸悠闲地喝着茶,在阿胜的询问下,摇了摇头。

"虽然是玩过家家,但在下岂敢对三岛屋店内的物品随便开价。"

"哎呀,您太客气了。"葫芦古堂不办惠比寿讲,勘一的父亲,亦即

---

[1] 祝贺或欢迎时,撒碎纸片的一种做法。因为像飘雪而得名。

店里的大老板,到客户家举办的惠比寿讲帮忙去了。

租书店的客人不分身份贵贱,客层范围广,但这位客户是日本桥的一位富商。

"家父将历年惠比寿讲上的对话写下来,做成了册子。"那册子累积了许多,几乎占去了两个书架。

"我们那位客户将它取名为'阎魔账',当世代交替时,它也会随之传承,就像万金账一样重要。"

"还真是多年的习惯呢。"哪家店如果日渐兴盛,惠比寿讲所聚集的宾客便会人数众多,对话也将热闹非凡。但如果开始走下坡,来客数便会减少,聚会中的对话也就显得相对精简。册子会如实呈现这一代店主的手腕与店家的盛衰趋势,所以确实可称之为阎魔账,这名称取得巧妙。

当阿近与勘一交谈时,阿胜已重新沏了壶茶,并带了吃的过来。饭盒里装着炖菜、煎蛋,以及一口大小的饭团。

阿近也因此才得以好好松口气,她补完妆后回到惠比寿讲,只见富次郎右侧紧黏着那位穿宽袖和服的姑娘,左侧紧挨着一位身穿一袭江户[1]、韵味十足的大姐,正满头大汗地炒热这场买卖游戏。

可能是有人看准阿近返回,现场传出一个响亮的声音:

"向三岛屋的大小姐讲百物语,我出一千两。"

富次郎一听,马上高声说道:"不行,这个不能开价。"

阿近也以笑脸相迎:"想要参加奇异百物语,请先向人力中介商的灯庵先生报到。"

灯庵老人也在今天这场惠比寿讲的宴席中。他似乎喝得相当开心,那张宛如蛤蟆般的脸,显得通红。他以混浊的嗓音说道:"刚才那个人,

---

[1] 一种礼服样式,布面为黑色或单色系,以金银刺绣或金箔呈现斜向图案。

我出两千两。"

"咦？您出手可真阔绰，但这是为什么？"

"这是到离我的店面十里远的地方做生意的准备金。"

那名男客听了之后应道："我开的是木炭店，我出门行商就行了。"引来在座的哄堂大笑。

最后压轴的时刻到来，伊兵卫在阿民的陪伴下回到厢房。两人坐在惠比寿和大黑的雕像旁，郑重向众人致意后仰起脸来，脸上显得春风得意。

——不知道叔叔准备了什么要卖的商品。

阿近也满怀期待。葫芦古堂的勘一仍和刚才一样，守在众人后方，童工新太缩着身子坐在他身旁。他已脱下前褂，整理好衣襟，十足的店内伙计模样。

"今日最特别的一项商品，想请在座来宾开个价。"

众人尽皆静肃，注视着伊兵卫。

"我早上起床洗脸时，有一道影子从我头上掠过。原本朝阳洒落一地耀眼光辉，但突然有道暗影遮蔽了阳光。"

遮蔽阳光的暗影，不是什么吉祥之物。

"我心想，哎呀呀，在这难得的惠比寿讲之日，一大早会是什么东西呢？所以我抬头一望……"

他停顿了片刻，吊足众人胃口，环视在座的每一个人，接着张开双臂。

"看到这么大的……"

"到底是什么？"

众宾客再也按捺不住，开口问道。

伊兵卫笑容满面地朗声说道："是一只鹤飞越清晨的天空！"

每年到了十月，鹤也会飞到江户市内。到了腊月，历代的将军甚至会放鹰猎鹤，这已成为习惯。鹤是尊贵的灵鸟，自古人们见白鹤飞来，便视为吉兆。伊兵卫清早时仰望，目睹了优美的白鹤舞空。

"一只展开双翅约一寻（约一点五到一点八米）宽的白鹤，从三岛屋上空飞过。各位，这是有莫大的福分将从天而降的征兆，当然会与在座的诸位分享，这是再怎么分享也不会减少分毫的福分。那么，各位肯开价多少呢？"

马上有人大喊："一百万两！""不不不，是一千万两。""一人一百万，在场有几个人，就有多少份！"

"那么，就卖给各位了！"

当当当当。

在伊兵卫的带头下，惠比寿讲成了拍手庆祝大会。

数天后。

灯庵老人前来通报，说下一位说故事者即将前来，于是阿近也在黑白之间张罗准备。火盆两个，上座还要加一个烤手盆。阿近身旁的火盆上方会架上铁壶，一旁摆设镰仓雕的茶具。茶筒内放的茶叶，春天到秋天沏的是以温水冲沏的玉露茶，冬天则换成得用热水冲沏才好喝的番茶。

在上座为说故事者铺设的坐垫，今天刻意挑选采用飞鹤纹（描绘白鹤展翅飞翔模样的图案）的旧布坐垫。由于前一个故事"不能开的门"太不吉利，这次她想转换心情，因而想到伊兵卫在惠比寿讲那天早上看到的白鹤，想借助灵鸟的力量。

壁龛的花瓶里插着一朵模样清新的白色山茶花。

常在店里进出的花店老板所带来的花朵中，也有鲜红的花朵，但今天她特别中意白色的花瓣。花瓶采用的是外形沉稳的备前烧，更加凸显山茶花的纤细。

尽管客人上门的未时（下午两点）已近，但今天不知为何不见富次郎露面。阿近满心以为这次他应该也想一起聆听，所以略感诧异。

——该不会是他又感到眩晕了？

富次郎之前在当伙计的店家里，因同事斗殴受到池鱼之殃，被人打伤，长期受眩晕的症状所苦。虽然最近看起来似乎已完全康复，但是那不同于外伤，难以从外观得知不适症状。难道是这个老毛病复发？

她问阿岛，堂哥在哪儿，阿岛回答说他人在房里。

"他不舒服吗？"

"不，他不知道在写些什么，写得很投入呢。"

一听闻此事，阿近脑中闪过的第一个念头，是举行惠比寿讲时从勘一那里听闻的阎魔账。难道堂哥也听过此事，想加以仿效？

富次郎与勘一很谈得来，甚至会自己上葫芦古堂找勘一闲聊，或是邀他一同外出，所以这个推测很有可能。阿近感到颇有兴趣，便前往富次郎的房间。他的房间位于屋子的东侧，以前原本是裁缝女工的工房。

"堂哥，我是阿近。可以打扰一下吗？"她出声叫唤。

"哦，嗯……好。"

声音显得莫名慌张，接着传来翻动纸张的声响。

"阿近，你等会儿。嗯……算了。"

到底在慌张个什么劲？

"你进来吧。不过，你可别生气哦。"

咦？我要生什么气？

富次郎在房里面向书桌而坐。桌子上头摆了一张纸和砚盒。砚盒里有墨和几支笔。一看就知道，富次郎并不是在写字，而是在画画。经这么一提阿近才想到，之前和葫芦古堂的勘一聊天时也曾提过，富次郎对画画感兴趣。富次郎也说自己之前当伙计时，有过挥毫弄墨的机会。

阿近来到他身旁后，他一脸尴尬地把书桌上的东西藏在背后。

"我向新太要来他习字用的纸,试着自己画画。"

阿近朝书桌周遭瞄了一遍。

"你好像画了很多张,都不满意呢。"

四周都是揉成一团的纸。

"我会捡起来丢进垃圾桶的。在画好之前,我不想离开书桌。"

"我可以到你旁边去吗?"

"你保证不生气?"

"我现在什么都没看到,无法向你保证。"

"你在这方面还真是坚持呢。"

"好,那我不生气。"

"喂喂喂,不能这样随便答应男人的要求。"

"堂哥,你真是的。"

阿近笑着捡拾散落一地的废纸,从富次郎背后伸长脖子窥望。

"你到底在画什么啊?"

不管画什么,应该都是水墨画吧。因为没看到颜料。

"该怎么说好呢……我只是临时想到,如果把它画下来的话,或许心情会比较好吧。"

他先来了段开场白,这才移开身子,让阿近看桌上那幅画。

阿近倒抽一口气。

果然是水墨画。纸的右半边画的是商家的遮阳暖帘和屋檐。并非画出全景,而是边角。没看到屋号或符号,所以可能是三岛屋,也可能是其他店家。

纸张中央仍是空白。左半边有一半以上也空着。不过左下角附近,画了一个绝不会看错的东西——是女人的右脚,而且打着赤脚。还看到和服的下摆以及长袖的下方。女子迈开步从图画中走出来,铺棉的和服下摆，以及长长的宽袖下方，因为她的动作而扬起。

这是上次丼屋的平吉所说的故事，上头描绘的是将五金店三好屋一家人一一害死的行逢神最后终于走出三好屋店门的情景。啃食三好屋一家人的烦恼，吸取他们的生命，改换成一身华丽装扮的行逢神，只有那双脚透着怪异，她赤着双脚离开三好屋。

阿近紧盯那幅水墨画上的景象，目不转睛。

"画这种画，果然不太恰当。"

富次郎沮丧的声音传入耳中，阿近这才回过神来。

"哪儿的话！一点儿都不会不恰当。"

阿近这股气势，令富次郎为之张口结舌。

"可是，这不太吉利吧？"

"完全相反。这幅画，画的是行逢神从右侧的店离开的场景。"

不，不是离开，是逃走，应该这样表达才对。

"堂哥，你的画技真棒。"

"你就别挖苦我了。"富次郎此时的脸，比在惠比寿讲上被女人缠住的时候还要红。

"这只能算是涂鸦。只不过，丼屋的平吉先生说的故事实在太悲惨了，所以才会一直在我脑海中挥之不去。"

忍不住想画下来。

"右侧这家店，原本想画三好屋。接着又想画三岛屋，为此拿不定主意。不过，像行逢神这么可怕的妖魔，我希望任何人都别遇上她，不管是哪家店、哪间屋子。所以我决定不画屋号，也不画广告牌。"

"嗯，嗯，这想法很好。"阿近担任奇异百物语的聆听者，累积的经验比富次郎还多，甚至听过比行逢神这件事更悲惨的故事。

不过，此次平吉说完故事离去后，担任守护者的阿胜白了一撮头发，此事令她大为吃惊，甚至为此直打哆嗦。

当时的心情，就像沉入水底的残渣般，恐惧至今仍未消散。此刻看到这幅画后，当时的心情瞬间散去，就像净身过一样。三岛屋的奇异百物语，听过就忘，说完就忘，这是无法撼动的规矩，也是聆听者的态度。

不过，不管做好多么坚定的心理准备，有时故事的余味还是会留在聆听者心中。富次郎将它画成了图画，将那无从捉摸的残渣付诸形体，从心中排除。阿近坦然向富次郎说出心中的感受，并向他道谢。

"堂哥，我也感到心情舒畅多了。谢谢你。"

富次郎更加难为情了。

"干什么这么正经八百……别这样啦。"

"不过，为什么不用好一点儿的纸画呢？既然你跟新太要习字用的纸来画，何不派个人去文具店买呢？"

看看是白麻纸、美浓纸，还是鸟子纸好，派人买来想要的分量不就好了吗？

"这只是一般的涂鸦。而且阿近，用好纸来画，太糟蹋了。"富次郎露出出奇认真的表情。

"因为我画的这幅画，如果是要将奇异百物语听到的故事完全封印在里头，或是用它来消灾解厄，留下来反而不妥吧？"

啊，原来是这么回事。

"既然让你看过了，那就撕了它吧。还是丢进火盆里烧掉好呢？"

"等等，等等！请等一下！太可惜了！"

上头的墨渍仍未干。

"总之，就先留着吧。等听完今天的客人说的故事，再来慢慢讨论此事。"

"咦，可是……"

就在两人僵持不下时，就像来了救星般，阿胜出声叫唤："小姐，小少爷，客人莅临黑白之间了。"

"阿胜姐，请进来一下！"

"是，有什么事吗？"

阿胜往内探头，阿近一把拉住她的手，把她带到书桌旁。"哎呀……"

阿胜端详那幅画，就像想起那件事一般，伸手抚摸自己黑发化为白发脱落的部位。

"这是画行逢神落荒而逃的情景，对吧？"

看了真痛快呢。

阿胜笑着道："感觉心情畅快不少。"

"就是说啊。堂哥的画技一流，几乎都能当专业画师了。"

"是啊，画得真好。不只画功精湛，还别具巧思。希望像行逢神这么可怕的妖魔，别再接近任何人——看得出投注在画中的愿望。"

富次郎在一旁直搔头。

"你们两人合起伙来吹捧我啊。"

"堂哥还说要烧了它呢。"

在听过阿近和富次郎说出各自的想法后，阿胜回答："两位听我说，关于此事，请包在我这位守护者身上。重要的是，现在不能让新的说故事者久候。"拿纸盖在书桌上的那幅画上头，再摆上镇纸牢牢压住，不让任何人看见后，三人一同前往黑白之间。

但来到走廊上，阿近突然又想到了什么。

"客人现在仍在客房，对吧？"

"是的，今天是由老板娘亲自招呼的。"

说故事者抵达三岛屋后，会暂时先被请到别的客房稍事休息。

"阿胜姐,请帮我再争取一些时间。堂哥,我们快。"

今日为了保有山茶花的风情,黑白之间的壁龛里挂着一幅不会破坏原有风格的山水画挂轴。

"我要换下这幅画。"

她请高大的富次郎取下挂轴。

"门框横木上方摆着一个红色盒子,请把它取下来。"

伊兵卫有个习惯,那就是只要经过旧道具店门口,见到他看上眼的东西,便会马上掏钱买下来,而这红盒子里头的东西,便是他"挖到的宝"。

"这幅挂轴用的是黑漆加上金箔镶边的木轴,布面采纯丝绸的羽二重[1],上头是波浪搭配千鸟的图案,相当出色吧?不过里头没有书画。"伊兵卫说过,就是因为没有图画才好,可用自己喜欢的书画做成挂轴。

"我们给上面贴上白纸吧。嗯,至于糨糊嘛……就用饭粒代替吧。"

阿近急忙从厨房的饭桶里取来些许饭粒,将白纸贴在布面上。

"要把它挂上去吗?"纳闷不解的富次郎感到焦急。

"等今天客人讲完故事,堂哥,你就用这张纸作画。"连我自己都不得不夸一句,这点子真好——阿近无比满意,"今后就都这么办吧。"

富次郎突然怯缩起来:"这怎么行……每次都要画,我可不敢随便揽这项差事。"

"不,请你一定要揽下。"阿近很不客气地说道,接着微微一笑,"放心吧,堂哥。没办法画的时候,那就是不用画也没关系的故事,这样不是可喜可贺吗?能画的时候,就能通过把它画下来消灾解厄,所以更为可喜可贺。"

---

[1] 采横丝和纵丝交织而成的一种纺织品。

"这样啊。"富次郎侧头寻思,也跟着笑了起来,"阿近,你变得挺厉害的嘛。"

"是的,托您的福。"虽然一阵手忙脚乱,但这样就处理妥当了。

阿近整理好自己的头发和衣襟。

"堂哥,准备好了吗?"富次郎见阿近摆出两个聆听者坐的坐垫,为之一惊。

"我不是要和阿胜一起待在隔壁……"

"想要画出好图,见过说故事者的长相会比较好吧?"阿近嫣然一笑,拍手唤阿岛前来。

"请引领客人前来。"壁龛里山茶花的白色花瓣,与白纸相当搭调。阿近也让自己内心化为全新的白纸,迎接说故事者的到来。

走进黑白之间的一共有两人。乍看像是商家,分别是年约五旬的母亲与年约三旬的儿子,两人长相相似。按这里的规矩,说故事者一次只有一人。不过,有时说故事者是由别人带领前来。这对母子可能也是这样吧。

"今日很荣幸受三岛屋奇异百物语之邀前来,感激不尽。"

以柔顺的嗓音展开问候的,是那位儿子。

"在下名叫房之助,小店是位于神田富松町的美浓屋,从事纸张批发生意。在生意上,也常受三岛屋关照。"

来说故事的是店面同样在神田一带的生意人,而且打从一开始就表明身份,这还是第一次。

"我们才受您关照呢。"阿近和富次郎也马上回礼。

美浓屋的房之助长了一张包子脸,配上丝线般的细眼和细眉,看上去温和亲切。

"在下今日是陪同前来,真正说故事的人是家母。"

"娘。"在他的催促下，他母亲这才低头行了一礼。她个头儿娇小、清瘦。小小的发髻有一半是白发，和她儿子一样，她也有着丝线般的细眼和细眉，外加包子脸。条纹绉绸的和服配上博多带，条纹是多种颜色组合而成的矢鳕缟[1]，模样华丽却又不失稳重。

阿近对于三岛屋的生意，以及对外的交际一概不过问，所以三岛屋与美浓屋有何交谊，美浓屋的店面规模有多大，她一概不知。不过，房之助年约三十，这位妇人又是他的母亲，那应该已是店里的大老板娘，但她这身穿着（指的不是配色，而是展现出的气质）相当低调，给人一种爽朗、轻松的印象。

"在下出生于远州，十三岁时通过亲戚引介来到江户，在美浓屋当伙计，后来有幸得以入赘为婿。"

原来如此，房之助是从伙计的身份一跃成为女婿的。他的母亲既不是老板娘，也不是大老板娘，所以才会有这一派轻松的气质。

"家母在故乡与我大哥大嫂同住，不过她从很早以前就常常央求，想要趁在世时到江户参观。值得庆幸的是，我美浓屋的岳父岳母也很爽快答应，于是家母便在这个月十日来到这里。"

阿近露出和蔼的笑容。

"那可真是恭喜您呢。"

"房之助先生可真孝顺。"富次郎也笑着说，"我得多多向您看齐才行。"

"不，您这样说，在下就太惭愧了。"房之助愧不敢当似的缩起脖子，"家母到江户参观一事，凭在下的能力，根本无法帮她如愿。这令在下更加感念在心，得加倍向美浓屋的岳父岳母偿还这份恩情才行。"

的确，他是所谓"招赘招来的女婿"，女方家对他母亲这般礼遇，算

---

[1] 条纹图案的一种，粗细和颜色不规则排列。

是世间少见。想必房之助今后会更加努力报效美浓屋吧。而坐在儿子身旁的这位母亲，却一副事不关己的模样。尽管来到这里是为了讲故事，她却热衷于参观，不断朝黑白之间东张西望。

"其实前几天的惠比寿讲，在下和家母也一同参加了。"

"这样啊。"

"在下的故乡没有惠比寿讲这种习俗，所以家母觉得很稀罕。"

"您可有对哪项物品开价？"

"在下就只是看着众人热络地你来我往。不过当时……"房之助朝一旁的母亲瞅了一眼，当事人却忙着看其他东西。她似乎很喜欢那块飞鹤图案的坐垫，甚至掀起一角仔细查看。房之助可能是觉得尴尬，悄声加以叮嘱："娘，请注意一下规矩。"

母亲急忙从坐垫上抽手，先是望向富次郎，接着望向阿近，然后咧嘴一笑。那是无比亲切的笑脸，让人看了也忍不住跟着展露笑颜。

"在举行惠比寿讲时，家母似乎从宴席中众人的谈话里听闻了奇异百物语的事，于是又百般央求，说她在返回远州前，无论如何都要到这里说故事，于是在下这才向灯庵先生请托。"

"这样说我就明白了。"阿近道，"令堂的故事，我会洗耳恭听，纳入三岛屋奇异百物语中。"

房之助闻言，重新深深鞠了一躬。

"再怎么说，这都是乡下老太太的故事。一想到三岛屋的各位不知是否看得上眼，在下便深感不安，冷汗直冒。还望多多包涵。"

房之助走出黑白之间前，一再回身而望，不知鞠了多少次躬。他母亲若无其事地目送儿子离去，在他关上隔门时，甚至还像在赶他走似的，说了一句"够了，你快回店里去吧"。那是很沙哑的独特嗓音。

"打搅两位了。"她重新面向阿近与富次郎，行礼问候。

"我是美浓屋女婿的母亲，名叫阿清，今年五十二岁。不知道何时阎王会请我去三途川的渡口旁，在夺衣婆[1]身边帮忙，所以我想做什么就做，不想留下遗憾，是个老提出任性要求的老太婆。"

阿近睁大眼睛。一旁的富次郎则扑哧一笑。

"哎呀，您说笑了……您要前往三途川，还早着呢。"

他这番话的用意原本是打圆场，但阿清却又咧嘴一笑。

"人一过五十，就不知何时会受阎王召见。因为寿命不是人力所能改变的。"

他们在交谈时，阿岛端来茶点，摆出待客时的正经表情。

阿岛缓缓摆出小碟子，阿清一见到上面的点心，旋即开口："是金锷[2]呢。"

"是的，您喜欢吗？"

"我是来到江户后才第一次吃到。没想到还能再次品尝。"她那独特的声音，连阿岛的注意力也被吸引了过去。阿岛一面将小碟子送到阿清面前，一面偷瞄她。

"各位果然很在意。我的声音很奇怪，对吧？"阿清本人云淡风轻地说道，"在我的故乡，都称呼这声音为'猛魔声'，不太讨喜。"

"猛魔声？"

"是的。所谓的'猛魔'，在我的故乡指的是非人的妖怪。"

"这么说来，猛魔声指的是……"

如果意思是像妖怪般的声音，这种说法未免也太坏心了。

"应该是指叫唤猛魔的声音吧。"阿清如此说道，噘起嘴巴，"像这样

---

1 三途川，亦即中国人所说的"忘川""奈河"。三途川旁有位夺衣婆，会将死者衣服取下，挂于树上视其轻重，探知死者生前为善或作恶。

2 金锷烧的简称，外形与武士刀的刀锷相似，因而得名。

压低声音说话,您应该就会明白。"阿清试着以这种方式说了一句"三岛屋的各位,打扰了"。

咦!阿近和富次郎皆为之一惊。

"虽然您压低声音说话,但听起来和正常说话时没什么不同。"是她原本就声音沙哑,低沉的声音会顺着脚下传来的缘故吗?

"是的。这就是猛魔声的'猛魔语'。在我老家,人们都说这会唤醒亡灵,对此相当忌讳,所以从我笑始候起,家人便一再角代我说'汝在墓地千万别说话'。"

阿清的话语当中夹杂了许多陌生的字眼,可能是带有乡音的缘故。

"笑始候"应该是指"小时候","汝"是"你","角代"是"交代"。向她确认这样的解释是否正确后,阿清开心地点着头。

"我听说三岛屋的小姐耳朵奇大,真是一点儿都没错。"

"耳朵奇大"应该是指善于聆听吧,也可能是好耳力的意思。

"请容我在此说明一下,我出生的故乡,称呼女孩都叫'汝',称呼男孩叫'侬',而在称呼自己时,孩子叫'眉眉',女人叫'麻',男人叫'瓦'。[1]"

富次郎双眼散发光芒。

"如果是这样,您刚才那句话就得说成 ——在麻老家,人们都说这会唤醒亡灵,对此相当忌讳,所以从麻笑始候……"

阿清笑着在面前频频摆手:"少爷学得可真快。不过,如果要完全转换为我故乡的方言,还得多加一些变化。我由于某个机缘,曾在城里服侍过,多少听过一些江户话,所以才大胆胡说一通,还望捡两。"

---

[1] 此处译者根据中文的语意、用法及日语发音翻译阿清故乡的方言,不与中文的任何方言对应。其中,称呼女孩的第二人称"汝"原文为おめ,称呼男孩的第二人称"侬"原文为おんら;小孩的第一人称"眉眉"原文为めめ,女性第一人称"麻"为まあ,男性第一人称"瓦"为わあ。——编者注

"'捡两'是'见谅',对吧?"

"不是'接纳'吗?意思是接受、理解。"

三人逐渐敞开心房,这时阿近开口:"请您用自己喜欢的用语吧。房之助先生说他是远州人,不过说到远州,也算是个广阔之地,在我们百物语说故事,地点和人名都可以隐而不表,所以您不再多做说明也无妨。"

既然阿清提到"曾在城里服侍过",最好还是先提醒她这点比较好。

"这样啊,麻明白了。"

阿清像小鸟般,侧着头寻思。

"不过,麻想说的故事,与麻故乡的主君、国夫人、公主有关,那该如何是好呢?"

哎呀呀。果然猜中了,是大名[1]家的故事。

所谓的国夫人,意指大名的侧室。正室住在江户,侧室则住在领地,所以反而比正室更受领民亲近和景仰。

"这样的话,就先取个藩国的名字吧。"富次郎提议,"因为是临时取的假名,所以就叫惠比寿藩吧。主君家叫大黑家。大黑家的主君。您看这样如何?"

阿清以猛魔声呵呵轻笑。

"少爷可真是吉令呢。"

"吉令?"

听说是机灵的意思。

"哦,这种说法可真有趣。之后我就用这种说法吧。另外,我不是三岛屋的少爷,请叫我小少爷。"

"那么,就当这是惠比寿藩的故事吧。小少爷、小姐,就请多多指教了。"

---

[1] 直属于幕府将军,俸禄一万石以上的武家。相当于中国的诸侯。

阿清如此说道，眼角浮现笑纹。

"前些日子，麻到惠比寿讲参观时，看到宴席中摆设了各种道具和家具，那些都是府上平常使用的物品吗？"

"不不不，"阿近笑着否认，斜眼瞄了富次郎一眼，"是这位小少爷特别安排的，他说在平时使用的物品中掺杂一些珍奇的物品，这样才有意思。他还特地跑到两国广小路，从剧坊和珍奇展示屋买来一些小道具呢。"

阿清似乎这才明白，缓缓点了点头。

"所以才会有那样的东西啊。"

"您说那样的东西，指的是……？"富次郎问。

"是指纸吹雪吗？"阿近问。

"是指阵太鼓，机关百宝箱，还是纸糊的头颅？"

"咦！你还买了那样的东西啊？"

"阿近，你坐的位子旁边不是有个涂漆的笼箱吗？里头放着披头散发的头颅呢。我原本打算，要是有人朝那个笼箱开价，就打开盖子让大家见识一下。"

安排得有点儿过火。

阿清开心地笑着，再次于面前摆手："麻说的，是摆在香棚[1]下层的大蛤蜊。"

"哦，那个贝壳，是吧？"富次郎比手画脚，开心地说道，"跟小孩子的脸差不多大，对吧。您打开来看了吗？"

"打开了。边缘抹着红色染料。麻以前看过同样的东西呢。"

"那么，您打从一开始就知道那是什么东西吧？阿近，你知道吗？"

---

[1] 香道中，焚香时用来摆放道具的层架。

在宴席的上座，摆在香棚里的东西。阿近努力试着回想。

"那应该是……放胭脂用的吧。"阿近记得，那贝壳边缘确实微微带有红色。

"不对。"富次郎一脸得意，"那是剧坊里使用的血糊。在珍奇展示屋展示怪物或妖怪时，也会使用，例如'长达六尺的大鼬'。"

在长达六尺的门板上抹上血糊，然后说这是"板·血[1]"，以此展出。

"只要用手摸过就会知道，血糊和抹在脸颊或嘴唇上的胭脂相比黏稠许多。"

阿清听富次郎这么说，频频点头。

"因为触感黏稠，看起来才像真的。"在珍奇展示屋的昏暗光线下，以及观众席离舞台甚远的剧坊里，乍看之下都会让人觉得"很像是血"。

"在纸糊头颅的斩首处，也抹了血糊，不过它与真正的鲜血不同的地方，在于不管时间经过多久，还是一样颜色鲜红。"

"也有泛黑的血糊，活像是凝固变硬的鲜血。"

阿清知道得真详细。

"您可真清楚呢。"

阿近一脸感佩。阿清闻言，抬手捂嘴而笑。

"因为以前麻曾就近看过剧坊和珍奇展示屋所用的小道具。"

"哦。这么说来，您曾经在剧坊待过喽？"

"不不不。"

"堂哥，人家阿清女士在惠比寿藩的城内工作。"

在城内工作，与剧坊的生活根本就像剪刀和水瓮一样——八竿子打不着。然而，阿清却笑着回答："因为在城里工作，麻与四处巡回演出的

---

[1] 板血的日文念作いたち，与鼬的日文同音。

剧坊也算有点儿交集。"

阿清说她在惠比寿讲中看到那个装血糊的大蛤蜊,忆起了当时的种种。

"种种过往令人怀念,就让麻话说从前吧。"那遥望远方的眼神,满溢温暖的诙谐之色。

远州惠比寿藩位于东海道的要冲上,自开藩以来,便一直是身为谱代[1]的传统大名大黑家的领地。

领地虽小,但这片气候温暖、土地肥沃的平原,水利完善,水田广阔,沿岸设有良港,渔业也相当发达。在一片白沙的美丽海滨上,地拉网的捕鱼方式自古一路传承至今。

虽然俸禄仅三万石,但因为有丰富的海产,水果的栽种和售卖也相当热络,所以实际上惠比寿藩一直保有远胜过俸禄的富足财政。

在藩内,大黑家代代都尊崇刚正朴实的风气,常抑制内讧,所以政局稳定,不曾有明显的动乱或民变,领民在祥和的环境下生活。居城建造在领地东侧一处可俯瞰东海道的山丘上,因其天守[2]的形状独特,人称花兜城,备受领民敬爱。

阿清出生于一处能够远眺这座花兜城的沿海渔村。每天早上她都会依序向太阳以及花兜城合掌膜拜。这座渔村名叫朝日村。阿清家是村里从事渔获中盘商的滨屋。

阿清的父亲忠二郎是滨屋的第五代当家。妻子阿源是从邻村嫁来此地的,原本是忠二郎的哥哥——第四代当家忠一郎的妻子。但夫妻俩生下一个儿子后不久,忠一郎便突然辞世。当时仍未娶妻的弟弟继承家业,

---

[1] 指谱代大名,是昔日关原之战前便臣服德川家康的非亲族大名。
[2] 日本城堡中最高、最主要,也最具代表性的部分,具有瞭望、指挥的功能。

同时接收哥哥留下的遗孀和儿子。

忠二郎和阿源陆续生下自己的孩子，共有两男两女。阿清是家中的幺女。忠二郎对其实是自己侄子的长男视如己出，这五名兄弟姐妹便和睦地长大。

在惠比寿藩，人们称渔获的中盘商为"海滨搜刮者"。因为他们从海滨的这头到另一头，像搜刮似的对地拉网捕获的鱼开价收购。自然而然，这些店家全都以"滨"字来为自己的屋号命名，所以取店主名字中的一个字，命名为"滨×"，便成为习惯。忠二郎的滨屋名为"滨忠"。

渔业为惠比寿藩的丰厚财源，所以要当渔获的中盘商，需要藩国的许可证，并加入股东会。股东会的召集人在城下的町役[1]中也算是很重要的角色。有实力推出这种召集人角色的大中盘商，大多会在城下开店，只派中盘伙计住在渔村。

滨忠的创始人原本也是这种中盘伙计，后来因为在店内工作多年，得到认同，这才获赐许可证，得以在朝日村开店。

朝日村是个大渔村，拥有自己的渔船、渔网、渔夫的船东共有三家，彼此动不动就爱一较高下。渔夫间动手打架早已不是什么新鲜事，不过在大浪或是渔获持续歉收的时候，他们则会互相帮助，不取分毫。前方约两公里远处，有一家朝日客栈，人员货物进出频繁，整个村庄呈现悠闲、蓬勃、丰足的气象。

朝日村渔夫的孩子从小就开始帮父母的忙。渔夫驾船出海四处撒网，最后再拉回海滨，众人合力将地拉网拉上岸，孩子在帮忙时也都很开心（只要不是在冷彻肌骨的寒冬或倾盆大雨的情况下）。

孩子因此知晓鱼的种类、不同的产季和价值，以及分辨哪种鱼有危险。

---

[1] 江户时代，身份为町人，在町奉行底下掌管民政的官差。

男孩学习船只和道具的维修，女孩学习如何杀鱼，将其制成鱼干。这些打杂的工作一再累积，等到男孩开始变声，女孩开始煮红豆饭时，他们就已拥有成熟的技能。

"海滨搜刮者"的孩子算是商人之子，但也算是村里的孩子，和渔夫一样，靠海滨抓到的鱼糊口。所以在地拉网时一样会混在众人里头帮忙，从中学习，不过在朝日村，这三家船东对他们立下了规矩。

"如果孩子没有成为渔夫的打算，等到十岁，就不准碰海边的工作。"

在渔村里，就属船东最有权威。中盘商如果被船东嫌弃，就无法做这项生意了，而如果没有值得信赖的中盘商，船东辛苦从海里捕来的渔获便无法改换成现金。因此两者相辅相成。不过也有对立的时候。此外，中盘商也常会借钱给船东底下的渔夫，有时会因此引发纠纷。所以他们认为，孩子一样不可轻忽看待，等到十岁就该做个区隔。

滨忠的兄弟姐妹也都遵从这项规矩，只在海边工作到十岁，接着便依序不再碰海边的工作。身为忠一郎遗腹子的长男忠一与次男，都全力投入读书与中盘工作的学习中，三男则到村里的造船师傅底下当学徒。

姐妹中的长女，是大阿清两岁的姐姐阿万，她一到了十岁，便在母亲那边亲戚的请托下，到其他村庄当别人家的养女。对方是在该村船东底下工作的船老大，可能是妻子体弱，嫁入门三年一直都没孩子。对方一再向她母亲央求："人们说，如果收了养子，就会带弟妹过来，而阿源你是五个孩子的妈，请你务必分一个孩子给我。如果是个可靠的女孩，就算我老婆体弱多病，想必也能扮演好母亲的角色。当然，我们会好好养育她，日后让她嫁个好人家的。"尽管一开始阿源百般不愿，但最终还是妥协了。

阿清后来仍清楚记得与姐姐道别的那个夏日清晨。

那年夏天，沙丁鱼大丰收，海滨几乎每天都在庆祝。而且那天早上，阿清他们地拉网拖上岸的渔网中捕到了章鱼，有个孩子贸然出手，结果被牢牢吸附，越是想扯下，缠得越紧，相当罕见，惹得众人哈哈大笑。

阿清和一名感情好的女孩踩着玫瑰，从沙地往上来到村庄入口后，看见阿万由一名穿戴着手甲和绑腿、头戴斗笠的陌生男子牵着，拖着脚步走在村庄西侧的路上。姐姐同样穿着之前没见过的衣服和绑腿。

"喂，姐！"阿清朗声唤道，"你要去哪儿呀？"

姐姐猛然停步，望向阿清。虽是远望，但的确是望向她没错。

然而，阿万却马上转过脸去，再度迈步向前。身旁的男子也拉着她的手，似乎微微加快了步伐。

"喂！姐！你没听到吗？"从海边无法直直走向西边的十字路，因为那里有一处坡坡度甚陡，有约两层楼高的断崖。虽然焦急，但眼下如果不先回村里，从村庄穿过去，就得一路跑到崖下，沿着断崖追去。

以一名八岁女孩的思考，当务之急就是别跟丢姐姐，所以阿清奔向崖下。她一面跑，一面反复叫唤姐姐的名字。尽管跑得上气不接下气，还是扯开嗓门叫唤。

然而，姐姐却逃也似的远去，背影越来越远。

"啊！姐！我是阿清啊！你丢下我到底要去哪儿啊！"

她不明所以，感到悲从中来，放声大哭。她一边哭喊着，一边奔跑，来到海岸的尽头，直到前方变成一片岩地，这才停步。但她仍然握紧拳头大声哭喊。这时有人走近，就像要把她抱起似的，从后方紧紧搂着她。

是长兄忠一。

"不可以一早就哭。"

"大哥，姐姐她……"阿清抽抽噎噎地哭诉着。忠一轻抚她的头说道："嗯，阿万到别的村庄去了。爹娘不是说过吗，你生性健忘，睡一晚就

113

忘了。"

"好了,别哭了。"忠一哄着阿清,"虽说是别的村庄,那里却是娘出生的村庄,听说同样可以捕到很多鱼。他们会好好待阿万,就像过年和中元节一起过一样,她会有好日子过的。等你长大后,也可以自己去看她。所以你就别哭了,好吗?"

"我不要!"阿清手脚乱动,大哭大闹。她哭累了,停止哭泣后,才发现忠一脸上满是瘀青和抓伤。回家后,阿清挨了忠二郎骂,也挨了阿源骂,阿源自己也边骂边哭,所以阿清也跟着哭了。一时哭过了头,感到饥肠辘辘,头昏眼花,就这么睡着了,醒来后已是夕阳西下。

不知道是有人通报,还是阿清的哭声太响亮,传进耳里,那位住在造船师傅家的三男也回到家中,一家人聚在一起吃晚餐,已许久不曾这样了。

所有哥哥都跟阿清说,她以后要是都不哭,乖乖听话,改天就带她去找姐姐阿万。

"阿万是想悄悄离开,不让你知道。不是因为讨厌你而丢下你不管。"滨忠的人们都忙着安抚阿清,因而没注意到当时有股腥风越过夏夜的大海,吹拂而来。

乌云笼罩星空。没人能清楚地看见**那个东西**。

好在没人看见。因为要是目睹,将会小命不保。

就算保住了性命,也会因此发疯。阿清因思念阿万而哭着睡着的那个晚上,那股风吹过朝日村后往回吹,然后再次吹过村庄后往回吹,拍打每户人家的门。惊吓村民的这阵风,是海亡者的风。

海中有各种妖怪和怪物,海亡者也是其中之一。

在惠比寿藩的渔村里无人不晓。

海亡者并非呈现人的样貌。不,应该说它不具备生物的形体。真要比喻的话，它的形状就像山蛭，长着一只大眼。它乘着海风飞行，敲打房门或窗户。要是不小心打开门，看见它的独眼，不是被一口从头吞下，就是发疯。

不同于它的名称，这并非死于海中的人们心中的悔恨化成的妖怪，而是无法前往西方净土，在途中落入海中的灵魂化成的形体。据说无法前往西方净土的死者也是没人供养的，所以每当吹起象征海亡者靠近的腥风时，只要马上焚香诵经就不会有事。

因此，在阿清睡着，什么都不知道的那天晚上，朝日村里一直传来焚香的气味，到处都传出诵念"南无阿弥陀佛"的声音。

滨忠店内也一样，待阿清睡着，好不容易松了口气后，忠二郎和阿源几乎同时发现风声有异。

他们拦住正准备返回师父家中的三男，紧闭门窗，开始焚香，众人一起念佛，免除灾难。

幸好夏天的夜晚不长，海亡者天明就会离去，在那之前谁都不能外出。等天一亮，朝日村的渔夫都忙着准备出海捕鱼。大家当然都在谈论昨晚海亡者的事。

朝日村的三大船东，分别是位于村庄东边的东家，位于西边的西家，以及身为这三家菩提寺的檀家[1]总代表的寺家。这天早上，眼看东家和西家都匆匆忙忙出海捕鱼，唯独寺家没出船。

"反正今天也没鱼可捕。"寺家船东将渔夫赶去客栈，对他们说，"海亡者出现的第二天，海里的鱼会四处逃散，不见踪影。你们全都去喝酒，就当消灾解厄。"

他则独自缓步前往海滨。东家和西家都是刚接班的船东，年纪尚轻。

---

1 供奉祖先坟墓和牌位的寺院，人们称之为菩提寺。而向寺院捐献金钱的人家，称作檀家。

而寺家的船东则是年近六旬的老先生,虽然身体还硬朗,但满脸皱纹,头顶光秃,连他那颗光头也被烈日海风肆虐得黝黑锃亮,是位历经千锤百炼的渔夫。

以前这位船东因为有件非办不可的事前往城下,结果他所到之处散发浓浓的海潮味,引来了许多海鸥和野猫,最后甚至惊动町里的官差前来查看,闹了个大笑话,这似乎确有其事。

滨忠的忠二郎常在东家进出,每当有客户订货时,便会和西家的人一同跟渔夫做生意,但是和寺家却只有见面时客气问候,没进一步的往来。由于滨忠的第一代老板是来自城下的中盘商,算是"外地人",一直都受朝日村最资深的寺家鄙视,不许他在寺家进出。但是这天早上,寺家之所以来到海边,是因为有事找忠二郎。

"滨忠,侬昨天进账多少银两,瓦就付侬多少,侬今天就别做生意了,跟瓦一起到瓦家一趟。"

忠二郎吓得直发抖,比昨晚听到载着海亡者前来的风声时还要害怕。

"瓦没有丝毫顶撞船东之意,但可否告知召见瓦的用意?"

他战战兢兢地询问后,寺家以沙哑混浊的声音应道:"有事找侬的,不是瓦,是老夫人。"

老夫人是寺家的母亲。她鲜少外出,就只会一年一度在前一代寺家老爷忌日这天,由寺家的渔夫扛轿载着前往菩提寺。

"老夫人见瓦是有什么要事呢……"

寺家朝一脸慌张的忠二郎啐了一声:"见面之后就知道了。"接着他凑近忠二郎,压低声音道,"老夫人说,昨晚的海亡者是滨忠家的女儿唤来的。要是不快点告诉侬,日后又发生同样的事,不仅侬女儿可怜,也会给村子带来困扰。"

滨忠家的女儿有猛魔声。

"寺家的老夫人主动这么说，麻爹惊讶莫名。"

阿清背对着那临时张罗的白纸挂轴说道："刚才我也说过，在麻的故乡有所谓的'猛魔声'，据说这种声音会唤醒亡者，唤来妖怪，很受人排斥。麻爹娘都很清楚这件事，但他们做梦也没想到，自己的女儿竟然拥有这种声音。"

"当时您也和现在一样……"阿近思考了一会儿后，如此询问。阿清应道："不，当时麻还不是这种任谁听了都马上会注意到的奇特声音，而是和一般女孩没有两样。"

因为拥有猛魔声的人，小时候还无从分辨。

"长大后会变声，所以很快就知道了。但是小时候如果没引发某种状况，是无从得知的。"

某种状况——怪异的风波。

"听说老夫人知道各种案例，她一一说给麻爹听。"

在一名老妇的丧礼中，死者年幼的孙女抱着桶棺哭泣，结果尸体打开桶棺棺盖，站了起来，亲人全被吓破了胆。

一名武士的孩子在神社内练剑，朗声吆喝，结果一只黑色怪鸟飞来，停在鸟居上叫了一声，四周的草木瞬间枯萎。

一名年轻的媳妇受婆婆虐待，在厨房的角落很不甘心地哭泣，暗自咒骂婆婆。结果从炉灶里冒出一只足以用双手环抱的黝黑粗大手臂，一路往前延伸，一把揪住在房里的婆婆的发髻，将她的头发连根拔下，接着又消失在炉灶里。

一对在墓地附近的草地上边割草边聊天的姐妹，被一只长得像稻草人的单脚怪物追着跑，她们死命地逃，这才甩开怪物。

"这故事里的姐妹，不清楚到底哪个有猛魔声，所以她们的父亲日后又分别单独带她们前往那个地方确认。"

富次郎发出"哇"的一声,略显怯缩。

"这么一来,那只长得像稻草人的怪物,不就会在那对姐妹其中一人的声音叫唤下再度出现吗?"

"若不这么做,就无法确认。"阿清神色自若地说道,"不过,如果是能唤出怪物的猛魔声,就能命怪物离去。因此,要是稻草人出现的话,只要对它说一句'请你回去',就没事了。只不过,每个妖怪的情况不同……"

——你为何叫唤我?

"有的会生气,或是纠缠不休,像这种时候只要说,'麻是因为想知道侬的名字,所以才叫唤侬',询问对方的名字,然后请它离去,这样就行了。"

原来如此,阿近深有所感:"堂哥,这可真有意思。"

"嗯……不过,这方面的事我应付不来。"

阿清开心地呵呵轻笑:"小少爷,您讨厌妖怪吗?"

"我不会主动想要看妖怪。"

"大部分人都是这样。不过,既是这样,您为何担任百物语的聆听者呢?"

"因为坐在这里当聆听者的话,听完故事就没事了,并非自己真的遇上妖怪。"

"不妨试一次当面遇上妖怪,这样不是可以试试自己的胆量吗?既然这样,那麻就帮您唤来妖怪吧。"

"咦!不妥!万万不可啊,您就饶了我吧。"富次郎吓出一身冷汗,频频磕头求饶,阿近和阿清都笑了。

"抱歉。"阿清也以和蔼的表情行了一礼。

"刚才开您玩笑,真是不好意思。坦白说,虽然麻现在仍是这种古怪的声音，但以猛魔声呼唤妖怪或亡者的力量，几乎所剩无几了。"

毕竟上了年纪。

"猛魔声的力量和人的腰腿一样，上了年纪就会变弱。"

啊，太好了——富次郎抚胸庆幸。

"老夫人告诉麻爹许多事，都是为了麻好，得要牢记在心的事。"

有猛魔声的孩子，长大后声音会陡然改变。了解的人一听就知道是怎么回事，所以或许会嫌弃这孩子，但是绝不能骂。

阿清是个女孩，或许日后有人会上门提亲，如果对方是通晓世故的人家，就不会讨厌猛魔声，反而还会认为她能消灾除魔而看重她。只要好好教养她，让她不管嫁去哪儿都不会丢脸，这样就行了。

阿清只要在墓地一出声，就会唤醒亡者。如果担心的话，在她长成之前，别让她靠近墓地即可。

不可让阿清大声叫喊，也不能轻声低语。猛魔声大则传向远方，小则渗进地底深处。简言之，要避免没必要的谈话，将她养育成一个有规矩的好女孩，只在有事的时候才简明扼要地与人交谈，这点很重要。

当阿清说梦话时，要回复她，并让她停止说梦话。一般认为有人在说梦话时不能回复。但猛魔声在说梦话时，是妖怪主动向她搭话，她正在回答妖怪的话，所以要用人的声音打断她，让她别再说梦话。

阿清自言自语时，要仔细听她在说些什么。事后向她询问，如果她记得自己说了些什么，就可以不去管。但要是阿清不记得自己刚才在自言自语，这就是妖怪向她搭话，她做出回答。像这种时候就得朝她身上撒盐，对她诵经一整天，在结束前绝不能再让她说话。

"……真辛苦呢。"

"听说麻爹听得脸色发白地返家，不过……"

寺家的老夫人也对忠二郎和阿清说了很鼓励人心的话：

"有猛魔声的人，是为了世人而降生在这世上的，是带着天命而来，所以百病不侵，也不会受伤。阿清或许有朝一日会拯救我们朝日村远离重大的灾难，对大黑家的主君也会大有助益。"

听说她还补充，有猛魔声的女人一定都是大美人。虽然他们已经知道阿清有猛魔声，但之后阿清的生活并未马上发生改变。忠二郎和阿源谨守寺家老夫人的教诲，逐一教导阿清这些规矩。

像先前海亡者前来时那样的风波，后来再也没发生，而周遭也没人知道阿清的秘密。

但到了阿清十三岁那年，开始有代表女人性征的月经后，就像早已等候许久般，她的声音起了明显的变化。

这么一来就再也无法掩饰了。

此事马上在村里的大人之间传开。"滨忠的女儿有猛魔声呢。""先前那个夏天的海亡者事件,难道就是阿清唤来的？"有人明白后接受了此事，也有人又害怕又愤怒，觉得阿清待在朝日村里是一大困扰。这些人在背地里说坏话，与滨忠保持距离。甚至连村里的孩子也跟着起哄。每当有人成为大人害怕或讨厌的对象，就会在一旁加倍起哄，这是孩子的天性。

每次他们看到阿清，就会追过去缠住她，又叫又闹：

"哟，猛魔声，猛魔声。"

如果他们是半开玩笑，只要别搭理即可。但某次一群不长眼的渔夫之子朝她丢石头，并大喊："滚出村子！"阿清吓了一大跳，这次她可真的恼火了。

她转过身来，恶狠狠地瞪着他们，以低沉却清楚的声音说道："你们这些家伙，麻用猛魔声叫唤妖怪，命它今晚站在你们枕边，这样你们也不怕，是吧？"男孩吓得魂不附体，大叫一声，拔腿就跑，扬起飞沙。

但当中有个人胆子特别大，他回瞪阿清，挺出下巴，满是憎恨地撅下话来，还朝她吐了口唾沫。

"瓦才不在乎呢，汝有本事的话就叫啊！"

虽说这是还不懂道理的小孩所做的事，但还是很过分。这男孩之所以展现出如此强烈的恶意，肯定是因为他的父母很讨厌阿清，平时老叨念着"这个有猛魔声的人，要是能从这村子里消失就好了"。

阿清固然痛苦，但是对身为村里"海滨搜刮者"的滨忠来说更是痛苦，她感到无地容身。

他们一家人为此发愁，有村民看了心下不忍，便向那些讨厌阿清的人晓以大义，想加以劝慰；但有时双方一言不合，大打出手，这更令滨忠感到歉疚，无地自容。

但这样还是能勉强度日，主要的原因之一是船东寺家时常多方关照。而船东背后，更有老夫人展现其威仪。

"有猛魔声的人，会对世人带来助益。瓦们的老夫人这么说，肯定不会有错。敢向阿清和滨忠找碴儿的人，就如同向寺家挑衅，瓦会让他们明白这点。"

而另一个原因，则是朝日村长期渔获丰收，收入丰厚，无灾无难，人们过着祥和的日子。要是发生什么灾祸，肯定会引来"不是说会对世人带来助益吗""猛魔声果然不吉利，哪能消灾除魔啊"之类的批评，马上成为众人指责的对象。

换言之，这只是暂时的祥和。要是稍有渔获歉收、瘟疫、渔船翻覆等情形发生，就算再怎么没道理，大家也一定都会怪罪到猛魔声头上。

"阿清还是早点离开村子比较好。"父亲忠二郎做出决定，在同业聚会中请人帮阿清在城下找工作。

"如果是城下町，人多，工作也多。阿清应该能混在那里讨生活吧。"

"她有猛魔声的事，就瞒着别让人知道吧。"这么一来，阿清得变得沉默寡言才行，像饭馆、澡堂、蔬果店这种在做生意时需要大声吆喝的店家，都不适合她去。

后来找到一家干货店，对方说不管她是沉默寡言还是态度冷淡都没关系，只要工作勤奋就行。一开始忠二郎开心极了，但后来得知那家店后方有座大寺院，而阿清被分配到的女侍房间正好与寺院的墓地相邻，忠二郎便急忙拒绝了这份工作。

要不就是在接洽当女侍的工作时，觉得一切顺利，事后才得知，名义上说是当女侍，其实是当老爷的小妾，当真是一波三折，忠二郎为之抱头苦恼。

"这世上应该有通晓世事的人家，认定拥有猛魔声的人可以消灾除魔，而加以礼遇。可以请寺家帮忙向这样的人家询问看看吗？"

"别把气出在瓦家身上。"忠二郎最后甚至跑去找船东寺家商量。对于"海滨搜刮者"，这样做实在很不知分寸，向寺家抱怨，可说是忘恩负义之举。

阿清是个秉性温顺的女孩，所以这些纷扰全反映在她身上。

她躲避村民的冰冷眼神，向保护她的人鞠躬感谢，但每当她想一吐郁积心中的郁闷时，就马上会被打断，换来一句"别大声说话"。尽管只是一些苦笑就能带过的小事，但如果一再累积，就会成为难以承受之苦。

——像麻这种人，干脆死掉算了，这样才对大家有助益。

某天下午，她心里浮现这个念头，走向可以俯瞰海边的高崖。秋末的天空布满乌云，海面平静无波，一片死灰。她独自伫立，任凭海风吹乱她的发，这时耳畔突然传来一阵振翅声，她惊讶地转头一看，与停在身旁的一只海鸥四目交接。

海鸥以它捕鱼用的强大钩爪掐住阿清肩膀的皮肉，显得气定神闲，或者应该说是神情傲慢。渔村的居民很习惯海鸥之类的海鸟，而海鸟也不怕人，为了接收捕鱼时满出的鱼儿，它们会主动聚集，但还不至于和人亲近到直接停在肩上的程度。

阿清为之一惊，停住不动，这时海鸥咕咕地说起话来。

不是"鸣叫"，而是如假包换地"说着人话"。

而且它说的话，阿清听得一清二楚：

"猛魔声，告诉你一个好消息，你听仔细了。"海鸥对阿清说起话来，"朝日驿站有家叫松屋的客栈，有一对老夫妇在那里投宿。这对老夫妇耳背，虽然通过肢体语言也能与人沟通，但如果家中没有个女侍帮忙，还是诸多不便。"

说完后，海鸥展开双翅，朝阿清的脸颊一拍，复又纵身飞向天际。雪白的双翅被云海吞没，旋即不见踪影。

阿清呆立在原地，过了一会儿思绪才跟上，逐渐明白是怎么回事。

刚才那不是海鸥。虽然是海鸥的模样，但那其实是"猛魔"。

——因为它的眼睛。

那不是鸟眼，是人眼，海鸥的脸长着人的眼睛。

不管怎样，这个猛魔可真好心呢。

朝日驿站的客栈松屋，一对耳背的老夫妇。有这样的线索就够了。阿清冲下高崖，往朝日驿站而去。

这个客栈町与朝日村互有往来，当中有许多熟面孔。爱说话的渔夫到这里喝酒、赌钱，顺便散播村里的传闻，所以这里的人应该也都知道阿清有猛魔声的事。她本以为自己一踏进这里，人们就不会给她好脸色看，但其实是她自己想多了。对忙碌的客栈町来说，朝日村内的纷扰完全与他们无关。阿清这才得以顺利抵达松屋。

后来她到底说了些什么，她自己也想不起来，不过，她能和驿站里的人沟通。

到朝日驿站投宿的客人,很多都是听说附近的朝日村有地拉网,特地前来参观,所以他们看阿清气喘吁吁地从村里跑来,似乎误以为是某位旅客有东西忘在村里,她特地送来。

"你说那对耳背的老夫妇,是指笹间屋的老太爷夫妇吗?"

对方马上帮忙通报,当真幸运。

笹间屋是城下数一数二的蔬果批发商,这对老夫妇是五兵卫和阿陆。两人感情和睦,但因为耳背,就像那只海鸥猛魔所说的,只能用比画手脚的方式沟通。

详细的原委,阿清后来才慢慢得知,情况大致是这样的:阿陆从小就听力不好,这套通过比画进行沟通的方法,是她的青梅竹马五兵卫为了阿陆特别构思而成的。两情相悦的两人组建了家庭,二十多年后,他们将店交由儿子和儿媳掌管,退休。

这时五兵卫也因年迈而重听,所以两人之间的沟通已完全不靠声音,而靠比画手脚。真是一对幸福的老夫妇啊。

但是两人多年来练就的比画手脚的沟通术,别人却难以理解。就连儿子儿媳也不太懂,靠笔谈又太花时间,所以会忍不住大声嚷嚷。伙计也没那个耐性去学这套比画手脚的方法,他们认为,如果是平日的家事,不必问这对老夫妇的意愿,擅自替他们决定就行了,对两人相当轻忽(虽然没有恶意)。

(我们常感到生气、焦急,真的很伤脑筋。我们养老的住所,已经换过三名女侍,她们都待不住。)

五兵卫比画手脚,向阿清传达他的想法。

噢,就是这对夫妇没错。海鸥猛魔,谢谢你。

阿清当场恭敬地向老夫妇跪下磕头,现学现卖,比画手脚回应。

(请让麻在两位身边当女侍,让麻竭力服侍两位。)

五兵卫与阿陆互望一眼后,莞尔一笑。

(汝好像学得挺快的。)

就这样,阿清找到了工作。

五兵卫和阿陆到附近的温泉地泡汤疗养,令人吃惊的是,昨天早上他们曾到朝日村参观地拉网捕鱼法(如果是那个村庄长大的女孩,身份应该没问题)。这对夫妻见阿清就这样只身前来,急着马上要当他们的女侍,似乎也猜出当中另有隐情,但他们并未逼问缘由。

虽然这对老夫妻在生活上有些不便,但他们的态度也未免太从容豁达了。

不过,后来阿清能流畅地比画手脚和他们"交谈"后,便明白了个中缘由。

听说夫妻俩在遇见阿清的前一天晚上,都做了一个不可思议的梦。

五兵卫已过世多年的母亲突然现身对他说:"明天侬会遇见一名好女侍。她是个工作勤奋的好女孩,会仔细照顾你们两人。要是她来访,侬就马上雇用她,不必多言。"话一说完,便化为一只海鸥飞远。

阿清也趁这个机会,将自己有猛魔声,以及遇见长着人眼的海鸥那件事告诉这对老夫妻。

五兵卫和阿陆大为感佩。

(先母生前并非特别喜爱海鸥,不过,她的灵魂却以如此不可思议的方式现身。)

(麻如果投胎转世,希望能变成麻雀,而不是海鸥。)

(如果能投胎转世为飞鸟,瓦要当老鹰。汝要是麻雀,那可就伤脑筋了。瓦会把汝抓来吃。)

这样的对话,将阿清逗笑了。

她的人生因为遇见了这对夫妇而得到救赎。阿清常有这样的感触,所以当时她悄悄在心中立誓，不管他们两人日后在第几世转世投胎成什么，自己都要在一旁服侍他们。如果是鸟，她就变成鸟；如果是鱼，她就变成鱼。要紧紧跟随他们两人。

夫妇俩养老的居所位于城下町的外郊。向统管当地农家的村长租下宅邸里的一间别房，在庭院开辟一小块田地，栽种地瓜、蔬菜，过着闲适的生活。

城下的笹间屋不时会派人送来衣服和食物。尽管上了年纪，但夫妻俩都很硬朗，虽然耳背，不过眼力甚好。阿清在这个养老的居所第一次认真学习针线活儿，阿陆是位善于教导的好老师。阿清还向五兵卫学习了读书和算盘。

除了有客人到养老居所来，或是有事到村长家，阿清都不必开口说话。养老居所生活平静，完全没必要大声说话。她比画手脚的本事越来越纯熟，过没多久，阿清便觉得，这样交流反而比较自然。

（这炖煮会太咸吗？）

就连这样的自言自语，她都是偏着头比手势来"说"。

对阿清而言，这是她封印自己猛魔声的一份用心，此举换来了五兵卫和阿陆的夸奖，说她很有心，不管多么细碎的话语，都一定会努力"说"出来，好让他们能"听见"。

（不不不，麻这只是图自己方便。）

每次受到夸奖，阿清都觉得受之有愧，所以极力否认。

（阿清真是个老实人。）

结果又受到了夸奖。虽然不太能接受，但阿清心里很高兴。住在朝日驿站的温泉疗养，是这对老夫妇一生当中唯一一次的奢华享受，之后他们不曾离开养老居所出外旅行，不过常到附近的山上健行。春天赏花，夏天避暑，秋天赏枫红，阿清也陪伴老夫妇走遍养老居所周边的景点。

他们拎着便当,愉悦地享受美景。在晴空万里的日子,可以清楚望见花兜城的壮阔景致,以及天守阁上群鸥飞舞的景象。有时这会让她想起在朝日村的过往。

她过着幸福的日子,对生活不会感到不满足,也不会觉得不安;但世事无永恒。在养老居所生活届满八年的某天,五兵卫病倒,卧床半个月后便与世长辞。他没什么病痛,只是傍晚时发烧,说觉得冷,渐渐无法进食,最后就像沉睡般,平静走完人生。

(他是寿终正寝,走得很庄严。)

阿陆坚强地说道。替他办完丧事后,她过着每天早晚都对着丈夫牌位"说话"的日子。

阿清也比之前更加细心地照料阿陆,常常陪在她身旁,但她还是情绪低落难以平复。一两年的时间过去,阿陆还是无法恢复往昔真正的笑脸,终日将自己关在养老居所里,元气渐失。

"在身心都逐渐虚弱时,又染上了风寒,情况实在很糟糕。"

阿陆同样走得很安详。在一旁看顾的阿清,为了不让自己哭出声来,紧咬着围裙啜泣。

要是大声哭泣,就会唤来妖怪,将阿陆的灵魂带往奇怪的地方去,那可万万不行。

村长派人到城下来,笹间屋的店主夫妇和伙计也都火速赶来。笹间屋的菩提寺和墓地也都位于城下町,遗体得装进临时桶棺运走才行。替五兵卫办理丧事时,阿清能以阿陆贴身女侍的身份行动,但这次是为阿陆办丧事,所以一切都得听从笹间屋的吩咐。

对阿清而言,这是件麻烦事。她已许久不曾被听力正常的人包围。这时她才明白,自己有多么习惯和这对老夫妇同住的生活。就算人们开口吩咐她事情,她也常会不由自主地比画手脚回应。当自己想问什么,或是说些什么时，也常在开口前先比画起来。

"汝不用比手语。"就算笹间屋的老板一再纠正她，已经养成的习惯也不是说改就能改的。

"阿清，看来汝很用心服侍瓦爹娘呢。"老板很温柔地对她这样说，但笹间屋的老板娘明摆着不喜欢阿清。

"老爷，侬这是什么话？阿清她一直这样比画手脚，是在挖苦麻们不孝吧。"

"是你想多了吧。"

"不，阿清是在责怪侬和麻扔下爹娘不管。喏，侬看她那手势，那分明是在说麻们的坏话。"

老板娘语气激动，无比厌恶地大声嚷着："阿清，不准汝来吊丧，麻现在马上解雇汝，汝快滚。"

虽然想回嘴，但阿清仍旧不发一语，强忍了下来。五兵卫和阿陆对她的恩惠，是她永生难忘的宝物。如果只是双手合十为他们祈冥福，在任何地方都能办到。不能一直待在这里，与他们二老的儿子儿媳起冲突。

——回朝日村去吧。

可是就算回去，当初她逃离村庄的苦衷仍在，所以她不可能在村里长住。眼下也只能和爹娘商量了，看往后的人生该怎么走。

与五兵卫和阿陆一起快乐生活近十年，阿清也到了让人笑她嫁不出去的年纪。

——就像童话故事里的浦岛太郎[1]一样。现在想必已没有婚事上门了，但爹人面广，或许能帮忙找一份女侍的工作。

她迅速收拾细软，装进包袱里，背着走出养老居所，在门口低头行

---

[1] 日本古代传说中的人物。浦岛太郎因帮助了海龟而受到感谢，被带到海底的龙宫，在龙宫中快活地度过了几天，回到地面却过了几百年。——编者注

了一礼，迈步离去。五兵卫亡故后，为了替双脚变得虚弱无力的阿陆打气，出门散步时，阿清总是牵着她的手。如今阿清成了只身一人，紧握手中的，是包袱所打的结。

过去的种种经历化为回忆，浮现在眼前，阿清的步履变得沉重。她心不在焉地沉浸在愁思中，一时没发现一阵脚步声从后面追赶而来。

"阿清，阿清。"她吓了一跳。是笹间屋的店主。他像小偷般，模样颇为着急。

"不好意思，等瓦们回城下后，汝快回养老居所去。里头还有东西要整理，而且瓦想请汝留下来看顾。"

"可是老板娘说……"

"这件事别让老板娘知道。听好了，汝要留下来看顾。等丧礼忙完后，瓦会再回来，届时有重要的事要跟汝说。村长那边瓦已事先拜托过了，他们不会赶走汝的。"

就这样，接着换阿清像小偷一样，躲在草丛里，等到四下无人，才回到养老居所。

屋里空荡荡的，没半点暖意，阿陆特地请城下的佛具店替五兵卫打造的摆设佛龛的位置，现在空无一物，只有榻榻米上留下一个方形的凹痕，令人感到落寞。

阿清整理打扫，走下之前和老夫妇一起耕种的庭院农地，动手修整，过着独居的生活。

过了一天、两天、三天，到了第四天早上，厨房的米柜已经见底，正不知如何是好时，村长家一位常见的女侍送食物过来。她送来的不是白米，而是杂谷。不过，只有阿清一个人吃，吃杂谷才合她的身份。

这名女侍在村长家的女侍当中也算颇有年纪，似乎相当资深，不仅消息灵通，也爱打听消息。

"听说笹间屋的老板请汝留下来看顾房子?"

"是的。"阿清回答后,她面露不怀好意的笑容。

"像汝这样沉默寡言、态度冷淡、皮肤黝黑的女人,到底哪里好?汝家老爷想养汝当妾,是吗?"

阿清一愣:"这事麻可没听说。"

那名资深女侍斜眼看着阿清,那眼神令人看了很不舒服。

"怎么可能没听说。这就像猜谜一样。只有汝不知道而已。"

那名女侍自己这么认定,不断嚷嚷着"噢,真讨厌""不知道在想什么""要是有人跟笹间屋的老板娘通报就好了",然后离去。

——有重要的事要跟汝说。

是要麻当小妾的事吗?所以老爷才会那样偷偷摸摸?这下可伤脑筋了——阿清并没这么想。

当然了,阿清没那个意思。笹间屋的老板就像菩萨一样(事实上,他的确比老板娘温柔多了),就算他是出于慈悲心,想将无依无靠的阿清纳为小妾,阿清也会加以婉拒。这处养老居所留有她与五兵卫、阿陆的共同回忆,她不想在这里过那种生活,感觉会玷污自己珍贵之物,那样一定会遭报应的。

——如果老爷说的重要的事是指这个,而要逼麻就范的话……

阿清能做的事只有一件,就是以猛魔声大叫。这里不是海边,所以阿清也不知道会唤来什么妖怪。因为是这种特殊情况,如果能事先看看栖息在山野或田地里的猛魔,这对拥有猛魔声的主人来说应该会有助益吧。

脑中浮现这个念头的自己,究竟是可靠,还是可悲呢?阿清觉得好笑,忍不住发出呵呵的笑声。当时她正捧着装有杂谷的麻袋,站在田埂边,用锄头戳进庭院的地面。

当天晚上，在草木皆已沉睡的丑时（凌晨两点）发生了一件事。

养老居所的防雨门传来叩叩的敲门声。和五兵卫与阿陆在世时一样，阿清睡在厨房旁的小房间里。不过，那敲打防雨门的声音，是先从面向庭院的外廊方向响起，接着绕过外墙，传向厨房。

这时候已不是轻轻的叩叩声，而是咚咚咚的敲打声，声响震耳。

她全身一僵，不知发生了何事，紧接着，在那咚咚咚的敲打声中，夹杂着某个混浊的叫唤声：

"你叫我吗？你叫我吗？"

阿清吓得紧紧抱头。传来某个沉物被拉起来的声响，接着一直到朝阳射进屋内，阿清完全没睡。

待天亮后，她才惴惴不安地前往庭院查看。田地没被破坏，看不出任何异状。不过防雨门、墙壁、木门上留有许多手印，全都是七根手指的手印。

猛魔声可真不简单。她又再度分不清自己这样究竟是可靠还是可悲。阿清朝庭院的田地施肥，很小心地提醒自己不能笑。

"您不觉得害怕吗？"

面对阿近的询问，阿清摇了摇头。

"因为麻有猛魔声，所以这也是没办法的事。与其害怕，还不如与它和睦共处。"

阿清拿起茶杯，啜饮了一口已经由热转温的茶。

阿近注意到铁壶的开水热度，准备重新沏茶。

"哎呀，真不简单。好胆量。"开口夸赞后，富次郎面露苦笑，"不过，村长家的女侍会想歪，我认为也是无可厚非的吧。"

"您是指老爷想纳麻为小妾的事，对吧？有可能吗？"

阿清笑着应道，但富次郎却是一脸认真。

"男人脑子里想的,不外乎这种事。因为阿清夫人不是长得很标致吗?寺家的老夫人也那么说。不不不,就算现在也还是很美。"

"堂哥。"阿近出言提醒。

"阿近你不这么认为吗?笹间屋的老板娘会那么莫名其妙地大吵大闹,也是阿清夫人长得漂亮的缘故。她已经料到,家中的老爷绝不会就此放着这名女侍不管。"

"与其打探这种问题,不如继续往下听吧。笹间屋的老板什么时候回到养老居所的呢?"

"就在发生那件事的第二天。"尝了一口阿近重沏的热茶后,阿清搁下茶杯,重新坐正。

"老爷跟麻提到的事,远比这更加令人意外——不过,这件事确实很重要。"因为他要阿清当大黑家公主的贴身女侍。

花兜城的城主——大黑家的主君,与长期住在江户的正室育有二男三女,与待在藩国的侧室则育有一女。长子已成年,而且也已有未婚妻。

这位侧室并非武家出身,而是领地内一户姓铃原的地方豪农之女。当初为了学习礼仪而到花兜城当宫内女侍,蒙主君垂青,成为侧室,不久便生下了公主。因为生长于铃原而人称铃夫人的这位侧室,亦即惠比寿藩的国夫人,年纪比正室足足小上一轮,有沉鱼落雁之貌。虽然深受主君宠爱,但生完公主后,一直都没能再怀胎。这样反而幸运。要是生下男孩,只会招来住在江户的正室及其拥护者的憎恨。

性情温和且身子骨孱弱的铃夫人,以自己的陪嫁金在城内一隅张罗了一座铃妃官邸,与公主两人过着低调的生活。她不曾仗恃主君对她的宠爱而过上奢华的生活,或是提出任性的要求。领民对她没有不良的风评,但她也没特别受人景仰。

铃原是蜜柑的产地,所以她另有个绰号叫蜜柑夫人。不过这称号一半是出自亲近感,另一半是因为这位国夫人出身平民,对她带有一分轻视。对惠比寿藩的家臣以及领民而言,这位行事低调、个性温柔的铃夫人,无论如何都不会是带来烦恼的根源,然而……这位公主却出了点小问题——她不说话。

这位公主在婴儿时期哭声响亮,所以不可能发不出声音。如果某处发出巨大声响,她会惊讶地望向该处,而且叫唤她的名字,她也知道是在叫她,所以也不可能耳聋。然而她就是不说话。打出生至今,从没说过一句话。不曾叫过主君"爹",也不曾叫铃夫人"娘"。公主就这样三岁、四岁、五岁、六岁,一路成长……如今已是个双颊圆润,剪着妹妹头,睁着一双浑圆大眼的可爱女孩,但身边从没有人听过她说话。

这位公主名叫加代,随从暗地里都叫她"沉默公主"。当然了,主君和铃夫人不可能坐视不管。他们无比担心,想尽各种办法,将领地内的名医全都请来替她看诊,甚至大老远从江户请大夫来。每位大夫看过后,都纳闷儿地表示"公主完全没问题"。

"这样的话,会不会是遭人施咒而无法说话呢?"

代代侍奉大黑家的奶妈一族提出这种看法,所以他们把领地到远州一带的知名僧侣和祈祷师全都请来,或是带公主前往,但也都徒劳无功。

"公主没有任何问题,她的身体和灵魂也都很洁净。"当真令人百思不解,身为她的父母,实在是难过又着急。

"公主难道是学不会说话?"

于是他们又试着派学者和藩校的老师前来。

"加代公主读写都能牢牢记住,甚至比同年纪的孩子识字更多,毛笔字也写得很工整。"这样父母固然感到庆幸,但公主沉默之谜始终无解,众人一筹莫展。与公主沟通如果靠笔谈,很花时间,但在日常生活中没有任何不便。父母都没责怪她的沉默，只让她多接触歌曲、和歌会，安排机会让她发声说话，静静地在一旁守护——公主过着这样的生活，如今已经七岁。

可能就这样八岁、九岁、十岁一直生活下去，很快便到了适婚年纪。她会一直沉默下去，还是哪天突然就开口说话呢？这委实令人烦恼。但也只能接受这样的公主，努力让她日后生活不会有任何不便。主君和铃夫人都这样打定主意。

话说，惠比寿藩向来凡事消息畅通，但唯独这位沉默公主的事，在城内是人们守口如瓶的秘密。当然也是因为这不是人们会主动四处宣扬的事，不过，一旦此事传进江户的正室耳中……"大黑家不需要这样的女儿，不如将她和她母亲一同送回娘家去吧。"可想而知，正室一定会毫不客气地这样说。

大名的正室和待在藩国的侧室一直都没机会见到彼此，但正室还是会心生嫉妒。"因为公主个性古怪，所以主君为她操心？哼，少装了，根本就是不安好心！"……就像这样。

要是惹正室不高兴，与正室娘家闹僵，就会为大黑家带来诸多困扰。主君与正室闹得不愉快，侍从也为难。最好的做法就是巧妙地隐瞒此事，绝不让此事传进正室耳中。因此沉默公主的事，便成了花兜城的秘密，领民也几乎不知道。

尽管如此，主君终究身为人父，他也想为沉默公主做些什么。如果这是某种疾病或魔障，难道就真的没有办法可以解决吗？

倘若公主没有任何问题，就只是天生无法说话，那就天命不可违，只能坦然接受了。不过，为公主今后的人生着想，就不能光靠笔谈，应该想出一个更有效率的方法来和周围人沟通才行。

主君经常思考这个问题，为之苦恼，并命令几名信得过的亲信持续四处查探这类方法。

某天,底下的一名眼线不经意遇上城下的笹间屋。

笹间屋是花兜城的御用商家,店主获准可以和负责主君餐膳的伙房主事往来。他与见习的年轻官差素有交谊,从城下的传闻,乃至于自己身边发生的事,无话不谈。当时笹间屋的老板不经意谈到位于近郊的养老居所,谈到他父亲过世,母亲变得无精打采,好在有位能干的女侍陪在一旁,更谈到这名女侍学会他耳背的父母独创的手语技能,不必通过言语,便能将他们照顾得无微不至。不过他本人倒是完全忘了此事。

"不必通过言语,就能流畅地与人沟通。"

这句听来的话语辗转传入主君的亲信耳中,亲信再进一步禀报主君。

"找笹间屋来,进一步问出详情。那套手语技能或许对加代公主有助益。"

在主君的命令下,亲信的使者立即造访笹间屋,当时正值阿陆过世,家人准备赶往养老居所。笹间屋老板大为吃惊。耳背的父母想出的手语技能,在城内派得上用场?不管怎样,还是得先忙完阿陆的丧礼再说。由于城里的官差下了严密的封口令,所以笹间屋老板连跟老板娘也没透露此事,自行前往养老居所查看,进而得知那名叫阿清的女侍(其实一直到这时候,老板都还不太记得阿清的名字)之前已完全养成习惯的手语技能,并未因他母亲过世而生疏,尽管开口跟她说话,她也是以手语回答。

——很好,就算爹娘都已不在人世,但只要有这名女侍在,似乎就能符合官差大人的需要。他这才松了口气,才会告诉阿清"瓦会再回来,有重要的事要跟汝说",听起来实在容易让人起疑。

"举办丧礼时,瓦很想带汝一起回笹间屋去,但因为老板娘一直有意见,所以才没办法跟汝说明此事。"

这下就真相大白,终于明白是怎么回事了。不是要当老板的小妾,阿清松了口气。笹间屋的老板也辛苦了。不过,这件"重要的事"实在来得太突然。接下来得前往城内见城里的官差,如果能获得允许,笹间屋会成为阿清的保证人,阿清将会进城,在铃妃官邸担任加代公主的贴身女侍。

——浦岛太郎是先解救了海龟后,才得以前往龙宫城的。阿清却跳过了解救海龟这个阶段,直接前往贵人的宅邸。

"瓦爹娘和汝光是靠比画手脚,就能过生活,没任何不便,而且汝工作勤奋,绝不是一个粗心大意的女人,所以瓦才揽下这项差事。一切都已经谈妥了。"

城里的官差希望安排阿清和加代公主见面,就近看她展现手语的技巧。

"也就是说,主君和铃夫人也希望这么做。这样汝明白了吧?"

"麻明白,可是像麻这样的人进城内工作,这实在……"

"虽然瓦也这么认为,但因为这只有汝才办得到。"

"公主看到麻这张黝黑的老脸,会害怕的。要是她被吓哭,觉得讨厌,那麻该怎么办才好?"

"所以汝自己要多加小心,别让这种情形发生。要是汝惹公主或铃夫人不开心,可不光是汝一个人丢了性命,笹间屋也会被问罪。瓦们会遭受磔刑[1],财产会全数充公。"

哇,好可怕。这也太夸张了吧。——还是逃走吧。要是之前早点逃走就好了。

---

1 将肢体分裂的一种古代酷刑。——编者注

"汝可别想要逃走哦，阿清。"笹间屋老板加以恫吓，"汝没忘了当初瓦爹娘收留汝的恩情吧。"这摆明着是在讨恩情，但经他这么一说，确实难受。

五兵卫和阿陆那温柔的笑脸浮现在眼前。

——就算向他们两人坦言麻有猛魔声，他们也完全没露出嫌弃的神情。

阿清在自己生长的村子里受人嫌弃，给父母兄弟添麻烦，最后只能逃离那里，是这对老夫妇慈祥地接纳了她。想到这里，她猛然一惊。据说出生至今从没开口说过话的加代公主，该不会也有猛魔声吧？因为她自己明白这点，所以才一直不说话、不出声？

——如果是这样，那公主就是麻的同伴。不，同伴这样的说法太过僭越失礼，不过，能了解公主心情的人，或许就只有麻一人了。阿清想起朝日村寺家老夫人说过的话：

"有猛魔声的人，是为了世人而降生在这世上的……对大黑家的主君也会大有助益。"

那不正是这眼前的情况吗？那位老夫人和神明一样长命百岁，所以她能说中这种情况，也不足为奇。

"老爷。"

"什、什么事？"

可能是见阿清的神情改变，笹间屋老板为之怯缩。

"麻愿意入城服侍。"

这次是真的要离开这个熟悉的养老居所了。此时的阿清只有决心，没有眼泪。

——如果在城里过得不顺利，麻就召唤猛魔大闹一场，然后趁机逃离。

她同时抱持了如此大胆的决心。

事情谈妥后，过了两天，阿清就此来到铃妃官邸。

"当然了，麻有猛魔声的事没跟任何人提。此事不能随便乱说。"

她从一位服侍耳背的老夫妇多年的勤奋女侍，变成花兜城内院里身份最低下的内院女侍，身穿丝绸和服、白布袜，头上梳着岛田髻。她黝黑的肌肤抹香粉反而奇怪，所以她索性不施脂粉。

"走路要贴地而行。如果没事，就低着头。不准随意开口说话。"毕竟她是上了年纪的乡下人，所以只要能遵守这三项吩咐也就行了。

那么，在铃妃官邸，他们指派阿清的工作又是什么呢？

"加代公主的掌便盆者。"

阿清说完后，比阿近和富次郎还要抢先一步呵呵笑了起来。

"公主当时已经七岁了，一般这个年纪的孩子早已不再使用便盆。但官邸里的女众，个个衣服都穿得很讲究，比起自己上厕所，还不如用便盆方便。"

掌便盆者，就是在公主想用便盆时马上送来，用完后再加以收拾清理的侍者。五兵卫和阿陆当初卧病时也用便盆，最后甚至还穿尿布。这工作阿清做惯了。替小公主处理大小便，只算是小事一桩。

"加代公主的便盆，每一个造型都稀奇有趣。"

"每一个？"

"因为经常使用，所以有很多个便盆可供替换。有的把手是鹤头，有的是琵琶造型，而且采用漂亮的涂漆，五颜六色皆有。"

富次郎为之一惊："便盆一个就够用了吧？同样的便盆，只要洗过后再用不就行了？"

"如果洗完后马上又要用，就会又湿又冷。得充分晾干才行。

"也只有公主才会这样。"公主有她偏好的便盆，而且会根据不同的日子而改变。

"她会说'我想用这个便盆',为了应对这种情形,会事先准备写好字的纸张。"

"鸭子便盆""青蛙便盆""琵琶便盆""方形便盆"……

"另外,随便哪个都行的时候,用'便盆'。这些全都是城内的文书官所写,字迹俊秀,每当公主想如厕时,就会拿起其中一张纸。"

想起那一本正经的画面就觉得好笑,但阿近还是说:"对不起。这不该笑的,对吧?"

沉默的公主就连这种小事也得如此大费周章。不论是服侍的一方,还是被服侍的一方,都觉得既焦急又不便。

"因为公主还只是小孩子,所以麻看了也觉得很心疼。于是毛碌老师跟麻说:'既然这样,你就好好保有这份心,将你的技能传授给公主吧'"。

毛碌老师?

"是公主的老师吗?"

"不,应该算是惠比寿藩的藩医吧。代代服侍大黑家的医生世家,为毛木一族。"

不同于负责替主君、正室、少主把脉看诊的专属大夫,主君另外指派了在毛木家中相当有年纪(说好听一点儿,是比较熟练)的大夫,来担任铃夫人和加代公主的专属大夫。

"当时他已是年近七十的老先生。"

此人名叫毛木碌山,简称"毛碌[1]"。

"他也这样自称,所以也就不必顾忌了。"

决定让加代公主学会笹间屋老夫妇自创的手语,以及为此提拔阿清,安排她当"掌便盆者"的人,就是这位毛碌老师。

---

[1] 在日文中音同"耄碌",为"老糊涂"的意思。

"'便盆'一词很短,而且就算再讨厌,一天当中也会一再用到。"

"确实如此。"

"麻担任掌便盆者,只要公主需要便盆,就会叫唤麻。这样麻们就会打照面。"等公主自然而然地熟悉阿清后……"再看准机会,主动以手语对公主说,像'便盆'这个词是这样的手势。这也是出自毛碌老师的指导。"

其实在阿清进花兜城工作前那两天,大半时间都是跟这位毛碌老师面谈,以及接受他严密的调查。老师问阿清,她所学的手语技能有什么规矩,是否能简单明了地传授他人而且方便好记,问她那是不是"派得上用场"的技能。

"后来就是因为老师认为这派得上用场,麻才得以进城工作,不过坦白说,麻原本认为这套手语不是那么轻易就能让公主学会的。"

因为阿清自己也是在五兵卫和阿陆身旁边看边学,花了好几年的时间才将当中细节的内容学全。

"首先是五十音,得分别用手指的形状来表示,将它们串联成语言,如果光是这样还不容易了解含意,就再加上肢体动作。"

例如"鸭子",先以手指比出它的五十音之后,再以手做出鸭脖子的形状,双手做振翅的动作。

"哦……"

"所以当时麻也跟老师说,公主应该会觉得麻烦而排斥吧。"

这时,毛碌老师说,就是因为既麻烦又复杂,所以才有趣,只要这么想就会记住了,小孩子都是这样。于是阿清也决定尽力尝试,而"便盆"就是这一切的开端。

"这样或许会打乱您故事的前后顺序,但可以容我问个问题吗?"阿近问,"如果只有加代公主一个人学习这种手语,应该不够吧?至少她母亲铃夫人也该一起学,否则一样无法和公主沟通。"不管是怎样的语言,都要有懂它的对象在才有用。"

阿清用力点头:"当然,就像小姐您说的。不过城内的每一个人……尤其是铃夫人,她不管这当中的缘由为何,只希望公主能开口说话。"

或者应该说,只要能问出公主为何不说话,这样就够了。一旦能明白个中原因,就能开辟出解决之道。

"她不希望永远都靠手语和公主沟通。倒不如说,真是这样的话,反而才伤脑筋。"如果只是以其他技能来取代笔谈,这样根本没任何用处。

"这样啊……"

"因此,麻传授这项技能的对象,只有公主和毛碌老师。"

在为期两天的面谈和调查中,毛碌老师已大致将五十音的手指形状记下,并作成字典。

"他可一点儿都没老糊涂呢。"

"按道理来说,或许是这样没错,不过对一名幼子而言,母亲的角色很特别,公主应该还是很希望铃夫人也能学会手语吧。"

听阿近这么说,富次郎应道"不不不"。

他在一旁插嘴:"这是一般人的想法。身为藩国大名的夫人,哪能为了比'鸭子'而挥动双手,做出振翅的动作呢?鸟倒还好。如果要比蜈蚣的话该怎么办?要模仿在地上爬行的动作吗?"

"铃夫人会有什么事非得讲到'蜈蚣'这个词不可?"

"哦,你不知道吗?武家有个风俗,就是在盔甲上加进蜈蚣的图案。用它来图吉利,期许能发挥一骑当千的本事。"

"那不就要画有一千只脚的蜈蚣?我觉得画千手观音会比较好吧。"

阿清自顾自地吃着金锷饼,看他们两人你一言我一语,一派轻松。

"啊,失礼了。"阿近羞红了脸。

此时阿清已吃完金锷饼,以怀纸仔细擦拭着手指,对他们说:"铃夫人出身农家，所以有时会被人瞧不起，认为她出身卑微。"流传于街坊间的绰号蜜柑夫人，还算是比较可爱的称呼。在城内的生活中，有人背地里说得更难听。

"就算再怎么疼爱加代公主，多么希望她开口说话，夫人都不能用奇怪的手语跟她沟通。"

更何况，得尽可能守住沉默公主的这个秘密。

"说的也是。问了不该问的问题，请您见谅。"

阿清呵呵轻笑："养老居所常有蜈蚣出没。五兵卫先生、阿陆女士，还有麻，三人都会比这个动作。"像蜈蚣一样扭动着身躯，连手也一起扭动。

"那就继续说便盆的事吧。"

"好，谈便盆，对吧。加代公主的情况如何呢？"

阿近与富次郎皆重新坐正。

"简单来说，一切都照毛碌老师所预料的进行。"

公主看见阿清指着便盆，并以手指做出"お""ま""る"[1]的手指文字。

"起初她很惊讶，但接着马上用笔谈。"

——你手指比的是什么？

"麻接受公主询问后，马上请毛碌老师前来。"

老师坐在继续比"お""ま""る"的阿清的身旁，对公主说，这叫作手指文字。

——手指文字。

"刚好当时公主和奶妈在玩贝壳配对的游戏，麻指着其中一个，做出'かい'[2]的手指文字。结果公主马上学着做。"

---

[1] おまる是便盆的日文假名。

[2] かい是汉字"贝"的日文假名。

かい。"か"和"い"。

公主用指甲宛如樱贝般娇小的手指做出形状。

"接着她指着麻，微微侧头，所以麻比出'せ''い'[1]的手指文字。"

阿清以手指轻戳自己鼻头后，伏地行了一礼，公主以漂亮的字迹写下：你的名字是清。

接着以手指文字比出"せ""い"。

"毛碌老师也夸公主学得真快。"

——毛碌。

公主写下这行字后，望向阿清。

"も""う""ろ""く"。

以手指做出动作后，公主也跟着学。因为动作不太对，所以阿清又做了一次，这次可就学得有模有样了。

"麻觉得很钦佩。公主果然聪明，学习能力这么强的孩子不多见。麻一时投入，指着身边的各种东西，比出手指文字。"

同样投入、认真模仿的加代公主，突然皱起眉头，神情忸怩地比出一串手指文字。

"お""ま""る"。

"'让她等了这么久，真是糟糕。'事后毛碌老师说。"

——其实公主也因为笔谈麻烦而觉得排斥，现在靠手指文字和比画手脚就能传达话语，有了这样全新的知识，她应该也很高兴吧。

加代公主就像海绵吸水一样，不断学习阿清教导的技能。毛碌老师制作的手指文字字典很快就被翻烂，但过不到一个月，这本字典对公主来说已无用处。

---

[1] せい是汉字"清"的日文假名。

"很快地，公主与麻的对话速度，老师已经跟不上了。"

老师甚至还央求说，请看在老年人的分儿上，"说"慢一点儿。

"重要的谜题就这样解开了吗？"加代公主为什么不说话？能请她本人亲口回答这个疑问吗？

"关于这点……因为公主还小。"尽管老师询问，她也只是说——某天我的声音突然不见了。

就算阿清询问也一样。

——我的声音不见了。

"声音不见了？"富次郎盘起双臂，陷入沉思。

"不懂为何会突然不见。"也不清楚该怎么做，才会由"无"变"有"，重拾原本应有的声音。

"毛碌先生备感沮丧。"因为投入了这么多精力、时间，却白忙一场。

"虽然麻没资格说些什么，不过，公主自从学会手指文字和手语后，整个人变得开朗许多。"

这也是理所当然的。因为她就此从诸多不便的笔谈中解放出来，随时随地都能尽情地与人沟通。

"公主很快乐地使用手指文字，以各种手语跟麻交谈。麻觉得得到了充分的回报。"而且公主真的很可爱。想到这里，阿清脸上笑靥如花。

天真又无欲的阿清，很喜欢加代公主。

"麻心想，现在和公主已经这么亲近，也差不多可以试着问公主那件事了。"加代公主是否拥有猛魔声，是否有人曾告诉她这件事，并暗中盼咐她绝不能发出声音。

"趁毛碌老师不在的时候吗？"

"是的。他盼咐麻不准对公主口出无礼之言。他骂起人来可是很可怕的。"

正因为公主还是个天真无知的孩子，所以阿清才想趁没人注意时与她交谈，却没想到出奇地困难。

"麻心想……今天就算了，明天再说吧。就这样一直观望，结果发生了其他的麻烦事。"

原本就跟在公主身旁照料她的奶妈，见阿清受公主重用，心生嫉妒，开始暗中使坏。

这名奶妈名叫宇乃，是从前任主君的时代就已在花兜城内院服侍的资深女侍。内院女侍每个都对她毕恭毕敬，就连主君的亲信和小姓[1]也都很明白，要是惹她不高兴，保证吃不了兜着走。

"宇乃女士想将麻赶出城。"

只要每天找她麻烦，阿清应该就会自己离开城内。她原本就是个身份低贱的渔村女人。过不了多久，她就会心力俱疲，哭哭啼啼，夹着尾巴逃离这里。这样的企图真是肤浅，不过嫉妒通常就是这般浅薄。

"她总是鸡蛋里挑骨头来骂麻，出言挖苦，妨碍麻工作。当时麻觉得她是个头疼的人物。"

不过，与当初在朝日村被众人疏远，被扔石头的情形相比，这根本不值一提。

阿清一概逆来顺受，而宇乃越来越较真儿。她吩咐阿清，从今以后就和她睡同一间房，每天一起行动，要从头教导阿清礼仪。

这可就令阿清头疼了。

"因为自从笹间屋的老太爷夫妇死后，麻都是自己一个人睡。"进城服侍，做掌便盆者的工作后，也都是自己一个人睡在放便盆的木板地上。

"啊，对了。"阿近道，"您担心说梦话，对吧！"

---

1 在主君身旁负责各种杂务的近身侍卫。

如果一个人睡，不小心说梦话时，没人可以对她进行适当处置。所以每晚在就寝前，阿清都会用洗得褪色变软的手巾放进嘴里咬住。到时候若是让宇乃女士看到她这副模样，该如何解释才好？

"凭麻的头脑，实在想不出合理的谎言来蒙混。但麻又不想说出猛魔声的事。就算说了又怎样？为了表示麻不是信口胡说，是千真万确的事，麻势必要证明给她们看。"

"那不是很好吗？您就唤来猛魔，让那名坏心的老姑婆知道厉害。"

"事情可没那么简单。"

要是以猛魔声唤来妖怪，可不光会惊吓宇乃女士。如果将亡灵或妖怪唤来花兜城内，它们或许会伤害加代公主。就算没那样，也可能会让加代公主感到害怕。只要有这层顾虑，阿清就无法施展猛魔声。

"阿清女士，您真的很疼惜公主呢。"

听富次郎这么说，阿清显得很难为情。

"后来没办法，麻只好拿定主意，在第一次睡宇乃女士房间的那个晚上，向她低头恳求，说要是不这么做就睡不着觉——将手巾塞进嘴里。"

宇乃女士为之一愣，接着她问道：

"你这是为了将自己的梦话封印起来吧？"

用封印这个说法实在有点儿夸张，不过她可真是洞察力过人。阿清点头默认。

接着宇乃女士又问：

"你有猛魔声吗？"

这次换阿清吃惊了。

这位态度沉稳，没沾染半点儿俗世气息的奶妈宇乃女士，似乎从未离开过城内半步，俨然一副内院女侍总管之姿，这样的她竟然知道猛魔声？

——这是当地自古流传的传闻，不可能不知道。

宇乃女士突然显得感慨良深。

——阿清，你应该吃了不少苦吧。

"原本对麻百般刁难的她，态度起了一百八十度大转变。"不能大声说话，更不能悄声低语。阿清尽可能以平稳又清楚的声音说话。打从来到花兜城内，她第一次谈到自己的身世。

宇乃女士一脸感佩地聆听，接着长长叹了口气。

"然后她向我坦言，她也有一位亲人有猛魔声。"可能是不想对阿清透露详情，宇乃一会儿说对方是远亲，一会儿说是青梅竹马，虽然讲得前后不一，但从她边讲边抹泪的模样，大致可猜出是怎么回事。

"对方似乎是宇乃女士的未婚夫，或者两情相悦的对象。"

因为在官府里不小心发出猛魔声，引发风波，最后切腹谢罪，说来令人唏嘘。似乎是她年轻时发生的事。

"宇乃女士顺便提及自己的身世。"

两人因此化解心中的隔阂。原本年纪相差有如母女，出生和成长环境都不同的两人，变得相知相惜，无话不谈。

"公主之所以不开口说话，也许因为她有猛魔声。对于麻这样的猜测，宇乃女士只说了一句'你多虑了'。"

——拥有猛魔声的人，自己不会发现。向来都是引发风波后才知道。就算公主再聪明，也是一样。

"因此，加代公主是依自己的意思不说话，她说自己'声音不见了'，这个说法打从一开始就不合理。"

——话说回来，倘若公主拥有猛魔声，就算别人没发现，我宇乃也会第一个发现。如果是她婴儿时期还无力召唤猛魔，倒另当别论，但这些年来我一直守在公主身边，她周遭不曾发生过疑似猛魔声的怪事。

"当时她说：'你是在怀疑我宇乃瞎了眼，是吗？'狠狠训了麻一顿。"

阿清在学宇乃说话时，用的是长年在官邸服侍的老女侍说话的口吻，学得惟妙惟肖，所以阿近和富次郎都笑了。

"宇乃女士每次提到自己，都会说'我宇乃'，是吧？"

"她会像这样挺起胸膛，把手贴在胸前。"

如果是过着普通生活，两人应该没机会邂逅彼此，现在却能无话不谈。想到那幕光景，便不禁莞尔。

"麻问宇乃女士：既然这样，还记不记得公主是从什么时候开始失去声音的？"

——我宇乃完全没印象。

"什么嘛，竟然不记得了。平时那么耀武扬威，重要时刻却这么不可靠。"

"麻提议道，干脆就别再隐瞒，向领地内的人民集思广益吧。结果宇乃女士一听大为慌张。"

——你这个傻瓜，要是把事情闹大，对公主日后影响甚巨啊。要是江户的正室听闻此事，铃夫人和公主可能都会被逐出藩外啊。

"她其实也没那么坏嘛，因为她是站在夫人和公主这边。"

"这点麻也知道，但麻们一再讨论，却始终在原地打转。后来麻也累了，就决定等明天再说吧。"

这时，宇乃说她去看看公主，走出房外。

"麻一时不小心叹了口气，暗自低语：'唉，真是累人。'"

阿近不禁瞠目。富次郎的身子也为之一僵。

"阿清夫人，这……"

阿清一面点头，一面苦笑：

"没错，我不该那样。"

这是拥有猛魔声的人不该有的低语。

"麻也是在说出口之后才猛然回神。心想,糟糕,这该如何是好?"

担心也没用,一旦说出口的声音,就无法收回。

"到底会召来怎样的猛魔到花兜城内呢?麻一颗心七上八下。"

"接着您是怎么做的呢?"

"盖上被子,假装睡觉。"

"咦?没跟宇乃女士说吗?"

"反正等猛魔出现后,这件事就会穿帮了。"阿清在这方面果然胆大。

"也就是所谓的自暴自弃。"她盖着被子默念"南无阿弥陀佛"。正当她在心中默念时,宇乃女士静静返回房内。

——公主睡得很熟。

"然后她就睡着了。"

什么事也没发生吗?

"猛魔没出现吗?"

面对阿近的询问,阿清给了个别有深意的回答:

"没当场出现。"

之后阿清一直感到忐忑不安,难以成眠,等到朝阳射进花兜城内,她马上起身,四处查看有无异状。只要是准许她进入的地方,她全都逛过一遍。幸好轮值的官差看起来也都平安无事。

"不可能没有猛魔出现,所以应该是来了不太起眼而且无害的猛魔吧,若是这样就太好了。麻心里这么想,正抚胸感到庆幸时……"

阿清发现一件怪事。

"怎样的怪事?"阿近和富次郎移膝向前。

"公主的便盆……"

又是便盆?

"昨晚麻回寝室前，明明已排列整齐，但现在全乱了。"

加代公主有好几个便盆，种类多样。阿清向来都会依大小顺序排列好。

"排列顺序大乱。"

最大的方形便盆摆正中央，小小的蛙形便盆摆右边，上头有小鸟图案、形状短而宽的便盆则摆在左侧角落。

"麻觉得很纳闷儿，不知道是谁趁麻不注意的时候，将它们摆成这样。"

轮值的官差不会动公主的便盆。

"宇乃女士醒来后，麻试着向她询问昨晚她去查看公主情况时，公主是否用过便盆。"

——不，没有。如果公主想如厕的话，我会叫醒你。

也不是宇乃女士所为。

"要是继续追问，反而会惹来麻烦。"所以阿清就没再多问。

"那一整天，麻都提心吊胆，但最后平安无事。"

好险没事，今后要更加小心才行，阿清才刚这么想，第二天早上便又有怪事发生。

"公主的便盆……"

从头到尾都在谈便盆。

"全都被翻了过来。"

这就怪了。

"难道是跑来一只喜欢便盆的猛魔？"富次郎显得颇感兴趣，"有一种名叫'翻枕'的妖怪，会趁人睡觉时把枕头翻面。照这个线索来看，这家伙应该叫'翻便盆'。"

"堂哥。"

"好好好，我不乱说。"

第三天，公主的便盆改为依照大小顺序堆叠起来，显得摇摇欲坠。

妖怪"叠便盆"来也。

"将公主的便盆全部叠好,足足跟麻的身高差不多。要是翻倒的话,可能会伤及上头的涂漆,于是麻轻手轻脚地慢慢取下。"

这时背后传来一个轻细的声音:

"瓦的上头有纸糊犬的图案。"

阿清马上转头。没人。阳光照到狭窄的木板地上,格子窗清楚落下格子的暗影。

阿清重新开始整理便盆,这时再度传来那个声音:

"瓦已经十岁了,所以非得自己上厕所不可。男孩要是用这种东西,会挨父亲大人责骂。"

他称自己为"瓦",而且那的确是男孩的声音。

"厕所有只大**灶马**,所以瓦很不喜到厕所去。于是瓦向奶妈央求,偷偷用便盆。"

灶马是常出现在厕所里的一种昆虫。脚长,模样像蜘蛛,会蹦蹦跳跳,是一种讨人厌的昆虫。阿清也不喜欢。要是看到身边有灶马,二话不说,马上踩扁。

这次阿清没转头。她手里捧着一个画有樱花图案的便盆,尽可能以温柔的声音说道:"没错,灶马真的是很讨人厌的昆虫呢。"

对方没回答。窗外的小鸟可爱地鸣唱着。阿清将樱花图案的便盆搁向一旁,静静调匀呼吸。接着缓缓转身,面向身后。

刹那间,她看到了。

那是一个孩童的身影,顶着光头,穿着一件过短的和服,露出脚踝。他张开双脚,昂首挺胸而立。阿清一眨眼,他马上就消失了。

那当然不是活生生的小孩,一定是亡灵。虽然不知道他的身份,但可以知道是个在城内可以昂首而行的男孩。

他称自己父亲为"父亲大人",甚至还有奶妈。阿清当场正襟危坐,伏地拜倒说道:"您早。麻是加代公主的掌便盆者,名唤阿清。可否请教您的身份?"

——麻不知道您的大名,也没见过您,真是失礼之至。

落向地上的格子暗影上,有个更黑的暗影掠过。那影子传出声音:

"阿清,汝有猛魔声,对吧?"

能和他沟通,阿清心中感到雀跃。

"是的,麻天生就拥有猛魔声。"

"自从瓦离开人世后,就听不到阳间之人的声音了。"那声音确实是孩童没错。不过,刚才他本人也说过,他才十岁。如果是这样,为什么会理光头呢?如果是主君的孩子,应该到了梳发髻的年纪。

"不过,瓦只听得到猛魔声,汝的声音听得很清楚。"

这时,那名说话的男孩刚一出声,就突然消失,连人影也随之消失了。阿清慌了起来,不知发生何事,接着她听到官差的脚步声行经附近的走廊,朝这里而来。哦,原来是讨厌其他人的气息。

(麻明白了。麻也会小心,不让其他人察觉。)

她暗自在心中说道,然后像平时一样认真忙碌。只要有机会可以偷偷用猛魔声说话,就一定能再遇见那个孩子。她感觉鬼鬼祟祟的,连自己都觉得好笑。

可能是因为抱持这样的心情,午后她在侍候公主用便盆时,突然想到这件事,以手指文字询问。

(公主知道灶马吗?)

可能是连长寿的五兵卫和阿陆也没谈到过灶马,就算他们谈过,阿清也不会特别放在心上,所以没有用来表现灶马的手语。

阿清以手指文字比出"か""ど""う""ま"[1]，并做出蹦蹦跳跳的动作，夸张地皱起眉头。

公主一脸排斥。

（我讨厌！）

（您在哪儿看过？）

（北边的走廊。）

可能是光想就觉得恶心，公主几乎都快哭了。阿清倏然起身，单脚蹬地，发出声响。

负责守护公主房间的官差从竹帘后方探头窥望，所以阿清朝对方回以温柔的笑容。

（它要是出来，麻踩扁它。）

加代公主一脸认真地注视着阿清，迅速以手指文字回复。

（那是不好的虫子。看了会生病。）

嗯？那的确是喜欢栖息在潮湿处的昆虫，所以让人感觉不洁。但是看到灶马就会生病，阿清倒还是第一次听闻。

（灶马是疾病的来源吗？）

（是听母亲大人说的。宇乃也这么说。以前一国大人就是在厕所看到灶马，才会过世的。）

（嗯？一国大人是谁？）

（是之前的二储君。）

嗯？虽然对公主有点儿抱歉，但阿清越听越混乱。

（麻会好好守护公主，不让灶马靠近您。请您放心。）

阿清告知后，公主颔首。

---

[1] かどうま是灶马的日文假名。

到了日暮时分，好不容易放置便盆的地方只剩阿清一人，所以她发出低语声说："喂，麻是猛魔声阿清。"

没人应答。在夕阳余晖的红光下，感觉不到人或鬼魂的气息。

"您在附近吗？您的大名是一国大人吗？"

现场一片静悄悄的。

"您讨厌灶马，对吧？"

依旧静悄悄。行不通吗？会不会是弄错名字了？或者惹他生气了？夜深后，阿清突然醒来。

睡隔壁床的宇乃在睡觉时微微打鼾。有个小小的黑影蹲在她枕边。

"宇乃还睡到打鼾呢。"他如此说道，似乎觉得有趣，呵呵轻笑。

"身为女人还睡成这样，真是有失体统。"

阿清正准备起身，对方挥动着小手，制止了她。

"无妨。宇乃要是醒来就麻烦了。就这样，别吵醒她。"

阿清缓缓翻了个身，面向那个黑影。

"您是一国大人吗？"

"嗯。"

"加代公主说，您是之前的二储君。"

"意思是指在邦一之后，接任惠比寿藩主的顺位。"

邦一是现今的大黑家之主，惠比寿藩主君的名字。二储君亦即第二顺位继承人。

"虽然很不甘心，但瓦排第二顺位。年纪上明明是瓦大他一岁。"他以不悦的口吻说道。

呃，主君今年几岁呢？年纪比阿清大，但应该还不到四十岁，不，也许超过了。

"邦一今年三十七岁。"可能是早已看穿阿清苦思的内容，一国大人如此说道。

"真是抱歉,像麻这样的下人,不该暗数主君的年纪。这样就像数不出神明的年纪一样。"

"嗯,是吗?"一国大人的回答无比率直,声音无比稚嫩,阿清听了突然胸口一紧。

啊,眼前这位是真正的亡灵。

如果他还在世的话,将是一位三十八岁、气势过人的大人物,但现在却一直维持着小男孩的模样。一国大人站起身,面向阿清:"为什么露出那种神情?"

"抱歉。"阿清急忙重振精神,"一国大人,您一直都待在城内吗?"

"没错。我在守护着这座城。其实瓦才是花兜城的城主。"

真是趾高气扬。

"身为城主,自然不能放任混进城内的猛魔声不管,所以瓦才会现身。"

阿清恭敬地应了声"是"。

"只要有瓦在,就算汝再怎么用猛魔声说话,其他猛魔也不会过来。因为瓦的威势会让它们无法靠近,你大可放心。"

啊,原来是这么回事。

"一国大人可真是可靠。"阿清露出完全放下心中大石的神情,这时一国大人反倒慌了。

"不过,汝可别随便试探瓦的守护能力哦。"要懂得轻重拿捏。

一国大人继续说道:"要是从海边召来巨大的猛魔,瓦可能……会招架不住。"

真老实。

"要是瓦年纪大一点儿才过世,就什么都不怕了。"他那深感遗憾的模样很可爱，同时引人哀伤。

"真想见见一国大人长大的模样，不过，现在能这样拜见您，麻一样很高兴。"

"阿清，汝爱说谎，而且一身海潮味。"

"咦？"

"你出生于哪里？"

"朝日村。"

"位于城下西南边那处从事地拉网的渔村吗？原来如此，难怪汝的猛魔声中带有海潮的气味。"

整天都为眼前的生活忙得不可开交，之前从未有过这种感觉，此刻阿清却怀念起朝日村。

"一国大人，您很清楚领内的情况呢。"

"瓦是看图画记住的，瓦外祖父曾带瓦去过许多地方。"

"您去过哪里呢？"那小小的人影开心地一一列举村里以及领内的风景胜地。

"您最喜欢哪里？"

"瓦喜欢一处叫户毛的山村，那里开满了杏花。"

"想必风景很美。"

"瓦的坟墓就建在视野最好的一座山丘上。"一国大人像眺望远方似的抬头仰望。

"瓦母亲大人的娘家，是户毛村的乡士，所以瓦外祖父才会为瓦建造坟墓。后来母亲大人也来了，现在和瓦外祖父、外祖母葬在一起。"

宇乃的鼾声变得更响了。一国大人低头望着她的睡脸。

"以前宇乃是为了当瓦的奶妈才进城的。"

"是这样啊。"

"母亲大人没有乳汁,所以瓦是喝宇乃的奶长大的。宇乃的长子和瓦是同一个娘奶大的,现在不知道去哪儿了。"

"麻来问问宇乃女士吧。"

一国大人摇头。

"汝什么也别说,瓦不想让任何人知道。"

——不想让人知道瓦在这里的事,以及瓦化为一名亡魂,留在花兜城的事。

"宇乃认为瓦很憎恨大黑家。"这突如其来的话语,令阿清为之语塞。

"有时她甚至怀疑是碌山动了什么手脚。这些瓦都知道。"

"一国大人……"

"汝这个满是海潮味的阿清,还是什么都别知道的好。"

"是,麻脑袋不好。您这番话,麻听得一头雾水。"

"不懂最好。"

"呼噜!"宇乃鼾声如雷。她翻了个身,背对他们。

"阿清,汝为何来到城内?"

"麻是来教加代公主手指文字和手语的。"

"那个有意思,当中投注了不少巧思。瓦光是在一旁看,就记住了不少。"

在没人看见,也没让任何人察觉出他的气息的情况下,一国大人似乎一直很仔细地观察城内发生的种种事。

"真的只是为了这点?"

"是的。"

"汝没骗人?"

"没有。"

"汝要是说谎,瓦会生气哦。"

"岂敢，麻不敢对一国大人说谎。"

那娇小的男子身影倏然靠近。

"汝知道加代公主为何失去声音吗？"

"不知道。"

"宇乃和碌山也都说他们不知道吗？"

"是的。"

"嗯。"一国大人脸瞥向一旁，"也许是故意装不知道，不愿想起瓦的事吧。"

这番话充满神秘，吊人胃口。而身旁这位拥有猛魔声、浑身海潮味的女侍，完全跟不上他的思绪。所以阿清以她自己想到的问题提问："麻从公主那里听说，一国大人是因为看到灶马而染病，这是真的吗？"

"经这么一提，宇乃曾经也这么说过。"

她还是对此深信不疑啊——一国大人莞尔一笑。

"应该是因为这么想比较无害吧。"

这么说来，会有其他"有害"的想法，是吗？

"灶马有害吗？"

"那种肮脏的虫子，有时身上会带毒。"

"灶马没毒。它甚至不会蜇人。"

"阿清，汝对虫子倒是知道得挺多的嘛。"一国大人发出一声低吟，如此说道，"外形可怕的东西，有时会被当作诅咒来使用。宇乃应该是担心这点吧。"

"煮粥？那是什么？"

"阿清，汝该睡了。瓦要走了。"

"还能再和您见面吗？"

"瓦想的话，就会来找汝。"

阿清一眨眼,一国大人便已消失。

宇乃睡得很沉。阿清帮她把卷起的棉被重新盖好后,发了一会儿呆。

从那之后,一国大人便不时会出现在阿清面前。不过通常都是阿清独处时。一国大人不喜欢被别人看见。

"瓦的事不准跟任何人说。要是汝说了出去,瓦就再也不和汝见面,还会诅咒汝。"

要是被诅咒可就麻烦了,所以阿清一直谨守承诺。

"阿清,汝在干什么?"

猛一回神,那娇小的男孩身影就站在一旁。

"今天天气真好。"

"是啊,公主的便盆可以充分晾干。"

"这是最适合从天守俯瞰城下的季节,而且樱花盛开。"

"麻将加代公主的便盆拿去天守晾好了。"

"劝汝别这么做。小心掉脑袋。哈哈。"

一国大人相当调皮。虽然不会拿便盆开玩笑,但有一次不知为何,公主喜欢的人偶竟被人摆在主君位于天守的座位旁,引发不小的风波,有几名官差被狠狠训了一顿。

"一国大人,您的恶作剧令藩士伤透脑筋呢。"在便盆放置处,阿清叉着腰对他说教,"您如果真的是花兜城的城主,就不该这样让家臣难过。麻真是错看您了。"

"……对不起。"

他虽然调皮,却不是个不听话的孩子。不愧是大黑家的二储君,远比一般的十岁男孩更懂事、更博学。

阿清不仅没将一国大人的事告诉任何人,也没向人问过他的事。一国大人（隐隐约约）透露出的身世之谜，她并不想从别人口中打探。

一方面这么做太失礼了，另一方面她当然也是有这样的想法。但更重要的原因是，一国大人没说的事，要是自己先去打探，感觉很过分。

一国大人某次在谈话中不经意地说出自己为何顶着光头，身穿过短的和服。听了令人难过。

"为了让瓦退烧，碌山剃去瓦的头发。"

那身过短的和服，是他夏天的睡衣。

"但还是高烧不退，接着就一命呜呼，所以才这副模样。"

"治丧时，不是都会换上寿衣吗？"

"亡灵会一直维持死亡时的姿态。阿清，汝懂的事可真少，今后瓦会多方教导汝。"

同时，一国大人很想知道阿清的事，例如她的父母兄弟、朝日村的事、进城前做过些什么。

"原来想出手指文字和手语的，是笹间屋的人啊。"

由于笹间屋是藩内的御用蔬果批发商，所以一国大人也知道它的存在。

"瓦生病时，他们还献上了蜜柑。"

"那蜜柑您吃了吗？"

"只吃了一瓣。"又香又甜。

"一国大人，现在有什么是您能吃的吗？如果有喜欢吃的，麻可以为您供上。"

"瓦什么都不需要。"他冷冷应道，接着才又补上一句，"等瓦想到了再跟汝说。"

当时一国大人的神情略显落寞。

遇见一国大人后，过了两个多月，春去夏来，就在某个晴空万里的日子，铃夫人和加代公主在城内的庭院散步，阿清和宇乃与她们略微保持距离，缓缓跟在后头。

——咦？

阿清定睛凝视。加代公主的影子似乎呈现出奇怪的形状。每当加代公主来到太阳底下，影子变深时，影子的形状就会歪斜伸缩，就像有东西跑进公主的影子里，在里头作乱一样。真可疑。阿清斜眼偷瞄宇乃，看她有没有发现，但她在一旁直喊热，频频拭汗，显得无精打采。

这时，公主影子的头部旁，冷不防冒出一颗光头，接着又缩了回去。

——是一国大人！

阿清吓出一身冷汗。他明明坚称自己不想让任何人瞧见，怎么又躲在公主的影子里呢？

"宇、宇乃女士。"

"啥事？"

"您流了好多汗啊。这里有麻在，您就回屋休息吧。"

"这、这样啊。那就拜托你喽，阿清。"宇乃一副喜滋滋的模样，急忙返回城内。阿清快步走近铃夫人和加代公主，定睛注视公主的影子。

这时，就像早已等候多时般，公主影子的右肩处突然冒出另一只手臂，朝阿清挥手。

——您在这里做什么啊？

阿清忍住笑，低着头，恭敬地跟在这对母女身后。

在散步结束前的这段时间，这样的情形一再发生。

"阿清，你好像很开心呢。"铃夫人对此感到讶异。

"因为这庭院实在太美了，麻感觉宛如置身极乐世界。"这次换阿清冷汗直冒了。

后来一国大人现身在便盆放置处。

"很有趣吧。"他无比欢欣，"像那样躲在某个人的影子中，就不容易被发现。"

"以前您也这么做吗?"

"想到庭院散步的时候,就会这么做。"

"如果用这种方法,也可能走出城外吗?"

"我不到城外去。"他就像要打断这个话题般,马上如此应道,"瓦不离开花兜城。"

"不会偶尔想到其他地方看看吗?"

一国大人就像个闹脾气的小孩般噘起嘴:"瓦该待的地方,就是这座城。因为瓦是城主,怎么能离开这里,到其他地方去呢?阿清,汝净说傻话。"

他大动肝火,接着将清洗整理好的便盆一一翻倒。

"真是对不起。是麻不好。麻向您赔不是,请您别生气。"就在阿清低头赔罪时,青蛙外形的便盆撞向她的头。

——他为何那么生气?

阿清确实很笨,不够聪明,但她是远比一国大人成熟的大人。她以大人的判断力来思考。其实一国大人不是**不想离开**这座城,而是**没办法离开**吧。

记得好像曾经在哪儿听过,亡灵会被束缚在和他有渊源的场所,或是他觉得怀念的场所。话说回来,对一国大人来说,变成亡灵并不是一件好事。人死后就该渡过三途川,前往极乐净土。之所以会成为亡灵留在这世上,都是因为出了什么问题。是因为供养不够吗?应该不至于。因为他可是惠比寿藩的二储君。是因为留有遗憾吗?这是理所当然的。毕竟一国大人十岁就过世了。

——宇乃认为瓦很憎恨大黑家。

另外,加代公主失去声音这件事,他也语带玄机。

——宇乃和碌山也都说他们不知道吗？

——也许是故意装不知道，不愿想起瓦的事吧。

一国大人很可爱。阿清因为觉得有趣而和他一起快乐地度过这段日子，但是不该一直这样下去。如果一直这样放着一国大人不管，这可就不单是愚蠢了，还过于怠慢，可谓不忠。

这可该如何是好？现在能找谁商量呢？

阿清要是跟毛碌老师或宇乃女士坦言此事，他们一定都会大发雷霆，骂她为什么之前一直隐瞒不说。一个满是海潮味的女侍，把如此重要的事埋藏心中，装作一副若无其事的模样，实在愚蠢至极！

就算会挨骂也无所谓，向他们坦言一切吧。

可是，好不容易建立起的众人对她的信赖，将就此化为乌有，她想到便觉得难过。如果推说是因为一国大人向她下封口令，身为一个成年人，这样做实在很丢脸。

虽然为之苦恼，但一夜过后，一国大人又重拾欢颜，像原本一样风趣欢乐，而阿清也就这样将麻烦事暂时束之高阁了。

转眼夏去秋来。

没想到某天意外出现了解决之道。主君要带着铃夫人和加代公主到别邸观赏枫叶，预定留宿两晚，毛碌老师和宇乃也会同行。而阿清身为内院女侍，还不够格，所以没能同行，只能留在城内。这时，毛碌老师建议她，难得有这个机会，不妨告假一天外宿吧。

"只要向铃夫人求情，她马上就会答应你。我也会先派人通知笹间屋一声。"阿清闻言才猛然想到，那就找笹间屋的老板商量吧。

其实她是想回朝日村，请寺家的老夫人帮忙的。但只有一天外宿假，要回朝日村，路途太远。阿清唯一能仰赖的对象，就只有笹间屋老板了。

公主出发前往别邸的前一天，阿清做完各项准备后，回到便盆放置处，一国大人马上现身。

"阿清,汝也要外出吗?"

"麻会回笹间屋住一晚。"

"汝要丢下瓦一个人吗?"

"麻一天就回来。"

"真没意思。"

"既然这样,一国大人也跟麻一起来吧。只要您躲在麻的影子里,麻就能带您出去。"

一国大人闻言勃然大怒,展现出前所未见的怒容,小小的身影气得直发抖:"不管了!汝爱去哪儿就去哪儿吧。一去不回也无所谓!"

现场气氛闹得很僵。不过,既然铃夫人爽快地答应了阿清告假一天,现在当然不方便再提出取消。阿清便低着头,步履沉重地走出城外。

回到笹间屋后,老板夫妇一同前来迎接。老板就不用说了,连老板娘都笑盈盈地相迎,令阿清大为吃惊。

"我们收到了毛木老师的正式来信。"

"听说汝很受公主赏识呢。"老板娘说,阿清的功劳就是笹间屋的功劳。她大为开心。本以为老板娘是个难缠的人物,但她其实很有商人妻子的风范,似乎很懂得权衡利害得失,以此处世。

阿清就此松了口气,这样就能正大光明地与他们商量了。她打断这对夫妇慰劳自己的客套话,以"其实事情是这样的……"这句话当开头,道出来意。

猛魔声严禁悄声低语,所以阿清以平常的声音说话,但这把笹间屋的老板夫妇吓得脸色像寒空一般铁青。

"汝太大声了!"

"汝不该突然说这种事!"

"有什么不对？"

夫妇俩就像要趴在地上似的，压低身子，明明是在自己店内，却惶惑不安地环视四周。

"隔墙有耳，门外有眼。"

"难保不会被人听见。要是有人去密告，瓦们会被冠上不法之徒的罪名，被押送衙门的啊。"

阿清当初要进城时，他们也一样害怕，似乎很怕会被处死。阿清当场一愣，夫妇俩端详她之后，不约而同地叹了口气。

"算了，这也是没办法的事。因为城下的传闻没传到朝日村那里去。"

"传闻？"

"一国大人——二储君当初过世时，各种谣言满天飞。"

那已是二十八年前的事，笹间屋这对店主夫妇当时还年幼。传闻的大致内容是从他们父母或周围的大人那里听说的。

"当时大人严厉地嘱咐瓦，这不是可以随便向人提起的事。"

因为一国大人的死，疑点重重。

"据说是染上热病而死，不过大家怀疑他其实是遭人毒杀。"

咦！阿清差点儿叫出声来，急忙双手捂口，然后含混不清地问道："那么，他是被何人所杀？"

"嘘！汝太大声了。"

"阿清，汝安静听瓦说，别说话。瓦们会告诉汝的。"

一国大人是前任主君与国夫人生的长子。国夫人人称泷夫人。

"她是担任前任主君侧用人[1]的泷泽新右卫门之女。"

"所以才叫泷夫人。"

---

1 在主君身旁服侍的要职，地位仅次于老中。

泷夫人姿色无双，号称远州第一，不，是东海第一。主君对这位泷夫人宠爱有加，成天捧在手心。

"连在主君身旁服侍的家臣看了都觉得脸红。"与其说是宠爱，不如说是溺爱。

"泷夫人生下的孩子，就是一国大人。出生时像宝玉般漂亮，是个男孩。当时主君与江户的正室只生下一名公主，所以他虽然不是嫡长子，却是长男。"

"所以才取名一国。"

这是主君命名的，但正室得知后怒不可遏，似乎提出了严正的抗议。

——替侧室的孩子取名"一国"，太不合身份了！主君，您这是瞧不起本宫吗？

后来正室又生了一位小他一岁的邦一大人——大黑家第一顺位的继承人，亦即惠比寿藩的下一任藩主。家臣都怕会惹怒正室，所以主动改口叫一国大人为"二储君"。

正室对此还是不满意，想早点帮邦一大人添个弟弟，好让这个弟弟当二储君，但孩子是老天所赐，无法尽如人意。

"最后，正室亲生的儿子就只有邦一大人，泷夫人的亲生儿子也只有一国大人。"江户与藩国，分隔两地的同父异母兄弟，两人都是惠比寿藩重要的少主，主君对两人都同样疼爱。

"打从一国大人举行着袴[1]庆典的时候起，就有传闻说主君要迎接他到江户藩邸。"

笹间屋说起这个故事，就像亲眼所见般无比流畅。

"老爷，您对城里的事可真清楚。"

---

[1] 男子五岁时，举行庆贺"开始穿裙裤"的仪式。

"国夫人的孩子前往江户居住，势必隆重准备一番才行，还得举办庆祝宴席。这种时候，御用商人往往能大赚一笔。要是不够机灵，晚人一步，那可是连后代子孙都会跟着没面子，所以每个人都虎视眈眈。"

笹间屋在领地外也有客户，店主平时很小心，不让自己说话带有乡音。此刻只有夫妇俩和阿清聚在一起谈论此事，再无旁人，所以才会不时冒出乡音。这样更有一种说悄悄话的感觉。

"不过，一国大人前往江户一事，果然遭到正室的反对。"

——竟然用对待邦一的方式来对待侧室之子，真搞不懂主君是何心思！

"泷夫人也是，虽然明白，为了一国大人的未来着想，这么做比较好，却还是迟迟舍不得让孩子离开身边。"

此事一再延宕，对家臣多少产生了影响，而且是不良的影响。

"大体来说，藩内的家臣可分为两大派。"一派独尊正室和邦一大人，另一派则支持泷夫人和一国大人。

"原本泷夫人的父亲就是主君器重的侧用人。而且泷夫人生下一国大人，立下大功，所以他的地位也更上一层楼。尽管原本没有如此崇高的家世，但最后他还是一路升任为花兜城的城代家老。"支持泷夫人和一国大人的这派势力，原本颇有胜算，"正室对惠比寿藩的家臣来说，算是外人。她在江户过着奢侈的生活，与麻们少一份亲近感。"

明明很怕被处刑，但笹间屋的老板娘却敢说出这种大不敬的话来。"老板娘，你讲得太大声了。"阿清如此说道，望向笹间屋老板。听到这里就够了。

"一国大人就是在藩内一分为二的纷争中丢了性命……"此事说来可悲，笹间屋老板颔首，"因为对守护正室和邦一大人的势力来说，一国大人只能算是个绊脚石。"

某天突然高烧病倒的一国大人，痛苦了三天三夜后丧命。一直陪在枕边的泷夫人因极度悲伤而变得虚弱，在一国大人下葬后便一病不起，半个月后溘然长逝。

这个悲剧还没完。

泷夫人的丧礼甫结束没多久，她父亲城代家老泷泽新右卫门切腹自杀。

"他说令藩内动荡不安，让主君为此烦心，该为此负责。"泷泽家就此断绝。

新右卫门有嫡子，而且已娶妻生子，但后来一家离散，音信全无。

"后来前任主君没再另娶国夫人。正室又生下一名公主，在生产中丧命。"这样的结局，感觉是两败俱伤。就只有邦一大人——现今的主君，长成一位堂堂正正的大人物，成为惠比寿藩的藩主，是唯一的安慰。

"当时人们都说，一国大人的死法很古怪。哪有那种热病，其实是遭人下毒吧。这些传闻早在一国大人盖棺前，便已在城下散播开来。"甚至有不少人在窃窃私语谈论此事，没有提高警觉，结果被押送衙门。

"然后便一去不回。"城下的百姓感觉到事情的严重性，就此噤声，悄悄在背后为一国大人感到可怜，为泷夫人落泪。

"瓦爹曾对瓦娘说过，城里的人吃的东西，都事先经过试毒者[1]确认过。想要毒杀，不是那么轻易就能办到的。

"所以一国大人肯定是遭人下咒。"

阿清为之一惊。

"下咒？"

"是诅咒。针对某个憎恨的对象，默祷对方死亡或是染上重病。"

先前与加代公主的对话内容，蓦然浮现在阿清脑中。

---

[1] 原文为毒味役，是专门试吃确认有无毒物的职务。

——是听母亲大人说的。宇乃也这么说。以前一国大人就是在厕所看到灶马，才会过世的。

　　而和一国大人也曾谈过。

　　——麻从公主那里听说，一国大人是因为看到灶马而染病，这是真的吗？

　　——经这么一提，宇乃曾经也这么说过。

　　——外形可怕的东西，有时会被当作诅咒来使用。宇乃应该是担心这点吧。

　　——她还对此深信不疑啊。阿清不由自主地喃喃自语起来。

　　"听他那样的说话口吻，一国大人知道什么是诅咒，而且他似乎判断出自己不是因为诅咒而死。

　　"另外，一国大人也说他知道奶妈宇乃怀疑碌山老师曾对他做过些什么。只说他'知道'，但是没说宇乃的猜测没错。

　　"这不表示碌山老师做过些什么。宇乃女士所怀疑、在意的事，全都猜错了。"

　　阿清抬头一看，发现笹间屋店主夫妇面如白蜡。

　　"啊！"阿清双手捂嘴，但为时已晚。

　　啪、啪。

　　从笹间屋里头传来奇怪的声响。

　　啪、啪。

　　"是佛龛。"老板娘说。

　　三人走进屋内一看，佛龛的双开门像在振翅般动个不停。

　　"是爹还是娘？"笹间屋央求阿清加以安抚。阿清当场跪坐下来，朝佛龛拜倒。

　　"大老板，大老板娘，惊扰了两位，真是抱歉。是麻一时不小心，吵醒两位。请安息吧。"

虽然还是一样动个不停,但厨房飘来晚饭的香气后,旋即停止动作。

"瓦请人煮了瓦爹爱吃的芋头汤,以及瓦娘临死前想吃的煎蛋。"

真是煮对了——笹间屋老板抚胸庆幸。

"好在他们夫妇俩向来食欲旺盛。"

阿清在此留宿一晚,第二天一早便返回城内。从笹间屋里背了许多当令水果,带回城内当伴手礼。铃夫人、加代公主、毛碌老师、宇乃女士,尚未回到城内。房里空空荡荡,备显寂寥。阿清蹑手蹑脚地来到便盆放置处。公主的便盆摆得整整齐齐,和她离开时一样。

"一国大人。"

阿清手中仍拿着一颗早熟的绿皮蜜柑。

"麻带伴手礼回来了。您快现身吧。"

一片静悄悄。

一国大人在闹脾气。他还在生气。

他是真的讨厌麻吗?

砰。摆在边角的青蛙形状便盆动了一下,接着耳畔传来声音:

"如果是蜜柑,就给加代公主吧。"

是一国大人。阿清转头环视四周。一个顶着光头的男孩影子,就蹲在便盆旁。

"瓦并不讨厌加代公主。"那是听起来泫然欲泣的声音,"也没生气。"

"是,阿清明白。"

"骗人,你才不懂瓦的心情呢。"

阿清自从离开老家后,便不曾流过泪。当初在朝日村第一次遭人丢石头时,她的泪水就已流干。此时眼前的景象却逐渐变得模糊。

"什么嘛,猛魔声也会哭啊。"一国大人刻意语带不满地撂下这句话,开始抽噎起来,"瓦不会哭,瓦是花兜城的城主。"

"所以就由阿清来代替您哭。"

"不用汝多管闲事。"接着他放声哭了起来。一国大人以双臂蒙脸,放声号啕时,便盆全都翻倒飞了起来,撞向墙壁。

阿清一动也不动,静静坐在原地望着他。

很快地,便盆在房内散乱一地,一国大人躲向阴暗处。

"一国大人,您是怎么死的呢?请告诉阿清。"

没回答。

阿清捡起掉在身旁的一个鸭子外形的便盆。

"下次麻请纳户役[1]买一个有纸糊犬图案的便盆回来。"

"哼。瓦已经不需要便盆了。"

"上厕所时,不是会出现灶马吗?"

"谁会怕那种东西啊。"

"没错,一点儿都不可怕,对吧。不过是只小虫罢了。那么,真正令您害怕难过的是什么呢?"

有好长一段时间,一国大人都假装不在场。阿清就只是坐着等候。

"才不是什么诅咒呢。"一国大人的声音已恢复成他平时的声音。

"也不是邦一他母亲的错。"

"是吗?一国大人果然很清楚这件事。"

"当时大家都误会了,彼此猜疑、害怕、愤怒。"

"那个误会一直持续到现在吗?"

"嗯,真是愚蠢。"

"大家会变得愚蠢,是因为同情您的遭遇。一想到一国大人您,就忍

---

[1] 掌管金银、衣物、用品的出纳、赏赐的职务。

不住悲从中来。"

　　一国大人再度沉默了半晌。接着他像在低语般说道："是瓦外祖父。"

　　外祖父给了他一块糕饼。

　　"他亲手交给了瓦。没先通过试毒者。那块糕饼里下了毒。"

　　阿清哑然无言。"您确定吗？会不会这才是您自己误会了呢？"

　　"不会有错。"他的声音坚定。传来的不是他的愤怒，而是对心中痛苦的强忍。

　　"吃完糕饼后，瓦马上觉得不舒服，所以瓦明白是怎么回事，也明白这件事不能说出口。"

　　他明白不该责怪外祖父。

　　"因为不久前，外祖父曾吩咐过瓦。"

　　——一国，你听好。

　　"因为有瓦在，大黑家产生动摇。原本团结一心的藩国，一分为二。"

　　——我比任何人都应该负起这个责任。因此，我打算亲手放逐你。

　　"不是将瓦独自一人放逐。外祖父说，他也会去陪瓦。瓦们两个人一起去户毛村。"一国大人没违抗外祖父的吩咐。外祖父做的事，他也没跟任何人提起过。一国大人是被他外祖父，亦即城代家老泷泽新右卫门亲手杀害的。他所说的放逐，是要将一国大人逐出人世。泷泽新右卫门身为惠比寿藩的家臣，为了对主君尽忠，平息藩国的内讧，毒杀了自己可爱的外孙，并将他的坟墓建在祖先们的所在地。

　　"母亲大人知道外祖父所做的事，悲伤而死。"看到这样的结果，新右卫门最后也切腹自尽。

　　他们的尸体全都葬在户毛村。但一国大人心灵受创的灵魂，却困在这座花兜城里。

　　"瓦没生气，也没怨恨。"

但他就是走不出花兜城，无法前往极乐净土。

"外祖父和母亲大人也一样。不知道他们现在人在哪里，是在地狱，还是在哪一带徘徊呢？"

一国大人只知道那深切的悲伤烙印在花兜城内。

"瓦并没有加害加代公主的意思。"只不过，昔日深深烙印在城内的悲伤，与一名十岁男孩不许违抗的遗憾，对最弱小的人产生了业障的危害。虽然有男女的差别，但加代公主是主君宠爱的国夫人所生，就这一点来看，与一国大人是同样的立场，所以更容易引来业障。

公主之所以会失去声音，是因为以前一国大人同样曾失去过声音。"瓦不要，瓦不想死，外公，别对瓦做那么恐怖的事。"他极力想违抗的声音被封住了。

就这样，因果循环。

一国大人死后，活在这世上的人们忘却了悲伤。不去碰触那残酷的真相，就只着眼在谣言与传闻上，允许某天它成为模糊而又煞有介事的"真相"。

一国大人一直目睹这一切。目睹自己的死，围绕在泷泽家死者身上的悲伤，人们窃窃私语这是诅咒、是毒杀，被人们视为禁忌、被人盖上盖子，就此遗忘。

一切都与花兜城紧紧相扣。

"只要瓦能从这里解放，加代公主的声音也就会恢复了。这样瓦外祖父、母亲大人也能得到救赎，但瓦不知道该怎么做。"

现在的一国大人不过是个亡灵、是个影子。

"阿清，汝为什么哭？"他以颤抖的声音，像在嘲笑似的说道。阿清以手背拭泪。"麻没哭。是因为太吃惊了，从眼里冒出冷汗来。"

正因为有猛魔声，所以才能和一国大人见面，因而得知二十八年前那起悲伤事件的来源。但是接下来她能做些什么？能以猛魔声来帮一国大人的忙吗？不管再怎么擦，眼泪还是不断夺眶而出，阿清极力思考。

——以前也曾经像这样苦恼，不知如何是好。当时飞来一只长着人眼的海鸥，对自己提供建言。那是亡灵栖宿在体内的海鸥。还是说，那是妖怪？一国大人如果也能变成那样，就能去任何他想去的地方。

一国大人能进入影子中。能潜进人的影子里，也能混进物体的影子中。既然这样，只要找一个里头全是暗影的容器不就行了吗？他进入里头离开这座城，这样不就行了吗？

"阿清，汝要瓦变成酱油桶或油桶吗？"

不，不是这个意思。

"因为想要内部又暗又空无一物，那也就只有木桶了。这样的话，木箱您看怎样？"阿清提出建议后，一国大人板起脸。

"还不都一样。如果是盔甲箱，瓦曾经进去过。待在里头很不舒服。笼箱和长木箱也一样。

——瓦不是物品！

一国大人大喊。一国大人只要一发火，便盆就会四处飞。要是再这样喧闹下去，一定会有人前来责问。阿清这次真的冒起了冷汗。

"麻明白了。请包在阿清身上。麻一定会找到一个让您满意的容器。"她用力往胸脯一拍。

一国大人见状，嗤之以鼻地哼了一声。"汝这是在随便打包票吧。"

"是的，这是麻自己向您打包票。不过，别忘了麻有猛魔声。"

关于猛魔的事，就得问猛魔。

"为了帮助一国大人，麻会好好使用麻的猛魔声。"

阿清谈起往昔，声音顿时重现往日的劲道和气势。她停顿后，微微露出腼腆的笑容。

"还真是说大话呢。虽然是自己身上发生的事,但每次一想到,就羞愧得无地自容。"

阿近和富次郎一直都屏息聆听,这时才嘘了口气,松去肩膀紧绷的力气。

"这一点儿都不必羞愧,一国大人一定很高兴吧。"

这是第一次有人对他伸出援手。

"麻所做的提议,不清楚一国大人是否感到信任。不过,麻这可不是空口说白话,所以麻开始绞尽脑汁想办法。"

如果待在花兜城内,就不能无视城主一国大人的存在,随便找其他猛魔过来。

"想要见其他猛魔,得先告假出城才行。"幸好前不久曾经请假外宿。加代公主他们从别邸返回后,阿清向碌山老师提出请求:"麻回笹间屋探视后,他们说麻的故乡朝日村来信,说麻从事'海滨搜刮者'的父亲身染重病。麻想尽最后一份孝心,所以请容麻请辞返乡。"

公主已能随心所欲地使用手指文字和手语。

"毛碌老师也都已经学会。老师是位重情义的人,他马上允诺,替麻取得铃夫人的同意。"

铃夫人同样出身农家,在城内难免还是会备感拘束,因而与渔村出身的阿清特别亲近,对阿清的离去感到很不舍。加代公主也热泪盈眶,备感寂寞。

"铃夫人对麻说:'等你父亲状况好些,就再回城内工作吧。'"

这句吩咐真是求之不得。等在城外达成目的后,就能再回到城内,不必有所顾忌。宇乃女士也很舍不得别离,送了阿清许多礼物。阿清在心里向她鞠了一躬,暗自心想,等一国大人成功出城后,再向宇乃女士坦言一切。

她背着小小的行囊，从不净门¹出城。她向门卫行了一礼，快步离去，这时有某个东西停向她肩头。

"是一只和麻手指差不多大的小壁虎。"

应该是原本攀附在城外石墙或墙壁上，刚好掉落吧。

"壁虎号称是家中的守护神，所以不能欺负它。麻以手指拈起它，放到护城河边的地面上。"

壁虎马上又爬向阿清右脚的脚背上，在草鞋的鞋带间，以它的短腿站立，仰望阿清，两只前脚频频做出互搓的动作。

这是什么动作呢？是在讨东西吃吗？

阿清想到这里，猛然一惊。

"这只壁虎好像是在向麻膜拜。"一国大人说过的事，倏然从脑中掠过。

——外祖父和母亲大人也一样。不知道他们现在人在哪里，是在地狱，还是在哪一带徘徊呢？

"麻当场蹲下身，抓起壁虎放在手掌上。"

阿清压低猛魔声向壁虎询问："您是泷泽新右卫门大人吗？还是泷夫人呢？"

壁虎那像黑点般的小眼珠，定睛凝望着阿清。

——惭愧。

传来这个声音。阿清顿时慌了起来，这时壁虎从她手掌跃下逃离。

"麻一时愣住，张大嘴巴呆立原地，连门卫看了都觉得奇怪。"阿清急忙向门卫行了一礼，逃离现场。她再度有股想哭的冲动，但她咬牙忍了下来。

"现在没空流泪，麻得振作一点儿，好好帮助一国大人和泷泽家的诸

---

1 设于武家宅邸后方的小门，用来运出尸体、罪犯、水肥等。

位才行。"虽然阿清之前对一国大人那样说过,但她还是不能随便使用猛魔声。随便向猛魔叫唤是很危险的行径,所以阿清前往朝日村。

"麻想见寺家的老夫人。"

富次郎大为吃惊:"咦?您离开村庄后,已经过了几年?就算老夫人再怎么长寿,也早过世了吧……"

"堂哥,你悟性真差。"阿近呵呵轻笑,阿清也跟着笑了。

"是的。麻是想叫唤老夫人的猛魔,借用她的智慧。"寺家别说是老夫人了,就连船东也已过世,换年青一代接手。前任船东的长男,亦即现任船东,仍记得"海滨搜刮者"忠二郎的女儿阿清,当初阿清引发的那场海亡者风波,他也没忘。

——老夫人在临终前特别吩咐,对汝不得怠慢。

他很爽快地请阿清走进寺家的佛堂。

——大家才在想,猛魔声的阿清不知道跑哪儿去了,结果汝就自己回来了。

虽然已有了年纪,但倒是别具风韵呢。

——看汝一副心事重重的模样,是想召唤老夫人的猛魔吗?

——既然这样,那瓦还是回避一下吧。可别连瓦爹的猛魔也一起唤来啊。

船东哈哈大笑,走出佛堂,阿清朝他的背影深深一鞠躬。此刻她才明白老夫人的权威影响有多深。

"走进佛堂一看,在一个比衣柜还大的巨大黑漆佛龛里,摆放了寺家历代船东和老夫人的牌位。麻将烛台的蜡烛全部点亮。亮如白昼。"

阿清在佛龛前端正坐好,双手合十,悄悄发出猛魔声。她诚心倾诉,希望声音能渗入地下,一路传向冥府。

"麻行了一叩首后,刚才点亮的蜡烛从旁边依序熄灭。"每熄去一根烛火，就会发出啪咕啪咕的声响。既不像东西爆开来那般尖锐，也不像是拍打的声响。

"在蜡烛全部熄灭前，麻一直仔细聆听那个声音，接着才恍然大悟。"以前老夫人告诉阿清关于猛魔声的事情时，她的牙齿几乎都已经掉光，说话时嘴巴时不时会漏气，声音听起来就像啪咕啪咕。

"麻认为老夫人已明白麻的意思，很是开心。"接下来佛堂里没有进一步的情况发生，于是阿清便告辞，返回老家。

"没想到家里的人都知道麻进城服侍加代公主的事。"都夸阿清出人头地，"笹间屋的老板不时会写信给麻爹。滨忠现在生意兴隆，麻爹也长肉不少。"原本的破屋，现在也多处改建，住起来相当舒适。

阿清在房里睡了安稳的一觉。

"麻爹睡在麻身旁，说是要防范麻说梦话，不过他整晚鼾声如雷，着实折腾。"

半夜时分，阿清耳畔听见啪咕啪咕的声音，醒了过来。

"寺家老夫人就出现在麻身旁。"阿清坐起身，与老夫人近距离面对面，发现老夫人全身颜色淡薄，可以透过她的身体看到对面的景物。

"看到麻爹打鼾的睡姿，麻觉得有点儿难为情。"阿清以猛魔声悄声交谈，老夫人则像平时一样开口说话。与其说她音量小，不如说是听起来感觉很遥远。

"麻们在交谈时，她的身影不时闪烁，时隐时现。"无法碰触她的身体，阿清试着伸手摸向老夫人所在的位置，就只感觉到一股凉意。

"麻当时心想，这真的是亡灵。"

老夫人对阿清说："为了让一国大人出城，让他得到解放，要找寻适合的容器，也就是要一国大人附身在某个东西上。"这种事不能随便看待——遭老夫人训了一顿。

"活人不能当亡灵的容器。若是强行拿活人当容器，则亡灵会变成附身灵，被附身者若稍有差池，将就此发狂。"

——话虽如此，让二储君的亡魂附身在动物身上，更是不忠不义之举。"泷泽新右卫门大人转生为壁虎，至今仍紧贴在花兜城外。想到他的不幸遭遇，就越发觉得要让一国大人附身在非人的动物身上，实在万万不该。"

照这样看来，不管一国大人再怎么生气地说"瓦不是物品"，但能充当他容器的，仍旧得是某种"物品"。

"老夫人告诉麻，眼下只能找寻与亡灵有关系的物品，亡灵拥有强烈的爱恨执着（或是有很深羁绊）的物品。"顺着这条线索去思考后，阿清只想到画有纸糊犬图案的便盆。

"还有，一国大人再聪明，终究只是个十岁的孩子，他应该还不太明白'沉迷''执着'是怎样的心情。"因为这不单纯只是好恶，"老夫人说，最好还是由麻主动找出适合的物品，试着询问一国大人是否中意，看他会不会动心。"

人偶可以吗？他是男孩，武士人偶应该会喜欢吧？如果是绘画呢？请某位厉害的画师画下一国大人的画像，应该也不错吧？

"麻也提了很多意见，但就在麻们交谈的过程中，老夫人的身影变得越来越淡。"

——阿清，到此为止了。麻已是冥府之人，不能随便回应汝的召唤。

"麻回她说，别这么无情嘛。"

——要动用汝的智慧，巧妙运用汝的猛魔声。

老夫人如此告诫后，就像烛火熄灭般，倏然消失，现场只留下些许寒气。

"麻一夜无法成眠。"

天还没亮，家里的人们都已起床忙碌。阿清来到海边。村民全聚在这里，为地拉网做准备。"地拉网是驾船出海绕一圈后，从海边往陆上拖网，有的是靠一艘船作业，有的是靠两艘船作业。"

阿清当初还住村里时，都靠一艘船拖网。现在当地的三家船东，全都是派两艘大船出海拖网。聚在海边操作地拉网的人数也增加了。她离开村庄的这段时间，村庄变得更富裕，所以滨忠也跟着生意兴隆。

"这也全是因为惠比寿藩一切太平，大黑家的主君治理得好。"

为了守护惠比寿藩的太平，一国大人小小年纪就丢了性命。不该有这么不合理的事，得解救他才行。一想到这里，阿清便全身涌起干劲。谢过这一夜返乡的款待后，阿清离开老家，来到昔日遇见那只人眼海鸥的断崖上。

"当时亲切关照麻的猛魔大人，"她顺着海风，以猛魔声叫唤，"麻是朝日村的阿清。麻这次又要来借重您的智慧了。为了解救花兜城的一国大人，麻在找寻东西。请告诉麻该去何处找寻。"

她一再叫唤，但什么事也没发生。晚秋的海面颜色渐深，空中的卷积云随风飘动。她沮丧地转身，走下断崖。脸颊碰触了某个东西，是个极为细微、肉眼看不见之物。她以为是自己想多了，继续前行，结果又碰触到了。这次是掠过她的嘴唇，甚至飘向她的下巴。

阿清伸手触摸，凑近细瞧，发现是比头发还细的蜘蛛丝。就在她细看的这段时间，又有其他蜘蛛丝陆续缠向她的额头、脸颊、鼻头。她抬头环视四周，发现有一大群身体呈半透明、比指甲还小的蜘蛛，一面吐丝，一面乘风在空中交错。阿清一时看傻了眼。在秋阳的照耀下，无数的蜘蛛发出七彩光芒。那幕景象好似彩虹破碎四散一般。

这成群的蜘蛛各自像在歌唱般低语，在阿清的脸庞和身边四周穿梭，不断向她叫唤：

（阿清）

(咚咚哗)

(猛魔声的掌便盆者)

(快去找)

(咚咚哗)

(来找瓦)

(咚咚哗)

(让圣洁的灵魂栖宿)

(咚咚哗)

(来找瓦)

(咚咚哗)

"咚咚哗"不是什么话语,听起来像是乐器的演奏声。似乎是鼓声和笛声。

阿清追着那成群飞翔的蜘蛛,在它们的引导下往前跑,来到通往朝日驿站的道路上。阿清毫不犹豫地往客栈町而去。

唯一的线索就是"咚咚哗"和"蜘蛛"。

她从笹间屋的五兵卫和阿陆住过的客栈开始,挨家挨户地向每一家客栈打听,尽管遭人嘲笑、引来狐疑的眼光、让人觉得恶心,她都不在乎。

她不断询问:有人知道"咚咚哗"这种乐音吗?有谁知道惠比寿藩内,和"蜘蛛"有关的场所或东西是什么吗?

客栈町龙蛇杂处,是各种消息的集散地。

眼看夕阳西下,阿清的声音变得沙哑,再这样四处问下去,恐怕会不小心发出猛魔声。打算放弃时,她遇到了一名行商客。是在远州一带沿路叫卖药材的老翁。

"咚咚哗?"

这音调应该是某个人偶剧团的奏乐声吧。

"是来自三河的巡回剧团,每年到了收割的时节,就会在惠比寿藩内巡回。瓦见过他们几次,也看过他们拿手的戏码。"

据说那出戏码叫"收服大蜘蛛"。

"原本是源赖光收服大蜘蛛的一出戏,但他们去了许多地方,将原本的主角改换成当地藩主的祖先来演出,大获好评。"在惠比寿藩内演出时的剧本,是由昔日以枪术高手的威名享誉四方的大黑家第一代藩主,手持名枪"雷光",收拾带来瘟疫的丑恶大蜘蛛。

就是它!阿清高兴得几乎要跳起舞来。

"那个剧团今年也会来吗?现在人在哪里?"

"这个嘛……很不巧,瓦今年没遇上他们,这瓦就不清楚了。"

那个剧团配合惠比寿藩内各处村庄的收割时节,四处巡回,不过,允许搭建舞台的场所似乎每年都不同。

"咚咚哔这个乐音,以及画有大蜘蛛的绿色旗帜,是他们的标记。"

听到这个消息就够了。

阿清在朝日驿站做好旅行的准备,走向干道。

咚咚哔,她逢人便问。

咚咚哔,遇到猛魔就问。

咚咚哔,他们月初时曾在某个村庄待过。

去年的这时候,曾在某个村庄见过。她走到脚底长茧,草鞋磨破,还是一路追查该剧团的下落。几乎都露宿野外,时常有一餐没一餐。

咚咚哔,在森林里遇见的猛魔,呈山犬的姿态,有一双像炭火般的炯炯眼睛。

"大蜘蛛往北去了。"咚咚哔。

和阿清一起在路旁的地藏祠堂里躲雨的旅人告诉她:"哦,那个剧团曾在东方海边的驿站待过。"

咚咚哔，在客栈后门向女侍询问后，对方回答："收服大蜘蛛的人偶剧团？那出戏相当精彩。上个月中旬他们离开这处驿站，说要沿着干道往南行。"

咚咚哔，某天她在分岔路上不知该往哪儿走，备感疲惫，不经意叹了口气，结果不知从哪儿又飘来那群闪着七色光芒的蜘蛛。

（来找瓦）

（阿清）

（别放弃）

咚咚哔，当她好不容易追上剧团，发现那飘扬的绿色旗帜上，绘有身体黝黑，外加一对金色眼珠的大蜘蛛图画时，已经耗时整整一个月。

这个剧团结束在惠比寿藩内的舞台表演，正准备离开惠比寿藩。温暖的惠比寿也已秋去冬来，每个村庄的收割庆典都即将结束。剧团人员拆除舞台，将行李装上拉车。阿清看到那演出中使用的巨大纸糊蜘蛛，几乎和马匹一样大，可能是无法直接载运，已先将它的八只脚拆下。身体里头完全空洞。不过，这模样实在是既丑陋又可怕。全身有棱有角，与其说像蜘蛛，不如说像是那恶心的灶马。谣传一国大人就是遭此诅咒的灶马。加代公主害怕的灶马。

这剧团的团长是一名身高逾六尺[1]的大汉，那光秃的脑袋上有蜘蛛的刺青。如果是平时，绝对不会想靠近像他这样的人。但阿清并不畏怯。反而是团长见到因不断赶路而面容憔悴的阿清，被她那紧咬不放的气势震慑。

"你说你一直在找我们？"

"是的。麻一直在找你们，希望你们一定要到城下演出。"

---

1 约一百八十厘米。

"像我们这种粗俗的人偶剧团,城下的客人是不会赏光的。"

"没这回事。麻在追查你们剧团的过程中,在各地听闻许多你们的风评,大家都对你们赞誉有加。"

阿清(隐瞒自己的身份是掌便盆者)告诉对方她是加代公主的贴身女侍,刚好在告假外宿时听闻剧团的风评,因为公主很怕灶马,不敢靠近灶马会出没的地方,对此相当困扰,所以公主一定会很喜欢这出收服可怕大蜘蛛的戏码。只要她说明此事,提出请求,请铃夫人向主君说情,就能获准在城下搭建舞台。她口沫横飞,极力说服对方。

"团长,这女人很可疑。"

"要是被这个女人骗了,那多没面子啊。"

"别理她,我们走。"

"为了准备过年的舞台搭建,得开始维修人偶和纸糊道具。"在看起来脾气古怪的团员你一言我一语的指责下,团长面有难色地陷入沉思,"你叫阿清,是吧,你从哪儿来,一路上又是怎么找寻我们的?说来听听吧。"

阿清回想自己一路走来的经过,如实详述后,团长大感惊诧。"你绕了好远的路啊。"

阿清请团长让她看地图,看过之后,连她自己也大为吃惊。过程中不时与剧团擦肩而过,有时甚至还反向而行。

"因为一直是边走边打听,所以有时也会走向错误的方向。"

"你没累倒在山中,可真不简单。"

迷路时就借助猛魔的力量,请双眼炯炯如炭火的山犬帮忙——这话当然不能说。

"麻一心只想着要让公主欣赏你们的人偶剧,就此前来。在藩内演出时,第一任藩主会挥舞着雷光,守护惠比寿藩的子民,对吧?"

团长抬起大手,抚摸着自己光秃的脑袋,沉思了半晌,最后开口道:

"就相信你一回吧。"

这次阿清真的高兴得跳了起来，不过团长泼了她一桶冷水。"为了谨慎起见，我得先说一句，蜘蛛和灶马可不一样哦。"在提早一步启程前往城内前，阿清请团长让她见识一下戏里收服大蜘蛛的武士人偶。那是一尊年轻武士，模样威风凛凛。团长说，操偶师都会站在后方，不过这出戏码他都会亲自操控这尊武士人偶。

"加代公主一定也很喜欢这尊人偶。"阿清说。一国大人也会喜欢吧。这尊武士人偶扮演的是大黑家的祖先。要作为花兜城城主的容器，这尊人偶再适合不过了。

抵达花兜城后，阿清先向毛碌老师和宇乃女士问候，由于一时太过兴奋，当他们问道："阿清，汝爹现在状况如何？"她这才注意到自己完全忘了这件事，大大慌张了起来。

"嗯，巡回表演的人偶剧团，是吧？"

"麻觉得没必要特地安排公主欣赏。"两人没什么意愿，但令人惊讶的是，铃夫人听闻此事后，竟显得兴致盎然，还说她觉得很怀念。

"小时候麻曾坐在家父膝上，欣赏巡回表演的剧团演出《义经千本樱》这出戏码。"

对了，铃夫人人称蜜柑夫人，她至今仍保有往昔那带着浓浓土味的纯朴回忆。阿清由衷感谢这样的命运安排。

而最重要的加代公主，在睽违多日后，用手指文字与阿清交谈，在得知有这么一出描述第一任藩主收服可怕大蜘蛛的人偶剧，而且那尊年轻武士的人偶模样俊俏，威风凛凛，公主回答：

（虽然可怕，但我想看。）

这么一来就好谈了。她请铃夫人去向主君"央求"，那个剧团因此获准在城下设立舞台表演。

阿清的步履也变轻盈了,她朝便盆放置处走去。

"一国大人,麻是阿清。麻回来了。"

一国大人没现身。

"麻找到您会喜欢的容器了。请您现身吧。"

一片静悄悄。

摆在层架上的便盆也没动静。他是生气,还是在闹别扭呢?

"这样啊,口说无凭,无法博取您的信任,这也是没办法的事。请您稍候。"这场表演始终都是因为夫人的"央求"才获准,所以主君一概不过问。

铃夫人和加代公主都会前往看戏,要是舞台搭建得太简陋,那万万不可,于是还拨给了一笔准备金,不过这并非由藩内的金库支出,而是铃夫人自己掏私房钱。也就是她娘家出的钱。团长相当高兴,四处向人宣传,说这场表演是铃夫人特地安排的。

而在城下,人们对第一代藩主挥舞名枪的动作戏所抱持的期待,以及请剧团来表演的铃夫人声望,也不断攀升。

这样的结果对阿清来说,如果每件事都欢欣雀跃的话,那她势必整天跳个不停了。

她想尽可能多帮点忙,于是为了短暂停留城下的剧团,她揽下煮饭、洗衣、采买等差事,卖力工作。双方每天打照面,一开始还显得有点儿生疏的剧团成员,也渐渐开始认同阿清,当她在一旁参观成员维修人偶、纸糊道具、大小道具时,他们还会对阿清说,"你帮我一下",请她帮忙。而她就是在这时候接触戏剧中使用的纸吹雪和血糊。

就这样,铃夫人与加代公主前往欣赏的表演,决定只在腊月十一的前三天演出。她拿着为了这场表演印制的全新传单,来到城内的便盆放置处。

"一国大人,麻是阿清。请看——"她高高举起传单,"这是人偶剧。剧情是这里所画的武士人偶收服危害惠比寿藩百姓的大蜘蛛。"

阿清滔滔不绝地说出她自己亲眼所见之物、亲手碰触之物、武士人偶的做法与操作方式、纸糊大蜘蛛的可怕、操偶师用丝线和木棍操控那八只脚的巧妙技术、名枪"雷光"那看起来一点儿都不像舞台道具的逼真性。

一国这才从便盆层架后方探出头来。

"这张传单上画的是一只黝黑又毛茸茸的蜘蛛,不过实际上的纸糊大蜘蛛与那讨厌的灶马长得很像。似乎还会蹦蹦跳跳,感觉既讨厌又恶心。麻虽然只看过他们平时的练习,但扮演第一代藩主的年轻武士人偶,那厉声吆喝、挥舞长枪收服怪物的模样,看了让人直呼痛快。"

她热衷的模样,似乎也令一国大人为之心动。他缓缓现身,朝阿清高举的传单凑近。

"阿清,汝忘了一件重要的事。"

"什么事?"

"瓦不能出城去看戏。"

"所以麻会请他们将人偶带进城内。"阿清早有盘算,"等表演结束,团长会前来向安排演出的铃夫人道谢。"

当初决定要拨给准备金时,团长便请求道,"如果夫人肯赐见的话,请务必代为引见",并获得允许,所以阿清马上在一旁怂恿:"既然这样,就让夫人就近看武士人偶,您觉得如何?"

"麻有猛魔的智慧,办事绝不马虎。"

"哼,不过出一趟远门罢了,就开始跩起来了。"

"真是对不起。"

"要是公主不喜欢那出戏怎么办?要是她看到那只像灶马的纸糊道具

吓哭了怎么办？"

"收服怪物的剧本非常精彩，所以只要一路看到最后，任谁都会感到既开心又兴奋。公主一定也会喜欢的。"

一国大人又哼了一声，一样是那顽固又别扭的声音。

"当天请您像之前一样，躲在加代公主的影子中。接着您进入武士人偶内之后，因为里头是很黑暗的空间……"

"知道啦。区区一个掌便盆者，别对我下指导棋。"

"真的很对不起。"不该高兴得太早。阿清微微缩起身子，一国大人复又回到层架后方暗处。接着他朝阿清背后低语："听说铃夫人因为这场表演，声望提升了不少。"

就算是在城内，于内院服侍的官差和女侍也都在互传此事。

"大家都说很期待那出戏，为此欢欣不已。瓦很担心——"一国大人低语，"在藩国，铃夫人要是太受领民爱戴，也许会惹恼江户的正室。"

阿清为之心头一震。这不过是巡回剧团演出的人偶剧，不是和藩政或人事有关的大事。

尽管如此，想到自己和泷泽家遭遇的悲惨命运，一国大人还是隐隐感到不安。

"这场表演，主君一概没过问。"毛碌老师也说，主君不会一同观赏。主君说，人偶剧是女人和小孩子的娱乐。

"邦一不看戏吗？"说完后，一国大人呵呵轻笑，"他倒是挺清楚的嘛，瓦对他刮目相看。"

"阿清，汝也别太高兴。"一国大人展现城主的威严如此叮嘱后，就此消失。

演出舞台搭好了气派的观众席，铃夫人和加代公主莅临时的各种安排也都处理妥当，表演即将开始。

阿清并未刻意叫唤一国大人，一国大人也没现身。

第一天和第二天，收服大蜘蛛的人偶剧都盛况空前。感觉仿佛住在城下的男女老幼，个个手里握着买门票的钱在排队。

到了第三天，铃夫人和加代公主莅临观赏。观众席与周围的高处观看席都有藩士严密把守。挤在黄土地面上的观众，在开幕表演前一直都为铃夫人和加代公主喝彩。

"麻是站在舞台后方观赏。"

阿清在黑白之间说道。故事已逐渐来到尾声，现场空气为之紧绷。

"三天演出了六场，而铃夫人与公主观赏的这一场表演得特别成功，团长保住了面子。"

扮演第一代藩主的年轻武士人偶，依序斩断大蜘蛛的八只脚，最后一枪贯穿其身躯，然后一脚踩在上头展现英姿。舞台下的观众纷纷拍手叫好，铃夫人和加代公主也看得眼睛发亮，双颊泛红。

"就这样，团长终于得以顺利带着人偶到城内拜见铃夫人，对吧？"

富次郎催促阿清往下说。

"是的，一切都照计划进行。"阿清缓缓颔首。

"在夫人的房间里，麻守在走廊边，但麻知道一国大人就躲在加代公主的影子里。因为有个短暂的瞬间，一个不是公主的影子朝我挥手。"

夫人和公主都夸赞那出戏表演得很精彩，慰劳团长的辛劳。那兴奋的模样让人看了也跟着嘴角上扬，而替公主翻译手指文字和手语的碌山老师则忙得满头大汗。

"麻在心中卖力叫唤：'一国大人，大家都很喜欢的那出戏的主角，就是那尊人偶啊。'那是最适合一国大人的容器啊。"然后阿清确实看到了。有一团影子从加代公主的影子中分离出来，就像流动的油一样，移往团长双手捧着的武士人偶。

"那同样是转瞬间的事。"

日暮时分，红色的夕阳余晖从窗户照进屋内，有几盏灯已经点亮。

因为现场有毛碌老师、宇乃夫人，以及众家臣，人和物的影子众多，影子在地上延伸出的方向也都不同。

"拜此所赐，没人发现一国大人影子的动作。"一国大人进入武士人偶体内。团长小心翼翼地抱着武士人偶出城了。一国大人能离开这个花兜城了。

"麻不必前往便盆放置处，便已经确认这件事。"

团长离开后，过了约两刻钟（三十分钟），铃夫人、碌山老师、宇乃夫人仍兴致勃勃地聊着那出戏，这时加代公主当着大家的面说道："母亲大人，我好开心呢。"

公主相当开心，伴随着呼气，同时发出声音。

"整个房内顿时引发好大一场骚动。"加代公主的声音恢复了。

一国大人得到解放了。漫长的悲伤终于结束。

"咚咚哗。"

阿清像在唱歌似的，加上节拍，接着往下说："第二天一早，麻到剧团那里查看。他们说接下来得赶往三河，正忙着整理。"阿清一边帮忙，一边趁别人没注意时，以猛魔声朝那些包装好的大小道具叫唤"一国大人，一国大人"。

武士人偶会以丝绸和丝绵包覆，装进气派的木箱里，展开旅程。阿清东张西望，找寻之前曾见过几次的木箱。

从剧团的某个货车中传来一个叫唤声。

——阿清，瓦在这儿。

那个货车上铺了好几层草席，外头以麻绳捆缚。掀开草席一看，露出一个以黄色的油纸包裹的东西。

"那东西麻也曾经见过。"剧团会拆解那只纸糊大蜘蛛的脚,以油纸包覆搬运。阿清曾亲眼见过它被包装和开封。

"身体的部分以油纸包覆,为了防止它被压扁,特地收在木框架里。木箱和它的八只脚都堆放在同一辆货车上,缝隙里都塞满了东西。"

——阿清,听得到吗?

"一国大人的声音,竟然是从载着纸糊大蜘蛛的货车上传来的。"

这到底是怎么回事?阿清大感困惑。一国大人朝她笑道。

——用不着惊讶,这个怪物很适合瓦。

一国大人对麻说。

——托汝的福,瓦才得以离开花兜城。瓦要向汝道谢。不过阿清,比起扮演第一代藩主的武士人偶,瓦更适合这只大蜘蛛。这只怪物才是瓦的容器。就算长得丑也行,长得可怕也无妨。每次这个剧团出访各地演出那人偶剧时,这只怪物就会被地方上的豪杰收服,被人斩杀,大卸八块。瓦认为这样正好。和剧团一同旅行,将地方上的灾祸往瓦身上揽,成为受罪的替身。一再被人斩杀,让人为它的灭亡庆祝。那些在人们的憎恨、嫌弃下消失的碍事者、邪恶之物的怨恨和悲伤,瓦会加以吞噬。吞噬之后,加以净化,就以这个方式来守护世上的芸芸众生吧。

——这比藩国的城主还要伟大得多,瓦要成为这样的人物。

"'如何啊,阿清?佩服吧。'他说完后,开心地哈哈大笑。"

诉说此事的阿清,眼角微微泛泪。

"听闻他如此坚定的决心,麻明白自己什么忙都帮不上。"阿清低头行礼,目送剧团离去。旗帜翻飞,货车发出嘎吱声响,一路吹响着"咚咚哗"的乐音,逐渐远去。

"公主的声音已经恢复,所以麻在花兜城的工作也结束了。"阿清返回笹间屋。在铃夫人的特别惠顾下,店里生意更加兴隆,忙得不可开交。

"完全无暇细想自己未来的出路，每天都在忙碌中度过。"

过了约半年，一桩婚事意外找上门来。

"对象是笹间屋的一位熟识，要麻嫁他当续弦。虽然麻当时早已没有嫁人的意愿，但店主夫妇相当热心地谈妥一切，麻便与现在的夫家结缘。

"小犬是前妻所生，和麻没有血缘关系。有个这么孝顺的儿子，麻实在受之有愧，麻丈夫过世后，他对麻一样孝敬。"

尽管猛魔声变得沙哑，召唤猛魔的力量也衰退，成了一名老妇，但阿清仍不时想道："一国大人现在仍在这片天空下的某处。"躲在大蜘蛛里面，四处旅行。从北国前往南国，云游诸国。春天穿过森林花海，夏天走在如雨蝉声下，秋天走过纷飞落叶，冬天走在刺骨冰雨中。所到之处，人偶剧团都会上演年轻武士收服怪物的那一幕，接受观众如雷喝彩。

"一国大人就在那只丑陋的大蜘蛛怪物体内，望着人们开心的面容，耳听众人的欢笑声。光是想象那一幕，麻也跟着感到幸福。"

——阿清，瓦现在仍旧遵照约定，持续吞噬这世上的邪魔。

说完故事，歇息了一会儿，阿清的儿子前来迎接。虽然没血缘关系，却很孝顺的这名儿子，是入赘美浓屋的女婿房之助。他再次恭敬地向阿近与富次郎行了一礼，细心照料着阿清，带她离去。

阿近心不在焉地坐着，一时还不想离开黑白之间。

富次郎向她唤道："怎么了？你在流泪呢。"她为之一惊。伸指触摸自己的眼角，确实因泪水而润湿了脸颊。

"……因为今天的故事太感人了。"

"嗯。我也有同感。"真是个好故事——富次郎说，"他们的人生真精彩。阿清女士和一国大人都是。"真是了不起的人物。

这天，富次郎草草吃完晚餐后，便一直窝在房里，到半夜仍点着灯没睡。

第二天一早，阿近在他的叫唤下前去。"原本想赶着昨天完成。"他摊开那张水墨画。画面右侧，盘踞着一只活像灶马，看起来颇为骇人的大蜘蛛。因为体形巨大，只看得到半边。

"因为要是把它整个画出来，就太没意思了。"在随意摆出的一只脚上，坐着一名个头儿矮小的光头男孩，以背示人。是一国大人。

"原本想让他手里拿着东西。你觉得拿什么比较好？"

原来如此。右手举至脸部高度的一国大人，手中拿的东西还没画。

"还有，我想添加远方的景物。我想了想，还是画一国大人的故乡毛户村比较好。一处开满杏花的地方。"

阿近思考了一会儿，摇了摇头。

"不，还是画大海好。"

"大海？"

在外海上，浮泛着拖网的渔船。阿清出生长大的朝日村。

"隔着海湾，还能远远望见花兜城的天守阁，这样也不错。这样会不会画得太讲究？"富次郎发出沉声低吟，"我再好好构思一下。"

接下来数日，阿近一直满怀期待。

"画好了，你来看一下。"富次郎叫唤阿近，阿近也唤来阿胜："好了，快点展示吧。"

画中的一国大人，右手拿着草叶笛，正抵向唇边，准备吹响。远处描绘着汪洋。

"剧团正准备下坡往朝日村所在的海滨走去，在山路上稍事休息，一国大人俯瞰着眼下这片辽阔的海滨和村庄。"

海上的渔船与朝日村的人家，如果全画进这幅画中，显得太过杂乱，所以就此略去。也没画花兜城。

"我认为这样就很不错了。"

阿胜眯起眼睛细看,大加赞赏。

"多美的景致啊。"

一国大人接下来准备走下山路,造访阿清的故乡。他们的演出在朝日村一定也会大获好评,博得满堂彩。村里的男孩争相模仿年轻武士的动作,以此为乐。远处的海平面上挂着一抹浮云。

好像有什么在云端。不仔细看的话,看不出形状。

"啊,是海鸥!"

"没错,是拥有人眼的海鸥。"阿胜端详了半晌后,一脸佩服地嘘了口气,恭敬地高举起这幅画。

"那么,就由奴家代为妥善保管吧。"阿胜那逗趣的模样,引人发噱。

# 第三章　面具之家

又是新的月份来到，三岛屋小庭院里，山茶花盛开。真正的寒冬到来。阿近与阿胜忙着准备过冬，而有腰痛老毛病的掌柜八十助则又发起了牢骚：

"在春天到来前，又要受罪喽。"

八十助常痛到皱起眉头，老板娘阿民为了他，亲手缝了一件肚围。

八十助说："哎呀，感谢有这样的好东西，真受用。"才刚穿上它准备就寝……

"火灾警钟！"

那声音急切，通知附近发生火灾的钟声，令众人纷纷从床上一跃而起。伊兵卫马上派脚程快的伙计前往查看情况。

"是哪个方位？"

"北边。"

"不妙，我们这里位于下风处。看得到飞散的火粉吗？"

"看不到，不过有许多人穿过筋违御门逃往这里。"火灾地点在神田川对面。话虽如此，还是一样不能掉以轻心。

最近连日晴天，整个江户市天干物燥，而且吹的是北风。

伊兵卫与伙计交谈着，阿近等人则在阿民的指示下整理身边的物品，以便随时都能逃离。而住在工房里的女工的孩子，个个睡眼惺忪，要是没让他们多穿件衣服，恐怕会感染风寒。

"噢，用不着哭。不会有事的，这场火不会渡过神田川的。"伊兵卫、阿民、八十助虽然嘴上安抚着妇孺，但还是讨论如何让众人安全逃离。如果烟味一路飘到这里，就先往龙闲桥的方向逃，在那里视情况而定。如果火势仍步步逼近，就沿着河边走过江户桥。就算是能飞越神田川的大火，想必也没那么容易越过日本桥川。

众人提心吊胆，缩着身子等了约半个时辰（一小时），所幸火灾在神田川对面就扑灭了。

听到通报火势扑灭的钟声，再度前往查探消息的伙计，得知起火点是神田松永町的一家饭馆。

"听说是一名醉汉在店内大闹，打破陶灯，火顺着纸门延烧，就在众人惊呼之际，转眼便蔓延开来。"由于火势惊人，附近的消防高塔都一同敲响警钟。

"半夜来了名醉鬼，再怎么给人添乱，也要懂得分寸吧。"阿民怒不可遏。

"虽然不知道那是家怎样的饭馆，但他们到底是让客人喝到几点啊！"

"那名大闹的醉汉，就是那家饭馆的少爷。"

神田松永町与藤堂和泉守的宅邸相邻，只隔了一条路。

"听说是因为有和泉守特别关照，才出动大名消防队。"

"真是谢天谢地。真希望和泉守的家臣可以顺便惩罚那名不像话的饭馆少爷！"一早特别冷，阿近她们边准备早餐边发抖。前往观看灾后现场的新太，返回后直打哆嗦。

"好在巧妙地扑灭了火……要不然，那应该会是一场可怕的大火。起火处周围约有十户屋舍，屋柱和横梁都烧得像木炭一样黝黑。"

如果是平时，新太一早吃完满满一碗饭还会再添，今天却只吃了一碗。松了口气之后，顿感疲惫，整天都觉得困。

不过阿近和阿岛都忙得没空打盹儿。因为常往来的商人和熟识一听火灾传闻，纷纷赶来探望。这些人聆听阿民开骂，由于阿民生气的模样着实滑稽，所以他们私下和阿近她一起偷笑，并谈到今后的季节得更加留心防范火烛才行，说完便离去。

阿近也有客人前来探望。首先前来的，是本所龟泽町习字所深考塾的学生——金太、舍松、良介三人组。他们是阿近与童工新太的好朋友，彼此通过奇异百物语而熟识。

"半夜发生火灾的事已传到你们耳中啦，消息传得真快。"令这三人组感到既亲近又敬畏的阿岛，对此感到惊讶，她见这三人并非空手前来，还中规中矩地带来火灾慰问礼，因而大大褒奖了他们一番。

"这是什么？"打开包装纸一看，是蒸地瓜，"这是你们的午饭吧？"

阿岛朗声大笑，为他们准备了成堆的饭团。

金舍良三人在三岛屋附近的八百浓也有朋友。途中直太郎也加入他们的行列，仔细聆听新太描述他到灾后现场查看的情况。

这时，第二组前来慰问的客人到来。是位于神田多町二丁目的租书店葫芦古堂的少东勘一以及与租书店常客阿岛熟识的老伙计十郎。

"昨晚葫芦古堂的各位应该也睡不着觉吧？"

"因为北风很强劲。虽然这样说对受灾者很过意不去，不过，幸好大火在神田川那一侧就扑灭了，只算是一场小灾，让人松了口气。"

喜欢战争故事的老先生十郎竟然还说："当时我心想，干脆趁这个机会，将没必要堆放在葫芦古堂的书籍搜集起来，丢进大火中算了。"

至于少东勘一则一如平时的淡定，一副与己无关的模样。

"不管是怎样的书，这世上之物皆是宝藏。你说这种话会遭天谴的。"

他从容不迫地加以告诫，啜饮一口茶。

"对了，没看到富次郎先生和阿胜小姐呢。"

"富次郎堂哥去见伊一郎堂哥了。"长男伊一郎是三岛屋的继承人,但目前在通油町的杂货店菱屋学做生意。赶在长兄听闻火灾的消息而为家里牵挂前,富次郎先前去通报,让他知道大家都平安无事。

"阿胜姐陪我叔叔外出。"因昨晚那场大火而被烧毁,或是为了防止延烧而遭捣毁的屋舍中,有些是三岛屋的主顾,所以伊兵卫是真正展开火灾慰问。

"我叔叔说,带着有消灾除厄之力的阿胜同行,能防止因这次遇难而变得脆弱的主顾遭受其他邪气或厄运的侵扰。"

"嗯,真是好主意。"

聊着聊着,富次郎刚好返家。

"哦,葫芦古堂的少东家。"富次郎喜欢勘一的人品,而且两人在爱好甜食和其他美食方面相当契合。这样说或许有点儿奇怪,不过富次郎很爱"亲近"这位小他几岁的勘一。

此刻他同样开心地展露笑颜,坐到阿近身旁。

"托和泉守的福,相生町的天下堂也没被火粉波及,逃过一劫。"

突然提到的这家天下堂,是最中[1]相当好吃的一家糕饼店。

"因为天下堂是和泉守的御用商人。"

"这样啊!一定就是为了他们家的最中,才派大名消防队来灭火。啊,聊着聊着,嘴馋了起来。就派新太去买来吃吧。"

富次郎从怀中取出钱包。"阿近,厨房里有好几名吃着饭团的孩子。"

"他们是来店里慰问的客人。"

"那么,就买些伴手礼送他们吧。"

"这样的话,我去吧,"十郎举手请愿,"火灾现场附近,也有几名我

---

[1] 一种和果子的名称。

的老顾客。我正准备去露个脸呢。顺道前往,对您比较抱歉,但如果您不嫌弃的话,我愿意代为跑腿。"

"这样啊?那就有劳你了。红豆馅儿和豆泥馅儿各半。啊,带孩子去吧,让他们挑自己喜欢的,这样他们应该会比较高兴。"

就这样,现场只剩阿近、富次郎,以及坐在外廊上的勘一。

"堂哥,伊一郎堂哥近况如何?"

"嗯,他很好。"

"那就好,不过,他是否因为火灾的事而替家里担心……"

"他还不知道。是我通知后,他才知道。他说辛苦我了,还请我吃鲷鱼饭。"

"是那家光村的鲷鱼饭哦。"富次郎对勘一说道,露出别有含义的笑容。

"以鲷鱼的汤汁来炊饭,再拌进鲷鱼碎肉,上头撒上海苔,是这种吃法吗?"

"没错!那味道果然名不虚传。"

这两个人只要一谈到美食,就把一切全抛诸脑后。

"我大哥在菱屋的日子过得不错。对方很希望能收我哥当女婿,所以对他相当礼遇。这样的话,是无法磨炼修行的。"

说完后,富次郎搔了搔头。

"话虽如此,但我一直以受伤养病当借口,整天游手好闲,实在没资格对大哥说些什么。"

"不,小少爷,您头部受过伤,得好好休养才行。"三人在聊天时,传来阿岛重重的脚步声。阿岛只要有心,举止还是能像深宫内院的女侍一样端庄娴淑,所以想必是有急事。

阿近转身望向阿岛。

"阿岛姐,怎么了吗?"

"小姐！小少爷，您也在这儿啊。哎呀，葫芦堂少东家也在。"阿岛低头鞠躬，眼角微微抽动，似乎相当生气。

"怎么了？脸色这么难看。"富次郎出言调侃。

"不好意思。不过，那个丫头实在太狂妄了……"

"丫头？"

听说对方在店门口赖着不走，说她无论如何也要说百物语。

"哦，这点实在令人惊讶。"

"就是说啊，又不是灯庵先生介绍的。她说她听闻我们百物语的传闻，非要上门说故事不可，一副死赖着不走的模样。"

"这种强迫的态度，实在令人头疼。"阿岛说。

"我和你没办法谈。你去带那位担任奇异百物语聆听者的小姐过来。"

"我回她说，我们家小姐不会和来路不明的小姑娘见面。她听了之后，露出让人看了就有气的神情。"

"你们这样挑三拣四的，根本不算是真正的百物语嘛。哼，我看是名过其实。"

好个言辞犀利的毒舌派。

阿近望向富次郎，这位三岛屋的小少爷微微挑动眉毛。

"一个来路不明的小姑娘，不请自来，吵着要说故事。有意思。"

"小少爷也真是的，又说这种话。"阿近则是半感兴趣，半感怯缩。感觉是个不好应付的姑娘。

"那姑娘的打扮如何？"

"看起来脸没洗干净，一副肮脏样。如果是哪家的女侍，一定是一家管教不严的店家。"

"应该是长屋[1]的住户。"富次郎说。

葫芦古堂的勘一不疾不徐地插话道:"请恕我直言,您过去可曾请江户市内的穷人当说故事者?"

"不,没有。"

"那这算是第一次,对吧?就听她怎么说吧,阿近。"

既然富次郎有这个意愿,阿近自然没有刻意拒绝之理。不过,还是有件事感到在意。

"因为阿胜姐不在。"这么一来,在听这个故事时,将会没有负责消灾除厄的守护者在场。

"说的也是。不过,当初刚开始展开奇异百物语时,也都是阿近你一个人聆听吧?"

"是的。"阿近颔首,屈指细数。

"阿胜姐到我们店里来,是第七个故事结束后的事。"

"那么,你就抱持回归最初的心情来听吧。不过,这次我会陪在一旁。"富次郎指着自己鼻头,莞尔一笑,"这个没规矩的小姑娘,要是敢对你不礼貌,我可以狠狠训斥她一顿。"

阿近还来不及说些什么,富次郎已先转头望向勘一。

"葫芦古堂的少东家也想听听看吗?"

可能是大感意外,勘一缓缓睁大眼睛。

"不,以在下的身份……"

"当然了,会请你躲在隔壁房间,不会在说故事者面前露脸。因为那名小姑娘要是乱来的话,就非得将她赶走不可。一旁可以多个帮手,我也比较放心。"

---

[1] 长形的屋子,由多户分租居住。

"看她那死赖着不走的模样，也许她的目的不是要说故事，而是另有居心。"

"如果是那样的话，就交给我和葫芦古堂的少东家来处理。如何，阿近？"

阿近望向勘一。

这位向来一派悠闲的葫芦古堂少东家，以澄澈的双眼回望阿近。

"既然这样，那就听听对方怎么说吧。"对方会这般坚持，甚至不惜惹恼阿岛，想必有很想说故事的原因吧。拒人于千里之外，未免太不通情理。阿近也不想日后一直对此感到歉疚。

"好，就这么决定了。"富次郎双手一拍。

这小姑娘面容清瘦憔悴。诚如阿岛所见，看起来像是靠打零工度日。

虽然梳着桃割髻，但显得松脱零乱。头上没插发簪或发梳，只绑着一块用来代替系发绳的脏污手巾。

她是多大年纪呢？是介于十四岁到十八岁的年纪吧。

她过于清瘦，而且气色不佳，不易辨别。比起脸蛋，声音更能显现年纪，只要听过她的声音，应该会比较容易猜出吧。

不过这位坐在黑白之间上座的小姑娘，面对阿近与富次郎，却始终不发一言。阿近像往常一样，先报上自己的名字，低头行礼问候，但对方甚至没回礼。

她嘴角垂落，双手握拳置于膝上，耸着双肩。明明是自己说要讲故事才请她入内，现在却又板着脸，双唇紧抿，模样实在不讨喜，感觉此人危险中带着可怕。

——是否该取消比较好？

阿近感到压力沉重。

这小姑娘身上穿的横条纹和服有许多补丁，多处沾染污垢。黑色衣襟微微发亮，足见磨损严重。衣带上也有明显的污渍。

"听说您是因为听闻我们的风评才前来。"

富次郎已看出阿近的困惑，便开口打破僵局。

"想必您也知道这里的规矩。三岛屋的奇异百物语是说过即弃，听过即忘。就算报上假的姓名或场所也无妨，想隐瞒的事可以不必说。"

小姑娘一直沉默不语，就像望着杀父仇人般，紧盯着黑白之间的榻榻米。

"我们会聆听说故事者说的话，要是有没听懂的地方，会向您询问，但您要是不方便回答，可直说无妨。"

小姑娘的嘴抿得更紧了。那整个形成下弯弧度的嘴巴开始颤抖起来。

"好了，我要说明的就这样，接下来轮到您了。您是想说故事才前来的吧？请畅所欲言吧。不过，如果您改变心意的话，我们可以马上送您离开。"

一股仿佛可以闻到恶臭的沉默笼罩全场。

阿近临时张罗的壁龛白纸，显得莫名白亮。

"……没错吧？"传来一个压低的声音。阿近和富次郎都微微趋身向前。

"您刚才说了什么吗？"小姑娘仍瞪视着榻榻米，维持这个姿势张大嘴巴，就像一字一句都彻底嚼碎后才吐出一般。

"在这里说的故事，不会让外人知道，对吧？"

阿近与富次郎互望一眼。

"没错，不会让外人知道。"富次郎应道，"您说的故事，绝不会传到这个房间外头去。"小姑娘这才抬起头。就像要努起下巴般，高高扬起，两眼往上挑，望向富次郎，接着望向阿近。

"这件事原本是不该说的，我被下了封口令。"

那是像要跟人吵架，语带威胁的口吻。

"据说要是讲了出来，会带来危害。不过，因为你们说绝不会对外泄露，所以就算我说了，也跟没说一样。"

"是这样吗？"

"没错！"小姑娘连呼吸也变得急促，接着往下说，"要是有人跟我吩咐，绝不能跟任何人说，我憋在肚子里会觉得很难受。明明不是我自己想听的事，实在不该一直这样憋着。所以……"

"您想在这里说出，好减轻一直憋在肚子里的痛苦，对吧？"富次郎如此看待此事，小姑娘以炯炯双眼紧盯着他。

"接下来会发生什么事，可和我无关哦。"她扬起单边嘴角，呵呵轻笑，"我想在这里说出那件可怕的事，然后就此和它没任何瓜葛。你们不是可以听过即忘吗？这就是你们标榜的吧？所以听过这个故事后，不管会对你们这家店造成任何危害，都和我无关。你们自己想办法，可别怨人哦。"

阿近过去一直担任黑白之间的聆听者，多次因为故事的可怕和不祥而瑟瑟发抖。但是因厌恶而起鸡皮疙瘩，这还是第一次。——偏偏是阿胜姐不在的时候，闯入这么一位说故事者。

今天运气真不好。平时阿胜都待在隔壁房间，为她壮胆不少。现在她再次深深体认到这点。

"您突然讲一句'可别怨人'，听起来很危险呢。"富次郎双手藏在衣袖里，下巴内收，上下打量起这个小姑娘。平时就算是对跑腿的小厮，他也不会摆出这种没礼貌的动作。他是刻意这么做的。

小姑娘不显一丝怯缩，反而傲然抬起下巴。"你们四处搜集故事，显见你们好奇心相当高，所以就算因为这样而发生了什么事，想必也不会有任何怨言吧？"

阿近开口询问："请问尊姓大名？"

"你们这里的百物语，不是说可以不用报上姓名吗？"

面对这无比冷淡的回复，富次郎面露苦笑，朝阿近点了点头。

"阿近，这位姑娘似乎很清楚我们这里的规矩。这样倒也省事，算是帮了我们一个大忙。那就请她快点说故事吧。"

富次郎转身面向小姑娘，收起脸上的笑容。

"不过，有件事得先说清楚。您接下来要说的，是一位和您有关的不知名人物告诉您的事，而且还对您下了封口令，对吧？"

"没错，你到底要我讲几次才够？"

"打破禁令，说出那件事的人是您。因此若有危害，也会发生在您身上。我们单纯只是聆听，这点希望您能先有所了解。"

小姑娘一时为之语塞。

"可是，你们不是有办法听过就忘吗？这样的话……"

"听过就忘的意思，是我们只会在这里收下所听到的故事，并且把它忘了。至于故事所牵涉的因果报应，并不会因此得以净化消除，更不可能代为承受危害。因为我们是提袋店，而不是神社或寺院。"

富次郎的口吻，与其说是加以训斥，不如说是反将对方一军。

小姑娘那充满穷酸样的额头冷汗直冒，眼神游移。

"我还以为……"

"您似乎以为只要在这里说完后，就能消灾解厄，是吧？"这样的想法倒也不是全然错误。造访这里的客人，光是说出自己想说的故事，就感觉像是放下了心中积放已久的重担，阿近见识过不少。

不过，有人说完后便丧命，也有人说完后被送进大牢。

"真不巧，让您期望落空了。抱歉。"阿近微微行了一礼后，只见那个小姑娘紧咬下唇，沉声低吟："为什么都是我遇上这种事？"

她的声音充满怨恨，语尾变得沙哑："因为工钱高，所以我才想要那份工作。说谎固然不对,但阿芳是个傻瓜,所以就算传出任何传闻,也不会受影响。"

阿近语气平静地询问:"您说的阿芳是谁呢?"

小姑娘低着头小声应道:"是我的儿时玩伴儿。"

"是一位和您感情很好的姑娘,是吗?"

"称不上感情好。就只是因为她一直都住我家隔壁。"

"有份女侍工作找上那位阿芳姑娘,是吗?"

小姑娘颔首,这才抬起头,望向阿近。"对方说为期一年,住在主人家中当女侍,问她愿不愿意。"

"是谁介绍的?"

"宅院管理人。我家和阿芳家都积欠房租……"

"长屋的宅院管理人为阿芳姑娘介绍工作,是吗?"

"他说只要认真工作一年,就能赚十两。"

富次郎"哦"了一声,松开双臂:"这笔钱可不少呢。这工作挺不错的嘛。"

"这有点儿不太合理吧,堂哥。"

就连三岛屋的伙计,一年的工钱也才两到三两。

"宅院管理人说,因为屋主管教严格,所以工钱也比较高。阿芳向来规矩礼貌都好,应该能胜任。"

"结果您抢走了那份工作,是吗?"

"因为工钱高嘛。"

"您说了什么谎?"

小姑娘再度低下头。

"您是不是针对阿芳姑娘,向宅院管理人说了不好的谎言,抢走了那份工作?"

"……没错。"

"怎样的谎言?"

"我说阿芳手脚不干净。"小姑娘再度嘴角垂落,"就在不久前,一家大路旁的饭馆,曾因为店内的钱遭窃而引发不小的风波。我说是阿芳偷的。"

"您跟宅院管理人打小报告?"

"没错,也四处跟左邻右舍说。"

"那是凭空捏造的谎言吧?"

"阿芳的母亲因病无法工作,积欠的房租比我家还多,所以正为钱发愁,这是千真万确的事。"

"可是阿芳姑娘没偷钱吧?"富次郎蹙起眉头,"宅院管理人单凭您打的小报告,就相信了这件事吗?"

"因为阿芳是个傻瓜。"

又说了一遍,那是完全没把人瞧在眼里的口吻。

阿近很想给这个小姑娘一点儿教训。

"其实是您偷走的吧?"

小姑娘瞪大眼睛:"你怎么知道?"

啊,果然。

"也没为什么,大致猜得出来。"

"为什么?后来宅院管理人也对我说了同样的话,说他早看出我在说谎。"

嗯?这倒是令人诧异。

"宅院管理人明知您说谎,却不再替阿芳姑娘安排工作,改为让您去接那份工作?"

小姑娘闻言,表情为之扭曲,显得很不甘心。

"他说，打从一开始，他就认为我适合这份工作。"

——因为对方要的是一个爱说谎、个性又别扭的人。

"他说，这样的话，就属阿种最合适了。不过，为了谨慎起见，他特别测试了我一下。结果我果然说谎了。"

一切全在宅院管理人的掌握之中。

"看来，真正的傻瓜其实是您呢，阿种姑娘。"富次郎嗤之以鼻地说道。

小姑娘又是一惊。

"你怎么知道我的名字？"

"您刚才不是自己说了吗？"

阿种以手捂口，显得忐忑不安。虽然这姑娘让人觉得很不舒服，但看她如此思虑欠周，倒也替她觉得可怜。

"请问，后来宅院管理人向您说明这样的前因后果，这又是为什么呢？"

"我从工作地点回来后，被宅院管理人骂了一顿。"

难道是她自己向宅院管理人说出当初接下这份工作的始末？

"您在那里工作了一年吗？"

"那种地方，谁能待那么久啊！"阿种虽然勃然变色，但已没有一开始那种咄咄逼人的气势。她感到畏怯。

"那您待了多久？"

"三个多月。十天前才刚回来。"

"为什么不做了呢？"

阿种闭上嘴，似乎全身为之一僵。因为要是回答这个问题，就算抵触了被下封口令的那件事吗？

"您是被屋主逐出来的吗？还是自己离开的？"

"是被逐出来的。"她泫然欲泣地小声说，"因为我让面具逃走了。她说得费很大一番工夫才能把面具抓回来，还骂我是没用的东西，连工钱也不给我。"

阿近与富次郎面面相觑。先前将阿种所说的那些粗鲁、琐细的谈话内容拼凑在一起，本以为已了解了大致经过，没想到现在却冒出如此惊人的事情。

"您刚才提到面具，对吧，是指能剧面具或鬼面具这类的吗？"

阿种没回答。她就像要让双臂纠缠在一块似的，紧紧抱住自己清瘦的身躯。

"如果是的话，'让面具逃走''把面具抓回来'又是什么意思呢？"

照常理来判断，应该是让戴面具的某人逃走，要将他抓回来的意思。面具不会自己行动。

"阿种姑娘？"仔细一看，阿种那哭丧的脸已血色尽失。

"既然在这里说出这个故事也无法消灾解厄，那我就没办法说了。"

果然，从这里开始就算进入封口令的范围了。

"要是打破主人禁令，因而引发危害，确实很可怕。这也是理所当然。"富次郎温柔地说，"这故事就说到这儿吧，好吗？"

阿种固执地耸着双肩，微微颔首，一滴眼泪落到膝上。

阿种离去后，富次郎打开面向庭院的纸门。

"有一股内心腐败的臭味。虽然有点儿冷，但还是让清新的风吹进屋里吧。"阿近明白堂哥此时的心情，但她还是有点儿同情阿种。她离开黑白之间的背影带着落寞，显得好消瘦，脚跟满是干裂。

她有父母可以依靠吗？也许一家人都靠她的工钱度日，房租不知积欠多久了。

"大家都说，长屋的房客都像是宅院管理人的孩子一样，房租积欠再久，那姑娘一家人也不会突然被赶走吧？"

富次郎莞尔一笑："什么嘛，原来你是在同情那位小姑娘啊？"

"我从小到大，生活都不虞匮乏。当然了，这都是拜父母之赐，现在则是拜叔叔婶婶之赐。可是……"

"我懂。"富次郎说，"你想说，这都是因为运气好的关系，对吧？因为没人染上棘手的怪病，没人受重伤，也一直都没遭遇火灾，所以才能像这样满足于平安的现状。"

"不过，堂哥你曾经受伤吃过苦头。"

"现在完全没事了。"富次郎望着眼前的山茶花，再次低语，"看到阿种那样的不幸遭遇，心里感到一丝歉疚，对吧？"

"打扰了。"传来一个声音，隔门就此开启，葫芦古堂的勘一从门后露脸。

"噢，少东家，你在啊。我都忘了，抱歉抱歉。"

勘一仍是那一脸木然的温暾样。

"过去发生过像刚才那样，说故事者中途打住的情况吗？"

"不，这还是第一次。"

吊在壁龛上的那张白纸，这次仍是一片空白，没派上用场。

"小姐、小少爷，两位都觉得意犹未尽，无法静心，对吧？"

"因为对故事的'危害'有所顾忌，所以内心'微骇'。"富次郎玩起了文字游戏。

"面具逃走那句话，令人在意。"

"少东家，你想得出哪本书中有类似的描述吗？你出于生意的缘故，应该记得不少事吧。"

勘一思考片刻后，说："与能剧面具有关的故事不少。不过话说回来，面具中蕴含了工匠的想法，而戴上面具跳舞的表演者的想法也会与之重叠。"

有这样的真实故事，也有这样的故事书。

"在下回去挑选几本这类的书，再送来给您过目。"

以勘一的情况来说，他这样的建议完全不带半点儿做生意的意图。打从刚认识的时候起，他便常向阿近说明看书的效用，并建议她偶尔翻翻书。

在黑白之间所谈到的故事，与说故事者的实际人生关系紧密。就像鲜血直接飞溅在聆听者脸上一样，道出无比鲜活的故事。相较之下，故事书（就算是真实故事也一样）上整齐地写满了文字，所以适度消散了生气，做了放血处理，应该很适合供阿近排遣郁闷的心情。

"那就借我看好了。"富次郎可能是从阿近那迟疑的表情中瞧出端倪，如此说道。

阿近迅速扮了个鬼脸，向勘一道歉："葫芦古堂少东家，真不好意思。我向来很怕模仿人脸的东西，面具和人偶都是。"

"这是常有的事，并非只有您才有这种情形。"

"是吗？我小时候还因为害怕雏人偶[1]而挨骂呢。"

在阿近生长的川崎驿站有家客栈，备有每个体形都跟猫差不多大的雏人偶，总会摆在家里的楼梯上，这已成为那户人家的习惯。

祖母觉得雏人偶很美，想让阿近见识一下，牵着她前往欣赏，结果阿近放声大哭，直嚷着"好可怕，好可怕"。

"后来挨了奶奶一顿痛骂，她说面子都丢光了，以后没脸见那位老板。"

富次郎和勘一都笑了。

"那可真是灾难呢。"

"用猫的体形来比喻雏人偶的大小，这实在有点儿滑稽。"

---

1 仿效平安朝贵族造型的人偶，于三月初三会摆出来装饰，也常作为女子出嫁时的嫁妆。

"啊，我很喜欢猫呢。"

由于厢房内因风吹而变冷，他们便关上面向庭院的纸门，正好看到一片山茶花的花瓣掉落。

"坦白说，在下也曾因为面具而觉得可怕。"

"不是书本内容，是少东家自己的故事吗？"

"是的，而且是最近才发生的事。"勘一说，因为是顾客的故事，所以名字隐而不表。

"逃走了一名说故事者，改由少东家来说故事，是吧？"

富次郎满心雀跃地重新坐好，勘一则朝他抬起手。

"请别期望太高。这故事很简短。是某个商家的老板娘，与丈夫和孩子吵架后闹脾气……"

——在这个家，我已不想和任何人说话了。

"她说了这么一句后，便戴上了面具。"不是像能剧面具那样的高级品，而是某人在夜市里买来的多福面具[1]。

"一个做工粗糙的纸面具。"老板娘戴上它，在家人看得到的地方绝不摘下面具。

"起初老板和孩子就只是看了发笑，不当一回事，但是当老板娘一直戴着面具后，他们逐渐感到阴森可怕。"

——咦，那真的是娘吗？

"甚至还跑来找在下商量。"

——葫芦古堂老板，你去确认一下吧。

在对方的请托下，勘一前往向老板娘问候，只见老板娘戴着多福面具，落寞地坐在店内厢房里。向她出声问候，她这才转身行了一礼。

---

[1] 自古便存在的一种面具，是一张圆脸、塌鼻、两颊丰润的女性面孔。

"那是连眼睛部位也没开洞的面具,所以戴着它,什么事也做不了。她就只是手放在膝上跪坐着。"

那模样着实可怕。

"在下越发觉得,面具底下的人,应该不是在下所熟悉的那位老板娘。"

数天后,老板和孩子向她道歉,老板娘这才取下多福面具。

"什么事也没有,还是原来那位老板娘。她笑呵呵地说道,吃饭时还有出外泡澡时,非得取下面具不可,所以要趁大家没看到的时候进行,真是忙翻天了,拜此所赐,现在吃饭速度变得飞快。"

不过道歉的一方却是苦不堪言。老板变得面容憔悴,而年纪最小的儿子,原本已改掉的尿床毛病,这下又复发了。

"他们吵架的原因是什么呢?"

"听说是对卤菜的味道有意见,单纯只是没意义的争执。"

老板和孩子嫌老板娘做的菜难吃,由于老是叨念不休,双方便吵了起来。

"就只是因为这样,接连好几天戴上面具,应该很不方便吧?这位老板娘还真是耐力过人呢。不,这种情况应该说她的执念太深。"

"可能是太生气了吧。"

阿近隐约能明白老板娘的感受。自己用心烹煮的菜肴被人挑剔,就像一把刀刺进心头一样。没人站在自己这边,而且还异口同声数落自己的不是,那就更难过了。

"在下在这件事落幕后,与那位会尿床的儿子私下聊过。"

——葫芦古堂的少东家,这事千真万确,你要相信我。我娘戴的那个多福面具,不时会变脸呢。

"那名儿子有时不经意发现,面具的眼睛是闭着的,或是嘴角下垂。"明明只是个廉价面具,"他说,有一次甚至还变成一只眼睛。"

——少爷，那是您看错了吧？

——不，我看得清清楚楚。

"老板娘取下那个多福面具后怎么处理？"

"听说用家中的炉灶烧毁了。"面具上沾有老板娘的汗渍，都快破了，"之后什么事也没发生。老板娘和家人都一切安好，店面也生意兴隆，可喜可贺。"

阿近感到背后一阵寒意游走。

第二天，才刚打开店门做生意，阿岛便快步来到屋内。

"小姐，昨天那个小姑娘又来了。"说她想说后续的故事。

"长屋的宅院管理人也陪同前来。这次态度完全不同，显得很恭顺，该怎么办？"

阿近马上毫不犹豫地应道："请带他们进来。"

她叫唤富次郎和阿胜，自己也着手准备。昨天她已先将大致的情形告诉阿胜。

"一会儿逃走，一会儿又抓回来的面具，真期待这样的故事。"这位守护者可真有胆识。

"因为实在太虎头蛇尾了。这件事我也一直搁在心头，所以我很高兴。"富次郎也显得欢欣雀跃。

宅院管理人认为不能在店门口打扰他们做生意，因而和阿种来到三岛屋后门。本以为他们会同时进入黑白之间，因而事先备好两人份的坐垫和烤手盆，结果只有宅院管理人独自前来。

他一走进厢房，来到门槛处，马上跪地磕头。

"我是堀江町二丁目朝颜店的宅院管理人，名叫甚兵卫。昨天我们宅院的房客来到贵宝号，百般无礼，真不知该如何向您谢罪才好。"

此人应该已年过六旬，发量稀疏，只绑得出小小的发髻，但他雪白的眉毛又密又长。尽管身材清瘦，声音却响若洪钟。要是以这种声音训斥房客的不是，想必很有效果。

长屋的宅院管理人，这项工作是代替拥有土地或房屋的地主处理一切相关的麻烦事，例如收取房租、照顾房客、调解纷争等等。如果不是拥有处世智慧、好管闲事，且通晓人情世故的长者，肯定无法胜任这种职务。

此刻甚兵卫双手撑地，向阿近和富次郎磕头，看在他眼里，一个是黄毛丫头，一个是乳臭未干的小子，想必心里很不是滋味，但这份心情丝毫没显现在他脸上，着实不简单。

"不，您快请起。"富次郎也端正坐姿回礼，"既然我们举办奇异百物语这样的特殊活动，也早已做好心理准备，不管会迎接怎样的说故事者，也都算是乐趣之一。

"我们并未生气，而且面对如此郑重的道歉，实在担待不起。"

尽管富次郎流畅地表达这样的想法，但甚兵卫还是一样表情严峻。

"我也很清楚三岛屋奇异百物语在外头的风评。听说昨天阿种没认清自己身份，擅自登门打扰，在此大放厥词，逾矩失礼，后来突然心生胆怯地逃离。"

房客的不是就是宅院管理人的不是，若放任不管，将会令地主蒙羞。

甚兵卫以严厉的口吻说道："我已狠狠训斥了阿种一顿，并用绳索套住她脖子，把人押来，吩咐她今天要从头到尾把故事说清楚。这样两位能承认她是奇异百物语的说故事者，听她把故事说完吗？"

"这是当然，我们乐意之至。"

甚兵卫已察觉出阿近的困惑，朝她深深点了个头。

"如果是昨天阿种说的'封口令'和'说出会带来的危害'的事，请您不必担心。"

这两个问题都已解决了。

"由于我万万没想到阿种会跑来贵宝号,打算说出那个故事,所以没告诉她这件事。"语毕,甚兵卫露出若有所思的神情。

根据过去的经验,阿近已经察觉,在这里说故事的人露出这种表情时,就表示他为了清楚明了地说出故事,正在思考故事的陈述顺序。

甚兵卫沉吟一声,就像一切已了然于胸般,眨了眨他的细眼,来回望向阿近与富次郎,接着缓缓说道:"前天晚上,神田松永町发生了一起烧毁十栋屋舍的火灾,对吧?"

没想到会谈到这件事,这样一点儿都不好懂。

"是的,我们也吓出一身冷汗……"

"那我就直说了,因为发生了那起火灾,阿种所害怕的'危害'已经结束。"甚兵卫又思索了片刻,接着补上一句,"应该说,这次逃走的面具所带来的危害已经消失了。"

"哦……"阿近听得一头雾水。甚兵卫似乎也知道她会有这种反应。

"真是抱歉。或许听起来像在说玩笑话,但只要之后你们听过阿种的故事,应该就能明白。"

"如果是这样,那就无妨。"富次郎应道,态度泰然自若。

"那就请阿种姑娘从头娓娓道来吧。有劳两位了。"甚兵卫再度郑重地行了一礼,"不过,关于逃走和捕捉面具一事,还是一样不方便对外泄露。其实就算让世人知悉此事,也不会带来什么困扰,只是告诉他人此事,对任何人都不会有好处,只会煽动人们内心的不安,所以最好还是避免此事外传。"

"这我明白。我们会听过即忘,绝不会对外泄露此事。"

"感激不尽。"甚兵卫这才舒缓紧绷的表情。

"阿种是个没半点儿值得夸奖的女孩。而她本人也不曾夸奖过别人。只要一开口就没好话，是个没规矩的姑娘。不过，昨天她提到小姐您……虽然她说这话同样没搞清楚自己身份，但她说您感觉是个好人。"

感觉是个好人。虽然用语拙劣，倒是相当率直。

阿近也率直地由衷感到开心。

"请问，是否提到了我？"富次郎微微趋身向前。

甚兵卫应该是没料到他会这么问，笑着应道："真是抱歉。可能她对少爷您多有敬畏，不敢直视尊颜吧。"

"意思是她什么也没说喽？"

"堂哥，你也真是的。"阿近出声提醒。

"没关系。谁叫这里的聆听者是阿近呢，我只是陪衬的，是是是。"

甚兵卫最后没走进黑白之间，直接离去。阿近只留下一块坐垫，摆在壁龛正前方。

"好了，就快开始了。"富次郎不知为何，卷起了衣袖。壁龛上的那张纸显得特别亮白。

这次阿种换上一身洁净的衣服。是冲过澡，还是泡过汤呢？她的神情变得正经许多。发髻重新梳整过，衣服应该是向人借的吧，黑领也变得崭新光亮。

昨天显得怒气冲冲，性子急躁，今天倒是恭顺沉静。她眼中透射的冷光已不复见，原本紧绷僵硬的肩膀线条变得柔和许多，也不显一丝咄咄逼人的气势。

此刻坐在眼前的，是一看就知道平日过着清贫生活的十五六岁少女。

"嗨，真好，又见面了。"

富次郎感慨甚深地说道。而阿种想必也已做好心理准备，不知道对方会对她咆哮还是斥责，被出言挖苦是免不了的。然而此刻听到这句充满热诚（不过感觉有点儿造作，又不合现场气氛）的问候，她为之一愣。

阿近忍不住笑了："我们是想听您把故事说完。"

阿岛端来热茶，没附上平时理应有的点心。

"阿岛姐，茶点呢？"

"这是宅院管理人甚兵卫先生的意思。"

阿岛径自对阿近和富次郎说道，对阿种连看也不看一眼。

"要是端出点心，这女孩……"她斜眼瞪了阿种一眼，"注意力就会被点心所吸引，无法好好说故事。"

"这样啊。那就等故事说完后，再请她吃吧。既然她在这里说故事，就是我们的座上宾，如果只是奉茶的话，太失礼了。"

可能是阿近的口吻展现出平时少见的严厉，阿岛听了之后直眨眼。

"阿岛姐，这是我的意思。劳烦您了。"

"我、我知道了，小姐。"阿岛关上隔门离去后，阿近对阿种说："我这个人其实也没什么了不起。"她刻意使用随便的口吻，"我老家是位于川崎驿站的一家客栈。打小我就帮忙家里做生意，帮客人洗脚、端盘子、收盘子、晾棉被、洗衣服、烧洗澡水。遇到好心的客人打赏，就开心得不得了。"

阿种默默注视着阿近。她的嘴角今天同样倒垂。

富次郎挑起眉毛，津津有味地望着她们两人。

"三岛屋是我叔叔婶婶经营的店，我是来这里学习礼仪规矩的。虽然大家叫我小姐，但我平时其实都和女侍一起工作。"

"不过，刚才你的说话口吻感觉很了不起。"阿种回了这么一句。

阿近收起脸上的笑容，点了点头。"因为此刻在这里，我是三岛屋店主伊兵卫的代理人，不能对客人失礼，所以才那么做。"

"一点儿都没错。"富次郎一脸满意的神情，在一旁附和，他缩着脖子道,"那可不是在挖苦你哦。"

"没错,我会洗耳恭听。阿种姑娘,我已听宅院管理人说明了前因。您的故事要从哪儿起头呢?"

"从哪儿起头……"

既然危害已经消除,阿种就没必要说出后续的故事。她之所以会前来,是因为甚兵卫狠狠训了她一顿,并且命她前来。

"如果您不知道该怎么说,一开始可以由我主动问您几个问题?"

"嗯,好。"

"谢谢。那么……阿种姑娘,您一直都住在堀江町的朝颜店吗?"

"我搬过几次家,但已经记不得了。我娘以前在牛込的旧衣店当过女侍,后来怀了我就被革职,四处搬迁,过着打零工的生活。"

"是吗。您有兄弟姐妹吗?"

"有弟弟和妹妹。"

"是由您和令堂赚钱养家,对吧?"

"嗯。"

"朝颜店这名字取得好。"

"听说以前地主特别喜欢朝颜[1],在长屋所在处搭了一座大棚架,所以才有这样的称呼,其实那栋长屋一点儿都不漂亮。"

"嗯,"富次郎在一旁说,"你也能好好说话嘛。很好,就这样保持下去。"

阿种略显结巴,似乎是受人夸奖,一时不知如何自处。

"宅院管理人甚兵卫先生,为了让你们可以生活无虞,会常帮你们介绍正职或副业吗?"

---

1 牵牛花。

"也不是一直都那么值得仰赖。"

"这次的工作，工资给得特别高，而且打从一开始就觉得古怪，对吧？"

——因为对方要的是一个爱说谎、个性又别扭的人。

阿种哼了一声，说："我也不是老干偷东西这种事啊。那次偷饭馆的钱，也是因为真的没办法糊口，不知如何是好，才铤而走险。"

"嗯，我明白。您可以不必解释。"

听阿近这么说，阿种嘴角倏然垂落。她应该是想说，"像你这种人哪会明白啊"。

"那个一年给您十两工钱的工作地点，是个怎样的地方呢？"

阿种低头望着榻榻米的格子，清瘦的脸庞蒙上一道阴影。

"不能讲出那个地点，也不能说出名字。宅院管理人严厉地训斥、吩咐过我。"

"嗯，这我听说了，所以您不必照实说。"

"我帮您想个名称吧。"富次郎提议，"您工作的地方是店家吗？如果是的话，我可以代为取个屋号。"

"不是贩售商品的店家，跟缝纫店很像。"

"**很像**？"

"因为它不是一般的缝纫店。不是有和尚穿的袈裟，或是神官穿的白色筒袖和服吗？他们只缝制那类的衣服。"

哦，阿近和富次郎都发出大感意外的声音。

"这种缝纫工作可真罕见呢。"

"不过这种工作确实有其需要。如果没人缝制的话，和尚和神官可就伤脑筋了。"

"有没有挂上招牌？"

阿种摇头："从外观来看，既不像店家，也不像工匠的住处。是一栋稻草屋顶的大宅院，有一大片土间。树篱外是一片杂树林。"

这么看来，不是位于热闹的商店街。

"里头住很多人吗？"

阿种屈指细数。

"有老板娘，老板娘称呼'老师'的一位老先生，五六名男性工匠，再来就是女侍，连同我在内应该有五六位吧。"

因为没正式介绍彼此认识过，所以阿种也不太清楚。

"那位老板娘没有丈夫或孩子之类的家人吗？"

"我没见过。不过他们曾经说过，一年后，老板娘的女儿会从某个地方返家。"阿种是刚好听闻这个消息。

阿近就此想到一个可能性："这样的话，您在那里工作一年，或许就是在老板娘的女儿回来前，先由您来代替。"

阿种闻言后，眯起眼睛，给人一种不安好心的感觉。

"如果是这样，老板娘的女儿就会和我一样手脚不干净，而且个性又别扭。否则我根本代替不了她。"

的确如此。

"阿种姑娘，您在那里都做些什么工作？"

"打杂，例如打扫、洗衣、汲水、烧洗澡水。他们也会派我出外捡柴。那里有黑斑蚊，而且忙得我腰酸背痛，真是苦不堪言啊。"

明明是有钱人，却那么小气。阿种噘起嘴抱怨道："在那栋大宅院里，老板娘和'老师'都穿着上好的衣服，每天都吃白米饭，桌上同时有好几盘配菜。"

不过周遭是杂树林，所以派女侍出外捡柴也没什么好奇怪的。这样的对待，还不至于到撅嘴抱怨的地步吧。

从这点来看，这或许就是阿种被骂懒惰的原因之一。

"那么,您没帮忙做缝纫的工作喽?"

"怎么可能帮忙,我又不会。"

"没机会学,是吗?"

"我只是个女侍。老师和工匠做裁缝的房间,我只有打扫的时候才会进去。"

阿种就像突然想起似的,变得愤愤不平,呼吸急促。

"那些人看我的眼神,就像在看一只野狗似的,对其他女侍就不会这样。"

"那是因为你手脚不干净。"但老板娘却刻意希望有这样的女孩到店里当女侍。如此受人白眼、鄙视,实在费解。

"不过老板娘说,'我觉得这样很好,就是这样才好'。"

"这什么意思?"

阿种的眼神转为犀利,瞪着阿近。

"因为个性别扭的人,才容易找出面具。"

当它们从箱子里跑出去时——

"虽然其他人不容易看见,但我看得很清楚,所以马上就能发现。话说回来,女人比男人更能看见面具。因为女人有月事,带有秽气。"

阿种说个不停。阿近和富次郎似乎受到震慑,默不作声。

"手脚不干净的人,面具往往会主动靠近。因为它们最喜欢的,就是会偷窃的低俗之人身上散发的气味。他们还吓唬我,说我要是不小心一点儿,面具会从我的指头啃起,将我活活吃掉。在抓住面具放回箱子之前,我连个觉都睡不安稳。"

阿种一口气说完后,气喘吁吁,既生气,又害怕。

"阿种姑娘,"阿近以浅显易懂的语气,慢慢询问她,"您所说的'面具',到底是什么?"

阿种的眼中划过一道愤怒和恐惧的闪电。

"就是面具啊。木雕或纸做的面具。你没见过吗？夜市都会卖的。"

"阿近和我都看过这种面具，也曾戴过。"富次郎的表情略显僵硬，"但一般的面具不会逃走，因为它又不是生物。你说的'面具'，和一般常见的面具是完全不同的东西吧？"

阿种用力合上眼睛，脸皱成一团。

"啊，真讨厌。"她以颤抖的声音低语，"一说出口，就回想起来了。本来还希望说出来之后就能忘了，但现在反而清楚浮现在脑海中。"

怒意从她的表情中消失，只剩恐惧。

"那座屋子里，满满都是面具。"

装进箱子里，绑上绳子，在防雨门紧闭的内宅厢房里，堆着多到数不清的面具。

"听说看守着它们，不让它们来到外面的世界，是老板娘他们重要的使命。"

阿近望向富次郎。这位好脾气的堂哥此刻的眼神，就像看到外廊上出现一只大蜈蚣似的。

"这么说来，那是不好的东西喽？"他就像在向阿种确认似的，小心翼翼地询问。

"如果跑到人世间，就会四处作恶，或是招来坏事，对吧？"

"嗯，听说以前面具曾逃到外头去，惹出不小的风波。而且不是只有一两次，是发生过好几次。"

"怎样的风波？他们告诉你了吗？"

阿种颔首，陷入沉思，似乎正在回想。

"呃……你们知道振袖[1]大火那件事吗？"

当然知道，就是那场明历大火。

"大火从本乡的寺院蹿出，是将当时的江户町烧毁泰半的一场严重火灾。"富次郎回答。

"听说就是那户人家的面具造成的。"

"不过，振袖大火就如同它的名称一样，起因是为了替一名年纪轻轻就过世的姑娘回向，而在寺院里焚烧振袖和服。不巧因为风势强盛，点燃火的和服飞上空中……"

阿近道："可是堂哥，仔细想想，再怎么不巧，也不至于那么夸张吧。"

既然风势那么强，应该会改天焚烧和服才对。如果是为了回向，一旁应该会有人陪同才对，为什么不能早点儿控制火势呢？

"老板娘说，面具引发那场大火的事没让人知道。"

"是吗……还有呢？"

"嗯……"阿种偏着头寻思，"再来就是吉原[2]的斩人事件。"

富次郎瞪大眼睛："吉原百人斩，是吗？"

"在吉原斩杀了一百人吗？"

"嗯，一名受妓女冷落的男子，怀恨在心，陆续斩杀该名妓女以及在场的其他人，引发一场大风波。"

"那名妓女叫什么来着？对了，叫八桥。"富次郎很热衷地说着。

"堂哥，你可真清楚。"

"因为故事书里提到过。"

"原来如此，你都从葫芦古堂借这种故事书来看，是吧？"

"阿近，你可别露出这种嫌弃的表情哦。因为我们若不好好从过去发

---

1 指宽袖和服。
2 日本江户时代公开准许的妓院集中地。

生的事当中学习，就会不断犯同样的错。"

阿种来回望着突然开始说教的富次郎，以及眼神冰冷的阿近，啧啧有声地啜饮着热茶。

"阿种姑娘，还有其他吗？请你再想想。"

小姑娘倒持茶杯，一饮而尽。

"在某个庆典中，某座桥塌落，溺死了许多人。"

富次郎发出一声惊呼，再度双目圆睁。

"那是永代桥崩塌事件！我记得是刚迈入文化年间时发生的事。"

如果是文化四年，正好是伊兵卫的哥哥，亦即阿近的父亲出生那年。

"还有吗？"

"发生在城内的斩人事件。"

"如果是殿内杀伤事件，倒是不时会发生。你不知道更进一步的情况吗？"

"听说是位身份特别的武士……不过我记不得了。和我没关系。"阿种才刚搁下茶杯，肚子就豪迈地咕噜咕噜叫了起来。

"果然光喝茶没茶点实在很没意思。我叫人送吃的过来吧。"

阿近拍了拍手，准备唤阿岛前来。阿种见状，笑得合不拢嘴，无比坦率。

那神情就像口水快要流下来似的。令人惊讶的是，应声的人不是阿岛，而是人在小房间里的阿胜："是，这就来。"

没过多久，阿胜端着托盆走进黑白之间，里头装着盛有黄萝卜饭团和炖芋头的小碗。

"点心待会儿就送来。请先尝尝这个吧。"阿胜柔声说道，搁下托盆。阿种看到她的脸之后，眼珠几乎都快掉了出来。

因天花而长痘疤并不稀罕，但阿胜长了满脸，甚至一路长到脖子，所以阿种才会如此吃惊吧。

待阿胜离开黑白之间后,阿种悄声向阿近询问:"刚才那个人,是这里的女侍吗?"

"是的。"

"她长了那么多痘疤,你们一样肯雇用她?"

"因为内在比外表重要。而且,有那么多痘疤,正是深受疮神疼爱的证明,我们这里请那名女侍担任守护者,相当看重她。"

阿种发出"哦"的惊诧声,重新打量阿近和富次郎。

"三岛屋可真怪。"可能是觉得满意了,她开始大啖手中的饭团。阿近替她重新沏了壶茶,富次郎起身离席。

"我有一本书,专门记载江户市内发生过的特别事件,我去拿来。"

阿种吃东西的模样,看起来特别香甜。就像要将盘子和小碗都拿起来舔似的,吃得干干净净。接着心满意足地打了个饱嗝,她急忙伸手捂嘴,还算懂得规矩。

"好吃吗?"

"嗯。"

"这个时候该说什么,你母亲没教过你吗?"可能是又一个饱嗝涌上喉头,阿种将它咽下后,在面前双手合十:"多谢款待。"

"哪里,招待不周。"

阿种转为认真的神情。

"经这么一提才想到,我在那户人家也曾见过一名长满痘疤的人。"

她是在见到阿胜后才想起。

"其实我只见过一次,不知道对方是何方神圣,不过他跟老板娘以及老师聊了很久。应该是客人吧。"

"是女性吗?"

"不，是一位驼背的老翁。顶着光头，穿着一件奇怪的衣服。"仔细询问那个人的穿着后得知，似乎是穿着一件十德[1]。

"也许是一位大夫。"阿近说完后，阿种扑哧一笑。

"大夫自己却长满痘疤，太好笑了。"

"是吗？如果是经历一场大病，捡回一命的人，应该能成为一位好大夫吧。"

姑且不管此人是大夫、僧侣，或者单纯只是位退休的老先生，在那个面具之家里，或许也很敬重这位长满痘疤的老翁，将他视为保护人们不受邪恶侵害的守护者。

正在喝茶时，富次郎返回，手中拿着一本厚厚的书。

"找到了，就是这本。"他匆匆坐下后说，"阿种姑娘，刚才你提到城内的斩人事件，如果照事件的先后顺序来看，应该是一位名叫松平外记的旗本[2]所引发的一场风波。你觉得呢？"

松平外记大人——阿种含糊地暗自复诵。

"那是很大的一场风波吗？"

"那当然！松平外记大人担任书院官，因为受年长的同僚欺压，最后在殿内挥着短刀斩杀了五人。三人都当场毙命，另外两人身受重伤，而他也自裁身亡。"

这是文政六年四月发生的事，听说以当时那桩惨事当题材所写的落首[3]，在江户市内遍地开花，而爱看热闹的江户人，在城外也吵得沸沸扬扬。

"阿种姑娘，接下来由我来问你几个问题，请告诉我是否和你从老板娘那里听来的事件一样。"

---

[1] 医生、儒者、画师常穿的服装。
[2] 江户时代，俸禄未满一万石，但有资格在将军出场的仪式上出现的将军直属家臣的统称。
[3] 在公开场合，尤其是人多的十字路口或河滩等地立牌，以匿名方式写下狂歌，用以讽刺时局的一种做法。

富次郎翻开书页，很热衷地念出几项事件向阿种询问，但阿种一直都偏着头。

这项尝试没过多久便令人生腻，感到眼皮沉重。

"堂哥，这样就够了。"阿近也觉得，老是问过去发生的风波，令人感到沉闷。

富次郎一脸遗憾："我只是觉得，那些逃走的面具所引发的灾难，或许有其共通的规则。"

"要现场就解开一切谜题，不太可能吧。"

阿种在面具之家只当了三个多月的女侍。这时间只有一年的四分之一，而且她只是个打杂的女侍，连和家人以及其他伙计都见不上面，却能从老板娘那里得知这么深奥的事。当中应该暗藏玄机。

阿近想往这方面询问。

"老板娘是什么时候开始告诉您这么多事的？可以从一开始听到的时候说起吗？"

阿种揉了揉眼睛，拉拢和服的衣襟，重新坐正。

"嗯……一开始嘛……"她转动眼珠，以手指搔抓着下巴，努力想要回想，"应该是开始工作后的四五天吧。"

半夜时分，有人在屋内说话。阿种因声音而醒来，觉得很在意，心想：是谁三更半夜还没睡呢？

"我问其他女侍，她们都装不知道，不得已，我也只好忍下了，但每天晚上都会有。而且仔细听才发现，虽然有人在说话，但感觉那不像是人的声音。"

"是怎样的声音？猫或狗吗？"

阿种摇头："如果说像什么的话，倒是比较像虫鸣声。"

"是铃虫或蟋蟀吗？啊，是蝉，对吧？这样的话应该很吵。"

听富次郎这么说，阿种又摇了摇头："不是那种虫子，是发出嗡嗡声，很吵闹的那一种。"

阿近和富次郎同时晓悟。

"那不是虫鸣声，是振翅声吧？"

阿种表情为之一亮。

"对对对！飞虫在脸边飞来飞去，不是很吵吗？就像那种声音。"

"如果是这样，那应该算是声响，而不是说话声吧。"

"可是它们真的在说话。许多声音在交谈，还不时发笑。"这句话令阿近手臂起鸡皮疙瘩，原来是一大群。

"听得出它们在说些什么吗？"

"听不出来。不过我常听到'我们''众生''可恨'，所以听得懂。"

我们、众生、可恨。

"所以我跑去问老板娘那是谁在说话，吵得我都睡不着觉。"

结果老板娘神色自若地说道：

"会听到那个声音，也算是你的工作之一，所以你忍着点吧。"

"老板娘说：'其他人听不到，所以就算你发牢骚，跟他们也说不通。给你的十两工钱，里头包含了要你忍受这件事的补偿金。'"

她又补上一句奇怪的话语。

"那声音你可以不去管它，不过，要是开始听到其他声响，记得告诉我。"

既然老板娘说补偿金含在工钱里，那也就只能自己摸摸鼻子退下了。

阿种每晚都忍受那吵闹的声音。

"之后又过了十天，那嗡嗡嗡的说话声中，开始夹杂着像是在啃咬东西的声响。"

咔吱、咔吱。

"本以为是老鼠,但因为老板娘吩咐过,所以我便如实禀报。"老板娘夸她遵守吩咐办事,做得很好,当天请她吃看起来价格不菲的豆沙包当点心。

"真是好吃。所以从那之后,我更加留意,看有没有奇怪的声响。"

由于晚上没睡饱,有时白天会打瞌睡,但尽管她打盹儿的模样被人看见,却从没挨过骂。

"不过,就算我竖耳细听,还是听不懂那嗡嗡叫的声音在说些什么。"

"你说听不懂,是指用字太艰深吗?"富次郎问,"例如像武士所用的那种拘泥礼数的用语。"

"这样啊。"阿种露出恍然大悟的神情,"也许是哦。"

"像'众生'这种词语,在平时的生活中不太会用到。"

接下来的一个月平安度过,但某天晚上,又开始响起啃咬东西的声音,以及咚咚咚的敲打声。

"就像有人在踩踏地板一样。我吓了一大跳。"因为声音很大,阿种心想,这下子大家总该听见了吧。她冲出平时起居的那间三张榻榻米大的房间,来到走廊。

"但没人醒来。"

这段时间,咚咚咚的声响越来越大,间隔也逐渐变短。

"我觉得可怕,跑到老板娘的寝室叫唤。"老板娘马上醒来。虽然她穿着睡衣,但没半点儿睡迷糊的样子,也一点儿都不显困。她一边往内宅走去,一边向阿种吩咐:

"我去叫老师起来,你叫醒大家。然后到走廊上去,像狗一样大声汪汪叫。"

虽然阿种既不是公主,也不是什么大小姐,但突然要她学狗叫,一时之间还是会不知所措,觉得难为情。正当她在走廊上徘徊,不知如何是好时,工匠可能是听到了她的脚步声,纷纷起床。

"大家也都和老板娘一样,很清醒地醒来,就像刚刚一直都在熬夜工作似的。"工匠看也不看阿种一眼,直接冲向老板娘所在的内宅。

阿种爱看热闹的心情被激起,想跟向前去,但一名年长的工匠语带威吓地对她说:

"狗别过来。"

"不得已,我只好待在走廊上。"女侍都没起床,就只有阿种一个人。

挨骂后,觉得担心,那踩踏地板的声音仍旧持续,诡异又可怕,阿种害怕得想哭。

"工匠走进内宅,那奇怪的声音马上消失。"

深夜时分,宽广的宅院一片死寂,阿种突然害怕起来,泫然欲泣。

"过了约半个时辰后,众人才返回,但这次却都异口同声地骂我。"

——臭狗,哭什么哭。

——搞什么鬼啊你,狗就该好好吠啊。

——汪汪叫总会吧,这是你的工作。

后来改为盘起双臂专注聆听的富次郎,似乎很不高兴,以不悦的口吻说道:"就算对方是女侍,说她是狗未免也太过分了。"

阿近不发一语,暗自沉思。的确,称呼女人"臭狗"是很过分,但如果将阿种之前说的话拼凑起来,加以分析的话……

"他们这话的意思,会不会是说阿种姑娘您是看门犬呢?"

面具之家找来手脚不干净、个性别扭的人当女侍,因为这样的人比较容易发现面具。

果不其然,阿种用力点头。

"小姐,你头脑真好。就是这么回事。我就如同用来防范小偷的看门犬,所以要大声汪汪叫。"

第二天下午，老板娘唤阿种前去。正好又是在她打瞌睡时被叫醒，她急忙前往拜见老板娘。

"她给了我一件用白绸缎做成的铺棉坎肩，要我穿上它。"

——接下来，我会带你到内宅去。

"什么都不让你知道反而不好，所以我接下来要告诉你，这个家所肩负的重要使命。"

——接下来，你什么也不要问，什么也不要碰。

明明是白天，老板娘却手拿烛台，阿种紧跟着她，走在蜿蜒的长廊上，来到尽头处，眼前是一扇看起来颇为沉重的双开门，门外附了好几把锁。

老板娘用插在衣带里的成串钥匙逐一开锁，她在开门时使足了力，脸为之涨红。

阿种本想帮忙，但老板娘再度严厉叮嘱她不准碰。

"这里头是面具的房间。"

在烛光下，眼前的景物浮现。面具放在木箱里，外头绑上绳索，在防雨门紧闭的房间里，堆得像山一样高。

"这时老板娘第一次告诉我原委。"

——虽然外表是面具，但它们其实是为世间带来灾难和坏事的魑魅，所以才被封印在这里。

住在这座宅院里的人们是看守者。她还说阿种是看门犬。

——虽然我们无法办到，但曾经做过坏事的你可以听到面具的声音，也能察觉它们的动向和气息。

"每到晚上就会听到的嗡嗡说话声、笑声、啃咬东西的声音、敲打声，全都是这里的面具所为，所以只有我听得见。"

——这些面具总是在窃窃私语着，讨论要是逃离这里，下次要引发什么灾难，要怎样迷惑人心，大干坏事。

"那就只是它们在交谈而已,可以不去管它,不过……"

——要是面具开始啃咬木箱,或是移动木箱,想从里头滚出来的话,那就危险了。所以我才会事先吩咐你,要是听到那样的声响,就要马上来通报。

据说昨晚有几个面具破坏木箱,想要滚出木箱,引发一场骚动。

——因为我们已重新加以封印,所以用不着担心。今后也一样,要是又发生同样的事,不管是什么时候,就算是发生火灾,淹大水,你也都不用管,要马上来跟我通报。

——封印这些面具,是为了世人着想。

"那个面具的房间我只去过几次。应该说,我没跨过那个房间的门槛,就只是从门口往里头窥望过而已。"

因为里头有一股难闻的气味。

"接着回到老板娘房里,脱下白绸缎的铺棉坎肩后,老板娘告诉我,如果里头的面具跑到外面的世界去,会引发怎样的灾难,就这样谈到刚才我说的火灾,以及大桥塌落的事。"

阿近在黑白之间里也算听过不少光怪陆离的故事,但这个故事感觉规模宏大。

因为这提到了在世间引发各种灾难的源头,以及加以封印的某户人家。

"阿种姑娘,你在那个面具房间里的时候,可有听到像振翅声的说话声或是笑声吗?"

听富次郎这样询问,阿种露出吃惊的表情。

"经你这么一提,没听到欸。"

"一定是老板娘和你同行的缘故。"

"如果只有你一个人在的话……"

阿种用力点头："所以老板娘吩咐过我，不准再靠近那里。"

不用她吩咐，阿种也不想靠近。

"那里又臭又阴寒。"

"怎样个臭法？"

阿种思索了一会儿："像是东西腐烂的臭味。夏天最热的时候，厕所散发的臭味。也很像我爹生病快死的时候，呼吸中带有的臭味。"

黑白之间里明明烧着沉香，还带有刚沏好的绿茶茶香，但阿近却觉得胸口一阵恶心作呕。

"听说那种臭味，也只有看门犬才闻得到。"

"请容我稍微把故事往回拉。"富次郎开口，"你前往面具的房间时，都会穿吗？白绸缎的铺棉坎肩。它是纯白色吗？上头有没有什么图案或是家徽？"

"啊，有！背后有个跟我头一样大的图案。"

"怎样的图案？"

阿种伸指在榻榻米上作画："像这样……然后外面一个圆圈。"

富次郎似乎了然于胸，暗自点头。

"堂哥，这是什么？"

"那图案应该是五芒星。阴阳道用来驱魔的印记。"富次郎对一些怪事知之甚详，这或许也是从葫芦古堂租来的书中得到的知识吧。

在得知面具之家的秘密后，阿种重新明白自己这项工作的重要性，以及这笔优渥工钱背后的责任。有时她会绷紧神经，想要好好报效老板娘；有时则是入夜后听到那宛如振翅声般的说话声和笑声，觉得很碍耳，一刻也无法忍受。

"有时也会觉得，要是什么都不知道反而轻松。"

"嗯，或许是吧。"富次郎侧着头感到纳闷儿。

"不过，关于面具之家里头的面具，世人都不知道，对吧？"

"因为没人说出这件事。"

一旦说出，就会带来危害。

"原本的看门犬就是因为说出这个秘密，马上丧命，所以这件事才没传开吗？"富次郎不假思索地说出这句话后，急忙捂住嘴巴，"抱歉，阿种姑娘。"

阿种微微缩起脖子。"没关系。让面具逃走后，我现在觉得这一切的确是我不好。不过，不管是灾祸还是危害，全都因为之前的那场火灾，而由其他人代替我承受，现在已经没事了。"

这对代为承受的人来说，是一场无妄之灾，就算是三岛屋也因为那天晚上的火灾而一度吓破了胆，所以阿种这种说法实在令人恼火。

但阿近却无意加以告诫，也许是因为这个故事太光怪陆离了。

"阿种姑娘，到底是什么原因而让面具逃走呢？"

也该直接切入核心了，面对阿近的询问，阿种一脸严肃地沉默了半响，应该是在思考该怎么说明。

"被封印在那栋宅院里的面具……"刚开始说明时，阿种的声音显得紧张又僵硬，"它们只要见有机可乘，就会想往外逃。它们的欲望很强烈，而且又狡猾，所以不管老板娘和老师他们再怎么小心提防，有时它们还是会巧妙逃脱。"

"这种时候，像您这样的看守人也会被瞒骗，对吧？"

阿种定睛回望阿近，像是硬挤出声音似的说道："看门犬是不会被瞒骗过去的。"

她的口吻有点儿生硬。

"老板娘说过，我之前的那位看门犬在这栋宅院工作了三十五年。由于他突然过世，所以才临时雇用我来应急。"

不过，老板娘和老师都不认为阿种会持续下去。

"老板娘说，她一见到我，就知道这女孩很柔弱。虽说工期是一年，但要是能撑过半年就很不错了。"

阿种玩着手指，含糊地说道："她之所以这么说，是因为我单纯只是手脚不干净，而不是懂得动脑筋干坏事。因为脑袋空空，所以一定很快就会被面具骗了。"

"被面具骗了？"

"没错。"阿种的眼中栖宿着昏暗的光芒，"面具说会实现我任何愿望，不断对我说好听话。我信以为真，还帮助它们逃走。"

那是阿种在面具之家住下，过了三个月又十天的晚上发生的事。

当时阿种已经习惯面具从内宅传来的说话声和笑声。她不再觉得可怕，工作了一整天，拖着疲累的身躯躺下后，就像吹熄烛火一样，马上入睡。睡得很沉，也不会做梦。

但那天晚上不知为何，她一开始睡着，但之后却醒来，感到莫名清醒。

四周尽是杂树林的这栋宽广宅院，一片死寂。传入耳中的，是面具的喧闹声，听起来像振翅声，也像浪潮声。

我是怎么了？

既不是身上有哪里疼痛，也不是觉得冷，更不是想上厕所，但就是没半点儿睡意。

不得已，她只好头靠在枕头上，在这间三张榻榻米大的昏暗房间里，茫然仰望天花板。这时，幽暗的前方突然有个粗犷的声音朝她叫唤：

"喂，阿种。"

阿种为之一惊，全身僵硬。

那声音再度叫唤：

"喂，阿种。"

阿种缓缓坐起身。这个房间没有窗户,而且防雨门紧闭,但面向走廊的纸门微微发出白光,应该是月光从走廊尽头处的采光窗射进的缘故。拜此所赐,眼睛习惯黑暗后,她能看见自己的手掌,不过夜半时分还是一样昏暗。

有人在附近吗?

"喂,阿种。"那粗犷的声音第三次叫唤,接着说道,"你想要钱吗?"

阿种差点儿停止呼吸。

那虽然是像在恫吓般的粗犷声音,却与面具发出的声音一样,是嗡嗡嗡的振动声。是其中一个面具在向阿种叫唤。

——问我想要钱吗?那还用说,当然想啊。

那天晚上就只是这样,在东方露出鱼肚白之前,阿种都没睡着,一直不敢出声。事后她很后悔,打从心底感到悔恨。为什么当时没马上跟老板娘坦言有这么一件怪事发生呢?

因为她感兴趣,她想回应面具的呼唤。因为真的很想要钱嘛。

——当然会想要啊,因为我一贫如洗。

第二天晚上又是同样的情况。阿种突然从熟睡中醒来,然后一直无法入睡,就这样在黑夜下屏气敛息。

"喂,阿种。"面具叫唤了两三次后,如此说道,"你想要钱吗?"

阿种横身躺着,紧握双拳抵在嘴边,蜷缩着身子。

——不能回答。得装不知道才行,得装没听见。等天一亮,一定要向老板娘报告。就去报告吧,得报告这件事才行。

但最后她还是没说。

尽管忙着打扫、汲水,但那声呼唤还是一再在她耳畔回响。

"阿种,你想要钱吗?"

如果回答想要,会怎样呢?

到了第三晚,突然从床上醒来后,阿种马上坐起身。她将睡衣的前襟兜拢,等候面具朝她叫唤。

"喂,阿种。"

阿种的心脏扑通直跳。可能是心理作用,感觉面具的呼唤声比昨晚还要大。

"喂,阿种。"

三更半夜,在三张榻榻米大的简朴房间里,阿种独自跪坐在薄薄的垫被上,冷汗直冒,两颊发烫,双手紧握。

接着她回答了一声:"要——"

一片死寂,面具的喧闹声也消失了,真正的寂静笼罩四周。

接着响起那粗犷的声音:

"阿种,你回答了吗?"

"是的。"

"你听得到我的叫唤吗?"

"是,我听得到。"

"阿种。"

对方说的那声"阿种",就像寺院钟声沉重的残响般,在夜晚的寂静中向外扩散,仿佛全身都能感受到。

"你想要钱吗?"

这是命运的分歧点。

阿种回答:"我当然想要。"

这时,面具的声音开始像大吼般朗声大笑。其他面具的喧闹声也一同响起,它们全都一起大笑,开始大声喧闹。

"阿种,你是个老实人。"

冷汗顺着阿种的鬓角滑落。

"既然这样，就照我说的话去做吧。"

阿种全身颤抖，背脊发凉。

"明天我会离开这个讨厌的地方。"

"离开，离开，离开。"面具嗡嗡嗡地喧闹附和。

"就算我们发出声音，你也要装没听见。尽管感觉到我们的气息，你也要装没发现。就算看到了我，你也要装没看见，而且绝不能跟任何人说。

"只要你能遵守约定，我就会实现你的愿望，会给你一笔在你短暂人生中怎么也花不完的钱财。

"明白了吗，阿种？"

"好，我答应你。"

"噢，阿种答应了！"所有面具齐声大叫。像获胜时的呐喊，也像狗的远吠，既可怕又不吉利，几乎会让整座宅院为之撼动的喧闹声，令阿种双手遮住耳朵。

她头痛欲裂，眼冒金星，旋即昏厥。待她醒来时，已是天亮。当清新的朝阳照向走廊时，阿种旋即发现，从宅院的内宅发出咔吱咔吱、咔嚓咔嚓、啪嚓啪嚓的声响。

面具在啃咬木箱。

它们咬破木箱，咬出一个大洞，正准备咬断绳索。

——没听到。我没听到。

接着，传来咚、啪的声响。是木箱掉落地面的声音。

——面具怎么了？正准备滚出箱子吗？得去跟老板娘说才行，面具要逃走了。

——可是我想要钱。面具说，如果我遵守约定，会给我一大笔钱。

——可是面具逃离这里的话，外头的世界会引发可怕的灾难。

——那又怎样？别人怎样，都和我无关。世人可曾关心过我？我一家人为没饭吃而发愁，但都没人伸出援手。我要钱。我要轻松过日子。

咕噜咕噜。

啊，面具在滚动。

阿种紧闭眼睛。她脑海里浮现面具在榻榻米上爬行，滚过木板地走廊，撞向柱子后改变方向，落向庭院的脱鞋石上的模样。

——不行。不能让面具逃走。

阿种伸手搭在防雨门上。老板娘每天早上一起床，就会到井边汲水，以阳光照耀下闪闪发亮的清水洗手漱口，然后朝富士山深深一拜，展开新的一天。

阿种打开防雨门，想要朗声叫唤。老板娘，面具要逃走了——

"喂，阿种。"

面具朝她叫唤，就在身旁。令人闻之皱眉的臭味！

就在脚下。阿种为之瞠目，倒抽一口冷气，呆立原地。

有一个面具紧贴在防雨门外侧。不知为何，它上下颠倒，只露出左半边脸。一张直裂至耳边的大嘴，正一张一合，瞪大眼珠。

"阿种，说好的钱财，我这就给你吧。"

面具像在嘲笑般说道，露出森森白牙，一口咬向阿种右脚脚趾。阿种惨叫一声，脚一踢，将面具甩开。

被咬到的脚趾疼痛犹如火烧，鲜血飞溅。被阿种踢开的面具划出一道圆弧，腾空飞去，落向地面后，旋即像鱼儿潜入水中般，倏然潜入地下。

它脸部朝上，在地下潜行，迅速逃离。动作也像鱼一样。

此刻阿种才放声大叫。

老板娘、老师、工匠纷纷赶来。大家都大呼小叫。老板娘指着逃走的面具，厉声尖叫。

老师一面从怀中取出某个东西，一面朝面具追去。

阿种什么也听不见。她脚趾阵阵刺痛，鲜血伴随着心跳不断喷出。每次耳畔都会听到一个声响，是金币交鸣的声响，是钱币在钱包里发出的丁零声响。

啊，就只听得到这个声响。怎么会有这种事！她哭了起来，眼前一片蒙眬，但她却看到难以置信的景象。鲜血从面具咬伤的伤口处喷出，一滴落地面，马上变成一粒黄金。

"阿种，你在干什么！"庭院传来老板娘的厉声呵斥，"面具在哪里？只有你感觉得到它们的气息啊，你振作一点儿！"

阿种因疼痛和恐惧而不断哭泣，甚至连眼睛都睁不开。听到她那像在呐喊般的哭声，好不容易有一名女侍跑来，用手巾替她包扎脚伤。

在整座宅院和庭院四处搜寻的老板娘等人，没过多久便回到屋内。

向来都面无表情的老师，此时露出前所未见的严峻表情。他手中拿着某个发亮的东西。仔细一看，是长度和阿种中指相当的一根缝针。

"没抓到。"老师如此说道，意思是面具逃到外头去了。

过了约两刻钟（半小时），阿种被唤至老板娘、老师，以及最资深的工匠面前坐下，被逼问整件事的原委。

当她交代不清、说不出话来时，老板娘问她："你是不是在它第三次叫唤时回答了？

"你跟它们订下约定时，它们全都一起笑了，对吧？

"虽然你的罪过不会因为这样而减轻，不过，看门犬上当受骗时，往往都是这种情况。"

阿种就是在这时候，听他们提到她之前的那名在此工作了三十五年的看门犬。

此人有杀人前科，但后来因为自己的孩子遭杀害，彻底悔改，经人介绍后，进入这栋宅院工作。

"说来也讽刺,像那样的恶人,如果真心悔改,反而不会受一般诱惑左右。"

因为自己所做的坏事,已将俗世的欲望都啃食殆尽了。

"不过,像你这种小奸小恶之人,对俗世欲望仍充满渴望,所以容易被面具束缚。不过我们原本还期望你能撑过半年呢。"

被面具咬伤的部位,鲜血始终流个不停。阿种渐感眩晕。

"这或许会比你被咬的时候疼痛,但要是不处理的话,恐怕小命不保。"老板娘如此说道,让阿种咬住布条。

那名资深的工匠从后方架住阿种。老师从怀中取出那根长长的缝针,伸向火盆里的火红木炭,小心翼翼地烤着。接着他以那根针烙向阿种的伤口。那小小的啃咬伤痕冒出黑烟,一股令人皱眉的臭味扑鼻而来。

"很臭吧?不过我和老师只闻得到肉烧焦的气味。"

据说这股骇人的恶臭,是逃走的面具植入阿种体内的恶气焚烧后的气味。

阿种多次感到作呕。伤口终于合上,但阿种的右脚却肿了一个和头一样大的肿包。

"你今天就先睡吧。事后会熬汤药给你喝。等伤口痊愈后,我会派人通知朝颜店的宅院管理人来领你回去,你可别自己跑回家。"

尽管老板娘如此吩咐,但阿种还是趁周遭没人时逃出宅院。她拖着肿胀的右脚,什么也没带就跑了。

她心想他们可能会派人追来,所以咬牙苦撑,跌倒后马上搔抓着地面重新站起,一味往前跑。

在杂树林里迷路乱闯,待回过神来,已夜幕低垂,月升中天,沐浴在洁净的月光下,她这才明白自己来到一栋气派的武家宅邸后方。

——我到底迷路多久了?

尽管如此，一看就知道这里是一般人的世界。

武家宅邸窗口的烛光映入眼中，她喜极而泣。

虽然疲惫不堪，饿得前胸贴后背，但她还是拨开草丛往前行，顺着地上留有货车轮痕的小径，连走带爬，好不容易抵达那座宅邸，这才发现自己来到之前曾经见过的街道。是她到面具之家工作那天，宅院管理人带她走过的街道。

阿种回到朝颜店后，明明是晚上，整座长屋却引发了一场大骚动。足见阿种的模样有多惨。

不仅右脚受伤，还因脚下打滑、跌倒，被树枝和芒草钩住，造成浑身擦伤，脸色像死人一样苍白，还发高烧，全身发冷，直打哆嗦。

在某人的通报下，宅院管理人甚兵卫火速赶至。

原本长屋的住户围绕在熟睡的阿种身旁，他要求众人离开，与阿种母亲谈了一会儿。

阿种母亲很担心是否会因此拿不到当初说好的工钱。到了第二天一早，阿种已经烧退，也不再发冷，喝了热粥后，情绪也平复许多。

甚兵卫要阿种坐着，听他训话。

"我知道你工作的事搞砸了。"但是能保住小命，算是不幸中的大幸。

"你或许也听那位老板娘提到过，那是一项艰难的工作。有很多人和你一样没能胜任。不过，你只做了三个多月，这点实在丢人。你得趁这个机会好好洗心革面才行。"我不再训你了。

"你放走的面具，老板娘和老师会想办法抓住它，或是加以收拾。你不必担心。"那是他们的职责。

"还有，这件事你千万不能对外提起。那栋宅院以及你在宅院里的所见所闻，都不得向任何人提及。

"只要你闭上嘴安分一点儿，过两天就会全忘了，不会有问题的。

"不过要是你在忘掉前说了出来，危害就会发生在你身上。你放走的面具，会听出你的声音，朝你靠近。因为面具已听过你的声音，看过你的脸，记住你血的味道。今后你要谨言慎行，认真工作。"

宅院管理人如此吩咐后，给了阿种工钱。金额是先前说好的一半，一共五两。尽管搞砸，却还是一样给钱，真是莫大的恩情。阿种母亲高兴得都哭了。

阿种这次可说是吓破了胆，宅院管理人的训示，她也深有所感，她想早日忘掉面具之家的事。

退烧后，右脚的伤也逐渐好转，过了五天便完全康复，连伤痕都没留下。

甚兵卫替她找寻下一个工作，中间这段时间还给了她不少跑腿的工作。所幸有五两这笔钱，替阿种他们一家解了燃眉之急。

她真的觉得趁这次机会，很多事似乎都会随之好转。但她偏偏就是忘不了。那栋宅院里的面具发出的喧闹声、像群虫振翅般的笑声、叫唤"喂，阿种"的声音。最可怕的，莫过于紧贴在防雨门底下，上下颠倒，仰望阿种的那个面具。

它笑着张口咬向阿种脚趾时，口中露出的森森白牙。飞溅的鲜血化为黄金颗粒，掉落地面的模样。在耳中不断发出钱币的叮当声。

为什么就是忘不掉？和宅院管理人说的不一样啊。

"您觉得痛苦难耐，所以想在我们这里说出那件事，对吧？"

阿近语气平静地问。

阿种应该是一边说，一边清楚忆起先前的种种。

她脸色发白，紧咬嘴唇。

"您的心情我能谅解。这个故事，我们好好聆听，听过即忘。请您放心。"

富次郎双手藏在衣袖里，不知为何，眯着眼睛紧盯着阿种，并开口说道："等一下，阿近。"

"堂哥，什么事？"

"阿种姑娘，这和你昨天说的不一样吧。"

阿种吓了一跳，发出"咦"的一声惊呼。

"你昨天说你被逐出工作的地方，对方还骂你是没用的东西，没拿到说好的工钱。"

是这样吗？阿近一时注意力被面具的事给吸引，不记得这件事。

阿种一脸尴尬，忸怩不安。

"昨天我那样说……是想博得你们的同情。"

富次郎皱起眉头："说谎是不对的。"

"我、我没说谎，我只是稍微添油加醋而已。"

"那就是说谎！"阿近莞尔一笑，富次郎却是一本正经。

"这不好笑，阿近。这女孩还是没学到教训。若不趁现在好好训斥，加以导正，下次不是吃到更大的苦头，就是又做出更严重的坏事来。"富次郎说。

这就像感冒为万病之源一样，说谎也是万恶的源头。阿近在一旁打圆场，阿种则规规矩矩地道歉。

"抱歉，我不会再说谎了。"

这姑娘真让人伤脑筋。

"话说回来，阿种姑娘，你所看到的黄金颗粒，还有吵闹的钱币声，全都是虚幻吧？"

那是阿种被面具蒙骗所看到的幻影，听到的幻听。

阿种颔首，抬起她那张苍白的脸。

"嗯，听说人要是中了面具之毒，就会心智迷乱，看到不存在的东西。"

面具之毒，是吧。

"我昨天从这里返回长屋后，还是害怕得直哭。于是我娘请宅院管理人前来。"看到甚兵卫后，更是害怕难过，于是阿种向他坦言一切，说那栋宅院的事一直在她脑中挥之不去，面具不时会浮现眼前，完全忘不了。为了说完就忘，她前往神田的提袋店三岛屋，但情况并非如她所想。

"宅院管理人听了，也脸色大变。"

"这下糟了。"他沉声说道，"你被面具咬伤，余毒尚未除尽，所以才忘不了宅院的事，忘不了面具，一直心智迷乱。"

甚兵卫吩咐阿种乖乖待在长屋里，自己则匆匆赶赴某处。尽管行色匆匆，却规规矩矩穿上短外罩。

"应该是去跟老板娘和老师商量吧。"富次郎说。

甚兵卫天黑时返回，看起来一脸疲态，但脸色已恢复平静。倒不如说，看起来心情不错。

他一开口就对阿种说："昨天夜里，神田松永町发生大火。听说你放走的那个面具，因为引发那场火灾而被抓回去了。你再也不必害怕灾祸和危害了。

"昨晚老板娘和老师也都一夜没睡，我还跑去找他们商量你的事，对他们真是过意不去。"

"宅院管理人说他很愧对人家，又把我骂了一顿。"

阿种也露出沮丧之色。

"听说被面具咬伤，只要好好治疗，一般过几天，毒就能化解。

"老板娘说，之所以有余毒未尽，是因为我的个性很容易沾染恶习。若是放着不管，面具之毒可能会化为我的血肉。"

太可怕了。

"像这种情形该如何处置？"

"好像有不少方法,但以我的情况来说,再一次前往三岛屋,好好赔罪,并请你们听我说出这个故事,是最好的做法。"

"哎呀——"阿近不禁发出一声惊呼,"这是看得起我们吗?"

这时,富次郎威仪十足地打断阿近的话:

"阿近,像'看得起'这种轻率的说法,还是别用的好。"

"啊,是吗?"

"专门封印这世上之恶的伟大人物,对我们奇异百物语深感信赖,相当倚重我们。噢,没错,面具之家的老板娘一定也听闻了我们奇异百物语的风评。一定是这样没错。"

阿近觉得他也太自负了。

"对了,昨天阿种姑娘到我们这里来时,讲得不干不脆,还说溜了嘴吧?提到面具还有危害之类的。"

讲得不干不脆反而不好(借用刚才富次郎说的话),所以就从头到尾好好说个清楚。

一开始就该先有这样的态度才对吧。

"坦白说,我和我堂哥也很在意那故事的后续,如果当时请阿种姑娘您讲出来的话,就能完全化解您身上的余毒了。"

阿近看过很多位造访黑白之间的说故事者,在离去时都露出如释重负的神情。

说出积郁心中的秘密后,人们会变得轻盈许多。以这次的情况来看,面具之家的老板娘应该是认为奇异百物语具有"驱毒"的功效。

"对了,甚兵卫先生听过我们奇异百物语的传闻……"刚才寒暄时,甚兵卫曾说过。

"在这里所说的事不会对外泄露,一定会听过即忘,他很相信这样的传闻,而这也正是我们引以为傲之处。"

赌上这个脸面，从阿种那里听来的这个故事，非得听过即忘不可。

"阿近可真谦虚呢。"阿种来回望着阿近和富次郎两人，听他们你一言我一语。

"你们不害怕吗？"

"我们有守护者在，所以不会有问题。她能替我们消灾除厄。"

阿种讨好似的问："你说的是刚才那位满脸痘疤的女侍吗？"

"嗯，没错。"

阿种露出似懂非懂的神情，再度玩起手指。

"不过，你刚才说，拜火灾之赐，才得以抓回面具，那是怎么一回事呢？"

松永町那场夜间大火，起火点是饭馆，应该是那户人家的儿子喝醉酒打破陶灯，火往飞溅的灯油延烧，才引发那场火灾。

"阿种姑娘，宅院管理人可有告诉你详情？"

阿种停止玩手指，抬起脸，表情冷淡地说："有，那家饭馆老板的儿子，说他看到了面具。"

啥？

"老板的儿子酒品不好，几乎每天都喝得酩酊大醉，昨晚他在喝酒时，面具朝他靠近。"

他大为吃惊，不管三七二十一，拿起手边的陶灯就向面具砸去。

"他大声叫喊，说有颗人头朝他滚了过来，闹得不可开交。"

周遭的都认为他是酒毒侵脑，头脑不清了。

"就在忙着灭火时，也有其他人说他们看到了面具。"

——真的是颗人头！

——不，不对，不是人头。是一张人脸在地上滑行。

"待火灾平息后，众人似乎认为怎么可能有这种事，没人相信。"

不知道那名饭馆老板的儿子会不会认为这是自己酒喝多了的缘故，从此不再饮酒过量，对此深切反省呢？

阿近和富次郎都很能理解这样的情况，一时之间反而无言以对。

"这样啊……"

"因为来到宅院外，就有许多像'看门犬'这样的人。"

从恶贯满盈，到小奸小恶，为恶的程度不一，但做坏事的人们满街跑，多如繁星。

"和待在宅院里的时候相比，现在面具更容易找到这样的人。"

这真是个可悲的事实，比面具本身更为可怕。

"不过，要如何加以捕捉呢？"

阿种回答得很干脆："听说是用针刺。先将它留在原地，然后再封印进箱子里。"

阿近双手一拍："是那位老师先前往你伤口烧烙时用的针，对吧？"和阿种的中指一样长的缝针。

"在追捕逃跑的面具时，老师应该是拿它当武器。"

在想象这幕光景时，阿近想通许多事，她询问阿种："阿种姑娘，老板娘、老师，以及工匠，平时都是忙着缝制和尚的袈裟和神官的白衣，对吧？"

"没错。"

"您之前说那是筒袖和服，不过那应该是穿在里面的衣服，神官或巫女穿的是宽袖和服哦，叫作水干。"

此事姑且不去细究。

"老板娘他们是以布匹缝制出全新的衣服吗？还是将原本已有的衣服拆解，重新缝制呢？"

阿种听得直眨眼。

"工房的情况我不太清楚，不过，经你这么一说，我好像不曾在那栋宅院里看过布匹呢。"

"果然没错。"阿近用力点头。富次郎看了，也开口询问："到底是怎么回事？说来听听吧。"

"这纯粹只是我的个人猜测。"阿近先来段声明，才展开解说。

让针穿过僧侣的袈裟或神官的衣服，以此净化缝针。

"针缝过得道高僧或有驱邪之力的神官所穿的衣服，便会得到其力量。"

因为是这样的针，所以能封住面具这种邪恶魑魅的动作，加以封印。

"原来如此……"这样就说得通了，富次郎同样双手一拍，"阿近，你观察力真好。"

"是我瞎猜的。"

此事正好适合自行猜测，感觉这不适合太明目张胆地打探详情。

"我也有个想法。这面具之家大概不止一户人家。"光凭一栋宅院，以及住在里头的老板娘他们，人手实在不够。

"因为这世上有太多的恶。"应该在这个国家的每个地方都有面具之家。他们行事低调，避人耳目，隐居在深山、没人烟的小岛，或是森林深处。

"而老板娘和老师他们与俗世间的联系者，就是像甚兵卫先生这样老练的宅院管理人，或是通晓世事，有胆识且口风紧的人。"

这时阿近脑中浮现人力中介商灯庵老人那张油光满面的脸。他人面广，也通晓世事，就算暗中承接面具之家的工作，替他们介绍"看门犬"，也不足为奇。

"不过，就算当面问，对方也不会说的。抱持看热闹的态度是不对的，而且，要不是自己志愿当看门犬，就算问也没意义。"

"堂哥，你也真是的，说什么要当看门犬，请你不要干坏事。"

这句话似乎就此为这故事做了结尾。

"阿种姑娘，谢谢您告诉我们这个故事。我来重新沏茶，您吃个糕点吧。"

"等一下。"

没想到阿种竟然制止了阿近。

"我始终搞不懂。不过，两位应该会懂吧。"

面具为什么以面具的形态呈现呢？

"它们是邪恶的魑魅，对吧？既然这样，就用更容易明白，看起来既恐怖又恶心的形体来呈现不就好了吗？"例如，大蜘蛛、蛇、蜈蚣，或是像绘本中所画的妖怪那样。

"为什么是面具呢？很奇怪吧？"阿近望了富次郎一眼，富次郎微微一笑。

"面具，也就是人脸。"有眼、鼻、口，"以眼睛找寻有劣根性的人，以鼻子嗅闻堕落的气味……张开嘴巴说话，好用来骗人，操控人心。"不是刚好采用面具的形态？

邪恶的魑魅为了混在人群之中作乱，必须采取面具的形态。

"阿种姑娘所看到的面具，是否长得像某人呢？"面对阿近的询问，阿种露出惊讶之色，毫不掩饰。

"我没想过这个问题。"

"是男人还是女人？"

阿种摇头。仔细思考后，她一再摇头。

"既不是男人，也不是女人。谁都不是。"

不过……

"现在仔细回想后，觉得与许多人的容貌重叠。"

富次郎温柔地说道:"那就别再去想了。"

决定打包糕点,送阿种当伴手礼。

甚兵卫在另一间厢房等候,所以阿近带着阿种前往,再次向他问候。

"打扰了。"

这时唤了一声,在门外探头的,又是阿胜。

"两位要回去了,是吗?由我来为两位带路。"

她以手指撑地行了一礼后,向甚兵卫问道:"宅院管理人,如果您同意的话,我想送阿种姑娘一样东西。"

甚兵卫似乎略感吃惊。阿近也望着阿胜,看她想做什么。

"那就谢谢您的好意了……"

阿胜向阿种递出一个小小的纸包裹。

"可以请您打开来看看吗?"

阿种战战兢兢地打开包装纸,里头装了一把用过的黄褐色黄杨木发梳。

"请插在您的发髻上。请恕我擅自做主,我想,这应该可以当作一个不错的护身符。"

甚兵卫马上展露欢颜。据说有位脸上长满痘疤的客人也来过面具之家。身为一位老练的宅院管理人,同时在面具之家与俗世之间担任联系者的甚兵卫,明白阿胜这么做的含义。

甚兵卫重新坐正,朝阿胜深深一鞠躬:"感激不尽。"

"阿种,你可要好好爱惜哦。"甚兵卫说。

阿近在那里与两人道别。待阿胜送他们离去,返回屋内时,阿近对她说:"谢谢你送了那么好的礼物。"

阿胜感到难为情:"我太多管闲事了。"

"哪儿的话。不愧是阿胜姐。"

那把发梳，阿胜已使用多年，今后应该会代为守护阿种。

不过，事后向富次郎告知此事，他却露出一副欲言又止的神情。

"不，是我想多了。"他低语一声，把来到嘴边的话又咽回肚里。

第二天未时，因为听说附近木户番[1]的瓮烤地瓜特别香甜，所以阿近派新太前去购买，他双手捧了一大袋回来。

阿近自己则沏了壶番茶，送热烘烘的烤地瓜到富次郎房间。

"堂哥，我要进去喽。"

"噢，是烤地瓜，对吧。"对美食毫无抵抗力的富次郎，鼻子特别灵。他在书桌前转过头来，露出开心的笑容。

"你果然在作画。完成前不能偷看，那我就把茶搁这儿吧。"

"已经画好了，没关系。你过来看一下吧。"富次郎让出书桌前的空间，阿近双膝并拢坐下。那是很简朴的一幅画，就只有一把黄杨木发梳，没任何背景。每一根梳齿都清楚地画出。因为是水墨画，所以只有黑白两色，不过梳齿尖端全都显得又钝又圆，表示这不是新品。

"这次我无法画出故事的要点。"

心里实在不想画出那邪恶的魍魅，而且不知道该画成何种表情的面具才好。

"所以原本我想画阿种站在面具之家外廊上的模样，但是却怎么也想不出那幅画面。"

昨晚几乎一夜没睡，都在思考这个问题。

"一直到今天早上，我才想到，干脆画发梳好了。"

"这是阿胜姐送给那女孩的发梳，对吧？"

---

[1] 江户的各个街町都会设置木门，入夜后关上，并由木户番看守。由于收入微薄，木户番会另外做些小生意赚取外快。

"你觉得是吗？那就好。"富次郎似乎打从心底松了口气，转为放松的笑脸。

"其实昨天啊……"他悄声接着道，"你说阿胜的发梳能成为阿种的护身符，我倒是想到另一个发梳。"

被行逢神看上，因此落入不幸中的那家五金店的故事里，也出现过发梳。

"那名与丈夫离异，重回娘家的女儿……叫阿优，是吧。啊，名字还是不要想起来的好。总之，引发那起事件的当事人，将行逢神引进家中的契机……"

就是在桥上接受行逢神给她的一把旧发梳。行逢神命她把发梳藏在家中的某处，而她也依言而行，引发灾难。

"当时的那把发梳是诅咒。"富次郎不知何时已转为认真的表情，注视着自己的画。

"一边回想着那件事，一边作画，渐感全身发毛。

"这是阿胜送给阿种的发梳，我画的是这个才对，但真的是这样吗？该不会在不自觉中，画成了行逢神的发梳吧？

"因为看起来同样是一把旧发梳。"说到这里，富次郎突然搔起头来。

"我也不知道该怎么说。这就像在梦呓胡言一样。抱歉，阿近，我只是……"

阿近神色平静地说道："堂哥，你自己感到不安，担心在黑白之间听到的故事无法完全听过即忘，对吧？"

富次郎瞠目结舌："嗯，没错。真要细想的话，就是这样。"

"如果是这样，那就没问题了。因为就我来看，只会觉得这是阿胜姐的发梳。这是堂哥你投注了自己的心愿，希望阿种姑娘往后的人生能有神明保佑，一帆风顺，所画下的图。"

不管是在听闻面具之家的故事之前还是之后，富次郎温柔的品行一样没变。富次郎没被故事中的可怕之物所影响。

"你确实只有聆听，而且做到了听过即忘。"富次郎伸手搭向月代[1]，仔细聆听阿近这番话，接着他把手放下，朝脸上一抹，用力点了点头。

"这样啊，好在这次画了这把发梳。"

"没错。"阿近也这么想。

人们在黑白之间说出的故事，要听过即忘，并不是像东西用过就丢一样。倒不如说，正因为懂得尊重，所以不去更改听到的故事。聆听者不会另外添油加醋，而是原汁原味接受它，静静目送。

"阿近，你果然够沉稳。我在经验上真是差你一截啊。"富次郎笑道，"日后我要是也像你这般沉稳，应该就能画下魍魅的面具了。不，现在我就想画画看。想画那位老板娘。她一定是个好女人。感觉就像一位有点年纪的仙女。"

又恢复成富次郎平时的模样。

"也让阿胜欣赏一下吧。"阿胜当然也很喜欢这幅发梳的图画，直夸富次郎画功一流。

"小少爷说自己只是拿画画当玩乐，不过，您应该是认真学过吧？"

"不不不，我真的只是画着玩的。"

"这样的话，您天生就有画师的好眼光。新旧发梳的差异处，您一眼就能看出，还清楚地将它画下。"

"你是指梳齿前端变得浑圆，对吧？"

"梳发后留下的线条有点儿歪斜也是。因为发梳用久了，梳齿受到磨损。"

---

[1] 中世末期以后，成年男子将前额到头顶一带的头发剃除的一种发型。

"那只是因为手会抖，无法梳出笔直的线条吧。"

三人聊了一会儿后，阿胜一如平时，小心翼翼地拿起那幅发梳画。

"那么，就由奴家代为妥善保管吧。"

"对了，阿胜，你都是怎么保管的？"

"您担心吗？"

"倒是不会，就我来说，就算揉成一团丢掉也无所谓。"

"说得可真无情。"

"那好，我就向两位揭晓吧，"阿胜说，"因为事出突然，今天不太方便，就容我明天再说吧。"

敬请期待——

## 第四章　怪奇草纸

第二天温度骤降，一早便飘起了雪花。屋顶和道路上虽然还不至于积雪，但人们的肩上沾有像碎冰般的微细雪粒，手一拍便掉落。那景致虽美，却更添寒意。

真正重打扮的人，会赶在季节到来之前。不过提袋店真正稳固的客源，是身体感受到寒暑后，这才想到要买小饰品的一般客人。此时的三岛屋，围巾、披肩、头巾卖翻天，勤奋卖力的伙计就只是朝外头的小雪瞄了一眼，这天仍是忙到出汗的好日子。

准备午餐的工作同样忙碌，待备好每位店员的分量后，阿近、阿岛、阿胜三人这才扒着热水泡饭，稍事休息。这时，冻得鼻头泛红的新太走来。

"小姐，葫芦古堂的少东家来了。"他捧着一个看起来沉甸甸的纸包，"我收下了他带来的伴手礼。他说这是在万年桥旁摆摊的蒸豆沙包店买的，请在热气散光前吃。"

新太是个老实的孩子，他小心翼翼地护住蒸豆沙包的热气，口水都快从嘴角垂下了。

"葫芦古堂说，这个礼物在刚蒸好时他已先吃了，所以不必等他，各位请先享用，他先在外廊等候。"

"哎呀。新太，那你马上拿一个来吃吧。我去打声招呼。"

阿近正准备起身时，阿胜突然拉住她的衣袖："葫芦古堂少东家勘一先生,今天是我的客人,所以由我来接待。

"可以带他去黑白之间吗?"阿胜问,"因为这次很适合到那间厢房,所以我才请他前来。"

"咦?可以啊。"阿胜鲜少会像这样主导。

阿岛也颇感惊讶:"阿胜,你要租书吗?"如果是这样,早跟她说一声就行了嘛,这么见外。

"不是的。阿岛姐,待会儿我会再好好跟你说。来,豆沙包快趁热吃吧。我去叫老爷来吧。"

伊兵卫、阿民、富次郎都来到厨房,直问怎么了,然后直接在木板地上围着火盆,开心地吃起豆沙包。

"好吃,好吃。"新太鼓着腮帮子吃起豆沙包。

"确实好吃,不过我知道有一家糕点店的酒豆沙包更好吃。下次买来让你吃看,做个比较。不过,葫芦古堂的少东家还真是不容小觑啊。在万年桥边摆摊的蒸豆沙包店?我都没听过呢。"

富次郎不服输的个性被激起,较起劲来。

"边吃东西边讲话,容易噎着,快别说了。这样没规矩。"

尽管挨阿民训斥,富次郎还是回了一句"可是娘……"加以辩驳,接着果真被豆沙包噎着。

阿岛急忙替他拍背,大惊小怪起来。

"这确实好吃。"伊兵卫大喜,"新太,你请那位租书店老板告知这家店的位置,买来请店内的每个人吃。"

先前买瓮烤地瓜时也是如此,生性勤奋的小新,只要是为了买吃的跑腿,就会特别带劲,跑起来就像双脚长了翅膀一样。

豆沙包的温热。豆沙馅儿的甘甜。众人意外地聚在厨房的木板地上,一起吃点心的快乐。从炉灶的烟囱飘落的细雪。

阿近心想，啊，这就是幸福。

"阿民，像这样坐在厨房角落里吃豆沙包，我们有几十年不曾这样了？"伊兵卫深有所感地说道，"当初挑担子叫卖时，常站在土间吃饭，不过自从有了气派的店面后，我们都认为在客厅面向小矮桌吃饭，才是理所当然……"

"说什么几十年，才没那么久呢。现在也还是一样，工房的工作忙碌时，我还是会在走廊上吃饭。"

"什么嘛，真无趣。原本还想老夫老妻一起回味过往呢。"

阿民咯咯轻笑："哎呀，真是抱歉。也对，像这种时候就得细细回味才行。等阿近出嫁后，我们这几个熟面孔就无法再齐聚一堂了。"阿民若无其事地说道。

"既然这样，就帮阿近招个女婿吧。"富次郎也顺着话题往下接话。

"堂哥，小心又被豆沙包噎着哦。"

"别这么冷淡嘛，阿近。我是说真的。像提袋店这种漂漂亮亮的生意，感觉就得由母系来承接，生意才会兴盛。伊一郎大哥和我都想白手起家做别的生意，像我爹以前那样吃苦磨炼，这样才像男子汉啊。"

这说的什么话。阿近改为正襟危坐，表情严肃。

"堂哥，就算开玩笑，也不该说这种话。三岛屋的身家财产，怎么能和我扯上关系呢？"

"我知道你没这个意思。这么说来，阿近会嫁人喽？太好了。"

那已是三年前的事了，阿近在不幸的情况下失去未婚夫。接着那个杀人凶手也跟着丧命。阿近一直认为是自己害死了他们。

她离开老家，投靠三岛屋，在担任奇异百物语聆听者的过程中，心灵创伤逐渐愈合，想法也开始改变，认为自己不能一直这样封闭自己的人生，也曾对她在江户邂逅的男性抱持好感，但她尚未完全抛却这个包袱。

尽管悲伤痊愈，但是罪恶感仍未消除。

我这种人没资格追求幸福，这个想法一直紧紧缠绕心头。

但三岛屋的人们从一年多前开始，就像笑着从守在鬼门前的恶鬼面前通过一样，不时以轻松的态度谈起阿近往后的幸福，谈起"良缘"。

阿近自己也明白，总有一天她得认真面对自己未来的出路。然而，此时向她如此询问的富次郎虽然像在鼓励似的，眼神带着温柔的笑意，阿近也明白他没半点儿恶意，但她就是不想谈这件事。

阿近低下头，而围在火盆旁的众人目光皆往阿近汇聚。

"很快就会有好姻缘上门的。"伊兵卫像在打圆场似的说道，"这就是缘分，所以船到桥头自然直。好了，大家回去工作吧。"

众人散去后，阿民招手要阿近过来。

"你还记得越后屋的阿贵小姐，以及店里的继承人清太郎先生吧？"

越后屋是位于堀江町的一家草鞋批发商，与三岛屋有生意往来。阿贵出于某个缘由而投靠越后屋，老板的独生子清太郎称呼她"姐姐"。

奇异百物语刚开始时，阿贵曾以说故事者的身份造访三岛屋，说出一个不可思议的故事，故事当时并未就此结束，后来阿近也在里头轧了一角，那件事才落幕。

从那之后双方变得熟稔，但后来越后屋强烈希望阿近能嫁清太郎为妻，没这个意愿的阿近逐渐与他疏远。后来阿贵觅得良缘，嫁作人妇。虽然受尽乖舛的命运操弄，如今年纪已老大不小，但她内心仍是个花样年华的少女，而且人又长得美，听说丈夫对她疼爱有加。

"听说上个月清太郎先生谈定婚事，举办了婚礼。因此阿贵小姐也特地从夫家返乡。越后屋老板娘要我代为向你问候一声。"

有件事实在不好启齿——阿民苦笑道："老板娘说，清太郎先生原本一直对你无法忘情，迟迟不肯接受其他婚事。她为此伤透了脑筋。"

——这么一来,就再也不会给您造成困扰,我们做父母的也松了口气。

"这番话可真是讽刺啊。"阿近备感羞愧,"真对不起。"

"你用不着道歉。因为与清太郎先生的这桩婚事,我也反对。

"总有一天,我会让阿近你嫁个好对象,过幸福的日子。我阿民赌上三岛屋老板娘的名声,一定会拼了这条命,替你促成良缘。

"不过,我认为对象不是清太郎先生。"因为阿近的未来,不该这么仓促做决定——阿民说,"富次郎之所以那样说,是因为他疼爱的堂妹总有一天会被人娶走,他感到不甘心,心里焦急。你可别生他气啊。"

"我怎么会生气呢?"

正当两人如此交谈时,阿胜前来厨房叫唤:"小姐,您好了吗?"

"对了,葫芦古堂的少东家还在等呢!"阿近迅速整理发髻和衣襟,解下围裙,快步前往一看,葫芦古堂的少东家勘一正坐在黑白之间的外廊上与富次郎聊天。

勘一如平时,仍是那凡事与己无关、一派悠闲的模样,不过富次郎倒是谈得相当热络。

两人之间摆了一个跟米箱差不多大小的桐木箱。这是个全新的木箱,上头的木纹仍很鲜明。应该是勘一带来的行李吧。

"哦,阿近啊。"富次郎很干脆地搁下刚才的交谈,一脸爽朗。

"你看,这是阿胜的宝箱。"他轻拍桐木箱的边角,"我才在想,是去哪儿找来的,结果原来军师是这位少东家。真是不容小觑啊。"

阿胜面带微笑,拍了拍下摆坐下:"您这样的说法,听起来有点儿奇怪呢。"

"那我换个说法吧。真是丝毫大意不得啊。"

阿近一脸吃惊:"这是怎么回事?"

问了之后才知道,这个桐木箱是用来存放富次郎图画的保管箱。而实际打开盖子一看，里头整整齐齐存放了富次郎之前画的三张画。箱子内侧的两端，嵌着像栅栏般的东西，是以桐木板制成，而那几张画就贴在厚实的美浓纸上，立着夹在这栅栏内。这么一来，图画纸就不会彼此粘在一起，也不会产生折痕，更不会弄皱。由于采用桐木，还能除虫防潮。

"光这一个箱子，就能再存放二十张。"富次郎显得很开心，"我得铆起劲继续画才行。"

"等装满了，就再做一个新的木箱。"阿胜说，"如果是这样的木箱，一次可以很多个叠在一起。"

"这是葫芦古堂店内卖的商品吗？"阿近如此询问之后，勘一才不疾不徐地开口："这是我们为了存放薄册子、书画，以及书信之类的物品所设计的箱子。"

听说摆在店内的木箱，会在盖子上烙上葫芦古堂的刻印。

"之前阿胜小姐找在下商量时，在下马上就想到这个，觉得刚好合适，便提出建议。"要代为保管富次郎的画，这决定固然不错，但要怎么保管是个问题，于是阿胜找勘一商量。

"因为我想起以前曾在租书店的店门前，看过他们把书放进用纸和木头做成的扁箱子里，立着摆放。"一般来说，书本都是采取叠放，但下方的书本会因为重量而压伤，要一本一本取出也是件麻烦事，所以贵重的书本都会在箱子里立着摆放。

"只要在箱子背面贴上书签，一看就知道里头存放的是哪一本书，相当方便。"勘一说。

"我心想，租书店有这样的设计，或许能请他们帮忙，便前往拜访，结果少东家一下子就解决了问题，我就像在看魔术表演一样。"

这就是阿胜说"揭晓"的含义，是吧？

阿近端详木箱，富次郎对她说："这木箱是'听过即忘箱'。一名说故事者前来，说完后离去，我负责作画。然后收藏在这里，盖上盖子后，那故事就不存在了。"

"所以存放在这里的图画，不会准备用来表示其内容的牌子或标签。"

打开盖子，只会看到整排美浓纸，不知道里头的内容。

"如果日后哪天三岛屋改变主意，想标上目录，在下会请书法好手代为写上，届时尽管吩咐一声。"

阿近试着盖上木箱盖。轻盈的盖子就像被吸住一般，紧紧合上，不会因为触摸侧面而打开。

富次郎加以催促："你拿起箱子，将它倒过来试试看。"

阿近依言尝试，盖子仍是纹丝不动。

"就算甩动它也不会打开。你可以试试。"

果真如此。

"要打开时，得先以指甲戳进盖子和箱子间的缝隙处。"

试着照做后，几乎没出力，盖子便无声地拿了起来。微微散发出桐木香气。做工真精巧。

"这么说有点儿俗气，但还是容我问一句，像这样的箱子一定很贵吧？"让阿胜付这笔钱，太过意不去了。阿近认为应该由三岛屋买下才对，这才开口询问，但阿胜与勘一却是互望一眼后，莞尔一笑。

"小姐，少东家说这笔费用会先记在账上。"

勘一颔首："日后我们若需要借助阿胜小姐消灾除厄的力量时，再请她鼎力相助即可。"

那就太感谢了，阿近向勘一行了一礼。

"谢谢您这份用心。"

"哪儿的话。只要能帮得上老主顾的忙，我们就觉得心满意足了。"

"抱歉啊，阿近。"富次郎突然开口道歉。他收起先前那调皮小鬼的表情，变得一本正经，"出于我画画的缘故，给奇异百物语添了一些不必要的麻烦事。"

"才没有呢。最近我也很期待，不知道堂哥会画出怎样的画来。"之前都是阿近独自一人为故事做了结。起初她事后都会重新将故事说一遍给伊兵卫或阿民听，与他们分享，但后来渐渐改为埋藏在自己心中，因为听完故事，将故事打包收藏后，要再度解开，感觉越来越难。

随着经验累积，她逐渐明白，在黑白之间听到的故事，在处理上需要多一份用心。这时富次郎登场，起初是和阿胜一起躲着偷听，但很快就坐在她身旁一起聆听。待客人离去后，再将故事画进画中。拜此所赐，感觉更能巧妙地做到听过即忘。

没错。虽然嘴巴上说听过即忘，但这三年来，借着在黑白之间听人们说故事，阿近逐渐有了改变。不，应该说"如果不改变的话，就无法做到听过即忘"。

但富次郎则借由将客人的故事画进图画中，收藏了一个怪异故事。而阿近之所以会说"没问题的"，讲得好像很了不起似的，或许也是因为富次郎替她把故事封进了图画中。

——只要有堂哥在，我就能放心地继续下去。她深有所感。

"能获得阿近的保证，真开心。"富次郎面露微笑，接着突然转身面向勘一，"对了，少东家，有件事我很在意。"

"什么事呢？"

"租书店到底在怎样的情况下才会要借重阿胜消灾除厄的能力呢？"

勘一沉稳地应道："或许哪天会遇上这样的情况，所以这是有备无患。"

"不不不，如果以前从没遇过这种事的话，应该没必要防备吧。

"葫芦古堂会不会也在做生意的过程中遇过怪异或不可思议的事件呢？这里可是黑白之间哦，"富次郎说，"是我们奇异百物语的舞台。能被请来这里，是百年修来的福气，你如果没这么想的话，就太不识趣了。如何，你有没有什么适合的故事啊？有的话，就说来听吧。"

突然提出这样的要求，会造成人家的困扰吧。

阿近正准备出面打圆场时……

——啊，好像真的说中了。

葫芦古堂的少东家缓缓侧着头沉思。那是有话想说的表情。阿近多次在这里和他见过面，所以不会看错。勘一定住不动，半晌过后才恢复原本的姿势，开口："在下不确定这会不会是小姐和小少爷想听的故事……"

"你肯说？"

"是的。诚如小少爷所说，能在这里见面，是百年修来的福气。"

"不错哦！这样才对嘛。"

"那我先退下了。"阿胜小心翼翼地抱着桐木箱站起身，"我去跟阿岛姐说一声，请她备茶。"

"谢谢。葫芦古堂的少东家，来来来，请上座。"

"对了，壁龛得挂上新的白纸才行。"富次郎急忙着手准备，这时阿岛端来了铁壶和泡茶用具。

"谢谢您刚才赠送的蒸豆沙包。我们会招待您温热的点心当作回礼。"听说是阿民亲手做的汁粉[1]。

"我会在适当的时候送上，小姐，到时候请叫我一声。"

"不知道有几年没吃到我娘做的汁粉了。"富次郎露出和新太一样的表情。

阿近以热开水沏了一壶芳香四溢的番茶。

---

[1] 在红豆汤中加入麻糬或汤圆的一道甜品。

勘一望着她沏茶的动作，开口："对了，红豆有驱魔的力量，所以汁粉搭配奇异百物语，真是再适合不过了。"

"哦？我都不知道呢。"

"赶鬼是会撒豆子没错，但那不是红豆吧？"

"有些地方就是撒红豆。话说回来，只要是豆子，就有神圣之气。因为豆子是神明的供品。"

葫芦古堂的少东家可真博学。勘一津津有味地喝着番茶，只见他手捧着茶杯，再度陷入沉思。

"因为是租书店的人所说的故事，所以和书本有关，应该还挺合适的。"

开口说了这么一句话后，他微微蹙眉。"不过在下有点儿担心。"因为这个故事无法随意蒙混过去，"在下的身份以及店面，三岛屋的各位都很清楚。故事说完后，要是各位心想'讲这个故事的葫芦古堂今后不准再到我们三岛屋来，真是晦气，菩萨保佑'，那可就伤脑筋了。而在下也会挨十郎一顿骂，说在下把得来不易的好主顾赶跑了。"

十郎是葫芦古堂的伙计，阿岛常向他租书。此人年长又资深，似乎连少东家都敢骂。

"我们绝不会那么做。我可以保证。"

"真的没关系吗，小姐？"勘一是单眼皮，眼神显得无比冷静。在他的注视下，阿近心头微微一震。

"没关系，我是这个家的百物语聆听者，说一不二。"

"真霸气呢。"富次郎在一旁调侃。

勘一莞尔一笑："那么，在下就不顾忌地说出这个故事吧。这是在下与家父的故事。"

葫芦古堂位于神田多町的一隅，是勘一的父亲勘太郎一手创立的店面。勘太郎出生于上州一个贫困的农村,为了替家中减少开支而到江户工作,当时年仅八岁。

"工作地点是材木町的一家租书店,就位于吾妻桥旁。虽然只负责跑腿和带孩子,不过对一个到都市工作的乡下孩子来说,做这种生意的店家算是相当罕见。事后询问得知,那位老板娘跟他一样是上州那个村子出生的。"

勘太郎当时年纪尚小,一不小心还会尿床,而肯雇用他的这位作风奇特的店主,同样是位人品敦厚的好人。

"他养育家父,教他规矩以及经商的知识,不仅如此……"

——你日后要当租书店商人,读书写字都得比人强才行。

"还替他出昂贵的束脩(学费),让他到风评好的习字所上课。拜此所赐,家父用不到十年的时间,就成了独当一面的租书店商人。"

勘太郎到了三十多岁时,还就此另立分店。

——那是你自己的店,就取你喜欢的屋号吧。

所以勘太郎以自己怀念的故乡盛产的葫芦来为自己的店命名。

"材木町那位店主很早就过世了,店面另有继承人,家父至今仍会在店主忌日以及彼岸[1]时前往上香。"

勘太郎在自立门户时一并成家。对象是他的顾客——大众饭馆老板的女儿,名叫阿鹤。

"那家饭馆位于多町。所以虽说是成家,但家父其实就像入赘到家母娘家一样。"

勘太郎将做生意的书本放在多町的屋子内院,不时会到饭馆帮忙,至于租书店的工作,则一律采出外行商的方式。

---

[1] 春分、秋分的前后三天,合起七天的时间,称作彼岸。日本常于这段时间举办法会。

"家母的父亲，亦即在下的外祖父，是个中规中矩的人，自从得知家父的经历后，睡觉脚不敢朝向材木町的方向。"当然了，他也要求勘太郎这么做。

"听说家父有一次在盛夏的大太阳下出外做生意，回家后只穿着一件兜裆布，不小心打起了盹儿，被外祖父臭骂一顿。因为他躺下时，不小心脚掌朝向材木町的方向。"

听说外祖父朝他泼水，大骂一句："你这个忘恩负义的家伙！"

个性中规中矩的外祖父，以及与他感情和睦的外祖母，在勘太郎三十四岁、阿鹤二十五岁，两人的独生子勘一三岁那年，相继辞世，前后只间隔了两个月。

"家父与家母商量后，决定结束饭馆的生意，开一家租书店。"

一开始挂上店面招牌时，第一个雇用的伙计就是十郎。

"十郎原本同样在材木町的租书店学做生意，如果继续待下去，应该能成为店里的大掌柜，或是和家父一样另立分店。"

他因为对战争故事情有独钟，后来辞去租书店的工作，出外当战争故事的说书人，但可惜工作不顺。他说自己已没脸回材木町了，于是前来投靠勘太郎。

"阿岛小姐之所以如此关照我家十郎，听说是因为他说的故事很有意思，所以他应该很适合当一位说书人。不过，能否吃那行饭，那就另当别论了。"

勘太郎热衷做生意，玩乐一概不碰。阿鹤也很认真帮丈夫的忙，而洗心革面的十郎之前亏欠材木町老店的，现在则是在这里偿还，他很认真拜访客户，葫芦古堂因此生意兴隆。

原本是一膳饭馆的店面已变得空间不足，于是他们迁往同样位于多町的另一间较宽敞的店面。房东是一位富裕的当铺老板，在他的同意和说情下，店内有一部分改建为书库。

一切一帆风顺，就像没半点儿阴缺的满月般，他们过着幸福的生活，但没过多久，开了一个不幸的大洞。

"家父家母一直希望再添个孩子。"这愿望实现，阿鹤怀孕，一家人无比开心，但没想到这孩子却成了死胎，就连阿鹤也难产而死。

"前来吊唁的人们都说，家母是因为担心让那婴儿独自一人前往阴间，这才跟她一起前去。"

这时勘一八岁。对一个还不懂事的幼子，这种道理根本说不通。

他哭喊着："比起我，娘更疼宝宝，是吗？太过分了。"

粒米不进，终日哭泣，最后终于换来父亲的痛骂。

"我在你这个年纪时，都自己一个人到江户来了。少在这里撒娇。"

勘太郎一把抓住勘一的脖子，把他拖进书库里，关上坚固的双重门，甚至还架上门闩。

"尽管如此，在下还是继续哭喊，不久，太阳下山，夜幕低垂。"

书库里的高处，有一个采光窗，里头没设灯。偏偏那天晚上天空只挂着细得像丝线般的新月，四周越来越暗。勘一哭累了，就此在书库角落抱膝蹲坐。

"在那之前，在下对租书店的家业并不熟悉。"

虽然会帮阿鹤煮饭、打扫，但他从没到店里去过。偶尔往店里窥望，都只看到勘太郎和主顾说着他完全听不懂的话。他们做生意用的书本，要是随便乱摸，马上会换来一阵训斥。他一点儿都不感兴趣。

"所以当时在下第一次感受到书本的气味。"纸的气味。墨的气味。不光如此——"当中也夹杂了人的气味。"撰写一本书、花时间抄写、经手买卖、翻页阅读，当中带有许多人的气味，"感觉其中也掺杂了家母的气味。"

眼泪再度夺眶而出,但这次没哭太久。

他以衣袖拭泪,抬头仰望,发现四周虽然一片漆黑,但堆着塞满层架的书本微微泛白,真不可思议。虽然孤零零一人,他却不觉得寂寞。

——因为有书本陪着我。

父亲勘太郎当初到材木町的租书店工作时,连平假名也不会认。虽然一样是八岁的年纪,但勘一已在习字所念了三年书,主要的课本都已读完,还博得老师的夸赞。

"在下感觉就像清醒过来一样,想要把这里的书全都看完。"如果能办到,不知道会多开心。

那天晚上,他缩在角落里睡着,待朝阳从小窗口照进后,他逛起了这间书库。

"因为肚子饿,走起来步履虚浮,连行走的力气都不剩,所以改用爬的。"

家里的帮佣婆婆觉得少爷可怜,前来探望时,发现勘一胸前抱着看到一半的书本昏了过去。

"那是一本提到'见越入道'[1]这种妖怪大闹人间的故事书。上头的图画精美,就此吸引了在下的目光。"

在帮佣婆婆的照顾下,勘一这才醒来,吃过饭后,恢复了精神,他对勘太郎说:"爹,我喜欢书。从今天起,为了成为一名厉害的租书店商人,我要认真学习做生意。请爹也不要把我当儿子看,就当我是店内的学徒,好好调教我。"

"接着在下低头鞠躬,在一旁观看的帮佣婆婆哭得稀里哗啦。"

勘太郎一句话也没说,一脸不高兴似的,但从那之后,他开始慢慢

---

[1] 是日本传说中的妖怪,呈僧人样貌。看着看着,他会越变越大。

教导勘一做生意的基础。

"一个八岁的小鬼,为何会做出那样的决定,并将它说出口,在下到现在还是弄不明白。"

这句话若是听在别人耳中,会觉得已超出值得赞扬的程度,听起来狂妄又讨厌。

"就连在下也猜不出自己当时的想法。想必是凭着孩童的心思,觉得娘死了,自己已不能再继续当个孩子了。今后得像个大人一样勇敢活下去。如果还是继续跟小孩子一样,将会永远因为孤单寂寞而哭泣。在下不想要这样。"

所以才会假装长大,想克服母亲的死所带来的难过。

勘一是真的下定决心。他每天看书,在习字所里也努力学习,很认真帮忙店里的生意。

就这样,葫芦古堂才有今天,是勘太郎和勘一这对老板和少东撑起这家店。

除十郎以外,葫芦古堂还雇用其他伙计,女侍和男佣也越来越多,成了一个大家庭。

"在下八岁时,为在下难过落泪的那位帮佣婆婆,当在下第一次背着装满书本的箱子出外行商时,高兴得直拍手。"

那位帮佣婆婆一直工作到七十多岁,一生中没生什么大病,就这样寿终正寝。

"她临终前还在为在下娶媳妇的事担心。"勘一当时才十四岁,要娶媳妇还早,但她仍念念不忘。

——少爷,请娶一位笑口常开的媳妇。您已故的母亲总是笑容满面,笑声如同银铃一般。请您一定要答应我。

"她握着在下的手,一再请托,于是在下答应她,一定会照她说的去做。"勘一这时歇了口气,以番茶润喉。

接着他望向阿近和富次郎。"开场白有点儿长,真是抱歉。接下来即将步入正题,会有点儿无趣,请再忍耐一会儿,在下想再稍微谈谈租书店这个行业。"

"请说。"两名聆听者不约而同地应道。

勘一的声音轻柔,咬字清晰,听得相当清楚。

"一点儿都不无趣。"

"多谢包涵。"勘一行了一礼。

租书店虽然不像白米批发商、酒批发商、药材批发商那样,有完整的一套股东制度,但同业之间同样往来密切。像容易缺货的当红故事书,彼此常会互相支援调度、小笔资金的借贷、共享贵客和恶客的传闻,彼此相互合作,往往会带来不少方便。

"对于好主顾,我们之间严禁抢客或插队。"

例如,三岛屋是葫芦古堂的主顾,江户市内主要的租书店都明白这点。

"其他店家不会在未知会在下或十郎的情况下前来拜访。如果在下有服务不周之处,或是贵宝号觉得葫芦古堂的供书看腻了,只要说一声,在下便会介绍其他店家给您。"

租书店有其"层级"与"势力范围",以武家宅邸或寺院神社当主顾的店家,若未经介绍,不随便做生意。而客层以商家为主的店家,则会看做生意的对象是店主家人还是店内伙计,而有不同层级。至于在町内四处行商,还会跑进长屋或租屋处向客人推销的租书店,则是最低层级。

不过,不管是哪种租书店,他们做生意用的书籍调度来源全都一样。不是向印制书本的出版商购买,就是向藏书的持有者收购。也会为了做成租书本而誊写抄本,库存书本如果破损到一定程度,也会重新誊写成新书，因此，大部分的租书店都有好几名负责誊写抄本的兼职人员。

兼职人员如果资历够久，甚至会以月为单位签约，或是包下整个作品。因此，一个人同时在好几家租书店兼差，也是常有的事。他们大多是武士或武家的子女。誊写抄本的兼差工作，在手头不太宽裕的御家人[1]以及清贫的浪人当中颇受欢迎，而租书店方面若能委托字迹秀丽的武士承接这份工作，也会比较放心。

武士为了生活，而向商人承接兼差的工作，赚取工钱。商人向武士低头请托他们承接兼差的工作，从中谋利，过着比武士更优渥的生活。而租借武士所誊写的故事书来阅读的人，视书本的内容而定，有的身份比武士还要高贵、富裕，有的则是住在长屋里打零工的妇女，或是两颊泛红的商家女侍。

这正是租书店这种生意的特别之处。贫富、贵贱、教养高低、家世来历，形形色色皆有。

书是学问，是品格，是教养，是尊贵崇高之物，租书店并非只想着赚钱。他们一方面抬头挺胸地这么说，另一方面却又很注重一个字多少工钱，一本书租多少钱，来撑起这种节省又小家子气的生意。

葫芦古堂的店主勘太郎是个中规中矩的人，在收取兼差者交出的手抄本、支付对方工钱时，只要对方是武士，不管是怎样的落魄浪人，他都绝不会交由伙计去处理，而是穿上正式短外罩，亲自前往。

他坚守的这份礼仪，有同业会挖苦，"这样反而像是在挖苦对方""工钱多给一些，对方才开心"，但勘太郎都不以为意。

勘一刚开始帮忙店里生意时，见店内忙碌，父亲还是抛下生意出门而去，对此颇有微词。但随着经商日久，勘一发现在葫芦古堂兼差的人们，

---

1 直属于幕府将军但没有资格谒见将军的下级武士。

尽管有时会因为店里这边的情况拒绝他们，但他们却从未拒绝过店里委托的工作，他这才明白这是构筑信任的一份用心。正因为是一项贫富贵贱混杂的生意，所以有一条绝不容轻忽的底线。

"而家父也认识一位承接兼差工作的武士大人，与他颇有交情。"

此人名叫桴井十兵卫，是位浪人，住在葫芦古堂附近的里长屋[1]奥目店内。

"此人三十多岁，远比家父年轻，不过从在下懂事起，他就已开始承接葫芦古堂的兼差工作了。"

十兵卫的妻子过世后，他独自养育妻子留下的女儿。这女孩名叫花枝，长得可爱讨喜。

"这是帮佣婆婆过世后第二年发生的事，当时在下十五岁，花枝小姐七岁。"勘太郎和十兵卫是因为怎样的机缘而变得无话不谈，勘一并不清楚。勘太郎也很疼爱花枝，每次到奥目店拜访这对父女，总不忘带上糖果之类的伴手礼，一有女孩喜欢看的绘本抄写工作，总会优先委托十兵卫。

桴井十兵卫为人不摆架子，而且家住得近，工作效率又高，完成委托的抄本后，有时他会亲自送来葫芦古堂。这时他总会牵着花枝一同前来。当勘太郎与十兵卫喝茶闲聊时，勘一就会负责陪花枝玩。

"话虽如此，她是位很乖巧的小姐，陪她一点儿都不累。"

花枝走进葫芦古堂，总是像人偶般规规矩矩。

"就算身旁叠着厚厚一摞书，她一副很感兴趣的模样，她也绝不会随便伸手摸。可能是她父亲特别吩咐过，葫芦古堂里的书是做生意的重要商品。"

勘一打开童话故事书或妖怪故事书朗读给她听，花枝非常开心。比

---

[1] 位于巷弄里的长屋。

起折纸、翻花绳、玩手球歌，花枝更喜欢故事书。

"在下在说故事时，会像说书人一样装扮出各种声音，还会用口技模仿三弦琴，以炒热气氛，所以她听得很入迷。"

勘太郎和十兵卫聊到江户市内发生的事、近来的政局、最近流行的故事书、葫芦古堂的竞争对手动向，无话不谈，但大部分情况是年长的勘太郎说得口沫横飞，年轻的十兵卫静静聆听。

"我们做的是常会和客人接触的生意，所以家父不算是寡言的人，但也不是个只要一离开工作，就想和人闲话家常的人。只因为对象是桦井大人，他就像变了个人似的，话匣子全开。"

如果正值中午时间，他们会请桦井父女吃午餐，聊着聊着，到了未时，父亲还会派勘一去买豆沙包或最中回来当点心。

"看着家父如此贴心的举动，在下后来也瞧出端倪。"勘太郎是假装爱闲话家常，刻意让桦井父女留下，请他们吃饭。这对父女每次都穿同样的服装。花枝比同年纪的孩子还要瘦小。十兵卫也是一脸疲态，总是挂着黑眼圈。

"誊写抄本的工钱并不高。但桦井大人却常承接我们的工作，而在家父的介绍下，有时会承接其他租书店的工作，所以要养活他和花枝小姐应该是不成问题才对。"

虽知父亲可能会骂他"这么爱打探做什么"，但因为感到纳闷儿，他还是悄悄向勘太郎询问。

"结果没想到家父直接告诉在下原委。"

——桦井大人的妻子长期患病后病逝。医药费一再累积，最后甚至向人举债，至今仍得每月偿还。

"在下当时心想，咦，竟然还举债？对此大为惊讶。"

当然了，这件事藏在勘一心中，他对桦井父女的态度依旧不变。想到父亲就是认为他能做到这点，所以才告诉他秘密，勘一觉得父亲拿他当一名大人看待，对此颇感自豪。

但另一方面，他心中也兴起一个很像是十五岁年轻小伙子会有的感慨。为什么像柊井大人这样的好人，会有此可怜的遭遇？难道这世上真的没有神佛的存在？

在江户市生活，凡事都少不了钱。就像有人说的，没有钱就像没有脑袋，足见世道艰辛。再加上欠款——而且就算还清了债务，亡妻还是无法复生，整天被偿还这种空虚的债款追着跑。

"在下一直在想：他是跟谁借的钱呢？不知道得付多少利息。如果家父真心想帮助柊井大人，应该由我们来替他还债，之后再请他以较低的利息还款，这么做对他才比较好吧？"

说完后，勘一莞尔一笑。

"在下苦思良久。后来将这想法说出口，结果又换来家父一顿骂。"

——对武士大人不该想这些超出租书店分际的事！

"你的想法看起来好心，但其实是傲慢。而且柊井大人并非向人借高利贷，他只是慢慢偿还积欠药行的药费，所以不用付利息。"

"既是这样，早说不就得了。"勘一也生气地回了一句。

"不过，'看起来好心，实则傲慢'这句话，我就此有了深切的感受。"

一个月后，来到十二月初，在一个寒气逼人、北风强劲、天空晴朗无云的日子，难得柊井大人独自来到葫芦古堂。

他不光没带花枝小姐在身边，而且那天也不是要交书的日子。

"我们正好没有兼差的工作可以委托柊井大人，家父正在替他留意下一份工作。"所以十兵卫空手前来。而且神情与平时不大相同，略显慌乱。勘太郎领十兵卫来到账房旁的小房间。

"在下则是送上热茶和烤手盆。"

十兵卫可能是觉得勘一在替他担心，于是自己先说了。

——花枝她没事，现在在宅院管理人家中玩。今天有事要商量，所以我独自前来。

十兵卫就算是跟店主的儿子勘一说话，也一样客气。

——谢谢你平时陪小女玩。多亏勘一先生朗读各式书本给花枝听，她现在认得不少字，连习字所的老师也大为吃惊。

"在下当时行了一礼，说我也觉得很快乐，准备就此退下，但梓井大人却将在下留住。"

——我要商量的这件事，希望勘一先生也能一起听。勘太郎先生，可以吗？

"家父和在下听了之后，都直眨眼。"

——小犬应该是帮不了什么忙，不过，既然梓井大人这么想，那就照您的意思吧。感激不尽。

十兵卫行了一礼，接着露出罕见的严肃表情说出来意。

"两位对井泉堂这家租书店的风评可有耳闻？"勘一对此一无所悉，所以听了之后又是直眨眼。但勘太郎则马上应道："是位于爱宕下的一家书店，对吧？"

那里不光租书，也做出版的工作，所以应该称为"书店"。

"他们历代店主都继承'一泉'这个名字，记得目前是传到了第六代……"

"是第七代。"十兵卫说，"至少他本人是这么说的。井泉堂第七代当家的一泉，前来向我请托。"

请托？

"委托我誊写书本。"

这件事本身没什么好惊讶的。十兵卫的本领和人品都好，所以早从数年前起，便开始有人来委托他兼差的工作，不必通过葫芦古堂介绍。勘太郎也建议他，不必对他有所顾虑，如果有好的工作，尽管承接无妨。

"井泉堂的工作不只是第一次接触，我甚至连店名也没听过。当然了，一泉先生说他很看好我的工作能力，并无恶意，不过……"

仔细听完内容后，得知是一件非比寻常的工作委托。

"首先，他们的工钱高得出奇。"

"有多高？"

十兵卫停顿了一会儿后回答："一百两。"

勘一感觉眼珠子都快掉出来了。

"这不是开玩笑，也不是我听错。因为井泉堂的店主真的从怀中取出一个包裹，在我面前打开，里头摆了四块切饼[1]。"

一块切饼相当于二十五两，所以这样肯定有一百两。

"对方说，如果我接下这项工作，他会先付一半的订金五十两。等工作结束后，便一手交抄本，一手支付尾款五十两。"

勘太郎眉毛微挑："是很艰深的书籍，或是一次多本书，要由您一个人来誊写？"

"不，不是。他要我誊写的，就只是薄薄的一本书。

"当时井泉堂拿出一本样本，说这不是实际要誊写的书。"

真的只有三十页左右，薄薄的一本书。期限是半个月，就只誊写一本。

"从承接日起算的半个月后，井泉堂会再到奥目店来取。"

十兵卫说到这里，以手背擦拭额头的冷汗。

"我询问书本的内容后，他说是从这十年来在江户市内流通的报纸中，挑选较为抢眼和珍奇的内容集结装订成册，这种书在喜好新奇事物

---

[1] 江户时代，一千个一分银包成一个方形纸包，因为形状像切饼（方形年糕），所以有这样的称呼。

的人中间颇受欢迎。"

勘太郎颔首："您说得没错，就我所知，这种书都是采用印刷制作。"

勘一也想到一件事："爹，我们店里也有几本。我曾经看过。"勘一记得的，不是印刷制作的册子，而是直接搜集报纸装订而成的。为了做成书本的格式，会裁去上下，做成一样的大小，但由于报纸纸质差，所以会难看地鼓起。

"啊，没错。不过井泉堂的书还不知道是印刷本还是手抄本吗？"

"不知道，因为我也还没看到实物。"十兵卫告诉对方，三天后会再答复他是否承接这份工作。

"井泉堂是前天来的，还有今明两天可以考虑。不过，我自己一个人就算想破头也没用，所以才想到来跟你们商量。"

这项工作还有第二个怪异之处。

"不能阅读册子里的内容。"

"要一字一句重现，"井泉堂的店主说，"为了誊写抄本，必须照着文字一路看下去，但我希望您能严格要求自己不看懂所有文章，就只是看着字抄写，不能解读文章。"

"这种说法令我颇感意外。"十兵卫不是个会随便动怒的人，"因为我原本以为他是拐弯抹角提醒我，不能泄露抄写的书本内容。如果是这件事，我向来都以誊写抄本为业，深谙此理。但我说出这个想法后，井泉堂的店主却很客气地否认。"

——我的意思是，不要阅读内容对您比较好。

勘一不禁发出"咦"的一声惊呼。"不要阅读内容对您比较好"，这根本是威胁吧。

"以桦井大人的本事，光是看字而不去阅读，直接照抄，应该不是难事才对。"勘太郎如此说道，盘起双臂。这是他在沉思时的习惯动作，同时紧紧咬牙，双颊看起来向外撑大不少。

"可是，他威胁我一定得这么做，不管语气再怎么客气，还是很无礼。"虽说是浪人，但毕竟是位武士，为何刻意对他说出这样的话来？

还有第三个怪异之处。

"我认为这点最为古怪。"

井泉堂的店主说，完成的抄本和原书比对，一定会有不同之处，不过这样就行了，无妨。

"他所说的比对，是指比对内容吗？"

"不，是指一看就知道不同。"

什么跟什么？勘一忍不住笑了。

"桦井大人，您该不会是被狐狸耍了吧？"

十兵卫表情轻松地苦笑说："嗯，我也差点儿这么想。不过，井泉堂的一泉先生有清楚的影子，而且和我交谈时都会眨眼，所以应该不是妖怪。"

不属于阳间之物的妖怪或鬼魅，正中午时不会留下影子，也不会眨眼；不会咳嗽，也不会打喷嚏。这是那方面的绘本或故事书上记载的知识。

"勘一，你别乱打岔。"勘太郎板起脸训斥，接着说，"桦井大人会不知道井泉堂，也是理所当然。那家店自古只做大名或旗本这类的顾客。在下算是同业，但也只偶尔听过传闻，还没和对方见过面。"听说财力雄厚，"井泉堂经手的书籍，应该是以大名家的书库藏书为主。像绘本、故事书、报纸结集成的册子这类的书，应该不会经手才对……"

勘一插嘴："可是爹，大名家的少主或公主，偶尔也会想看故事书呢。"老看四书五经也是会腻的。像《太平记》《源氏物语》、历史小说《三国演义》等，情节有趣，同时算是有内涵的书，所以开卷有益。

经他这么一说，十兵卫也莞尔一笑："勘一先生喜欢看故事书，对吧？"

"是的。"不光喜欢。勘一相信故事书能滋养人的心灵,对人们有疗愈勉励的功效。过去他也有受过书本慰藉的经验,所以这个想法不曾动摇。

"所以你说故事给花枝听时,才会那么生动有趣。花枝自从母亲过世后,就不曾发自内心地快乐欢笑,但最近她变得开朗许多,我也松了口气。这都是勘一先生以及你心爱的故事所赐。"

受到如此直接的褒奖,勘一开心不已,脸颊为之一热。他心情大好,因而更进一步对父亲说道:"爹,你刚才说到报纸结集成的册子,不过治理整个藩国或领地的主君,还是能通晓世态人情比较好。会不会就是因为这样,他的亲信建议主君看这样的册子,才委托井泉堂老板呢?"

勘太郎对勘一说的话置若罔闻,仍旧双臂盘胸。接着他不再紧紧咬牙,开口道:"桙井大人,我知道这样对您很失礼,但请问那一百两是否令您心动呢?"

十兵卫望着勘太郎,接着低下头去。

"……如果有这笔钱,积欠的药费就能还清,也能给花枝过好一点儿的生活。"

只要不挥霍的话,今后父女俩都可以生活无虞。十兵卫就像怕被人听见似的悄声说道:"勘太郎先生,过去我一直仗着您对我的恩情,而没说出自己的过往,其实我并不是在藩国失去俸禄,为了谋生才流浪来到江户,而是卷入一起风波中……不,是我自己引发的那场风波,这才带着妻子逃亡到这里。"不可能再重返藩国,"我根本不可能官复原职。主君没派追兵来杀我已是万幸。即使想要另谋官职,也有过往的经历阻碍。"就算吃再多苦,也只能在江户市内想办法糊口了。

在一般人眼里,一百两这笔钱已是相当耀眼,而这对桙井父女而言,更是具有两三倍高的价值,足以改变往后的人生。

勘太郎松开双臂,重新坐正,斩钉截铁地说道:"既然这样,就尽管接下这份工作吧。"

十兵卫惊讶地抬起头来。

父亲那罕见的严肃表情,也令勘一心头一震。

"柊井大人的人品风骨,我们葫芦古堂再清楚不过了。如果是您,一定能严格遵守井泉堂老板开出的怪异条件。"勘太郎一本正经地说完后,微微一笑,"这没什么啦,不过是三十页左右的小册子,您出马的话,两天就能完工。这样就赚进一百两,当真是天赐的礼物。"

见十兵卫嘴角浮现笑容,勘一也想说些什么。

"这件事就不要想成承接誊写抄本的工作,而是买彩票如何?知道一定会中一百两大奖的彩票。"

"你这个得意忘形的家伙。"勘太郎瞪了他一眼,十兵卫也笑了。

那张笑脸无比欢喜,勘一深感得意。不过勘一心想,柊井大人之所以说要他一起商量,是因为他是个得意忘形的人,至于他父亲,则是一旦认真想事情,就会板起脸,活像鬼瓦。

勘太郎说:"这件事最好别让人知道,所以在下和小犬都会守口如瓶,绝不外传。柊井大人,如果井泉堂的工作有什么可疑之处,或是觉得有什么危险,都可以随时来找我们商量。"

"就这么办,感激不尽。"

十兵卫回到奥目店后,勘太郎吩咐勘一将店里的报纸册子全部拿来。接着他将账房的工作交由勘一处理(这种情况很罕见),自己则窝在小房间里,长时间检视这些册子。

"爹,你这样重新翻阅我们店里的书也没用吧?"

即使勘一朝勘太郎叫唤,他也没搭理。

到了五天后的下午,勘一出外办事,回程时路过奥目店附近,发现柊井十兵卫就站在转进长屋木门处的巷弄前。

他背对着勘一，与一名商人打扮的男子交谈。勘一就只是朝那名男子的模样看了一眼，便马上明白——是井泉堂的店主。

是一位身材矮小、略显富态的老翁。其实他并不胖，感觉身体相当结实。童山濯濯的脑袋，没梳发髻。雪白的眉毛垂落着。一身唐栈[1]和服，搭上短外罩，脚下穿的是竹皮屐。每样都是昂贵的上等货。

勘一悄悄躲向暗处，定睛细看，发现对方短外罩的后背印有花纹。在仿樱花的刺绣中有个"井"字。这下就确定无误了。

井泉堂肯定是为抄本的事前来拜访十兵卫。

已经完工了吗？如果是这样，应该没必要站在这里交谈吧。勘一望着他们如此暗忖，这时，井泉堂老板立正站好，朝十兵卫深深一鞠躬。他一直低着头，等了好一会儿才抬起。

接着两人就此道别。井泉堂老板背对勘一，迈步离去，步履悠然。竹皮屐脚跟处的鞋铁传来锵锵的声响。十兵卫站在原地不动，目送他离去的背影。

勘一心跳加速地想，等十兵卫回到长屋后再前去拜访他，就说"我刚才来到附近，所以顺道来探望您"。

栫井十兵卫转过身来，正好侧脸对着他。勘一见了之后，倒抽一口气。

那是什么神情？一副意志消沉的模样，颓然垂首。

过去十兵卫每天都被经济压力追着跑，疲惫不堪。但是能和心爱的女儿同住的幸福，令他眼中始终满溢着谦恭而又开朗的光芒。

如今那光芒已消失无踪。他清瘦的双肩垂落，驼着背，前胸凹陷。

到底是怎么了？

在默默注视的勘一面前，十兵卫活像是只被水淋湿的狗，全身簌簌

---

[1] 藏青底色搭配蓝绿色或红色条纹的棉织物。

发抖，接着他挺直腰杆，耸起双肩，刻意扬起嘴角，挤出笑容。然后大步朝奥目店的木门内走去，勘一也悄然跟在后头。

由于来了一位像富豪的客人，长屋里爱看热闹的邻居一定很好奇。大家接连朝十兵卫提问：

"老师，刚才那位客人是什么来历啊？"

"不是平时的租书店老板，对吧？老师，你换东家啦？"

"那位客人之前也曾来过老师这儿呢。难道是要出仕任官了？"

"不不不。"十兵卫含糊带过。

他与花枝的住处，是从前面数来的第三间房，约四张半榻榻米大，还附土间。十兵卫打开拉门，笑容可掬地朝看热闹的邻居行了一礼后，消失在屋内。

有人语带嘲讽地补上一句："老师也真是的，看他那笑眯眯的模样，保准有好事吧？如果真是这样，就买件和服送花枝妹妹吧。如果要买旧衣，我随时都能效劳哦。"惹来现场一阵哄堂大笑。

勘一仍呆立原地，感到心神不宁，试图平复。

——如果立场倒过来看，就会明白了。

替井泉堂誊写抄本的工作结束，十兵卫赚进一百两。虽然长屋的住户同是穷人，常互相帮助，而且都个性良善，但要是看到这么一大笔钱，难保不会引发奇怪的联想。不让任何人知道这一百两的事，方是上上之策。所以十兵卫与井泉堂老板见面时，脸上挂着笑容，但回到长屋时，却是板着脸，这一点儿都不足为奇。

十兵卫那硬挤出来的笑容，为的不是别人，正是为了女儿花枝。若反过来看，应该是发生了他得瞒着不让花枝知道的事，这让勘一替花枝担心。

最后勘一没去拜访十兵卫，而是跑回葫芦古堂，向勘太郎道出他方才目睹的事。

"桦井大人会不会是因为井泉堂的关系，而惹上了什么麻烦呢？"跑得气喘吁吁的勘一如此说道。勘太郎瞪了他一眼，撂了一句："别做这种没必要的揣测。"

之后勘一每天都在等桦井十兵卫前来。从早上在店门前打扫洒水开始，一直到傍晚关上店门这段时间，他都不时翘首查看，确认十兵卫是否从奥目店走来，等得无比心焦。

十兵卫一直没来。但人没到，传闻倒是先到。有位同样承接兼差工作，年纪大十兵卫许多，但字迹怪异，常为了工钱的事向勘太郎发牢骚的御家人，说几天前在他常去的当铺巧遇十兵卫。

"我和桦井大人都是那家当铺的常客，但那还是第一次在店里碰面。不过我觉得没什么好尴尬的，于是便上前打招呼。十兵卫是前来赎回长刀，但我则是拿短刀来典当，当真是颜面无光啊。从竹刀换成真刀，想必是有了出仕任官的门路吧。葫芦古堂老板，你是否听说了什么传闻？"

"我也不清楚呢。对了，关于您的下一份工作……"

接着来到店里的，是奥目店的宅院管理人。他是一位干瘪枯瘦的老翁，双眼浮凸，所以勘一背地里都叫他"鱼干"。

"葫芦古堂老板，你没从桦井大人那里听说些什么吗？"

"没有，发生什么事了吗？"

"还说呢，不就是你代为介绍的吗？老师他最近要搬走了。"鱼干似乎是特地来打探消息的，摆出抬眼打量人的姿态。

"好像是要开一家习字所之类的……"

"那可真是可喜可贺呢。如果是桦井大人，一定会是一位好老师。地点就在附近吧？"

"不，听说是在下谷一带。"

"不是在这附近，太遗憾了。"敷衍了几句，将鱼干打发走人后，勘太郎对勘一道："榨井大人似乎正准备展开新生活。太好了。"

"这样当然好了。"勘一还是弄不明白，"我们完全被蒙在鼓里呢。"

"你怎么讲这种不知分寸的话呢。"又挨了一顿骂，勘一对此一样不明白。

"可是……"

"可是什么，还有下次啊？既然榨井大人没来找我们商量，我们就没资格多说些什么。搞清楚自己的身份。"

"如果这件事真那么可喜可贺的话，我也高兴啊。可是榨井大人他……"

他当时的侧脸是那么灰暗，就像遭受什么严重打击似的。

"这件事就忘了吧，应该是你看错了。"

"爹，你似乎忘了，我眼力很好的。"

"即使眼力再好，如果心眼不够明亮，一样没用。"

被这样狠狠训了一顿，平时个性温顺的勘一也忍不住闹起了脾气。

他气呼呼地收拾当天的工作。傍晚时，到外头跑生意的十郎回到店里，勘一帮他记账，接着来到店门口准备关店门时，发现榨井十兵卫就站在门外。

"啊。"勘一呆立原地。十兵卫像在膜拜似的，朝他深深一鞠躬。"抱歉，这么久都没来问候。"

在昏暗的暮色下，他的表情纠结，透着悲伤。不，似乎是刚才与勘一面对面的瞬间，因按捺不住才露出纠结的表情。

"令尊在吗？不好意思，我有事想拜托他。"勘太郎请十兵卫到内院的客厅坐。这是一间六张榻榻米大的房间，里头没有壁龛，也没有博古架，但在这栋到处都是书本、册子、成沓纸张的屋子里，这里是最好整理的场所。

勘一送来热茶，正准备退下时，十兵卫和上一次一样，请他留下。"接下来我要拜托的事，不是为了我，而是为了花枝。勘一先生向来都很关怀花枝，所以我希望你也能在场。"

勘一坐到父亲身后，重新望向十兵卫那清瘦的脸庞。在座灯的亮光下，他的表情果然透着悲戚。十兵卫以温茶润了润唇后，拿定主意，开口道出原委。

"井泉堂一泉先生委托的工作，前不久顺利完成了。"

"恭喜您。"勘太郎双手撑向榻榻米，低头行了一礼。勘一也急忙跟着照做。

"抄本和原书一并交付一泉先生，订金五十两加上尾款五十两，共一百两的丰厚工钱，我如实收到。不过……"

座灯里的火光摇曳，光影在十兵卫脸上舞动。

"情况与当初承接这份工作时有些不同，虽然有了这一大笔钱，但凭我一人之力，无法保障花枝日后的生活。所以我决定借助一泉先生的力量。"

井泉堂店主爽快答应十兵卫的请托，替榕井父女安排往后的住处以及十兵卫的谋生出路。

"当初原本谈到是否要开设道场，但说来惭愧，如同我前些日子跟您说的，我很可能会遇上仇家上门寻仇。因此不适合高挂剑术或枪术的招牌，对外招揽弟子。"因此最后决定开设习字所，"一泉先生已替我安排了住处以及适合当教室的店面。明天我就要带着花枝迁往该处。"

明天！勘一大为惊讶，同时心里有点儿受伤。葫芦古堂一直都被蒙在鼓里，直到这时候才被告知。

"我和花枝都身无长物，也整理不出什么行李。搬家后，打算等一切都安顿下来，再开设习字所。"

勘太郎以柔和的表情点了点头："要再次跟您说恭喜。教本和文具都备齐了吗？"

"这个……还不急。"

"那么，请别嫌我多事，我葫芦古堂想送您一些主要的用品，以作为祝您开堂授课的贺礼。"

如果是教本，那得先备好《七岁假名入门》《生意往来》。刚开课时，只要能备妥这两本书就行了。一开始学生不多，但如果习字所里没叠上几本漂亮的教本，会觉得很穷酸，那可万万不行。所以需要各备十本。《名头字尽》和《庭训往来》，就等来了年纪较大的学生后再准备即可。

因为这算是生意，所以勘一很快便考虑到这方面。

"勘太郎先生、勘一先生，过去受你们太多关照了。要是再接受你们的好意，我实在过意不去。"

听十兵卫这么说，勘太郎再度笑逐颜开。"受关照的是我们葫芦古堂。椿井先生学识深厚，字迹秀丽，不管再怎么麻烦的抄本，都可以放心地交给您负责。"

十兵卫望着勘太郎，难过地叹了口气。

"坦白说，就是因为有勘太郎先生您这份情义，我才会前来请您帮忙。请您务必……"

就像有东西鲠在喉头般，他话说到一半停住。勘一此时不是望向十兵卫，而是父亲勘太郎，只见父亲微微眯起眼睛。

"勘太郎先生。"十兵卫接着道。

"是。"

"在下……"

勘一这还是第一次听十兵卫用如此中规中矩的自称。

"将会于三年后的六月一日丧命。"

座灯里的火一阵摇晃，十兵卫的脸瞬间蒙上一阵暗影。

"这是命运，势无可避。不过，三年后花枝才十岁，还没办法独自生活。"他越说越激动，"当然，从今天起，到我人生终结的这段时间，在下也会尽所能，为花枝做好各种准备。给她稳定的生活，为习字所招揽学生，博得邻居的信赖，然后娶个足以托付花枝的妻子——"

"请、请等一下，柊井先生。"就像清醒过来似的，勘太郎打断他的话，"请不要说这么不吉利的话。您比我年轻，为什么会说自己三年后会丧命呢？"

见勘太郎如此慌乱，十兵卫反而就此变得冷静。像之前为了井泉堂的工作一事前来商量时一样，他以手背拭去冷汗后，脸上泛起平静的笑容。"我知道一时之间你们无法置信。"

勘一屏住呼吸，为之瞠目，但这时他突然明白了是怎么回事。

"刚才您说情况与当初承接这份工作时有些不同，指的就是这件事吧？"由于知道自己在三年后的六月一日将会命终，所以无法拿着这一百两慢慢思考往后人生该怎么过。

为了花枝，为了让自己可以无后顾之忧地离开人世，得尽快保有安稳的生活才行。还得娶个善良的妻子来当花枝的后娘，所以才和井泉堂商量此事。

为什么商量的对象不是葫芦古堂，而是井泉堂呢？当然是因为店主一泉的人面和财力都远比勘太郎来得强，值得依靠——这也是原因之一，但应该不光如此。

因为十兵卫知道自己阳寿的契机，与井泉堂有关。正确来说，就是因为从井泉堂那里承接了誊写抄本的工作。

把这几个要素兜拢后，就只能做这样的猜测。

这件事在勘一脑中旋绕不停，他脱口说出："柊井大人，您究竟是誊写了什么内容呢？"

十兵卫仿佛整个人瞬间冻结，勘太郎瞪大眼睛。

"井泉堂老板带来的册子里，究竟写了些什么呢？"

原本的册子与抄本会成为不同的两样东西。誊写者不可细读其内容。不要阅读内容对您比较好。尽管如此，还是会让人忍不住阅读，一本记载了这种内容的书——"勘一先生，"十兵卫就像是硬挤出声音似的，如此说道，"抱歉，我不能回答你。因为我承诺过了。"

"是井泉堂老板强迫您做这样的承诺吗？"

"不。当然了，他说过此事不得外传，但想要隐瞒此事，则是出自我个人的意愿。"正襟危坐的十兵卫脸上冷汗直冒，"抱歉，我果然还是不该来的。我不该将勘太郎先生和勘一先生也一并卷入其中。"

这还是第一次看到十兵卫如此慌乱。葫芦古堂父子面面相觑。勘一从父亲的双眸中看出罕见的眼神，那是害怕之色。

"在下前些日子在奥目店附近，看见桦井大人和井泉堂老板在交谈。"勘一此话一出，十兵卫表情为之扭曲。

"你们当时气氛平静，但井泉堂老板离去时，向您深深一鞠躬。"十兵卫当时神情沮丧，返回长屋时，还刻意脸上堆欢，"井泉堂老板会那样低头鞠躬，肯定是因为害桦井大人您吃足苦头。以一百两仍不足以弥补的苦头。"

那份工作所誊写的，该不会是一本告知阅读者有多少阳寿的册子吧？

"之前您说那本册子是搜集报纸装订而成。"十兵卫和勘太郎都沉默不语，所以勘一继续往下说，"依我猜测，那些报纸当中也掺杂了告知阅读者死讯的报道，而誊写抄本的人，也算是阅读者之一。"

誊写者会感到纳闷儿：咦，这不是我的名字吗？如果刻意不去理会，不看内容，就只是一味誊写，那就不会有事，但要是忍不住阅读就会知道死讯，无法摆脱。不，等等。勘一重新思考这个问题。

——完成的抄本和原书比对，一定会有不同之处，不过这样就行了，无妨。

井泉堂老板曾这样说过。也就是说，它会变成不同的东西。这是什么意思？该如何解释？

十兵卫就像已看穿勘一心中的苦恼般，悄声低语："一抄写完，它便逐渐消失。"一写完抄本，原本的文字便会逐渐消失，只留下纸张的脏污和皱痕，"它就是这样一本册子。"所以世上就只有这么一本。

"原本它是不该离开井泉堂的书库才对。"他重新转向勘太郎，平静说道，脸上依旧冒着冷汗，"这次的事算是特例中的特例。"因此才会给一百两的工钱。

"井泉堂大人选中了我，我很感谢他。我一点儿都不后悔。这一切都是命运，不，是天命。"

勘一再度看到平时难得一见的景象。只见勘太郎双眼紧盯着十兵卫，一脸茫然地张着一张嘴。"我唯一牵挂的，就是花枝。"十兵卫可能是说完后才发现自己满脸冷汗，急忙拿出怀纸，仔细擦拭。

焦躁和慌乱就这样随着汗水一起拭去，他逐渐恢复平静。

"我已事先委托过，等三年后的六月一日，我桁井十兵卫死后，务必向两位通报一声。"要向位于神田多町的租书店葫芦古堂通报，"真的很抱歉，到时候您接获通报后，可以帮我探望一下花枝吗？如果我死后，她过得不幸福的话——"

勘太郎打断十兵卫的话，说道："我怎么可能坐视不管？我以葫芦古堂店主的身份保证，一定会好好保护花枝小姐。"

十兵卫颓然垂首。"感激不尽。"他语带哽咽地说道，伸手探进怀中，"这是为了那时候而先准备的……"

一块切饼掉出，落在榻榻米上。

白色纸包上映着摇曳的座灯火光。勘太郎静静注视着切饼，抬起头来，以平静的声音说：“如果是保证金，不需要这么多钱。我们只要收一两就够了。我这就写保证书。勘一，去拿笔墨盒来。”

这次换勘一张着嘴发愣，勘太郎赏了他一耳光。"你在发什么愣啊。原来如此，刚才你一直说个不停，原来是在说梦话，你一直都在这里打盹儿，是吧？”

“啊，真对不起。"勘一踉跄起身，急忙前往账房。拿了笔墨盒回来一看，勘太郎与十兵卫就像平时聊到一半休息片刻一样，正喝着热茶。

虽然相对无言，但气氛轻松。就只有勘一像做了一场噩梦似的。

"从那一晚起……"葫芦古堂的勘一伸手拿起阿近新沏的温热番茶，如此说道，"在下与家父之间，便不再提及桦井大人的事。"

此时黑白之间内的光景，若看在旁人眼中，应该也像是三名男女聚在一起闲话家常吧。唯一比较特别的，就是那贴在壁龛挂轴上的亮眼的白纸。

"在下还有好多事想说、想问，但家父一概不搭理。"勘一还是时常思索那本册子的事，有一次他向父亲开口问道：

"能成为报纸上的报道，表示那是足以成为世人的话题、死法很不寻常的事件吧？”

结果差点儿惹来一顿揍。

"还有，之前奥目店的那位宅院管理人鱼干，他说桦井大人举家迁往下谷，但那也不是真的。"为了与承接井泉堂工作前的生活划清界限，十兵卫刻意撒了这个谎，"他真正迁往何处，没人知道。连家父也……他应该是没问，就算他知道，也不会向在下透露，所以就像不知道一样。"

勘太郎也不曾暗中独自前往拜访桦井父女。

"尽管不知道,但三年后的六月一日,对方会主动前来通知。"

听富次郎这么说,勘一以手掌包覆冒着热气的茶杯,朝他点了点头。

"虽说只有三年,这三年却很漫长。"这段时间,勘太郎轻微中风。所幸在床上没躺几个月,就已大致康复,只有左脚行动不便,得微微拖行,但这已吓坏勘一。

他还没能力独自撑起这一整家店。

"一直都没机会遇见井泉堂老板吗?"

"完全没有。原本他们与葫芦古堂之间的差异,就像大橡树和竹笋一样,彼此的势力范围也不同。"

而在奥目店,继梼井父女后,住进了一对木匠夫妇。两人常上演无聊的夫妻吵架,闹得不可开交。"每次都挨鱼干骂。"除此之外,说到比较特别的事……"那就是十郎娶了媳妇,但不到半年就跑了。"

十郎的媳妇是个从良的风尘女,颇有姿色,原本也是十郎的老主顾。"她还是客人时,觉得十郎说战争故事生动有趣,可一旦结为夫妻后……"

——整天从早到晚都听他大声喊着"鞭声肃肃……"[1],实在吵得难受。

虽然对十郎有点儿过意不去,但阿近忍不住扑哧一笑。勘一也笑了。

"他的媳妇又回去重操旧业,就此成了招牌红人。这给了我们一个教训:每个人自有其生存的环境,万万不可强求。"

喝干番茶后,勘一搁下空茶杯。

"接下来……"

阿近与富次郎不自主地端正坐好。

"三年后的六月一日,是个下雨的闷热日子。"

下午申时甫过,便有一名男子来到葫芦古堂。他把衣服下摆夹进衣

---

1 江户时代的学者所写的汉诗,全文为"鞭声肃肃夜过河,晓见千兵拥大牙,遗恨十年磨一剑,流星光底逸长蛇"。

带里，脚下戴着绑腿，踩着草鞋，一身泥土的气味，是位农夫。

——在下是奉榕井老师夫人的盼咐，从柳岛村常盘塾前来。

"榕井大人的习字所名叫常盘塾，常盘是他前妻的名字。"

勘太郎和勘一马上明白这句传话的含意。"要到柳岛村，得先过大川对岸，然后再渡过一条名叫横川的运河才会到。是一处全是水田的小乡村。"

榕井十兵卫在那种悠闲的村落开设习字所，教导农家子弟。而且还续弦娶了一位不会因为他的死而慌乱，能如实完成他遗言的妻子。

"家父在那名男子的带领下，马上动身前往柳岛村。在下留在店内，接下来这三天，除了焦急干等，别无他法。"不过，勘一知道十兵卫死亡，以及和他的死有关的事。柳岛村虽远，但由于是已发生过的事，所以很快便印成了报纸，在神田一带传播开来。

"这么说来，榕井大人真的是报纸上写的那种死法吗？"

面对阿近的询问，勘一颔首。

"说得简单一点儿，他是遇上了讨伐情敌。"所谓的讨伐情敌，指的是丈夫斩杀与自己妻子私通的奸夫。

"关于榕井大人失去俸禄，从藩国来到江户的原委，他曾经这么说过。"

——而是卷入一起风波中……不，是我自己引发的那场风波，这才带着妻子逃亡到这里。

——我根本不可能官复原职。主君没派追兵来杀我，已是万幸。

现在终于明白整个原委。

"榕井大人的前妻常盘夫人，原本在藩国内已谈妥婚事。但她排斥那桩婚事，而与老早就已是情侣关系的榕井大人一同私奔。"常盘夫人的未婚夫只是与常盘夫人订有婚约，尚未实际婚娶。而且榕井家颇有威望，在藩内的身份也高，有鉴于此，他无法提出讨伐情敌的要求，最后以婚约作废收场。

"听说城内也都倾向袒护椊井大人……"

"看来，他家应该是藩内的重臣。"

"详情不便透露，只能说是主君身边的亲信，还望见谅。"

椊井夫妇一路逃到江户，艰苦度日，之后有了花枝。不久，常盘患病，久病多年后辞世，椊井十兵卫与花枝父女便在奥目店内相依为命。

"他承接我们誊写抄本的工作，后来遇上井泉堂老板，赚得一百两后，迁往柳岛村，开设一家习字所，并再娶。对方同样是一位贤惠的夫人。"

之后又过了三年。一直到三年后的六月一日，十兵卫都很认真地过日子。不过，在他意想不到的地方，命运起了转变。

"开设常盘塾两年后，也就是椊井大人遭人斩杀的一年前，藩国的藩主更替。"前任藩主没有子嗣，所以由弟弟接任。椊井十兵卫并未服侍过这位主君。

"倒不如说，这位新任主君与兄长感情不睦，所以前任藩主重用的家臣全被换下，前任藩主的施政方针也陆续被推翻。"

前任藩主授予家臣的奖赏，以及对藩内的纷争或违法情事所下的裁决，也全都重新一一检视。

"事情不分好坏，全都一律重新处置。"

而椊井十兵卫逃亡的事，原本是被暗中压下的案子，这时也成了翻案的对象之一。

"当时对外声称椊井十兵卫是因为养病而辞官，家业转让由分家的嫡长子继承，想必是某位家臣刻意上奏此事，道出实情。"

"因为椊井家身份高，格外遭嫉。"富次郎说，"想要讨好新任主君，拿前任主君刻意不追究的事来打小报告，以此立功。"这种人到处都有。富次郎谈起这件事，显得愤愤不平，阿近从中隐隐可以猜出堂哥在外展开"商人修行"的这些年遭遇了哪些经历。

"大致就是这样的原委。"勘一仍一如平时,显得气定神闲,见独自在一旁气呼呼的富次郎,他却眉头皱也不皱一下。

可能是注意到这点,富次郎尴尬地干咳几声。"然后呢?以前私奔的风波又被拿来炒冷饭,派人来追讨吗?"

"是的。常盘夫人的未婚夫接获主君严厉的旨意,若没成功讨伐情夫,便不得回藩复职,于是他开始搜寻十兵卫的下落。"

他在广大的江户市内持续搜寻,花了一年的时间,终于找到那名情夫,向他提出决斗的要求。

"时间定在六月一日早上。"

据说椿井十兵卫当时就只是拔刀做个样子,自己凑上挨刀。过去他夺走对方的未婚妻,令对方颜面尽失。这次双方决斗,要是再击败对手,对方将家业不保。

而且常盘已早他一步先走,不在人世了。

"报纸上夸赞道,'柳岛村讨伐情夫习字所师傅夺人妻走向人生末路 伊岛流拔刀术高手斩杀奸夫始末'。"伊岛流拔刀术属于居合[1]一派,在十兵卫的藩国内相当兴盛。

"居合……真的就只有一击。"真让人心痛。花枝应该没在现场目睹吧。那位新娶的贤惠妻子肯定不会让她观战。

"椿井大人的妻子,名叫美津江,同样是武家之后。"

她是青山一位御家人的女儿,曾嫁过人,但丈夫死后,她守寡过着俭朴的生活,独力养育女儿。

"美津江夫人也在井泉堂承接誊写抄本的工作。"

---

[1] 居合术指拔剑一击命中对手,讲求一击必杀。

"不是那可怕的册子，而是有点儿难度的普通书籍。"勘一笑着补上一句。

"哼，搞到最后，连续弦的妻子也是井泉堂介绍的吗？"感觉富次郎话中带刺。

"井泉堂老板应该是觉得自己很对不起梓井大人吧。"阿近加以安抚，但堂哥没答话。

勘一道："梓井大人和美津江夫人似乎鹣鲽情深。啊，这方面的事报纸没提。是在下后来从家父口中得知的。"夫人的女儿小花枝两岁，两人的感情就像亲姐妹一样好。这样的话，十兵卫应该就没有遗憾了……虽然想这么看待，但还是不免难过。

"在柳岛村如果过得幸福，不管是一年、半年、一个月，还是一天都好，都会想要守护这样的幸福。"

富次郎再度不屑地哼了一声："勘一先生，我实在不能接受。"

富次郎语中带刺，但勘一仍旧神色自若地反问："咦，是哪方面令小少爷不高兴呢？"

"这根本就是刻意安排的骗术。我只觉得梓井大人被井泉堂老板玩弄于股掌，眼睁睁折损了寿命。"

这什么意思呢？

"说什么古怪的册子里记载了阅读者的寿命，那一定是编出来的。就算退一百步来说好了，井泉堂坚信此事属实，那也只是证明他信仰坚定而已。因为只要信仰够坚定，就算是沙丁鱼头，也能当作神明来膜拜。要膜拜是个人的自由。不过，强加诸别人身上，那就不应该了。"

其实梓井十兵卫应该有更长的阳寿才对。但在井泉堂的洗脑下，他满心认为自己会在三年后的六月一日因为仇家上门讨伐情夫而丧命。

"所以他没认真与对方决斗。如果全力相抗，或许还有机会获胜，但他却默默献上自己的性命。"

这一切全都是井泉堂的错,是那古怪册子的错。而不懂这道理的周遭人,全都是糊涂蛋。

富次郎露骨地说出心中的怒气,相当罕见,看得阿近提心吊胆。就算勘一向来都一副与己无关的模样,但劈头遭受这样的批评,恐怕也会觉得不是滋味吧。

然而,葫芦古堂的少东家却处之泰然。他反而就像认同富次郎的说法似的,深有所感地点着头。

"因为一般所说的预言,大多都像小少爷您说的那样。"

人只能活在当下,只能知道眼前发生的事。我们能学习的,就只有过去带来的教训。千里眼能预见未来,相当方便,但可惜世上没有这种东西。

"尽管如此,如果有人准备得像煞有介事,展开预言,听者便会对内容感到在意,而在不知不觉中照着预言走。"

人心就这么往预言引导的方向偏去。

"例如,有一对从小一起长大的男女,原本双方对彼此都没任何情愫,但如果有人预言他们几年后一定会结为夫妻,要完全不当一回事实在很难吧?"

周遭人都以同样的眼光看待,两人如果没结为夫妻反而奇怪,在一起才自然,应该这样才对,所以会照着预言走。

当然了,像气候的寒暖、雨量的多寡、天灾之类的预言,则未必如此。因为天地不受人心左右。但是像"某时某地会发大水""会发生大火""会引发瘟疫"这类的可怕预言,若真的发生时——

对了,某某人不是做过这项预言吗!有时就会像这样碰巧想起预言。对人们来说,灾祸最让人觉得不吉利和可怕的,不是灾祸的内容,而是它无预警地到来。因此，当发生严重的灾祸时……

——这之前有人预言过了。

——有人因为预言而得救。

若传出这样的风评，众人便会紧抓不放。因为只要相信它，就能得到些许慰藉，内心也能求得平静。

"所以预言常会说中，超乎人们的预期。"勘一语气平淡地说道。

阿近望着他那间隔略开的双眼、秀挺的鼻梁、略显宽阔的脸颊，心中兴起一股难以言喻的感叹。

这个人真是心如止水。这已超乎商人待客的礼仪，应该是他真正的性情吧。他小时候确实很容易得意忘形，但长大后变得沉稳许多，造就出现在的他。冬天时宛如一处向阳之所，夏天时则像是凉爽的树荫，予人温柔之感。

"少东家可真博学。"在勘一那飘然的徐风吹拂下，富次郎的激情也冷却下来，反而如此应道。既不是挖苦，也不是单纯夸奖。

"你这个人可真有趣。"说完这句话后，他放松紧绷的双颊，现出笑意。

"谢谢您。家父也常对在下训示道：'你脑筋得多用在生意上头。'"勘一以手指在鼻下磨蹭了几下，露出腼腆的笑容，"椿井大人的丧礼结束后，家父常前往柳岛村探望。由于每次都会带礼物送小姐，令美津江夫人都感到不好意思了。"

"习字所经营得如何？"

"美津江夫人有两位哥哥，二哥一直没独立成家，所以由他当私塾老师，承接那家习字所。"这位二哥身子孱弱，所以没娶妻，而美津江也因为两任丈夫皆已过世，所以无意再嫁，兄妹俩合力养育花枝姐妹，相处和睦。

"在下也曾跟着家父一同前往，或是奉家父之命送东西到柳岛村。"

花枝每次一见到勘一，就会像之前在奥目店一样，吵着要他说故事。勘一热闹地使出模仿三弦琴的口技，并用多样的声调说故事，就连妹妹也很快便和他变得熟稔。

"在下可不光是说故事哦。我们负责张罗习字所的教本，也会帮忙他们做家事。"

栫井十兵卫一周年的忌日，低调举办了一场法会，葫芦古堂父子也一同列席。

"私塾的学生及他们的父母，也都前来上香。我们重新感念栫井大人的人品，合掌默祷。"

那是梅雨季结束，柳岛村四周绿油油的稻浪随风起伏的某个盛夏之日。

"在下前往柳岛村拜访时，屋内正好有客人。"猜猜会是谁呢？原来是井泉堂的店主一泉。

"我忘不了他的光头。"站在外廊处与美津江交谈的井泉堂老板，向勘一打了声招呼，微微一笑，脸上不显一丝惊奇。

——哦，是葫芦古堂啊。你是少东家，对吧。真是奇遇啊。

"其实在下当时心里想，周年忌时井泉堂老板不知道会不会来。"但等了许久，始终不见井泉堂老板现身，感觉就像被摆了一道，所以这次的确是奇遇。

"那天在下修好破损的教本，特地送去。"勘一在教室里与美津江和她二哥谈论生意的事，而这段时间，井泉堂老板都坐在外廊上，和花枝姐妹一起喂鸟、观赏养在水盆里的金鱼。

当勘一办完事，绕来外廊想见两姐妹一面时——"他对在下说：'既然你忙完了，我们就一起回去吧。'"

看来，他一直在等勘一。

"他那名贵的铫子缩和服前襟都湿了，而且多处沾了水渍。似乎是忙着照顾金鱼。"

美津江见状大为歉疚，急忙命女侍拿手巾过来。井泉堂老板则是一脸欢悦，对衣服上的水渍毫不在意。

"金鱼是井泉堂老板送的伴手礼。"姐妹俩很开心，井泉堂老板也笑眯眯地朝姐妹俩挥手道别，离开了柳岛村的栫井家。

"在下当时原本打算要说故事给她们听的……对此感到埋怨，心里很不是滋味。而且……"井泉堂老板说要"一起回去"，结果竟然真的是徒步走回去。

这对勘一来说是理所当然，然而……

"在下很担心他那件上好和服会染上汗渍。"现在是上午，太阳正一路往中天升去。一路上只有零星几处杂树林、寺院，或是宅院，其余全是广阔的水田。井泉堂老板率先走在尘土飞扬的道路上，勘一背着书箱跟在后头。

两人默默走了半响，待离村子有一段路后，井泉堂老板这才慢慢开口："就只是送上两三条金鱼，还是无法弥补我的罪过。"

勘一为之一震。

"看她们那么开心，虽然我这样有点儿自以为是，但还是感觉心中的忧闷减轻了些许。"井泉堂老板面向前方，自言自语，"葫芦古堂的少东家，你之前曾见过我，对吧。我当时前去拜访栫井大人，离开时和他站着聊了一会儿，那时你刚好路过。不知道你是否还记得。"勘一当然还记得，但没想到井泉堂老板当时注意到了，勘一颇感惊讶。

"我曾拜托过栫井大人，别把一百两抄本的事告诉别人，但他说希望能和葫芦古堂讨论这件事，征求我的同意。由于我也听过贵宝号的风评，所以就答应了。"

勘一紧握着书箱外头的包巾绳结，望着走在前方的井泉堂老板的背影。

与第一次见到他时相比，他的肩膀变瘦，全身上下减了不少肉。与第一次的印象相比，看起来显老许多。虽然步履轻盈，今天一样听得见竹屐的鞋铁发出的清亮声响，但以他的身份和年纪，原本是不会亲自来这种地方才对。

"……所以你应该也知道那件事才对。我也就不用再多说了。"他依旧背对着勘一往下说，"那是一本容易破损的册子，长则十年，短则两三年，就得重新誊写抄本。原本都是在我店内自行处理，绝不外传，这是我们的规矩。"只有那次例外，"一位理应要誊写新的抄本，因而从上头得知自己命运的人，到了重要时刻却突然心生怯意，临阵脱逃。"

他的语气平静。在看不见井泉堂老板表情的情况下，勘一专注聆听。

"那个胆小鬼就是我儿子，我的继承人。说来惭愧，他竟然带着媳妇和刚出生的婴儿，趁夜逃离。"也不知目前人在何方，"我就一个儿子，还有三个女儿。那本册子排斥女人的气味，只有男人才能抄写。"

长女已嫁作人妇，原本打算让二女儿出嫁，但由于家中突然没了继承人，所以改为临时找人说媒，招婿入赘。至于三女，年纪尚小。

"当初我成为井泉堂的店主，继承一泉的名号时，也曾誊写过抄本。同一人不能再次誊写，不得已，我只好委托别人誊写。"

可能是尘埃跑进喉中，井泉堂老板轻咳了起来，勘一这才开口询问："为什么同一人不能再次誊写？"

走在前头，身子微微前倾的井泉堂老板抬起头来。但他步履未歇，也没转头，维持原本的姿势继续说道："已经誊写过一次，知道自己的命运和阳寿之人，若是再次打开册子，将当场毙命。"

一道冷汗自勘一背后淌落。

"以前我祖父就曾经试过，白白害死了自己的亲人。有了那次教训，我们绝不再有同样的尝试。"

语毕，井泉堂老板停下脚步，从怀中取出手巾，按压冒汗的额头。手巾上印有井泉堂的屋号。勘一也跟着停步，晃动背后的书箱，重新背好。黑鸢悠然飞过夏日的晴空。

井泉堂老板抬头仰望，似乎觉得刺眼，眯起了眼睛，这才转过头来。

"虽说只要看过那本册子就会知道自己的阳寿，但那并非诅咒；也有誊写者在看过后得知自己享有八十八岁高寿的例子。"经他这么一提，也有道理，"所以我才会支付那笔谢酬，当作不对外张扬此事的封口费。一百两刚刚好，金额跟彩票的头奖一样。不论委托谁，都很容易联想成是天上掉下的好运气——我是这么想的。"

后来开始挑人，很快便决定由桦井十兵卫担任，因为赏识他的人品。

"刚才我也说过，贵宝号是桦井大人的后盾，这也是很好的参考依据。"葫芦古堂的店主勘太郎，是个值得信赖的商人。对于日后将成为继承人的儿子，勘太郎也调教得很好。这些风评，井泉堂店主都有耳闻。

"谢谢您的夸奖。"

"你叫勘一，对吧。听说你性情和善，容易得意忘形，不过你博览群书，喜欢调查，说好听一点儿，是勤奋好学；说难听一点儿，则是爱打破砂锅问到底。"这全都是好的风评嘛，"果然就像传闻一样。册子的事，你就是无法搁着不管。"

"在、在下不是那种爱打探消息的人。"我什么也没问，也没出言打探，明明就是你自己说出来的。

"不，你的脸上清楚写着，你想知道得更多。"虽然遣词用句很客气，但却是毫不留情的评价，"做书本的生意，偶尔会遇上这种不可思议的事。这时候最重要的，就是别太深入细究，不过勘一先生，依你的个性似乎无法就此满足，对吧？"

"我哪有……不过，今天能遇见您，纯属偶然。"

"没错，纯属偶然，但这是你带来的偶然。"

笑意从井泉堂老板脸上消失。太阳高挂天空，他额头和脸颊上的汗珠清晰可见，但他的眼神显得冰冷又坚决。

"改天请到小店坐坐，我随时都方便。"

他有何用意？——勘一没这么想，因为他清楚这话中的含意。他与井泉堂老板四目交接，忍不住脱口问道：

"您、您肯让我看，是吗？"

看那本册子。

"你想看，对吧？想的话就来吧。"这样的话，请你誊写抄本也无妨，"如果下次誊写抄本的时候到来，我会率先知会你一声。"只要你亲眼见过，就会明白一切，"关于它的来历和因缘，到时我会再一一说明。"

说完这句话，井泉堂老板转身快步前行。这个话题就此结束，勘一也只能默默跟在后头。

一顶轿子等在前方约四里远（约一百九十米）的寺门前，轿夫在遮阴处睡午觉。似乎是井泉堂老板搭轿来到柳岛村后，将他们遣来这里等候。

"那么，我就此告辞。"

井泉堂老板坐进轿中，在刺眼的烈日下，轿夫嘿嗬嘿嗬地吆喝着，逐渐远去。

勘一踩着自己又短又深的黑影，一开始先是捏了自己的脸颊一把，接着甩起耳光。好痛。这不是梦。这才发现自己就像冷水淋身般，满身大汗，而且喉咙干渴。他穿过寺院的山门，向僧人问候，讨了杯水喝。亲切的僧人问道："您流了好多汗啊。这位书店老板，您是不是人不舒服啊？您要去哪儿？要回位于神田多町的店面吗？路途很远呢。您最好在阴凉处乘个凉，稍事休息比较好。"

僧人拉着勘一的手，来到正殿角落一处通风处。勘一先是朝主佛膜拜。是一尊大小与孩童身高相当、颇有年代的释迦牟尼像。望着佛像面露慈祥微笑的脸庞，他波涛汹涌的内心逐渐平静下来。

"拜此所赐，在下回到家时，已恢复成平时的模样。家父完全没察觉异状，在下与井泉堂老板交谈的事，埋藏心中。"没过多久就忘了。

"给在下水喝，带在下去乘凉的寺院，名叫双法寺，从那之后，在下便常在寺里出入。"

虽然和尚不需要内容轻松的故事书，但佛法教义、佛门故事集、历史书则很受欢迎。对寺院的库院里存放的古书进行重新抄写、装订的工作，葫芦古堂也都会承接。

"有时会通过住持介绍给施主，成就一桩生意。因为那是在院内正殿供奉大黑天大人的一座寺院——"

"请等一下。"阿近打断以平静的语气陈述的勘一，"之后你一直都没再和井泉堂老板见面吗？"可能是她的语气太尖锐，一旁的富次郎听得直眨眼。

"应该是这样吧。因为他已经忘了嘛。"

勘一颔首："是的。"

"真的？"阿近移膝向前，"葫芦古堂的少东家，你没说谎？"

"喂喂喂，阿近。"

"抱歉，堂哥。可是我真的很在意。"

勘一并未道出一切，阿近就是有这种感觉。

"这个故事太虎头蛇尾了，那本册子的来历和因缘都还没弄明白呢。"

"这也是没办法的事啊。因为少东家没和井泉堂老板见面嘛。"

真的没见面吗？真的没去拜访井泉堂吗？阿近不这么认为。她无法

309

接受。总觉得勘一那平静的眼神底下，仍暗藏着什么。就连阿近也不知道自己为何如此笃定。——刚才他回答"是的"，根本是违心之言。

"好了好了，阿近。"富次郎轻拍阿近肩膀，"像这种核心问题始终成谜的故事，偶尔也是会有的。"

"有辱清听，真是抱歉。"勘一恭敬地鞠了一躬。

"对了，少东家，令尊现在身子还是一样硬朗，对吧？"

"硬朗得令人嫉妒。就只是稍微有耳背的毛病，所以沟通时得花点儿时间，这点比较伤脑筋。"

"耳背的人才长寿啊。"

"在下也常这么说。在生意方面，他已处在半退休状态，整天写些不入流的俳句，画些三流的俳画，随兴度日，也许会比在下还长寿也说不定。"

"噢！"富次郎拊掌大乐，"大老板喜欢画画，是吧？真想哪天拜会一下。"

"谢谢您。一位退休的老头，要三岛屋的小少爷去问候，他应该会颇感忌惮吧……"

"那我就到你们店里玩。就带个什么好吃的东西当伴手礼吧。"

阿近紧抿双唇，望着他们两人开心地一搭一唱，内心仍旧无法平静。

勘一就像是要避开阿近的视线般，转过身去，抬头仰望壁龛那张白纸。"小少爷，在下这个不入流的故事，您会画进画里吗？"

"这个嘛……今天恐怕是画不成了。"阿近悄声应道，"因为故事还没说完。"

"你还提啊。"就连富次郎也感到伤脑筋，"这么坚持，真不像你平时的作风。"

就在这时，隔门后方传来一声叫唤。富次郎应了一声"请进"后，阿岛往内探头。"抱歉。因为阿胜通知我，故事已经说完了。"

"嗯，是说完了。"富次郎搓着手，一副垂涎三尺的模样，"我娘的汁粉做好了吗？"

"早做好了，不过小少爷……"阿岛目光移向勘一，"刚才十郎先生来过一趟。替我带来之前我托他的一本书。"

"谢谢您的惠顾。"

"哪里。然后十郎先生很担心，他说：'我家少爷该不会忘了那件要事吧？接下来有客人要到店里呢。'"

勘一闻言，伸手朝额头一拍。"我都忘了。因为待在这里太舒服了，一不小心成了浦岛太郎。"

"咦？那你不就没空吃汁粉？"

"那就装进宝盒[1]里带回去吧。"阿岛笑着道。勘一也回以一笑，重新坐正。

"实在很舍不得道别，也很舍不得汁粉，但请容在下就此告辞。不过临别前有件事。"这件重要的事可不能忘——勘一搔着头补上一句，"在这里每听完一个故事，小少爷就会将它画下，对吧。由于每一幅画都和听过就忘的故事有关，不妨就采无题。"

不过，搜集装进桐木箱里的画，最好还是取个标题。

"当然了，箱子上没必要贴上标题纸。用不着这么大费周章，只要小少爷、大小姐，还有阿胜小姐你们三人明白就行了。"

"不过，还是得要有个标题比较好，是吗？"

"是的。取个标题名称会比较好处理。"富次郎略感纳闷儿，阿近则马上明白勘一想说的是什么。

---

[1] 日本童话"浦岛太郎"的故事中，浦岛太郎前往龙宫一游后，带着宝盒回到人间，开启宝盒后立即变成一名老翁。

"没有名字会无从掌握。日后或许有必要从中掌握些什么，以备不时之需，最好还是事先做好可掌握的依据。"

勘一听阿近这么说，点了点头。他的眼神还是一样温柔，似乎对阿近刚才的语气完全不以为意。

——莫非是我误会了？勘一的故事真的就此结束，他再也没见过井泉堂老板，也忘了那本诡异的册子？

"可掌握的依据，是吧……嗯。"富次郎似乎还不太明白，"既然这样，就由阿胜来想标题吧。这样可以吗？"

"可以。抱歉，请恕在下多管闲事。"勘一就这样匆匆离去。三岛屋的人们热闹地品尝阿民做的汁粉。甜食舒缓了人们的心情。

阿近事后在厨房洗碗时，阿胜悄悄来到她身边咬耳朵道："我觉得小姐您的直觉没错。"勘一在说谎，那本册子的故事应该还有后续。

阿近双目圆睁："阿胜姐，你也这么认为吗？果然不是我自己多虑喽？"

阿胜颔首，继续悄声道："不过，葫芦古堂的少东家故事说到那里就打住，想必有其缘由。故事再加上缘由，如果没做好相当的心理准备，是问不出来的。"

做好相当的心理准备，是吧。

"建议小姐您先把手放在胸前，好好思考这个问题。"

在节气"大雪"这天，江户降下寒雨。

阿近在黑白之间准备暖桌，因为继临时穿插的葫芦古堂少东家之后，下一位说故事者即将到来。负责安排的灯庵老人曾派人传话道：

"此人是位年纪几乎等同神佛的老婆婆，所以务必小心伺候。"

为了令厢房保暖，一早便摆放了火盆。而为了避免说故事者背后发冷，也准备了棉袍。

今年打从一入冬便寒气逼人，可能出于这个缘故，伊兵卫从昨天傍晚起便咳个不停，且一早起床时还发烧。阿民显得不慌不乱，但阿岛和阿胜则担心不已，再加上掌柜八十助的好言相劝（应该说有一半是恳求），伊兵卫这才又躺回床上，改由富次郎坐镇账房。

"虽然我爹因病休养，但我坐这个位子，对伊一郎大哥太过意不去了。"

一开始他极力排斥，但最后说服他的人还是八十助。"您早晚会有自己的店面，在那之前，先了解一下坐在账房里向外看到的风景是怎样会比较好。"

"我才不要呢。如果要代替我爹，就由掌柜的你来吧。再说了，比起我，你更有开分店的资格。"八十助会训斥底下的伙计，却不会生气。至少在阿近投靠三岛屋的这三年来，从没见过掌柜展现怒容。但这时八十助却发怒了。

"您这样不行啊。小少爷，您在其他店家学做生意也这么多年了，难道没培养出看人的眼力吗？"

平时少言寡语的八十助，此时滔滔不绝地说了起来。

"每个人都有其器量。在下八十助没有背负起一整家店，成为店主的器量。老爷就是看出这点，才一直将在下留在三岛屋内。在下也一直忠心耿耿，以求回报老爷的恩情。

"但小少爷，您打算用暖帘包住在下，将在下赶出三岛屋吗？这让在下情何以堪啊。"八十助边骂边哭，泪水扑簌而下。富次郎大为慌张，急忙道歉，整理好衣衫，坐进账房里，一本正经。

这罕见的情况令阿近颇为吃惊，感到不安。

"生气、说教，加上眼泪攻势，那是八十助的独门绝招。"阿民偷偷向阿近透露。

"伙计一旦累积到像他这样的资历，还得负起管教少爷的责任。八十助会使出那样的绝招，表示他认定富次郎有值得管教的价值。"

哎呀，真高兴，可喜可贺啊。阿民大为开心，来到伊兵卫枕边告诉他这件事。

她看到阿近特地为叔叔煮的地瓜粥，说了一声"看起来很好吃呢"，吃个精光，改为亲自下厨煮葛汤[1]。

"真没想到，身体铁打的人也会生病呢。他大概十年才会病倒一次，我是他老婆，所以没忘。老爷感冒时，会像小孩一样想喝葛汤。"

果真没错，尽管伊兵卫因发烧而满脸通红，却还是开心地喝着葛汤。

"我以为自己已经够用心了，没想到还是远远比不上婶婶啊。"阿近笑着朝婶婶行了一礼。

"你这不是比不上我，是比不上这对夫妻。"这句开朗的回应，更加令阿近感到难望项背。

因为这样的情况，所以今天睽违许久，阿近再次独自担任奇异百物语的聆听者。壁龛里装饰着一幅描绘寒冬树林的水墨画。涂漆花瓶里插着从庭院剪来的枯芙蓉和山茶花。阿胜看了赞不绝口，阿近也为之欣喜。

说故事者已乘轿来到三岛屋，是位个头儿娇小、背部佝偻的老婆婆。扶着随行女侍的手，缓缓来到内院后，她随意坐上上座的坐垫，喘息不止。

那头银丝鹤发梳着一个小小的岛田髻，上头插着微微泛光的龟甲发簪，银灰色和服配上暗褐色的昼夜带[2]，搭配得宜。想必是富裕商家的退休老板娘。

这位说故事者的牙齿已所剩无几，说起话来不太容易听懂，但头脑倒是相当清楚。故事也颇耐人寻味。这位年逾古稀的老婆婆是土生土长的江户人。老家是一家小杂谷店。从她十五岁那年出嫁起，先后一共嫁

---

1 以葛粉煮成的黏稠状汤品，自古常作为病人吃的食品。
2 正反两面分别用不同布料做成的女用衣带。

了六次。

"叽里咕噜、叽里咕噜。"阿近竖耳聆听她那漏风的说话声，听得惊讶连连。

她的第一任丈夫婚后四年便辞世。在夏天的酷热时节，她丈夫眼睛上方冒了颗小痘，没想到短短几天就长成了大脓包，而且还发高烧。她唤来町内的大夫开药，全力医治，但依旧砭石无效，脓包的毒传遍全身，接着丧命。

第二任丈夫是她第一任丈夫的弟弟。老太太带着和前夫所生的儿子改嫁小叔。这种再嫁的例子，偶尔也会发生在为了延续家业的武家或商家。

她与第二任丈夫（原本的小叔）的夫妻关系并不融洽。因为这位丈夫动不动就会吃她前夫（亲哥哥）的醋。

"你又想起我哥了吗？"

"你爱我哥更胜于我，对吧？"

"你心里一定在想，为什么是我哥死，而我却活着呢。"这种嫉妒和揣测，在夫妻俩生下自己的孩子后变得更加严重。

"你一定在想，这要是我哥的孩子就好了，对吧？"光是这样挖苦就已经够坏心了，但他还不仅如此。"这真的是我的孩子吗？"他甚至还口出此言，着实过分。他以前还是小叔时，明明就不是这种阴沉的个性啊。

她因备感苦恼、悲伤，突然再也产不出奶水。最后两人结婚三年多，以离异收场。两个孩子都是男孩，所以留在男方家。

幸好婆婆是个明理之人。

"我儿子的事，真的对你很抱歉。那两个孩子都是我的宝贝孙子，我会好好养育，绝不会有差别待遇。"婆婆向她许下承诺，所以老太太便只身一人回到娘家。

之后过了两年，她又嫁给第三任丈夫。

对方年轻时罹患大病，身子骨一直很孱弱，恐怕无法有子嗣，不过夫家有房子，可租人收租金，手头阔绰，丈夫是无事一身轻的三男，而且个性温柔大方，为人慷慨、好相处。

老太太说，现在回头看，就属这第三段婚姻最为幸福。

"叽里咕噜，叽里咕噜。"她很怀念这第三任丈夫，至今想起仍热泪盈眶。

像他这样的好男人，可说是找不到了。那幸福的生活，同样持续不到五年便告终。因为体弱的丈夫染上传染病，一命呜呼。而有件事就在丈夫死后穿帮。原来，对老太太很温柔的这位丈夫，瞒着她背地里对茶室的女人、艺伎、谣曲和三弦琴的女师傅也都很温柔。大多是女方主动投怀送抱，当此事揭露时，他们可说是处于一夫一妻六妾的局面。

老太太是在替第三任丈夫守灵时才得知这六妾的存在。看到这些小妾陆续冲进丈夫家中，婆婆的眼睛都快掉出来了。当时已成为当家的丈夫长兄对此颇感不悦，他分别给了这些小妾一笔慰问金，赶她们走人，但在为此闹得沸沸扬扬的过程中，其中一名小妾指着老太太大声嚷道："是这个女人杀了丈夫。你们家里的人似乎被蒙在鼓里，之前她嫁的每一个男人都死在了她手里。"

老太太之前被休的事，这第三名丈夫的家人也都知情。这名小妾又为什么会知道呢？经细问后，这名小妾才哭诉道，她这第三名丈夫不时会感到不安，而向她发牢骚。

——我妻子该不会吞食自己丈夫的寿命吧？

——我原本身子骨就弱，再这样下去，我会被妻子吸光精气，小命不保。

——可是我妻子秉性温柔，没做任何坏事，我不能休了她。

长兄是个明理的人，所以他很袒护老太太，他说弟弟那只是发发牢骚,不是真心话,如果弟弟真的感到不安,应该会找他商量。

"这只是床笫间的对话,这位长兄并非很认真地看待此事。"然而,他的大力袒护反而惹祸,说来也讽刺,老太太成了大嫂的眼中钉。

"她害死第一任丈夫后,直接就成了自己小叔的妻子。这次她打算取代我,成为我丈夫的妻子,是吧?"

长兄听了之后惊呆了,不过,对待弟弟的小妾可以颐指气使,但这招对自己怒气冲冲的妻子可行不通。老太太的第一任丈夫意外死亡,以及第二任丈夫原本是她小叔,这些都是事实。大嫂并非单纯找碴儿,而是真的这么以为,终日为此苦恼得面容憔悴,说来也可怜。

"叽里咕噜。"老太太低着头,深有所感地说着故事。当时她逐渐觉得自己也许真像那名小妾所言,不是因为夫运不佳,而是会蚕食丈夫的寿命,最后她自己提出断绝关系的要求。

老太太娘家的父母皆已亡故,改由弟弟当家,回娘家根本没有她容身之处。幸好她有一身裁缝的手艺,于是在娘家附近租屋,承接一些裁缝的副业,过起俭朴的生活。而过了三年多平静的生活后,她的第四桩婚事再度上门。

这次是给人续弦。对方是她承接副业的裁缝店老板,四十七岁,有个日后会继承家业的儿子,以及嫁给好人家的女儿,内外孙加起来共有六人,而这家裁缝店也小有名气,收入颇丰。

"你要是肯嫁我,我打算让儿子继承家业后退休。我们两人快乐地过日子吧。"

在他的殷殷追求以及娘家弟弟和弟妹的力劝下,老太太最后接受了对方。当时她把自己第三任丈夫过世时引发的风波,以及自己被指责是杀夫凶手的事,全都向这位裁缝店老板坦言,但老板对此一笑置之。

"决定人们寿命的,是冥界的神明。万万不可为了这种无聊的指责而一辈子内疚。"这第四任丈夫爱附庸风雅,也精通书画古董,喜欢旅行,是位风雅之士。他带着老太太游遍江户近郊的风景名胜。

"吃点当令时鲜吧。"

"去看看现在盛开的花朵吧。"

丈夫只要一时兴起,便马上带着老太太坐轿出游。他喜欢到箱根泡汤,时常到七汤[1]泡汤疗养,就像到家附近散步一样轻松。在时常光顾的客栈里,被奉为上宾,礼遇有加。

"叽里咕噜。"

闲适奢华的日子持续了好一段时间,但老太太心中始终感到不安。

"您担心他也会丢下您一个人,自己先走,是吗?"面对阿近的询问,她眼眶泛泪,一再点头。

幸好这第四任丈夫一直活到七十一岁。与老太太成婚二十四年,就在夫妻俩二度前往伊势神宫参拜返家后,他中风倒下,接着在睡梦中辞世。两夫妻所住的养老居所直接就送给了老太太,她由继承家业的儿子奉养,但在丈夫过世的一周年忌日时,她突然兴起削发为尼的念头,想在往后的余生为和她有过情缘的四位丈夫祈冥福。

但在这周年忌日的法会上,一名列席的客人说道:"故人曾与我许下承诺。这是老先生给我的证明书信。"他递出一封信,"是这样的,老先生拜托我,在他死后办完周年忌,要与他妻子成婚。"

——内人小我将近二十岁。如果因为我死了,而就此抛却人生的乐趣,实在可惜。希望你能替我好好照顾她。

这位客人是与老先生熟识的一位古董商,五十多岁,与老太太年纪相当。年轻时娶的妻子死于产褥热后,他独力将女儿养大嫁人,并看到

---

[1] 箱根温泉中的汤本、塔之泽、堂岛、宫之下、底仓、木贺、芦之汤这七座温泉。

外孙出生，正准备随性度过往后余生。

——你为了女儿，一直都打着光棍，但要是一生都这样孤零零地过，未免也太寂寞了。内人是个细心又温柔的女人，且经过我用心调教，不仅善解风情，也有学养。可以接受我这项请托吗？

古董商递出的书信是写给老太太的，而她已故的丈夫也曾以秀丽的毛笔字写下同样的内容。言语间满是体恤，老太太看得泪流不止。就这样在泪眼婆娑中答应嫁给第五任丈夫。

这位古董商并不富裕，但老太太觉得这项生意很有意思，而听博学的丈夫展露才学，同样乐趣无穷。丈夫眼力过人，不问身份贵贱，拥有广大的客群。常为了收购商品而出外旅行，只要情况允许，也会带老太太同行。

这种生活持续了一年半，但很遗憾，最后她却不得不与丈夫分离。因为丈夫的独生女很嫌弃老太太，两人始终无法和睦相处。

由于女儿早已嫁作人妇，所以只要别跟她计较也就没事了。但是面对动不动就往娘家跑，在丈夫面前肆无忌惮地横眉竖眼，骂她"你这个贪图财产的贼老太婆""瘟神""我死去的娘会气得化为妖怪来找你算账"，看丈夫的女儿那骂人的模样，她心中兴起的感受是哀伤，而非愤怒。

丈夫先是训斥女儿的不对，之后又向她赔罪，这也令她看了感到同情，觉得丈夫一点儿都不幸福，有她在只会令丈夫受苦，对此她感到痛苦难耐。

而更糟的是，对为了责骂父亲的续弦而频频往娘家跑的女儿，婆家已逐渐失去耐性。女婿就别说了，公婆也受不了这样的媳妇。再这样下去，女儿肯定会被休掉，于是老太太与古董商讨论此事，最后收拾包袱，离开那个家。

她说出自己的遭遇，先投靠第四任丈夫的裁缝店，接着写信回娘家杂谷店，得知现在店面已由弟弟的儿子，即她侄子继承，财产足足比过去增加了一倍之多。因为弟弟是位杰出的生意人。

但令人难过的是，弟弟和弟媳前不久相继过世。

"这种时候发生这样的事，想必是爹娘要我好好孝顺姑姑，以弥补我未能对他们尽孝的遗憾。请您前来与我们同住。"

就这样，老太太在即将迈入花甲之年时，与五位丈夫挥别，再度回到她十五岁那年出嫁离开的娘家。

店面已迁往另一座大宅院，不再是昔日的老宅，但当初的旧衣柜、大木箱、母亲的和服，这些令人怀念的东西依旧保存至今。

老太太在店里的内院有自己的一间房，有弟弟的这些孙子陪伴，过上了热闹的生活。

由于和古董商的女儿曾经处得不愉快，所以一开始她也很担心，不知道侄子的媳妇是怎样的人，又会怎么看她。但好在对方是位开朗又好性情的好媳妇，以老板娘之姿，利落打点好店内的一切，与老太太也很亲近。孙子也都爱黏着她，管她叫"姑奶奶"。

就这样过了一年——说来实在令人难以置信，老太太的第六桩婚事上门。

对方是一位大掌柜，在她娘家同业的杂谷店内工作多年。今年四十五岁，比老太太还年轻。他从十岁开始当学徒，之后一直都在店里当伙计，从未有自己的家庭，也不曾在店外生活。

他早已获准另开分店，但他本人坚决不肯，仍想继续在店内工作，店主便劝他至少也要拥有自己的家庭，改为通勤如何，结果他回答："就算现在娶年轻媳妇，有自己的孩子，在孩子养大前，我早死了，所以就维持现状吧。"眼看拿他没辙，只好顺着他的意，但这时他又一脸苦恼地跑来向店主夫妇磕头，问他可否和老太太成婚。

老太太大为吃惊。她对这位大掌柜一无所悉。根据他本人的说法，他是在那年过年，陪同店主夫妇到老太太娘家贺年时，对她一见钟情，这令老太太更加吃惊。

大掌柜一再请求，就算只是见一面也好。"可以和我见个面吗？"双方便见了一面，结果在他的极力追求下，老太太决定接受这桩婚约。

成为她第六任丈夫的大掌柜，在店家附近租了一栋座灯样式的小房子，雇了一名下女，老太太为丈夫做家事、裁缝、喂养流浪猫，在这位几乎与嗜好沾不上边的大掌柜央求下，告诉他关于书画古董的事，以及旅行和温泉疗养的乐趣，过着像在玩过家家似的生活。

"趁腰腿还有力的时候，去伊势神宫参拜吧。"两人相互约定，努力存钱，等了七年又十个月，眼看时机即将成熟，丈夫却早一步撒手人寰，前些日子才刚办完两周年的忌日。她已下定决心，往后不管发生何事，她哪儿都不去，要和猫儿一起晒着太阳，等候命终之日的到来，但偶然从别人那里听闻三岛屋奇异百物语的事，感到心动。

"叽里咕噜、叽里咕噜。"

"虽然这只是我这位老太婆的亲身故事，但我认为这样也算得上命途多舛，于是便拜托灯庵老人让我来说故事，没想到愿望能够实现，真的很开心。而人们都说担任聆听者的三岛屋大小姐丽色无双，在街头巷尾名气响亮，得以亲眼拜会，我也很开心。"老太太感慨无限，咬字含糊地说道，再度泪眼蒙眬。

确实如老太太所言，这是个命途多舛的故事，但当中没有灵异的要素。虽然让人听得津津有味，却不可怕，也没有让人觉得不可思议之处。

阿近心想，偶尔听听这样的故事也不错，但在故事的最后，却听到令人为之愕然的惊人之事。

"叽里咕噜，叽里咕噜。"

老太太若无其事地补上一句话，委实光怪陆离："我的六位丈夫，也不知道为什么,全都是一个长相。"

听闻此言,应该没人不感到惊讶吧。

"您这话的意思是……"

"他们都长得很相似。"

第一任和第二任是兄弟,长得像倒也不足为奇。但从第三任丈夫一直到第六任,都是毫不相干的外人。

"当然,他们的体格不同,个性和习惯也不同,脸却长得一模一样。不仅脸像,连声音也很像。"

所以老太太虽然与这六任丈夫相遇又别离,但心中却觉得自己始终只有一位丈夫。

"第五任的古董商,以及第六任的大掌柜,在见到他们本人之前,我原本都没有再嫁的打算。"因为她已经是个老太婆了,"可是一旦见面,发现长得和我之前的丈夫一模一样,所以心想,哎呀,这么一来我就非接受不可了。"

走到这一步,便已不算命途多舛,而是不可思议、玄妙离奇。

"周遭有人发现这件事吗?"

"不,没人发现。"

说的也是。要是有人发现的话,到了第四任丈夫时,应该有人会说出来才对。

"这么说来,或许是您看起来觉得像,但其实长得并不像。"

这次反而是老太太因为阿近这句话而大感惊讶,频频眨起她那双细眼。

"我看起来觉得像,那不就是长得像吗?"

说得没错。这和别人怎么看无关。老太太眼中所见才是真。

"请容我问句失礼的话,如果日后又有长得一模一样的人上门提亲,您会怎么做？"

老太太莞尔一笑："不可能有这种事啦。"

"不，或许有哦。"

"小姐，下次遇到长得像我丈夫的人，那也会是在另一个世界。"

当初离异的第二任丈夫，以及第五任的古董商，听说都已辞世。

"啊，这样的话，您在西方极乐就能一次和六位丈夫相会了。"阿近点着头。老太太闻言，满面春风地挥着她骨瘦嶙峋的手直说不。

"他们是会前往西方极乐，但我却是到阴间会阎王。"她不仅改嫁，而且嫁了六位丈夫，与孩子分离，过着与身份不符的奢侈生活，还招来丈夫或夫家亲人的嫉妒和憎恨。这样的人生可说是烦恼的渊薮……

"因为这样，我不可能前往西方极乐。"死后一定是过三途川会阎王，"我的阎王应该是长得和我丈夫他们一个样，有张令人怀念、爱慕的面孔。"老太太笑得满脸笑纹，阿近却不知该如何回应。

"我一点儿都不怕死。因为我享有的人生，足足是一般女人的六倍。"她眼中栖宿着未熄的微光。那是强韧而又明亮，毫不摇曳的光芒。人一旦对死无惧，就会感到如此丰足吗？但另一方面，这也算是心中的某个重要之物已耗损殆尽了吧。以老太太这个年纪，可说是近乎一种领悟。

同时是可敬的心态。不过——她那闲适的笑脸，坚定的态度。阿近感到心头一震，猛然惊觉。

——我知道有个人也是这样。

她知道有个洒脱自在、无从捉摸之人，和这位老太太如出一辙。虽然那个人年轻许多，但他有一双凡事皆了然于胸的清澈双眼，宛如始终望着风所吹向的远方。

老太太没注意到阿近此时的感慨，为自己的故事做了总结。

"这就是老太婆我的故事。谢谢您的聆听。"老太太说完故事后，一脸心满意足的神情。阿近送她离开黑白之间后，双手置于膝上，无力坐下。

阿胜从隔壁房间走来。她着手整理茶具，收拾坐垫，见阿近仍坐着不动，便朝阿近唤道："小姐，您怎么了？"

"嗯——"阿近只随口应了一声。

由于阿胜一直盯着她瞧，她的视线急忙移向壁龛的挂轴。

"今天堂哥没来，真是遗憾。要是他听了故事，不知道会画出怎样的画来。"阿胜不住打量阿近："既然这样，小姐不妨就将今天听到的故事告诉小少爷如何？"

"说的也是。"但是富次郎却在晚餐时面容憔悴地现身。

"坐在账房里可真辛苦，看来我不适合当店主。"他发着牢骚，扒完了饭，便邀店里的伙计一起去澡堂，回来时满脸通红，不是因为泡澡后的气色红润，而是喝了酒。

由于澡堂二楼可供人寻欢作乐，想必富次郎是上那儿放松去了。阿近因而没机会向他提及此事。一夜过去，伊兵卫已烧退，但仍不时咳嗽。

富次郎今天也会坐镇账房，所以吃早饭时就只见了一面。

下午时，阿近独自走进黑白之间，跟昨天一样坐在聆听者的位子上。接着不知为何，突感悲从中来，她双手掩面。

每年到这个季节，依惯例都会举行鹫大明神的酉市。伊兵卫和阿民夫妻俩会一同前往酉市采买熊手[1]。这是他们两人在三岛町开店挂上招牌后，延续至今的习惯。

"看来，今年我还是别去比较好。"伊兵卫脖子上围着手巾，咳个不停，一脸遗憾地说道。

---

1 熊手原本是竹扫把，但酉市的熊手会摆满装饰，作为一种吉祥物。

"既然这样,那我们二之酉[1]再去不就好了吗?"

今年甚至会有三之酉。人们常说"有三之酉的年份,较多火灾,小心为要",所以不好意思说"这次还有三之酉呢",不过阿近还是劝伊兵卫不必执着非要趁一之酉前去。

但伊兵卫却不太高兴:"和每年的习惯不一样,感觉不踏实。"阿民见状,在一旁补上一句:"那今年就由我和富次郎去吧。"

"如果是我陪同,那还是和每年的习惯不一样啊。"尽管儿子在一旁打岔,阿民还是很坚持。

"有什么关系,你偶尔也该尽尽孝吧。"

"没错。总之,趁一之酉前去买熊手回来,是重要的大事,你就去吧。"夫妻俩异口同声。

"熊手就买和去年一样的大小回来就行了吧。一年比一年大,这样太贪心了,我不喜欢这样。"

伊兵卫向富次郎吩咐道:"不能照伙计开的价格买,一定得杀价。不过,等杀完价,双方生意谈妥,还是得照一开始说的价付钱。这是规矩。"

"爹,我好歹也去过酉市,我知道。"

"什么?你什么时候去的?跟谁啊?该不会是满心雀跃地跑去逛土手八丁,而且走的不是鸟居,而是穿过大门吧?"

鹫大明神神社位于吉原隔壁。从浅草圣天町到三轮,沿着三谷运河兴建的日本河堤,一路通往吉原入口,俗称土手八丁。平时这条河堤满是逛吉原的寻欢客,好不热闹,不过到了酉市这个时候,则来往的都是女客。

富次郎再度露出沮丧的神情。"爹、娘,你们也真是的,干什么这样

---

[1] 酉日是以十二支排序,正好轮到酉的日子,第一个酉日称作"一之酉",而十二天后的第二个酉日为"二之酉",再十二天后则为"三之酉"。

大惊小怪。"

送行的阿近虽然觉得对堂哥有点儿抱歉,但还是觉得好笑。

"记得买粔籹[1]和切山椒[2]回来当伴手礼哦,也请好好观察去神社参拜的女人都是戴何种颜色的头巾哦。"

待两人出门,店内恢复平静后,伊兵卫将阿近唤去。阿岛做好热乎乎的麦芽汤,装进杯里端来起居室时,伊兵卫正缩着身子坐在暖桌前。

"阿近也进来吧,很暖和呢。噢,是麦芽汤啊,这个好。"

对阿近来说,这时冲进鼻端的,不是麦芽汤的甘甜香气,而是烤葱的气味。

"叔叔,您吃烤葱啊?"

"怎么可能?是要包进这个里头。"伊兵卫拉开他围在脖子上的手巾给阿近看。

"是阿胜替我做的,治喉咙痛很有效。你不知道吗?要牢牢记住哦。"

阿近坐到暖桌对面后,伊兵卫从一旁的书盒里取出一封信。

"这是今天早上丸千寄来给我的。"

是阿近的老家,位于川崎驿站的客栈。

"我可以看吗?"

"嗯。其实是寄给你的。"是喜一写的信,"有件值得高兴的事。你先打开来看看。"伊兵卫吹着热气,享受麦芽汤,一旁的阿近则展信阅读。

喜一是大阿近七岁的哥哥。丸千就只有这对兄妹,所以由喜一继承家业。阿近的未婚夫名叫良助,出于某个不幸的缘由殒命。他是川崎驿站的客栈波之家的儿子,小喜一两岁,对阿近而言,就像第二个哥哥一样,两人从小一起长大,后来良助成为她的心上人。

---

[1] 一种类似爆米香的点心。
[2] 以上新粉、砂糖、山椒粉揉成的条状和果子。

良助遭杀害一事，令整个川崎驿站的人既害怕，又悲伤。简单来说，是因为阿近引发的感情纠葛，凶手也自杀身亡，所以驿站町里众人的愤怒、难过、恐惧、悲叹，只能往阿近身上宣泄。

阿近忍受不了这样的痛苦，离开了故乡，投靠人在江户的叔叔婶婶开设的店家——三岛屋。

至今已过了三年，她白天工作，晚上就寝，在季节变换下过着有说有笑的生活。但留在丸千的哥哥喜一又是怎样的情况呢？因为阿近的事情，也许他现在仍觉得在众人面前抬不起头来——一定是这样。

阿近不时会与老家通信。丸千的常客上江户时，都会顺道来三岛屋一趟，告知她父母和兄长的近况。他们绝不会告诉阿近负面的消息，父母和哥哥总是说一切如昔，很担心阿近是否安好。

阿近在三岛屋住下后，喜一也曾经来探望过一次，在此盘桓数日，还带来了许多伴手礼。

——我现在露脸还太早，对吧？又让你想起难过的往事。

哥哥对阿近无比关心，阿近执起他的手，热泪盈眶。

她很想见爹娘和哥哥。但她已无法再重回川崎驿站。现在也才过了短短三年，就算往后再过上十年、二十年，阿近年轻时的轻率言行以及轻浮举止惹出的那场风波，仍旧无法从她记忆中消除。悲伤无法痊愈。

阿近没脸见她所怀念的人们，故乡已没有她的容身之处。

但是喜一仍在那儿。他连同阿近的罪过一起背负，继续在那里生活。不论是来自江户的旅客，还是前往江户的旅客，川崎驿站都是一处重要的大型驿站。只要有往来的客人，丸千的生意就没有一日停歇。

喜一每天都在日益年迈的父母身旁帮忙，勤奋工作。他来到江户的三岛屋，在此逗留，无法指望再有第二次。

哥哥他应该也没脸见町上那些从小一起长大的朋友吧。在客栈的股东面前，一定也抬不起头来吧。尽管如此，他还是没逃避，继续留在那里。

喜一早到了该娶妻的年纪，就算有两三个孩子承欢膝下也不足为奇。但是从之前的消息来看，似乎还没半点儿动静。没有哪个姑娘愿意嫁到阿近的娘家丸千，嫁给害波之家的助死于非命的那个祸水的哥哥。

尽管心里歉疚，却什么忙也帮不上。

——哥，对不起。请你恨我这个傻妹妹吧。

她心里抱持这个想法，持续祈求父母和哥哥身体健康，过得幸福。

然而……

伊兵卫给的这封信中，提到喜一下个月将要娶媳妇。女方名叫阿荣，是从去年秋初开始在丸千工作的女侍，前夫已过世，育有一女，孩子今年五岁，名叫美津。而且阿荣已怀了喜一的骨肉，预计明年三月半就会出生。

面对这封信，阿近愣在原地。哥哥那木讷的笔致中，确实传来一股温情。哥哥得到了幸福。他现在过得很幸福。无能为力的阿近，光是自己的事，就已占去她全部的心思，一直都让父母和哥哥包容她的任性，尽管心怀歉疚，为他们祈祷，却不愿面对他们，而就在这样的过程中，情况有了改变。

"时间的良药，对喜一也奏效了呢，"伊兵卫柔声道，"对丸千，以及丸千周遭的世人，也奏效了。"

真是太好了，阿近。

"我眼中仿佛可以看见喜一笑容满面的样子。大哥大嫂一定也很高兴喜一能有良缘上门。"我三岛屋伊兵卫的侄子是个大孝子，绝不会娶个不孝的媳妇进门。嗯！

"坦白说，我老早就知道喜一和阿荣的事了。不过大哥大嫂拜托我，叫我先别急着跟你说。"——在婚事谈妥前，不希望太过宣扬。要是随随便便传进阿近耳中，结果婚事却没谈成，让她期望落空，那可不好。

阿近点了点头，再度望向手中的书信，上面写着："希望有天能让阿近看看美津和婴儿。……打算不久的将来，由我和阿荣继承丸千，让爹娘可以轻松过退休生活。到时候他们就能到江户去看你，你就好好期待那天的到来吧。……"

"阿荣是再婚，而且还带了个孩子，这点你或许会觉得在意——"阿近以连她自己都觉得惊讶的开朗语气，打断伊兵卫的话："不，我一点儿都不在意。因为我刚从先前那位说故事者口中听闻她的故事，得知就算是再嫁、三嫁，只要重视这份情谊，一样能带来幸福。"

虽然心中无限感慨，但阿近完全没哭。比起喜极而泣，她更想为喜一跳舞，大声叫好。

——谢谢你，哥。

没错，阿近最想做的，是向哥哥道谢。

谢谢你没认输。谢谢你为我背负这一切。谢谢你的抬头挺胸。谢谢你把握住自己的幸福。

"我也要写信给我爹娘和大哥。也想送贺礼给他，该送什么好呢？"

"阿民好像也在想这问题，所以你可以找她商量。"

说完后，伊兵卫重新将脖子上的手巾围好，原来他脖子里包着微微烤焦的葱。

"每年只要酉祭一展开，就会觉得，啊，该开始为过年做准备了。它就是这样一个重要的转折点。不过一年的时光实在过得飞快，我都要眼花缭乱了。"所谓又吃掉了一年，就是像这样，伊兵卫笑着说，"每当过年来到，大家就多了一岁。阿近你也二十岁了。二十岁的阿近，成了不同于过去的阿近。你是否已做好心理准备了呢？"

要对什么做好心理准备？自己的内心现在呈现什么颜色？接下来想

变成什么颜色?

"阿民和富次郎没问题吧?希望别在人潮中迷路才好。"

过了约一个时辰(两小时),两人平安归来。向来都以逛吉原的寻芳客当生意对象的茶室,也为了前来酉祭参拜的人们设置了休憩所,并摆出各种茶点。

"我装茶的肚子和装点心的肚子,全都塞满了。"带回来当伴手礼的切山椒,也为阿近的内心带来一丝甜意。

之后阿近独自一人待在黑白之间。她打扫房间,花瓶里没插花,像富次郎那样朝壁龛贴上白纸,望着眼前的这一幕,静静独处。

叔叔婶婶、富次郎、阿胜、阿岛,应该是隐约从她的神情中猜出了些什么,没来打扰她,她很是感谢。

阿近自己内心的颜色就映在白纸上。她试着想起哥哥喜一的脸庞,也试着描绘出不能马上见面的嫂嫂阿荣、她带在身边的孩子美津,以及即将出世的婴儿。

想到父母,回忆便不断涌现。那鲜明生动,仿佛可以听见声音的清晰回忆,就映在白纸上。

斗转星移,在二之酉这天早上,她终于下定决心。

阿近拿定主意。

她脑中第一个浮现的念头是:"我该穿什么去才好?"

"阿胜姐。"有事要商量,找她准没错,"我要去见个人。有重要的事要和对方谈,但我不想太招摇。我该怎么打扮比较好?"

阿胜就像两人第一次面对面亲密交谈般,面露微笑,眼角浮现细密的笑纹。"我一直都觉得小姐的脸很适合搭配路考茶色[1],穿起来比当红的

---

[1] 微带暗黄的褐色。

濑川菊之丞[1]还好看。"

她说的是一位穿着一袭独具风格的灰绿色服装，风靡当世的旦角。

"衣带就搭配南天[2]的刺绣吧。我记得您老家的母亲曾为您做了一条衣带吧。"母亲曾送过阿近一条南天衣带，它带有转祸为福的吉祥含义，"我来帮您梳理发髻吧。以玉簪搭配南天的颜色，衣襟选用暗红色的条纹，这样会显得更好看。"

阿胜利落地帮忙准备，但一概不过问。例如，要去哪儿，要和谁见面，要谈什么重要的事，她只字未提。不过她倒是问了一句："请和新太一同前往。等您到了之后，再命他回来。这样小姐您就能放心畅谈了。对了，您知道地址在哪儿吗？"

"地址……"

阿近显得怯缩，阿胜则抢先回答："好的，我了解。我已问过阿岛姐，事先告诉新太了。"

是阿近自己主动找阿胜商量的，所以不该为这样的反问而慌乱，但她还是乱了方寸。

"阿胜姐，你已猜出我的心思，对吧？"

"是的。我一开始不是就告诉过您吗？此人和您有缘。"阿近感到自己双颊泛起红晕，阿胜之前确实说过。

——小姐，刚才那个人和您有缘。

"是否真是如此，还很难说呢。"

"所以您想自己加以确认，对吧？"这样很好——阿胜脸上泛起美艳的笑容。

"对了，虽然让小姐您来帮这个忙，实在很不像话，不过，您可以接

---

[1] 濑川菊之丞为江户时期知名的歌舞伎演员，为男扮女装的旦角。
[2] 叶和果实组合成的图案。

受我的请托吗？"

"什么事？"

"那个桐木箱，"阿胜接着道，"用来存放小少爷图画的桐木箱，需要一个名称，对吧。"

"我决定好了，"阿胜说，"就叫作'怪奇草纸'。"

那个桐木箱形状虽是箱子，内容却和书本一样，所以应该可以取名为草纸[1]吧。

"请代为转告对方。"阿近向来待在三岛屋内，足不出户，更别说盛装外出（这种情形只发生过两次，一次是去年二月前往龟户的梅宅，另一次是今年春天出外赏花）了。

经这么一提才想到，那场赏梅之行，是应越后屋的阿贵和清太郎之邀而前去，在那里邂逅了阿胜。而春天赏花时，送来可口便当的达磨屋老板，日后则成为黑白之间的说故事者之一。才短短三年。已经过了三年的时光。在三岛屋的这段岁月里，做了许多做梦也没想到的事，阿近今后还想继续下去。

阿胜应该是暗地里做了些安排，阿近外出时，没人唤住她。陪同的新太也没过问。

"她已清楚交代过我，所以我知道路怎么走。小姐，今天天冷，您不需要围巾吗？我这里带着，您要的话跟我吩咐一声。"并不是要出什么远门，阿近的目的地是同样位于神田的多町。


租书店葫芦古堂。

租书店以出外行商为主，如果是光靠家人就能经营的小店，甚至不

---

[1] 古时附插图的通俗故事书。

会挂上醒目的招牌。葫芦古堂虽然不是足以成为出版商的大店家，但规模也不小，所以店宽近十尺的店门口立着挡风板，入门处还挂着染上葫芦图案的蓝色暖帘。

招牌是一个大挂灯，上头所写的"葫芦古堂"这四个大字相当有意思，字体的形状仿佛会满出挂灯，随时飞跃而出。

店门前有名小厮在扫地，他身上穿的店家围裙，与暖帘同样是葫芦图案。年纪比新太还小。脸颊和鼻头因冷冽的北风而泛红，手背和手腕都沾有墨渍。

"打扰一下。"新太出声叫唤后，那名小厮吓了一跳，扫把几乎脱手。

他似乎一边打扫，一边在想事情。

"啊，是！欢迎光临！"活像是发条机关盒里会动的人偶般，真是名可爱的小厮。

"我们是神田三岛町的提袋店三岛屋的人，今天特地来拜访贵宝号的勘一先生。"新太恭敬地行了一礼，阿近接话："我是三岛屋的阿近。突然来访，请恕冒昧，不知少东家在吗？"

葫芦古堂的小厮那双圆眼变得更加圆睁。"在，他在！少东家他现在在内院的书库里。请您稍候！"

小厮掀起暖帘，连滚带爬地冲进店内。甫一会儿，他又跑了回来，就像滚到地上的球撞向墙壁又弹了回来似的。

"请进。"他踮着脚撑起暖帘，但因为个子太矮，怎么也无法将暖帘卷高。新太从另一侧帮忙，阿近这才钻过暖帘。

店内略显昏暗。"请往这边走！"在那位上了发条的小厮带领下，阿近移步向前，不由自主地发出一声惊呼。店里头堆满了书，不过这也是理所当然。有的叠放，有的立放，有的当装饰。有晒过太阳的气味、纸的气味，但完全没有尘埃味。眼前堆的东西当中，掺杂了像万金账的册子，很有意思。

尽头处有一张四周架起账房围栏的桌子，体积大得惊人。与三岛屋伊兵卫的桌子相比，足足大上一倍。不过它周边同样堆了书本，所以真的可当桌子使用的部分，又比伊兵卫的小上一圈。账房围栏上夹了好几个夹式烛台，蜡烛的粗细长短也都不一。这家店的大老板和少东家点燃这些蜡烛熬夜工作，应该不是什么稀罕事。

"请进。"

小厮打开账房后方的拉门。一个四张半榻榻米大的房间，再加上约一张半榻榻米大的木板地，构成了这个小厢房。里头没放书，但有个装设型的老旧博古架，上头有香炉、陶瓷招财猫等装饰品。

上方的门框横木挂着酉祭的熊手。与阿民和富次郎这次买回来的熊手相比，明显小了许多。熊手中央有七福神宝船的装饰。

"是谁去参加酉祭呢？"在阿近的询问下，小厮像球一样弹跳而起。

"是，是我们大老板。"

小厮取出叠放在角落的圆形坐垫，请阿近就座。新太则没进厢房，站在账房旁等候。

"小新，你可以回去了。谢谢。"

"是的，小姐。"新太朝那位像球一样的小厮行了一礼。

"打扰您了。"

"哪里，哪里！"说话声尚未消失，旋即有个急促的脚步声，从区隔这间厢房与内院的隔门后方传来。

"打扰了，我是勘一。"隔门开启，勘一现身。他低着头，所以看不出他此时的表情。

"关于先前的糕点排行榜……"

勘一边说边抬起头来，接着突然一愣。

"真对不起。"

葫芦古堂的勘一一如平时，神色悠然地道歉。

"丸子刚才通报说三岛屋的人来了，在下满心以为是小少爷。"

阿近心中涌现几个疑问。

"我堂哥来过你这里？"

"是的，已来过三四次吧。"

"是为了你刚才说的'糕点排行榜'吗？"

"正是。"勘一露出难为情的笑容，"某位美食行家曾将江户市内各家糕饼店的招牌商品做了一番评比排行。从十年前开始，已持续了七年。"不是什么了不起的书本，就只是印刷出的纸张，"一共有七张，在下已全部取得，才刚重新抄写制成一本册子，小少爷看了很是喜欢，说他想要原本的排行榜。"

不过原本的排行榜已严重蠹蚀，而且晒至褪色，破烂不堪。

"在下已尽可能修复，但恐怕无法令小少爷感到满意……"富次郎说他想拿那张糕饼排行榜去装裱店，裱成挂轴。

"很像我堂哥的嗜好，也很像勘一先生做的生意。"两人都爱吃美食和甜食，在这方面志趣相投。

"附带一提，这份排行榜上的第三名，是三岛屋附近的云仙所做的练羊羹哦。"

糕饼店云仙是富次郎很捧场的店家之一。

——店里没有栗羊羹，而且水羊羹火候差了点，实属可惜。

富次郎曾有如此评语。

那名糕点排行榜的作者也有同样见解，可能是这样才会排到第三名。

"葫芦古堂少东家，与我们一般所认定的书本完全不同的东西，您也会受理，对吧？"

勘一开心地颔首。"是的。对在下来说,有文字的东西,全都是故事书。"
接下来问第二个问题。

那位问题的回答者正端着热茶过来。

"让您久等了!请用茶!"那名装着发条的小厮,幸好在端托盘时没蹦蹦跳。

"谢谢。"他实在有趣又可爱,阿近一时忍俊不禁,"可以请问你叫什么名字吗?"

小厮在回答前,先望了少东家一眼。

"接受询问的人是你,快回答。"

在勘一的催促下,小厮原地端正坐好,精神百倍地说道:"在下名叫丸子!"

果然没错,不是阿近听错。

"真罕见的名字。"

"是的!是大老板替在下取的。"

"有什么缘由吗?"

"这名字是取自东海道五十三次[1]的第二十个驿站,丸子驿站。"

这时勘一在一旁打岔:"家父对历任的小厮,都是以东海道五十三次的名称来命名。"第一位小厮叫"品川"。因为是第一个,所以可能是想取个吉利的名字,不过叫起来似乎有点儿拗口,"就算是到这里工作,待不到三天就开溜的小厮,也一样会取名,所以现在已来到第二十个了。"

租书店出外行商是粗重活,首重待客之道,所以也很需要亲切和亲和力。江户市内的同业竞争对手相当多,所以这工作并不轻松。正当阿近心里这么想时,勘一一脸尴尬地摩挲着鼻梁,补上一句:"家父并非像

---

1 东海道为江户时代整建的五大干道之一。五十三次指的是东海道的五十三个驿站。

恶鬼一样严厉，但店家和伙计之间似乎也得看缘分，就算是好性情又勤奋的伙计，有时也无法久待。"

"嗯，这我懂。"阿近嫣然一笑，向小厮丸子问道，"你知道丸子驿站是怎样的地方吗？"

丸子眼中绽放光芒，似乎很开心，马上应道："知道！它位于骏河国有渡郡，离江户四十四里（一里约四公里）四丁四十五间[1]，距离京都七十九里十二丁。汉字除了写成'丸子'外，也可写成'鞠子'。"那里的名产是山药汤，不过某本东海道导览书上写道"味噌很难吃，喝不得"。

"谢谢你告诉我。我出生于川崎驿站。"

丸子马上应道："位于武藏国橘树郡，离江户四里半，距京都一百二十一里二丁，对吧！"

"除了来往的旅客外，前往参拜大师[2]的客人也常会到我们的驿站来。"

"从驿站町入口前往参拜的大师道，长十八丁。"

"是这样吗？"

那条路阿近从小走过无数次，但有十八丁那么长吗？她试着回想往日的情景。

——那时候常是哥哥背着我，我都不太自己走。

去的时候是在喜一背后嘻嘻哈哈，回来的时候则是瘫睡在他背上。对阿近而言，大她七岁的哥哥，背膀比任何轿子都要快，比任何花轿都要气派。

"丸子，店门外扫好了吗？"

在勘一的询问下，丸子应了声"扫好了"，直接弹跳而起。

"接下来该做什么？"

---

[1] 一丁约109米，一间约1.8米。
[2] 通称川崎大师，其实为弘法大师，亦即空海。

"我知道！我知道！清除书本的灰尘！"

"'我知道'讲一次就好。"

"我知道！我知道！三岛屋的大小姐，对不起。"他像颗球似的，一路弹了出去。

那孩子真的是如假包换的"鞠子[1]"。这名字很适合他。

"等过年后，他就十岁了。"勘一微微耸着肩说，"在下和家父打赌，看丸子几岁才会变得沉稳，在下赌十岁，家父赌十五岁。"

"我觉得大老板会赢。"说完后，阿近莞尔一笑。

"小姐也这么认为吗？在下实在很不善赌。"从头到尾都讲得一本正经，但感觉却像是在装傻，这就是这个人的风格。他小时候，常被说是"得意忘形"。而他本人在三岛屋说的故事中，小时候的他充满朝气，脑筋转得快，时而得意忘形，或是自大狂妄。

如今虽然长大成人，但个性应该还是一样才对。不过，勘一那宛如晓悟一切的静谧气质，将他的开朗、风趣、好得让人嫉妒的头脑，全部包覆隐藏其中。

他是什么时候晓悟了什么，才变成这样呢？

"阿胜请我传话，所以我今天特地前来。"

阿近说出怪奇草纸的事情后，勘一朝膝盖用力一拍，大为感佩。"好名称。"虽然内容是富次郎的画，但这并非画集的名称。那个桐木箱是一本书——"三岛屋在黑白之间听完就忘的各种怪奇故事，全寄放在那个桐木箱里，今后就让它成为奇异百物语的重要辅助角色吧。"

因为是箱子，所以是书本。因为是书本，所以是聆听者的助手。它的名称是怪奇草纸。

---

[1] 鞠子与丸子同音，而鞠是传统的皮球。

"前不久，继少东家之后，来了下一位说故事者，说了一个很有趣的故事。"阿近切入正题。此时她内心风浪不兴，声音也很平静，实在很不可思议。

"当然了，我不能在此透露对方说的故事，但那名说故事者离去后，我心里想，啊，今天这位说故事者一点儿都不怕死。"所以才能温柔微笑，像徐风一样过着洒脱自在的日子。

"当时我想到，我认识一个和她拥有同样笑脸的人。"

勘一默默聆听，阿近缓缓抬手指向他的脸。

"喏，就这张脸。那个人就是你。"

勘一应了声"咦？"，那是觉得受之有愧时所发出的声音。

"所以我还是很在意。"不管怎样，还是想弄清楚，"少东家，桦井大人那件事结束后……虽然我不知道隔了多久，但你最后还是和井泉堂老板见面了，对吧？"随时都欢迎你来，既然这样，我会知会你一声。无法忘却井泉堂老板的邀约，"然后你看了那本会让阅读者知道自己寿命的册子，对吧？你不光是拿到那本书，还替他誊写抄本，对吧？"

勘一还是一样冷静："您为何这么想？"

阿近率直地回答，不显一丝畏怯："因为你始终都是这副无从捉摸的模样，这只会让人觉得，你是因为清楚知道自己能活到什么时候，何时会以什么样貌离开人世！"所以你才什么都不怕。

"也许你能活到一百岁，所以不管面对什么事，你都显得气定神闲。或是完全相反，因为你知道自己活不到三十岁，所以不会为了小事而生气、苦恼，你抱定主意，要安稳度过剩余的岁月。"

不清楚究竟哪个才对。阿近对此感到焦急难耐。

"我希望你告诉我，到底是哪一个。"

勘一缓缓开口，旋即又闭上，伸手搔头。

"我知道这件事不能随便透露。"阿近接着说,"所以我也是做好了心理准备才来问你。"

若没做好相当的心理准备,是问不出结果的,阿胜也这么说过。

勘一这才反问她:"怎么样的心理准备?"

阿近回道:"要一路看到最后的心理准备。"她要待在葫芦古堂的勘一身旁,仔细看顾他的人生,"为了能一路看到最后,请娶我为妻。拜托您了。"她身体不由自主地做出动作后,差点儿一阵头晕目眩,全身无法动弹。

葫芦古堂的勘一应道:"您要嫁我为妻……"

阿近双唇紧抿,用力点头。

这时,从店门的方向传来丸子开朗的声音:"欢迎光临,今天风和日丽,正是阅读《花比梦通路》的好时候,快来哦!"

意外听到这一声叫喊,阿近扑哧笑出声来,在笑到流泪的状况下接着说:"我会像那位帮佣婆婆说的,努力当个笑口常开的媳妇。"

望着眼前的阿近,勘一这才展露欢颜。"能有这等好福气,真是何德何能啊,阿婆应该会高兴得从墓地里爬起来吧。"

在这句有点儿奇怪的回答下,怪奇草纸牵起的这份姻缘就此紧紧相系,真是可喜可贺。

## 第五章　金眼猫

富次郎坐在搬进黑白之间的书桌前，单手托腮，望着庭院枯黄的冬日景致。

尽管如此，三岛屋内的众人却是忙进忙出，喜上眉梢。

匆忙是因为忙着张罗岁末的清仓特卖，欢喜是因为要替阿近的出嫁做准备。富次郎引以为傲的漂亮堂妹，即将嫁到位于神田多町的租书店葫芦古堂。那家店的少东家勘一，将成为阿近的丈夫。

婚礼决定于明年薮入[1]过后的一月二十日举行。这桩婚姻，富次郎一点儿都不意外。因为先前在秋刀鱼正肥美的时节，他第一次看到他们两人站在一起时，心里便想——感觉挺登对的。

富次郎发现阿近很在意勘一的动向，每次勘一露脸，阿近就很开心。他的直觉如果没错，固然是好事一桩；但如果直觉失准，情况可就复杂了。所以他一直都避而不提。

所幸直觉没错，他很开心。葫芦古堂的少东家是个好男人。这指的并非长相俊秀方面的含义，而是指他的人品。富次郎和勘一都爱好美食、甜食，彼此也说话投机，但不光全是嗜好方面，他对勘一的为人做过整体的鉴定，认定他是个好人。虽然提袋店和租书店是截然不同的生意，但勘一那种不会斤斤计较的态度，就算身为商人，仍有其值得效法之处。

---

[1] 商家的伙计、女侍得以返乡探亲的日子，一般是一月十六日和七月十六日。

阿近投靠三岛屋已有三年之久。伊兵卫和阿民把她当自己女儿一样疼爱，感觉就与自己嫁女儿无异。而和阿近感情深厚，一直都守护着这位"重要大小姐"的女侍阿岛和阿胜，同样为这桩姻缘高兴，很热心地准备嫁妆，所以从早到晚整个三岛屋热闹不已。

当中就只有富次郎闲得发慌。准备嫁妆的事，都是女眷说了算。男人完全插不上话，只能负责掏钱。正式上葫芦古堂拜会问候，决定婚礼日期，找人当媒人，让相关人士一起碰面等步骤，伊兵卫也都周全地顾及了体面，根本没有富次郎帮忙的余地。为了不在一旁碍事，他只好乖乖退居一旁。

今天之所以坐在书桌前，是因为他想代替忙碌的父母以及阿近，写封信给阿近老家——川崎驿站的客栈丸千。

阿近决定出嫁的事，伊兵卫已写信通知过，不过富次郎心想，若能写信告诉他们后续的安排、准备的情况，以及阿近幸福的模样，他们一定很高兴，也会松口气。

但他左思右想，就是无法成文。对富次郎而言，不论是伯父伯母（亦即阿近的父母），还是堂哥（亦即阿近的哥哥），虽然常听闻他们的事，却从未见过面，所以要写信给没见过面的人，着实难以下笔。他手里握着笔却没写字，反倒画起了鼻子来。

于是他将书桌搬到黑白之间，想转换一下心情。

这里出奇宁静，不像待在同一个家中，感觉不错，但这下又太过平静，一时恍惚起来，手中的信始终没半点儿进展。

远方不时传来家人或伙计的交谈声。走廊上也传来匆忙来去的脚步声。宛如只有富次郎一人得道成仙。

阿近出嫁是可喜可贺的大事，但他也感到落寞。虽然只有这半年同住一个屋檐下，但富次郎很疼爱阿近，感情不输从小一起长大的兄妹。

可能是因为两人一同担任"奇异百物语聆听者"这个罕见角色吧。

——不过，一开始纯粹只是我自己爱凑热闹。

而试过之后，从中感受到乐趣，他不光持续和阿近一起聆听故事，还为了解开奇异的谜团而多方调查，互相出主意。

"堂哥，自从你加入后，与之前我独自担任聆听者的时候相比，感觉这个工作变得更重要了。"

阿近这番话也令他不胜欣喜。

富次郎十五岁那年，以"到其他店里当伙计，也算是生意上的一种修行"的名义，到新桥尾张町的棉布店惠比寿屋当伙计，直到今年夏天才回到三岛屋。由于被卷进伙计间斗殴的风波中，头部受到重击，一度有性命之危。

其实他之所以对阿近主持的奇异百物语感兴趣，也是因为自己有"差点走过三途川"的经历。富次郎是真的认为，要是当时就么死了，他也许会因为满是遗憾而化为怨灵，所以诸如威胁阳间之人的死者怨念，或是不属于阳间的可怕妖物，像这些阴沉黑暗的事都令他产生兴趣。

自己原本也闹不明白的那股情绪，现在已整理清楚，内心舒畅许多。

如果没发生那起事件，富次郎现在应该仍继续待在惠比寿屋吧。

惠比寿屋老板向他谈及和自己女儿的婚事，并对他说："我可以让你另开分店，当棉布店老板，如何？"三岛屋有大哥伊一郎这位继承人在，富次郎总有一天要决定自己的出路，这桩婚事对他可说是美事一桩。

惠比寿屋似乎也很热衷地向三岛屋提出招赘的要求。伊兵卫总是回一句"现在还太早"或"改天我再和他当面谈谈"，含糊带过，而就在那时，富次郎遭逢劫难，阿民生气大骂"你别再和我宝贝儿子有任何瓜葛"，这桩婚事便因此告吹。

惠比寿屋老板的女儿个性率直，又长得可爱，但此时的富次郎一点儿都不觉得惋惜。能回家真好,能和阿近一起担任奇异百物语的聆听者真好。一个故事听完后,将它画成图画,也很有意思,而且阿近在看过图画后会发表感想,他投注的心血不算白费。

富次郎从小就爱画画,但伊兵卫是个没情趣又没任何嗜好的男人(年过四十后才沉迷的围棋不算),所以富次郎一直没机会拜师学画。去了惠比寿屋后,喜好俳谐和俳画的店主有位知己是画师,富次郎这才有机缘从正确的握笔方式开始从头学起。这都是利用每天工作间的空当儿练习,所以学得不算彻底,但是当面向老师就教时,他总是无比认真。

在听完奇异百物语后,将听到的故事画下,这纯粹只是一时兴起。而让阿近看过之后,她佩服不已,所以富次郎也跟着得意忘形起来。画了三张后,阿胜替他张罗了一个可以存放画纸的容器,甚至给它命名为怪奇草纸。

三岛屋的奇异百物语原本是伊兵卫为了阿近而设立的。起初显得退缩的阿近,在听了几个人说的故事后,从这一人诉说、一人聆听的百物语中,了解到超乎伊兵卫原本预期的用意与意义。

阿近有了成长,已可以不必再担任百物语的聆听者。她已能找寻自己的生存意义,不必再通过来到黑白之间的说故事者,她已懂得追求自己的幸福。

既然这样,百物语该何去何从呢?

重新细数后得知,截至目前已听过二十六个故事。要就此结束吗?

伊兵卫和阿民倒是显得很干脆。

"就停掉它吧。"

所以富次郎才举手毛遂自荐。

"请让我继续下去。"

当中有很多原因。奇异百物语目前已打响了名号,就让它成为一项真正的生意吧。要是突然停掉，也对不起长期以来一直都帮忙找说故事者的人力中介商灯庵。而且，没能完成百物语，会不会不太吉利呢？如果日后三岛屋遇上什么困难而就此心虚，怀疑是中途停掉百物语导致的，那可就没意思了。

富次郎极力向父母游说，但他的真心话其实只有一个：因为有趣，所以想继续下去。我还想见更多的说故事者，想听他们的故事，想画成图画。

"店里的生意，我会努力帮忙，认真学习。努力让自己更加精进，日后让爹娘认同我，准许我另开分店，所以请让我继续主持奇异百物语。"

父母面面相觑。

"真的那么有趣吗？"

虽然如此出言调侃，却爽快答应了他的要求。

"我们还是很担心你的身体状况，所以生意方面适可而止就好，你优哉休养，我们比较放心。"

"一旦开始工作，商人的生活是没有休息的。"由于头部受伤，富次郎长时间受眩晕的毛病所苦。严重时无法坐轿，虽然后来好转，但有时仍会突然感到天旋地转。如今这个毛病已完美潜伏，他自认已完全康复，但父母可不是这番心思。

"真抱歉，一直让你们操心。"富次郎恭敬地鞠了一躬。

接替奇异百物语的聆听者，阿近当然也替他高兴。"虽然是我个人任性的说辞，但我原本就在心里想，要是堂哥能接下这个工作就好了。"

而担任奇异百物语守护者的阿胜，则是面露沉稳的笑容。"打从一开始，我就认为小少爷会接任这项工作。倒是老爷打算停掉它这件事，令我有点儿意外。"

不过，在阿近的婚礼办妥前，奇异百物语就先暂停一阵子吧。这样对接任的富次郎来说比较合适，所以黑白之间也闲着没事干。

——闲来无事的我，闲来无事的房间。彼此好好分享这份宁静，也挺不错的。

富次郎单手托腮，独自一人发笑。

这时，突然有人配合他的这声笑，发出"哈哈"的笑声。

富次郎大吃一惊，弹跳而起。双膝撞向书桌的底板，所以他真的是在维持坐姿的状态下跳了起来。惊讶的他正准备回头时，对方早一步从背后一把抓住他的肩头。

"你和小时候一点儿都没变。"对方弯下腰，往他的脸上窥望，竟然是大哥伊一郎。

"大哥！"

"没错，是我。"伊一郎如此应道，朝衣服下摆一拂，坐到他身旁。

头脑好，能言善道，善于与人应对，人又长得俊俏。这位完美得令人嫉妒的大哥，还是一样潇洒。

"你以前就这样，常自己一个人沉思，然后喃喃自语，暗自偷笑。在惠比寿屋也没改掉这个习惯，是吧？"富次郎一时说不出话来。因为太过惊诧，感觉就像眼睛一度飞了出来，在空中绕了一圈后，又回到了原位。

"哥，你怎么会在这儿？"

"这是你的问候方式啊。我出现在家里不对吗？"

"可是你工作的店家……"

"我可不是偷溜出来的。我已事先征求过店主的同意。

"今晚终于可以尝到家里的菜了。"伊一郎一脸开心地说道。

伊兵卫和阿民的大儿子伊一郎，今年二十三岁，大富次郎两岁。一满十六岁，马上便到通油町的杂货店菱屋当伙计。从那之后一直工作至今，工作勤奋。

富次郎到惠比寿屋工作时，并未特别订下工期年限。伊兵卫当时只对他说："你就去当三年伙计吧，等三年期满，再看你自己打算怎么做。"但当初他们送伊一郎去菱屋时，却一开始就订下十年的工期契约。

——不管是什么工作，若不能持续做满十年，就没有意义。所以你就到别人的店里待上十年，好好学习。

还记得当初爹曾对大哥这样吩咐。这方面就是长男与次男的差异。

富次郎调侃大哥："这样好吗？菱屋少了你，不就没办法经营了吗？"

伊一郎一派轻松地把手插在衣袖里，挺起胸膛。"我已经都安排好了，就算我不在，一样能经营，所以不必担心。"

"哎呀，真是佩服之至。"富次郎模样滑稽地行了一礼。

"我是想趁现在好好见阿近一面，顺便也看看你。"

"本大爷算顺便，是吧。"富次郎跟小时候一样用"本大爷"自称，伊一郎听了觉得好笑，嘴角轻扬。"没错。弟弟的那张黑脸，顺便探望一下也就够了。你之后身体状况如何啊？"

"已经完全好了。"富次郎莞尔一笑。

"太好了。我一度担心死了，怕你会怎样呢。"

"让您操心了。"

"真是无妄之灾啊，不过，只要看作一辈子的灾厄就此化解，心情就会好多了。"

这不是客套话，富次郎深切感受到大哥的关心。一辈子的灾厄就此化解，这话说得真好。

"因为聆听百物语的故事，就是通过故事而和灵异之事扯上关联。还是消灾解厄比较能让人放心。"

此话一出，伊一郎脸上露出令富次郎意想不到的惊讶表情。

"这是什么意思？"

"今后我将代替阿近担任百物语的聆听者。难得它做出了口碑,中途停掉实在可惜。"

伊一郎应该也很清楚三岛屋奇异百物语在外头的风评,但为什么他显得如此惊讶?

"爹知道这件事吗?不是你自己和阿近擅自决定的吧?"

"当然,爹和娘都同意。我也会好好帮店里的忙,同时认真学做生意。"

伊一郎这次可就不再是"一派轻松"的模样了,他耸着肩,双手插进衣袖里。接着他一直盯着富次郎瞧,看到后者觉得尴尬了,这才开口问道:"百物语这种娱乐,你真觉得那么有趣吗?你是认真的吗?"

大哥似乎怀疑他不是说正经的,所以富次郎端正坐好,转身面向伊一郎。

"虽然截至目前,我只见过四名说故事者,但觉得既有趣,又可怕,是很好的经验。"

"经验,是吧。"伊一郎如此低语道,侧着头显得纳闷儿,"那样的设计,要让阿近重新振作起来,有其功效,这点我也认同。那可以改善她怕陌生人的问题,算是一剂良药。不过,连你都这么投入,实在很难理解。"

他的口吻不光是觉得不可思议,似乎还带点儿失望。感觉就像在说,没想到你这么孩子气。

真没想到——富次郎心想。只要试着坐在这里面对说故事者,就会明白我们的奇异百物语不是用来打发时间的娱乐,更不是孩子玩的过家家。

富次郎突然心生一计。"哥,要不要看我画的画?"

"画?"

"你跟阿胜说一声,请她取来给你看。是我根据在这里听来的奇异故事画成的。不过，我不能讲解内容。"

伊一郎听得直眨眼："三岛屋奇异百物语，是说完就忘，听过就忘……"

"没错。你知道吗，就算对象是大哥，我也不能违背这项规定。"富次郎一本正经地说道，但伊一郎却开始"退缩"。

"好，我知道了。阿胜看起来也很忙，我再找时间跟她说。"他站起身，目光扫向书桌。

"你在写信吗？"

"嗯，我想让阿近的老家知道她的近况，但迟迟下不了笔。"

"我看看。"伊一郎代替他坐到书桌前，富次郎说出他想的事之后，伊一郎三两下就完成了这封信。

大哥不管做什么事，都无可挑剔，无法望其项背啊——富次郎如此暗忖。

晚餐相当丰盛，温酒入口香醇。富次郎心情愉快地带着新太前往澡堂，回到家一看，伊一郎正手执烛台等着他。

"哥，你不去泡澡吗？"

"明天早上再去泡就行了。"

新太泡得全身暖烘烘的，仿佛浑身上下还散发着热气。

"趁刚泡好澡，身子还暖和，快去睡吧。"

"是，那在下先去睡了。"

接着伊一郎催促富次郎："我们去黑白之间吧。"

"这个时候？"

"我已吩咐阿岛准备好座灯和火盆了。

"顺便备好酒菜——"伊一郎莞尔一笑。

"咦，还要喝啊？"

"你不是已经酒醒了吗？再喝点小酒，应该不会宿醉才对。我是大酒

351

桶，所以不必替我担心。"

在喝酒、赌博、嫖妓这三项玩乐中，伊一郎对赌博和嫖妓不屑一顾，但对酒可是情有独钟，而且酒量过人。与其说他能喝，不如说是怎么喝也喝不醉。除了喝酒会脸红外，一概没问题。所以才会比喻为大酒桶。

黑白之间果真已点亮灯，摆了两个火盆，里头满是火红的木炭。虽然还不到暖和的程度，但已缓和夜里的寒意。

兄弟俩各自将坐垫拉向火盆就座，这时阿近端来了酒菜。

"不好意思啊，还麻烦你。"

"哪里，小事一桩。"

阿近仍是晚餐时的打扮，脸上留着淡妆。

"我们不喝多，就只喝三壶。"伊一郎先如此解释，面露喜色。

"接下来我们会自己张罗，你好好泡个澡吧。"

"好。"自从婚事谈妥后，阿近显得更美了。她原本就天生丽质，但现在则是由内而外散发出光彩。

"我要先声明一点，富次郎，我可没有要在阿近的地盘放肆胡来的意思，我已经事先知会过她。"

伊一郎此话一出，阿近嫣然一笑，望向富次郎。"应该说，是我建议堂哥到这儿来的。"接着两人互使眼色。"大哥，你和阿近之间好像已事先商量过了。"

"商量？商量什么？"

阿近个性率直，不善装蒜。——那也只是现在还不会。等出嫁后，就会慢慢学会装傻掩饰真心，以及如何透露自己隐藏的真心，拿捏当中的分寸。这就是从姑娘成长为人妻，转化为大人。尚未娶妻的富次郎心里这么想，感觉有点儿说教的意味，不过暗自在心中叨念后，似乎这才意识到一件事。

在这黑白之间所说的故事，应该全都是说故事者的真心话吧。这里是人们赤裸展现自己灵魂的地方。

"木炭应该还有不少，但如果不够用，请叫我一声。另外，隔壁小房间里有厚棉袍。"

"这个好。这样就能直接在这儿睡了。"

——这怎么行，会感冒的。

阿近如此劝诫富次郎后，举止端庄地离去。

"真是个好姑娘。"伊一郎目送她离去后，说道，"她要不是我堂妹，我都想娶她为妻了。葫芦古堂的少东家可真有福气。"

"嗯，那小子是天底下最有福气的人了。"

"听说是你帮他们两人牵的红线？"

"不是吧。你听谁说的？"

"阿岛和阿胜都这么说。"

富次郎避开与说故事者有关的事不谈，聊到葫芦古堂的勘一后来常在三岛屋进出的缘由。

当初因为有需要，而向葫芦古堂租了许多本类似《江户购物指南》的书，三个人一起展开调查，这件事伊一郎大为激赏。后来聊到富次郎就是因为那次事件而得知勘一和他一样爱吃甜食，两人变得无话不谈，结果换来伊一郎的嘲讽。

"你到现在还是跟小孩子一样。"伊一郎爱喝酒，他认为只有女人和小孩才爱吃甜食。

"不不不，能自掏腰包买自己想吃的东西，这样才称得上美食家。本大爷可是如假包换的大人呢，哥。"接连说了几次"本大爷"，感觉好像真的回到了小时候，心里颇感愉悦。

阿近准备的小菜，有烤沙丁鱼串、红烧冻豆腐、掺入葱花的烤味噌。

温酒和晚餐喝的味道不同。听富次郎这么说,伊一郎很开心。"你也喝得出酒的味道嘛。这是我带回来的酒,像水一样爽口,不会有后劲。如果温过之后放凉,香味会改变,带有微微的甘甜,最适合睡前喝了。"

富次郎开始有点儿担心大哥在菱屋都过怎样的生活。他这么常在睡前喝酒吗?两人互斟互酌了一会儿,刚泡好澡的富次郎感觉一股暖意又从体内散发而出时,伊一郎慢慢开口说:"……我看过了。"

富次郎口里嚼着烤沙丁鱼串,望向哥哥。

"你画的画。"

说完后,伊一郎手一翻,干了手中的酒杯。"感觉比你去惠比寿屋当伙计前画得更好了,会是我自己想多了吗?"

好眼力。

"不,你说对了。我在那里学了一阵子。"富次郎谈起这件事后,伊一郎呵呵轻笑。"惠比寿屋的大老板虽然长得活像一只打喷嚏的螃蟹,但没想到还专门请老师来学画,还真是位风雅之人呢。"

大哥这突兀的比喻,害得富次郎被爽口如水的酒给呛着了。

"打、打喷嚏的螃蟹?"

"很像吧?方正的国字脸,眼鼻口都皱着挤在正中央。"

"哥,没想到你说起话来这么不客气。你以前是这样吗?"

"我只要酒一入喉,就变得很毒舌。"伊一郎如此应道,一点儿都不难为情,"不过,我喝醉可不会说恭维话哦。所以你就相信我说的吧。那三张都画得很好。"

谢谢夸奖,富次郎说。

"一名身穿华服的游女[1]赤脚逃走的画——虽然模样看起来像游女,

---

[1] 江户时代的娼妓。

但其实是个老太婆吧。因为是背影,所以看不见长相,但我就是有这种感觉。"

富次郎嘴里含着酒,面露浅笑。

"三张画当中,我最喜欢一名吹着草叶笛的男孩,俯瞰海边村庄的那幅画。正当我打算将它做成挂轴,挂起来当装饰时,这才发现那男孩坐在一只大蜘蛛身上。蜘蛛明明那么大,为什么我一开始没发现呢?"

"有时就会有这种情形。"

会从画中的哪个地方看到什么、发现什么、看出什么,会依观看者的眼和心而定。富次郎在惠比寿屋学画的那位画师曾对他说过这个道理。因此绘画者要心无杂念地画下心中浮现的画面,这点很重要。越是为了想向人展示而画,越会无法让人看出自己呈现的画面。

"第三张画的是一把老旧的黄杨木发梳,似乎别有含义。也可能是因为我知道它和百物语有关,所以会有这种感觉。"

伊一郎如此低语后,伸筷夹起一块冻豆腐。

这是晚餐时也曾端上桌的菜,相当入味。"我小时候很讨厌吃这道菜。"

真没想到。红烧冻豆腐是阿民常做的菜,理应是兄弟俩熟悉的味道才对。

"今晚的菜也是娘煮的,对吧?"

"应该是。是熟悉的味道。"

"这种菜的味道,我是开始喝酒才懂得品味。娘的酱汁味道浓厚。菱屋的女侍总管煮的这道菜,只有酱油味,味道太咸。偶尔大老板娘下厨,又会煮得过硬。如果是小老板娘下厨,又老是煮焦。"伊一郎说个不停。

"惠比寿屋的伙食如何?"

"大体来说还不错,但真要嫌的话,就是米饭太硬。大老板喜欢吃硬饭,常一早就大声训斥饭煮得太软,让人吃不消。"

伊兵卫喜欢吃偏软的米饭，所以惠比寿屋的硬饭对富次郎来说，就是别人家的饭，吃不惯。

"哦，真有意思。不，应该说真是复杂。"

"复杂？"

"坦白说，我不喜欢吃家里这种偏软的米饭。菱屋吃的不是硬饭，但也不会太软，软硬适中。所以一开始吃的时候，我还很高兴呢。"

这话要是阿民听了，想必会颇感落寞，但两兄弟怀念母亲的味道，同时能明白别人家的饭有何优点，能养出这样的孩子，希望阿民以此自豪。

两人边喝边聊，就像在交换彼此的温情般。

伊一郎想多知道一些关于葫芦古堂的事，老吵着要在婚礼前和勘一喝一杯。待这个话题告一段落后……

"不好意思，可能会让你回想起讨厌的事。"他先来了这么一段开场白，想对富次郎在惠比寿屋遭遇的血光之灾有更深入的了解。

"当时发生的事，就像我跟你说过的那样，我并没隐瞒。"富次郎也先如此声明，"打伤我的那名伙计，是惠比寿屋大老板的私生子。详情我不清楚，不过，他母亲似乎是位艺伎。"

听闻此言，伊一郎明显面露不悦之色："什么嘛，原来有这段内幕。真过分。"大哥突然一脸怒容，所以富次郎一时之间没能问清楚，他说的过分，指的是有妇之夫与其他女人偷情，还是让自己外遇所生的孩子到店里当伙计？

"你之所以会惹上那场风波，也是因为那家伙心中对惠比寿屋积怨已久吧。"

"嗯，我认为是。"

"真可怜。"伊一郎说出这句话后，像是突然惊觉般，不停眨眼，"不，我并不是在替那个差点儿害死你的家伙说话。"

"我知道。"富次郎笑着将酒壶递向前,但伊一郎却没拿起酒杯。

"我这算是马后炮……"伊一郎的神情一本正经,"我之所以会突然现身,其实是受惠比寿屋老板之托。"

富次郎逐渐瞪大眼睛。

"他拜托你什么?"

"他要我确认你目前的想法。你已完全无意与老板的千金结婚吗?

"前天下午,惠比寿屋的老板娘和千金联袂到菱屋拜访,向我低头鞠躬,道出详情。"

"喂喂喂,怎么现在才说啊?"虽然惊讶,但富次郎这才明白刚才大哥为何突然情绪那般激动。如果早已事先得知对方拜托的事,也难怪会有这种反应。

由于伊一郎擅长与人应对,十足的商人风范,所以不容易看出其实他讨厌欺负弱者,不喜欢邪门歪道,是个直性子的人。惠比寿屋老板对自己私生子的对待方式,以及对此不当一回事的态度,他应该是无法原谅才对。

富次郎斩钉截铁地回答:"是曾经提过婚事,但本大爷受伤时,娘一气之下回绝了这门亲事,我现在也无意再吃回头草了。"

"嗯,那就好。我也认为和惠比寿屋划清界限比较好。"

啊,光想就有气——伊一郎将冷酒一饮而尽。

"她跟我说:'已经将那名莽汉逐出店外,希望能为害富次郎先生受伤的事做个弥补,想纳他为婿,好好珍惜他。'"大哥像孩子似的噘起嘴,已许久不曾见过他这副模样了,"她还说:'想必三岛屋现在为了给侄女办婚事,众人都沉浸在祝贺的气氛中。虽然之前富次郎先生曾拒绝过我们,但看着大家为自己堂妹的婚事忙进忙出,也许会就此改变心意。可否请伊一郎先生帮忙美言几句呢?'"

富次郎忍俊不禁："见阿近出嫁，心里高兴，然后我也想让人招赘。哪会有这种事啊！让人招赘是影响男人一生的大事啊。"

"一点儿都没错。"伊一郎这才收起怒气，"那我就去拒绝对方吧。抱歉，跟你说这些莫名其妙的话。"

下酒菜几乎都已吃光。兄弟俩笼罩在寂静的夜色下。

"你和阿近讨论的也是这件事吗？"

"没错，但没谈到你的婚事。我问她，如果不想让爹娘发现，就我和你两人私下聊聊，有什么适合的地方，结果阿近就推荐我到这间厢房来。"

伊一郎说到这里停顿片刻，脸上泛起笑意。

"不过，当时她跟我说：'既然难得有这个机会，堂哥，你不妨想想自己有没有什么奇异故事，如果有的话，请说来听吧。'"——因为这样正好可以让富次郎堂哥练习练习。

"阿近那样说？"

"嗯。听说阿近当初自己一个人担任聆听者时，内心也是相当挣扎，感到慌乱。所以一开始找亲人练习一下或许比较好。当初阿近还没习惯时，也曾经找阿岛练习呢。"

堂妹的这份用心固然令人高兴，但另一方面，富次郎却又觉得阿近错看他了，心里很不是滋味。

"不管怎样的说故事者上门，本大爷都不会慌乱。我胆子可是很大的。"

话说出口后，富次郎才注意到。因为他在画图。他会借由画图将自己在这里听到的故事，以肉眼看得见的方式加以整理，所以他所承受的担子，比阿近当初还来得轻。

"话说回来，哥，你有什么奇异故事吗？"

原本正打算要好好调侃大哥一番，但没想到伊一郎竟然应了声："有。"

"真的假的？"

"真的。在阿近的催促下，我马上就想起了一件事。"

一直令他觉得很不可思议的一件事。

"这件事一直是我心里的疙瘩，你应该也记得吧？"是关于猫的事，"一只毛色雪白、有一双金眼的长尾猫。"

咦？

"我们家没养过猫吧？"

"是啊，不是我们家养的猫。不过和你有点儿渊源，你曾经很疼爱它，但某天它突然失踪，怎么找都找不到。"

那是伊一郎十岁、富次郎八岁时的一段往事。

"这么说来，是十三年前的事喽。也就是开始在这栋屋子住下的那一年。"

"没错。过年时爹挂上三岛屋的招牌。那只猫的风波发生时，应该是在梅雨季吧。"

当时刚开店的手忙脚乱已告一段落，生意变得兴隆，家人的生活也稳定下来。尽管伊一郎这么说，富次郎却还是没半点儿印象。

"年过二十的两岁差异，与八岁和十岁的差异，相当悬殊呢。看来我不像大哥你记得那么清楚。"

这时，伊一郎双手撑向膝盖，长长叹了口气。

"……是吗？"那神情看起来既像沮丧，又像松了口气，"那只猫会失踪，其实是我害的。"

此时富次郎只能回一句"哦"。

"这是什么有气无力的声音嘛。"

"因为你……

"这件事一直是我心里的疙瘩，但身为当事人的你竟然忘了？"伊一郎嘴角轻扬，往脸上抹了一把，"算了，这样我反而比较好开口。"他露出遥望远方的神情。

"仔细想想，这很适合当百物语的故事。不过也没那么可怕，所以刚好适合让你练习。"

十三年前，刚开店的三岛屋，人数自然远比现在少得多。

伙计就只有八十助和阿岛两人。八十助打从当初挑担叫卖的时候起，就已经在伊兵卫身边帮忙，所以他直接就住在店内，但阿岛是在人力中介商介绍下前来的，所以一开始都是每天到店里工作。由于她工作勤奋，个性和阿民又合得来，一个多月后便在店内住下。

在伊兵卫和阿民底下制作提袋的裁缝女工原本有三人。当中有两人一开始就跟他们接副业来做，自从三岛屋有店面后，便改为固定到店里工作。另一位则是新加入的女工，裁缝技艺还不纯熟，在阿民底下一边学习，一边帮忙阿岛打扫、洗衣。

"那名新来的女工，名叫阿里。你还记得吗？"

经大哥这么一问，回忆猛然从富次郎脑中浮现。

"讨厌鬼。"

不由自主地脱口而出后，连富次郎自己也慌了。不管怎样，这么说都太失礼了。

但伊一郎却没责怪他，甚至开心地大笑起来。

"没错。她是个讨人厌的女人。想起来了吗？"

年纪比阿近还年轻。不知道是什么缘由，她未婚生子，独自养育孩子。孩子是个女婴，生性乖巧，很好带养，阿岛常夸她"真是个孝顺的好孩子"。

阿里在缝衣服时，婴儿都是由阿岛背着，偶尔也会叫他们两兄弟照顾。阿里很不讨喜，但婴儿很可爱，所以富次郎都会主动加以照顾。有好几次兄弟俩背着她到附近的习字所去。

另一方面,伊一郎则坚持不肯带孩子。他总是一脸排斥地说,带孩子的工作是童工在做的事。

富次郎向阿岛学带孩子,帮婴儿换尿布、唱摇篮曲、哄婴儿睡觉、扮鬼脸、转动风车逗孩子玩,很习惯这些工作,伊一郎则是一副事不关己的模样。

习字所的上课时间,是吃完早饭后到未时(下午两点),所以背着婴儿去上课时,中途婴儿会为了要喝奶而哭闹。这么一来,富次郎就得先回家让阿里喂奶,然后再背着婴儿回习字所。家中如果有婴儿,这是很理所当然的事,同学当中也有人这样照顾自己的弟妹,所以富次郎一点儿都不觉得奇怪,但伊一郎每次都不高兴,甚至有天还因为这样而不跟富次郎说话。

回想往事,聊起这些事,伊一郎红着脸笑道:"搞什么,你还记得挺多的嘛。"

"嗯,连我自己也吓一跳。"

阿里长什么样子呢?料想应该是长得很不起眼。因为她常挨阿民骂,所以她的裁缝技艺想必不太纯熟。

"还记得婴儿的名字吗?"

"我记得好像叫……阿凛。"只要逗哄,她就会放声大笑,非常开心。

"我还记得她在地上爬,我在后面追,她后来怎么了?"

"阿里待不到一年,就辞去我们店里的工作。因为她嫁人了。丈夫是附近一家饭馆的小老板,成婚后马上就有了孩子,所以爹笑着说,真是人如其名,就像里芋[1]一样。"

---

[1] 指一般的芋头,象征多子。

哇，是这样啊。

"我之所以不想理会阿凛，是因为我对阿里讨厌的程度，已超出讨厌鬼的程度。爹和娘因为同情她坎坷的遭遇，都很好心地待她，还热心教她如何缝制提袋。阿里却在外头说我们店的坏话，成天抱怨。"

老板是个吝啬鬼，老板娘爱欺负人，阿岛心肠很坏——成天如此信口雌黄。

"哥，你怎么会听到这些事？"富次郎完全不知情。

"因为阿里当时住的岩本町租屋处，就位于我们搬家前的租屋处附近。那里有我的玩伴。"就算她没造谣，原本坏话或是不好的风评就已经很容易传开了，而在那只隔着薄薄一面壁板或拉门的长屋里，早上说的事，上午便会传得人尽皆知。

"虽然她自己应该没有要四处散播的意思，"伊一郎从朋友那里听来的事，没跟三岛屋的任何人说，自己往肚子里吞，"但就算说了，以爹娘的个性，也只有我会挨骂而已。"

的确，伊兵卫和阿民都讨厌爱告状的人。

"我心想，就算我一直没说，以阿里这种忘恩负义的个性，早晚都会露出她的真面目，所以我隐忍了下来。结果她倒是自己离开了，真是谢天谢地。"

阿里之后过得如何，不得而知。她嫁去的那家饭馆，不知何时也已结束营业。

富次郎深有所感地沉声低吟："原来是这样……我的个性也太轻浮了，搞不好我其实是个很冷漠的人。之前那么疼爱阿凛，却完全忘了她的存在。"

"你只是没机会想起罢了。"

语毕，伊一郎紧盯着富次郎瞧，眼神中带着试探。

"在阿里之前,还有另一个到我们店里接副业来做的人,她叫阿金,你记得吗?"

"阿金?"

想不起对方的长相。

"不记得了吗?算了,这也是没办法的事。"因几杯黄汤下肚而脸红的大哥,别有含义地暗自点头。

"真让人好奇。关于猫的故事后来怎样?那些裁缝女工和猫的故事有关吗?你就别吊我胃口了。"

嗯,伊一郎像在调查般,望着富次郎。

"你真的忘了吗?还有稻荷神的事,以及老梅树上那团蓬松的白色之物,你也都忘了?"

"哥,你到底在说什么啊?"

富次郎笑着回应时,突然有个东西从他脑中掠过。稻荷神、梅树、蓬松的白色之物。经他这么一提……

伊一郎和富次郎上课的习字所旁,有一座小小的稻荷神祠堂。祠堂的建造很简朴,一株高大的老梅树枝叶扶疏,几乎覆盖了整个屋顶,别有一番景致,所以附近的居民都会虔诚膜拜。四月底的某天上午,富次郎正准备回家吃午餐,伊一郎因为另有特别要学的事,而留在习字所内。

"学什么?"

"你不懂啦。"

"那你午饭怎么办?"

"一餐没吃又饿不死。"伊一郎的表情已超出冷淡的程度,透露出不悦。

最近哥哥常会这样欺负他,真伤脑筋。习字所是一间半倾斜的破屋,位于巷弄深处,所以屋内严重漏风,白天时屋内一样昏暗,但来到屋外后,却是晴空万里的好天气。富次郎心情变得舒畅,步履也跟着轻盈不少。

他忘了伊一郎那冷淡的说话口吻,哼着歌,来到稻荷神祠堂旁。

这时,他看到三名同学凑在一起,正仰望着那株老梅树。

"喂,怎么了?"

他甩动着手里的习字本,朝他们奔去。

"啊,小富。"

"喏,你看。"

"那里好像有什么。"望向他们手指的方向,确实有个像毛球般蓬松的雪白之物,停在梅树上开三杈的树枝上。

那三名同学是两女一男,与富次郎是好朋友。九岁的女孩阿千和六岁的男孩末吉是姐弟,他们的父亲是木匠。与富次郎同年的女孩阿久,则是常在三岛屋出入的油店老板的女儿。

"啧啧啧。"富次郎朝那团白色毛球发出驱赶声,但它一动也不动。

"会不会是猫呢?"

"小富也真是的,猫才没那么小呢。"

阿千(在这几个孩子当中)是大姐头,她以教导般的口气说道。

"小猫就很小。"

"如果是小猫的话,还是太小了。会不会是老鼠?白老鼠。"

老梅树上方的树枝并不粗大,但那东西刚好卡在开三杈的树枝处,看不清楚它整体的形状。站在树下仰望,看不出有耳朵或尾巴。

"它应该是为了吃供品而跑进祠堂里,然后被狐狸追赶,逃到树上去了,结果卡在那里进退不得。"阿千说,"白老鼠是吉祥的动物,如果救它的话,或许会带来好运哦。"

阿久很认真地说:"小富,你会爬树吗?"

"我爬！"末吉显得干劲十足。

"你不能去。"阿千加以阻止。

"如果末吉去抓的话，会把白老鼠捏死的。"的确，末吉生性调皮，昨天才在习字时嬉闹，打翻墨壶，遭老师痛骂一顿。

"嗯，我会爬。"

末吉在一旁大呼小叫："小富好奸诈哦，我也想爬。"

"这样的话，我来爬好了。"

阿千可能是感到焦急，表情变得严肃起来。

"小久，这个你拿着。"

阿千把习字本交给阿久保管，豪迈地将和服下摆塞进衣带里。虽然气势十足，可是脚跨上梅树树干后，连要踩上去都有困难。

"阿千，算了啦。我来试试看好了。"富次郎身子轻盈，爬树是他的拿手绝活。他一溜烟就爬上了树。

来到树枝开三杈的地方后，探头一看，那蓬松之物果然是一团雪白的毛球，大小约富次郎拳头的一半大。没有耳鼻，也没尾巴。

"啧啧。"他一边出声，一边用手指轻戳后，吓了一跳。触感温热，是生物的温热。

——果然是老鼠。

他决定一把抓住它，好将那蓬松之物取下。

这时，它突然崩解开来，从梅树的树枝上散落。

"咦？这怎么回事？"

它就像雪融般，在慌张的富次郎面前消失无踪。

"怎么了，小富？"

"它……不见了。"

"逃走了吗？"

富次郎也不明所以。

正不知该如何回答时，末吉突然放声大哭。"老鼠跑掉了啦。"

富次郎急忙爬下树。阿千训斥弟弟："真傻，有什么好哭的。"

"姐，我要尿尿。"

末吉哭哭啼啼地说道。

"小富，不好意思哦。"阿千拉着末吉的手，匆忙离去，衣服下摆仍夹在衣带里。

"啊，习字本。"阿久手里还拿着阿千的习字本。

"算了。明天再还她吧。"富次郎和阿久一同迈步离去。

走了一段路后，回身而望，仍没看到那白色的蓬松之物出现在老梅树上。

"那到底是什么呢？"面对富次郎的这声低语，阿久似乎回了一句话。因为没听清楚，富次郎愣了一下。

"咦？"

"小富，你不知道吗？那是毛羽毛现。"就是那妖怪的名字，"外形是一团毛球，怪奇草纸上画有它的模样。"

"阿久知道得可真多。"在习字所里，阿久和伊一郎一样厉害。

"我叔叔很喜欢看怪奇草纸，知道许多妖怪，所以他常教我。不过我爹不太高兴就是了。"

伊兵卫和阿民认为开店第一年是重要的胜负关键，因此常接连熬夜赶制提袋。熬夜赶工得点灯，所以花了不少钱买油菜籽油。

鱼油臭味重，又会冒黑烟，有损商品，不能使用，所以他们都买价钱较贵的油菜籽油。对阿久家这种店门只有一间（约一点八米）大的小店来说，三岛屋是重要客户。身为店主的阿久父亲以及叔叔，也常到三岛屋来谈生意，所以富次郎见过他们。

阿久的父亲是个待人亲切的生意人，但他叔叔就显得很不机灵，连问候都很不得体。原来他都看草纸本啊，富次郎颇为赞叹。

"我叔叔说，毛羽毛现是一种令人摸不透的奇怪妖怪。"

"是会害人的妖怪吗？"

"不，就只会四处出现。因为它就只是一团毛球。"那天两人就此别过。虽然一天的时间很长，发生了许多事，但只要睡上一觉，就能将它完全消化，第二天又能尽情欢笑、生气、挨骂、玩乐、学习，这就是孩童，所以富次郎也没因为毛球的事而烦心。

不过，隔了几天后，这次富次郎和伊一郎一起从习字所返家时，又发现那团毛球出现在老梅树上。同样是缩着身子窝在老梅树的三杈处，但体形比之前大上些许，感觉毛也变长了。

富次郎扯着哥哥的衣袖。

"哥，你看得到那个吗？"

"那个？你是说那团白色的东西吗？"他眯起眼睛仰望树枝，"是老鼠吧。"伊一郎说，"竟然爬到那么高的地方，真笨。"

这时富次郎跩了起来："不对。那个是毛羽毛现哦。"

"你说什么？"

"你看仔细哦。那东西只要摸一下，就会消失不见。"

富次郎嘿咻嘿咻地吆喝着，爬上老梅树，朝那团白色毛球靠近。因为阿久告诉过他，"那不是什么可怕的东西"，令他壮胆不少。

他把脸凑近，想在它被触摸后消失不见之前瞧个仔细。

这时，那团毛球突然睁开眼睛。毛球右端有一颗像树果般大的眼睛，眼珠是淡淡的金色，一看到富次郎后，眼睛眨了一下。乌黑的眼瞳化为一道细线。

"哇！"

他大叫的同时，脚下踩空，差点儿从梅树上跌落。伊一郎急忙飞扑向前，从底下托住他的臀部。

"你在搞什么啊！"

"因、因为……"

毛羽毛现是独眼妖怪吗？得向阿久问清楚才行。

"那果然是老鼠，对吧？你被咬了吗？"

"不是，它有眼睛。"他慌张地说道，这才猛然想到，那是猫的眼睛，"和猫眼一模一样。哥，猫妖难道也是独眼？"

"啥？够了，你快下来吧。真拿你没辙。"伊一郎嘴里念叨着，改换他爬上树干。

"虽然不知道那是什么，但就由我抓来给你看吧。"伊一郎虽然动作不像富次郎那般轻盈，但他手长脚长，很有力气。他一把握住树枝，将身子往上提，三两下就已来到那团毛球旁。

"这是什么啊？"

话才说完，他已伸手握住那团毛球。它就像崩解般，在伊一郎手中消失无踪。和上次一样。

"咦？"伊一郎检视自己的手掌，拍打衣襟和衣袖。那团毛球连一块碎片也没留下。

"……消失了。"

"就说吧，上次也是这样。"

伊一郎先是皱着眉头，接着以鼻孔喷气，将身子往上撑，坐向原先那团毛球所在的树枝三杈处。他环视四周，朗声道："哦，可以看见我们家。"

富次郎抬头仰望大哥不住晃荡的脚底板，心痒难耐。对小孩子而言，能攀上树木高处看见自己的家，再也没有比这更令人兴奋的事了。

"真的吗？我也要看！"富次郎一味地往树上爬，伊一郎虽然嘴里抱怨要富次郎别晃，但还是伸手拉他上来。自己则从那三杈处站起身，手钩住树枝，让弟弟坐到那空出的位子上。虽然嘴巴上总爱念叨，但他其实很照顾弟弟。

"喏，那就是我们家屋顶，可以望见二楼的窗户。"在入住前重新糊过纸门，所以看起来一片雪白。反射的阳光亮白无比。可能是为了通风，有几扇窗敞开着。兄弟俩站在一起踮起脚尖远眺时，正好有人从屋内走过。

"是爹！"富次郎大乐，挥起手来。

三岛屋一楼有一半是店面，另一半是厨房和客厅。工房和家人的起居室全设在二楼。伊一郎马上嘲笑道："这个时候，爹怎么可能丢下账房，自己到楼上去。那一定是娘或是阿岛。"

"不，是爹没错。"

"就算你挥手，爹也看不到。够了吧，我手酸了。快点下去吧。"

两人回家后，富次郎到处跟家里的人说："告诉你哦，爬上稻荷神祠堂旁的梅树，可以看见我们家呢。"结果被伊兵卫听见后，挨了一顿骂。竟然爬到稻荷神头上去，神明会降罚的！

伊一郎乖乖道歉，富次郎则哭着保证下次再也不敢，伊兵卫这才从恶鬼般的神情转为慈父的容颜。

"富次郎，你眼力真好。我刚才确实在二楼待了半个时辰（一小时）。为了特别定作商品的事，和你娘商量事情。"

耶，我是千里眼富次郎。

那天一直到入睡，富次郎都得意扬扬。往后半个月的这段时间，富次郎仍两三次在梅树的三杈处看见那团白色毛球。每次看到它，它似乎都又变大了些许，形状也越来越鲜明。

——咦？它有耳朵。

——刚才好像看到脚了。

就像这种感觉，不过之前爹才骂过他，说这样神明会降罚，所以他已不想再爬上梅树查看。他也告诉过阿千他们。虽然末吉还是一如往常不肯乖乖听话，但有阿千在一旁管束，阿久则是一副心领神会的模样。

"我叔叔也说，就算不是做坏事，也不该半开玩笑地逗弄妖怪。"那团白色毛球睁开眼睛的事，富次郎没说。要是说了，末吉会更想要靠近一看究竟，而阿千和阿久或许会感到害怕。

伊一郎似乎已忘了毛球的事。就算富次郎跟他说"我们再去瞧瞧那个东西吧"，他也只是随口敷衍几句。所以富次郎后来也就没再那么常提。而且哥哥有一件事更令他感到担心。

最近常一脸不悦的伊一郎，常独自留在习字所的老师住处，与他不悦的频率几乎一致。

——我在学的事，就算跟你说，你也不懂。

哥哥就只是回他这么一句，所以富次郎也不便一一过问。但是过了五月中的某日，富次郎返家时想起自己忘了东西，急忙折返，发现在没半个学生的空荡教室里，伊一郎与老师迎面而坐，泪流满面。

啊！富次郎为之一惊，马上躲到一旁，所以老师和哥哥应该都没发现才对。

——哥哥挨骂。

他脑中率先浮现这个念头，这很自然。习字所的老师是一位御家人出身的老爷爷，模样枯瘦干瘪，牙齿几乎都已掉光，所以说起话来含混不清，却唯有骂人时口齿清晰，声音响亮如雷，模样相当可怕，学生个个吓得全身蜷缩。

三岛屋的两兄弟是从今年过年才开始上学，所以算是新生，但聪明又有规矩的伊一郎向来颇受老师疼爱，要人朗读教本《生意往来》时，总会点名伊一郎。此时哥哥却在老师面前哭泣。

富次郎就像这事发生在自己身上似的，觉得无比羞愧，便逃离现场。在奔回家的这段路上，行经平时路过一定会鞠躬的稻荷神祠堂时，他连瞧也没瞧一眼，路过不停。

"喵。"

他因为这个声音而陡然停步，差点儿跌倒，他气喘吁吁地回身而望。

是猫，附近有只猫。

现场有老梅树和小祠堂，老旧的狐神雕像，神情凝重地相对而望。

是我听错了吗？正当侧着头纳闷儿时，又听到那个声音。"喵。"

接着他看到了。

在老梅树的底部，有一只蜷缩着身子的白猫。它扬起长长的尾巴，卷了起来。

"哇，什么嘛，原来是你。"富次郎朝它说话，并折返回到老梅树旁。白猫就像在回应般，从老树后方露出半边身子。它还很小，小得出奇。四只脚细长，身体纤瘦，但肚子却浑圆，跟婴儿一样。

没错，就像阿凛一样。

"啧啧，过来。"富次郎蹲下身朝它伸手后，小猫又叫了声"喵"。它淡金色的双眼中，有浑圆的黑色眼瞳。

"不用怕。你一个人吗？妈妈不在吗？"小猫发出咕噜咕噜的喉音，又躲到老梅树后方。尾巴一度伸长，接着卷曲缩回树后。

富次郎缓缓靠近，伸手搭在梅树上，往后方窥望。

小猫不见了。去哪儿了呢？爬到树上去了吗？他仰望树上，但没发现。朝稻荷神祠堂四周搜寻，也遍寻不着。

咦？这里是稻荷神的祠堂，所以似乎是被狐狸给耍了，富次郎便糊里糊涂地返家。

"你回来啦。"从后门进屋后,背着阿凛的阿岛人在厨房,正忙着用大锅不知在煮什么。

"阿岛,稻荷神祠堂那里有只小猫……"富次郎说出刚才的遭遇后,阿岛并未显得多惊讶。

"猫的动作快,可能是钻进什么洞里了。是小猫的话,就更有可能。"她说完后,双手放在穿着围裙的膝盖上,朝富次郎蹲下身,接着说道,"我们家不可能养猫哦。下次你要是再看见,不能喂它饭吃,也不能捡回家。"

江户的市街上猫狗众多。它们随意四处游荡,会跑进庭院里讨食,要是喂它们食物吃,便会长住下来。不过在三岛屋严禁这样的行为。

三岛屋贩售提袋这种纤细的商品,所以伊兵卫和阿民都很小心,不让猫狗靠近。阿民甚至连鸟都讨厌,因为要是聚来一大群,就会四处拉屎。

"如果只是听到声音倒还能忍受,不过还是希望它们去远一点儿的地方。"因为有这样的父母,所以伊一郎和富次郎两兄弟从小也都极力避免靠近野猫野狗。

坦白说,他们两人原本都喜欢动物。尤其爱猫,见到小猫实在无法放着不管,但要是带回家……

——我们家不能养,拿出去丢了。

肯定会得到这句答复,到时候难过的是自己,所以他们很自然地打消了这个念头。

"嗯,我明白。"富次郎坦然地点了点头。

不过,那只小猫真可爱。下次和大家同行的时候,要是它能再出现就好了。尽管家里不能养,但阿久家开的是油店,她要是能养就好了,到时候随时都能找它玩。

那天,伊一郎比富次郎晚一个时辰(两个小时)回来。脸上没有泪痕，眼睛没浮肿，也没有挨骂后意志消沉的模样。

"哥，你在稻荷神祠堂那里可有看到一只白色小猫？"面对富次郎的询问，伊一郎一如往常，表情冷淡地回了一句："不知道。"

"我路过那里时，它跑了出来，不断喵喵叫。是一只爱和人亲近的小猫呢。"

"就说我没看见嘛。"说完后，伊一郎皱起眉头，"你该不会是想捡回来养吧？"

"……才不会呢。那会挨骂的。"

"知道就好。"

真冷漠，那只很可爱欸。

大哥这个人可真无趣。富次郎将心中的牢骚忍了下来，但数天后……

"你们有没有听到猫叫声？"一早，家中的女人和孩子聚在厨房隔壁的大房间里吃早饭时，阿民突然停下筷子如此问道。

富次郎竖耳凝听。

真的欸，有猫叫声，就在附近！

"哎呀，讨厌，真的有呢。"阿岛搁下碗筷，站起身。富次郎从她身旁穿过，光着脚跃向土间。

"喵，喵。"小猫的声音是从装设在厨房的一个大水瓮后面传来。

富次郎趴在地上，左耳紧贴着土间的地面窥望，视线正好与小猫那炯炯发亮的眼瞳对上。

"在这里！"他伸手探向水瓮后方，触摸到小猫那蓬松柔软的身躯。他抓住小猫后颈，一把提了出来。是之前看过的那只白色小猫，睁着一双大眼，鼓着一个圆肚。抱住它后，它那又小又冷的鼻子往富次郎的手掌磨蹭。

"还只是只小猫嘛。"阿民来到土间后，在富次郎身旁蹲下细看。

"好漂亮的毛色，而且还是金眼。什么时候跑进来的？"

一早的厨房很忙碌。女眷全员出动做早饭，得先给伊兵卫等男丁做饭，之后她们才吃。阿民和裁缝女工吃完后到楼上的工房上工，阿岛负责善后收拾（附带一提，这时候伊一郎和男丁一起吃，富次郎和女眷一起吃。就这点来看，继承人和次男也有所不同）。

由于匆匆忙忙，人来人往，只要不是寒冬，后门往往都敞开着。就算跑进一两只小猫，也没人会发现。

"这只猫两三天前还在稻荷神祠堂那里。我朝它发出啧啧啧的声音，叫它过来，它却马上跑走。"

富次郎开心地抚摸那只小猫。小猫喉咙发出咕噜咕噜的声音。

"是这样吗？"

阿民盯着富次郎瞧。

"这么说来，它也许是记住你的气味，跟着你来到屋里。"

娘的口吻中，微微带有一丝责备。富次郎为之一震。

"对不起。"

他马上一本正经地道歉。

"我想你应该知道……"

"是，我们家不能养。我带它去阿久家的油店。"

"要好好处理哦。"

"是。"

阿岛望着富次郎，表情就像口里嚼着酸梅一样。

富次郎将小猫揣入怀中，从后门来到后院。虽然早饭只吃了一半，但他不想再磨蹭下去。

而在油店里，他们一家围在比三岛屋还要小的厨房里吃早饭，阿久就不用说了，她父母也都笑容满面地迎接这只小猫。

"金眼猫对商家来说，是吉利的象征，而待过稻荷神祠堂的猫，自然更好。"

"它能帮忙抓老鼠，我会好好饲养它的。"小猫让阿久抱在怀里，抚摩它的头，但它还是望着富次郎叫个不停，"它好像已经习惯跟着小富了。"

"那待会儿见喽。"在返回三岛屋的途中，富次郎突然胸口一紧，哭了起来。油店是那么欢迎那只小猫，为什么我们家就不行？

虽然明白，但还是觉得不合理。那天早上到了习字所，大家还是一直在聊小猫的话题，阿久直夸它可爱。

"为什么你先去阿久家？"

阿千责怪他，末吉朝他哭闹，富次郎伤透脑筋。这对姐弟的父亲性子急躁，以前曾看过他拿木材殴打野狗，加以驱赶，所以将小猫交给他们照料万万不可，偏偏又不能实话实说。

至于伊一郎，他应该料想得到，富次郎其实想养在家里，但他还是一样态度冷淡。

"猫狗会对我们家的商品带来危害，所以不行。爹娘一再严厉叮嘱，为什么你还去照顾它？"

"你是笨蛋啊。"被骂了这么一句，富次郎只能缩着脖子。

然而，这番对话传进老师耳中，事后伊一郎被狠狠骂了一顿。

"兄弟间也有礼节要遵守。你骂人笨蛋，是失礼之举。快向富次郎道歉。"尽管气得眼眶泛红的大哥向他低头道歉，但富次郎反而觉得可怕，大气都不敢喘一下。

从这天开始，富次郎早晚都往油店跑。那只小猫"像蚕茧一样白"，所以取名为小茧，颇受油店一家人的疼爱。

富次郎去看它时，只要朝它叫唤"小茧，小茧"，不管在什么地方，它都会飞奔而至，跳到他膝上，爬上肩膀，喉咙发出咕噜声，向他撒娇。

"它果然喜欢小富。"

"我也很喜欢小茧。"当富次郎代替阿岛背起阿凛照顾时，也会往油店跑。这时，富次郎为了可以好好和小茧玩，都会将阿凛托油店的女侍照料，或是请阿久一起看顾。

阿千和末吉也常到油店来和小茧玩。不过，因为末吉常会粗鲁地拉扯小茧的尾巴，而加以训斥的阿千总是扯开嗓门，所以小茧似乎很怕这对姐弟。

有一次小茧从末吉手中逃脱，轻轻一跃，跳进富次郎怀中。阿久高兴得直夸它可爱，末吉则是很不甘心，放声大哭，那一幕令人印象深刻。

就这样过了半个月，某天在油店后院，阿久拿着路旁摘来的狗尾草逗小茧玩，小茧玩累了，躺在她膝上睡觉，阿久轻抚着它，这时她突然想起某件事，对富次郎说："小茧的毛色，很像之前出现在稻荷神祠堂旁那棵老梅树上的毛羽毛现呢。"

完全雪白，没掺混其他杂色，而且又蓬松。

"难道是那只毛羽毛现变成小茧？"阿久突然冒出这句荒诞的话来。

富次郎扑哧一笑。

"为什么妖怪要变成猫？小茧也有生它的母亲啊。"

"在哪儿？"

突然被问到这么一句，富次郎直眨眼。

"在某个地方吧。"

"小茧明明还这么小，却和母猫以及兄弟姐妹走散，自己出现在稻荷神祠堂里？"

野猫应该都是这样吧。

"阿久，你这想法可真有趣。"

阿久用一根手指轻轻抚摩着小茧纤瘦的后背,小声说:"这不是我的想法。是我叔叔说的。"

喜欢草纸本,对妖怪知之甚详的叔叔。

"因为小茧很聪明,不会调皮,也不会乱大小便,甚至就像听得懂人话似的。我叔叔说,它或许不是一只普通的猫。"

富次郎忆起之前在老梅树上,那团白色毛球突然睁开一只眼睛时的情形。

"阿久,因为我觉得你可能会害怕,所以有件事一直瞒着没告诉你。"

事情是这样的……

富次郎说出那件事后,阿久为之瞠目。

"真的吗?你确定是金眼?"

"嗯。毛羽毛现的金眼,和小茧的金眼同样颜色。仔细一想,我当时也马上联想到猫的眼睛。"

阿久相当兴奋:"这么说来,我叔叔还真不是瞎猜的。毛羽毛现真的变成了小茧。当时之所以只有一只眼睛,可能是因为它还没完全变化为小茧。"这项说法虽然荒诞,却又不无道理。

富次郎感到困惑,就此提出最单纯的疑问:

"不过,为什么毛羽毛现要变成猫?"

阿久一时不知如何回答:"为什么……因为妖怪的本事就是变身啊。"虽然嘴巴上这么说,但可能是自己都觉得好笑,阿久笑了起来,"它一定是想和我们一起玩。如果维持毛羽毛现的原貌,小富你也就不会让它趴在你膝盖上了。"

说得也有道理。

"喉咙也就不会发出咕噜咕噜的声音了。"此时的小茧完全放松,挺着圆肚,呼呼大睡。

"对了，小富。你们三岛屋有裁缝女工，对吧？"

"那个人长这个样子——"阿久手指抵向两边的嘴角往下拉。嘴巴形成了倒V字形，一脸不满的神情。

光看这样就明白了，常会摆出这种表情的人是……

"是阿里，对吧，是阿凛她娘。"

阿久发出一声惊呼。看来，她虽然会帮忙照顾小婴儿，却没关心这小婴儿的母亲是谁。经这么一提才想到，富次郎也从没在油店里提过阿里的事。

"她还让小富你当婴儿的保姆，那就更过分了。"

"阿里她做了什么吗？"

"她态度很恶劣，"阿久说，"我听说她是三岛屋的人，所以在附近要是遇见她，都会主动打招呼。她却都装没看见。"

油店的老板娘见了阿里，也感到很纳闷儿："为什么她总是板着脸呢？"

富次郎心想，阿里原本就是这种个性，态度冷淡，不会好好向人问候。伊兵卫和阿民也常告诫她："既然你在我们店里工作，我们就不能放任你这样没规矩，得好好教导才行。"

富次郎也曾听过爹娘谈论此事。

"她对你们也都这样板着脸吗？我代替她向你道歉。对不起。"

"哎呀——"阿久笑了，"小富，你真善良。"

趴在他膝上的小茧伸着懒腰，翻了个身。阿久从一旁伸手，朝它脖子搔痒。

"不过，我这个人比较坏心眼，所以我要向你告状。阿里暗中和人幽会。街角那家挂着脏兮兮的绳暖帘，对外做生意的大众饭馆的老板儿子就是她幽会的对象。前不久，两人还一起逛筋违御门前的夜市呢。"

"咦？"富次郎发出一声惊呼。

"当时我娘也看见了，所以事后我娘说，那名裁缝女工在三岛屋应该是待不久了。"

会吗？富次郎不懂个中道理，他只想到一点："既然和阿里幽会，那么，那位老板的儿子不就会成为阿凛的爹吗？"

阿久闻言，斜眼瞄了富次郎一眼。

"小富你啊……"

"怎么啦？"

"真可爱。"

男女如果同样年纪，女孩子会较为早熟。富次郎根本不知道"没有父亲的孩子"是怎么出生的。

"我娘说的这件事，你可别跟三岛屋的老板娘说哦。"

"嗯，我知道。"

每天和小茧一起玩，很是开心。不过小茧很喜欢富次郎，常会自己跟在他后头，或是因为想念他的气味，而来到三岛屋的庭院或厨房，令他颇为头疼。

如果是富次郎先发现，便会赶紧抱着小茧送它到外头去。不过，要是阿岛、八十助发现，或是老板娘发现的话，每次都会大呼小叫。

"猫跑进我们家了！快赶出去，快赶出去！"

小茧是跟着富次郎前来，但它并不会跟三岛屋的其他人亲近，每当有人出声驱赶，它就马上逃之夭夭。所以没吃过什么苦头，不过难保永远不会有事。

想到这点，富次郎就担心不已。

而就在梅雨季吹起湿润暖风的某天，富次郎担心的事终于发生了。可能是睡觉着凉，富次郎一早就觉得肚子不舒服。在习字所里不时跑厕所，同学们都出言调侃。

老师看了替他担心。

"今天的课，你上到中午就行了，回家好好暖暖身子。服一帖助便剂应该就没事了。"

富次郎依言独自返家。他告诉阿岛后，阿岛替他煎了一帖苦药，他喝得恶心作呕，最后勉强服下，肚子不舒服的症状便缓解了。

阿凛在阿岛背后睡得香甜。

"我正好也要睡午觉，那就和阿凛一起睡吧。"

"那就麻烦小少爷喽。"富次郎陪同阿凛，睡在工房隔壁四张半榻榻米大的房间。拜那帖煎药所赐，身子暖和起来，富次郎沉沉入睡。

"呀！"

他因一声尖叫而醒来。仔细一看，阿里从隔门探出半边身子，愣在原地。

"阿里……"

阿里朝睡眼惺忪的富次郎飞扑而来。不，不对。是扑向富次郎身旁的阿凛。

"这恶心的猫是哪里来的！"

富次郎心头一惊，顿时停住呼吸。小茧从阿凛身旁跃离。它将尾巴胀大，目露凶光，背毛倒竖，朝阿里沉声低吼。富次郎这还是第一次见识到小茧的这一面。

"可恶的畜生，你想对阿凛做什么！"阿里放声大叫，想拍打小茧。小茧利落躲开，咬向阿里的手指。阿里惨叫一声，拉门霍然开启，阿民一脸惊诧地探头："怎么回事？"

"老板娘，这只猫……"

这只猫……这只猫……阿里手指流血，哭哭啼啼地说道："它坐在阿凛脸上!"

富次郎吓得腿软,无法动弹,无法出声。平时那么可爱的小茧,现在变成完全不同的另一只猫,以可怕的混浊声音尖叫一声后,钻过阿民脚下溜走。

"快来人,抓住那只猫!"阿民大声叫喊。

楼下响起一阵脚步声,八十助爬上楼梯,朝房内探头。

"老板娘,真是抱歉。那只猫逃掉了。"阿里抱起阿凛,拍着她的背和屁股。阿里面如白蜡,而阿凛则是脸上没半点儿血色,嘴巴一开一合。

"猫压在她脸上,她差点儿没办法呼吸。"阿民对八十助如此说道,眼尾上挑,转头望向富次郎,"是你带那只猫回来的,对吧?"

"不,不是。"富次郎如此回话。他的声音颤抖,而且还破音了。

阿民生气的模样,完全开不得玩笑,犹如鬼面一般。

"我什么都不知道。我一醒来,小茧就在旁边了。"

"它是跟着你来的。所以我才一再交代你不可以照顾野猫啊。"

幸好阿凛很快便恢复原本的血色,哇哇哭了起来,所以阿里开始喂她喝奶。富次郎却仍全身簌簌发抖。

"我去油店一趟。小茧是油店养的猫。"

"要请他们别再让猫跑进我们店里!"在阿民的严厉吩咐下,富次郎走出三岛屋后,不禁哭了起来。他一边拭泪,一边走向油店。阿久已从习字所返家,富次郎站在面向后院的外廊边向她行礼问候。

"咦,小富,你肚子好啦?"

富次郎放声大哭,阿久轻抚他的背,他这才道出原委。

"我不觉得小茧是要危害小婴儿……"阿久也哭了起来。

"小茧跑哪儿去了呢?等它回来后,请将它绑好。"做油店的生意,绝不能因为养猫而流失顾客。阿久很明白这点。"只要它别跑到外面去就行了,所以我会系在客厅的柱子上,绳子放长一点儿。不过小富,你最好也暂时别再来我家。要是小茧又跟着你回家,那就太可怜了。它跟着你,你也很难过吧。"阿久这么说。

富次郎只有点头的分儿。想到不能再和小茧相会,不禁又热泪盈眶。

"这只是暂时,不是永远。很快你们就能再见面的,别哭了。"阿久极力安慰他。

但第二天早上,富次郎走出家门前往习字所的途中,发现阿久在稻荷神祠堂等他。阿久眼皮浮肿,就像哭了整夜似的。

"小富,小茧它……"从那之后一直都没回来,"我们全家出动找寻,但一直都找不到。"

后来过了一天、两天,小茧还是没回油店,也没出现在富次郎面前。他与阿久到附近找寻,叫唤小茧的名字,逢人便问有没有看到一只金眼白猫,但没人知道。他们逐渐感到绝望,但还是无法死心。

江户也迈入了梅雨季,连日阴雨绵绵。小茧会在哪儿忍受风吹雨淋呢?应该正饿着肚子吧。要是打雷,不知道它会多害怕,想到这里富次郎便忍不住想哭。就这样过了五天空虚的日子。

这天傍晚,富次郎同样四处找寻小茧,拖着疲惫的身躯返家,神情冷淡的伊一郎就像完全不当一回事似的,对他说:"猫的性情不定,它一定是到别的地方去了。你就别再找了。"

"这次学乖了,下次就别再跟野猫亲近了。"阿民也向他叮嘱,富次郎点头应了声"是"。

哥可真冷淡,从没和我一起找过小茧。

娘真可怕,为何就那么讨厌小茧?

他想一个人静静,于是跑到后院,抱膝独坐。这时,阿里东张西望地从后门走出。

"那只讨厌的猫不见了,对吧?"她似乎听到了刚才的对话。

"嗯。"

阿里面露冷笑,接着凑向富次郎,像在挖苦他似的说道:"它死了最好。"

富次郎就此气血直冲脑门儿,再也按捺不住。

"我最讨厌你了!"他放声大吼,一头撞向阿里。阿里惨叫一声,大声嚷嚷着:"好痛,救命啊!"

富次郎不予理会,想奔向大路,但是被闻声赶至的伊兵卫一把揪住后领,硬生生拖回土间。

"富次郎!"

众人纷纷赶至,富次郎就这样当着众人的面被狠狠地打了一顿屁股。

"你是爹的儿子,但并不表示你就比我们店里的裁缝女工还了不起。快跟阿里道歉。"

虽然很不甘心,但也没办法,富次郎乖乖向阿里低头道歉。说来也真不可思议,伊一郎竟然来到一旁,一起陪他道歉。

"如果是我弟弟调皮,我没看好他,我也有错。请原谅他。"

阿里将阿凛抱在怀中摇晃,回答:"如果是这样,我可以原谅他。"那神情令人厌恶,"不过,今后我不能再让两位少爷照顾这孩子了。"

富次郎的晚餐只有白饭,没配菜也没热汤。他将那没味道的白饭扒光,之后八十助带他上澡堂。掌柜伸手搭在富次郎头上轻抚,对他说:"今天阿里的行为失当。我八十助代她向你道歉。"阿里嫁人离开三岛屋,是那年十一月底的事。

"我早就猜到她是这样的女人。"富次郎偷听到阿岛在厨房如此自言自语。

可能是风渗进屋内,黑白之间的灯火一阵摇曳。火影从伊一郎脸上掠过，在那短暂的瞬间，他的眼神变得黑暗。

"很痛苦的一段回忆，对吧。"

听大哥这么说，富次郎缓缓颔首。

"是啊。"也许就是因为这样，才刻意遗忘。朝记忆盖上盖子，紧紧系上绳索。剩下的温酒，也只够两人再各斟满一杯。房里也越来越冷了。

富次郎翻动火盆里的木炭。

"哥，你那时候一定很不甘心吧，因为你明明很讨厌阿里。"

伊一郎嗤之以鼻地笑道："那讨厌的阿里一副得意的模样，看你被迫向她鞠躬道歉，我反而更光火。"要是一起鞠躬的话，就看不到她的脸了。只要脸朝下，就可以不用看阿里的脸色。

"原来如此，有道理。"富次郎莞尔一笑。木炭烧得火红，火花四散。

现在是什么时辰？感觉就只有他们兄弟俩沉浸在这深沉的夜里。

"当时我常莫名感到不悦，有时还会哭。"伊一郎定睛望着火花迸散后的黑暗，开口说道，"因为我害怕。"

"害怕？"

"嗯。因为担心三岛屋的未来，觉得很不安。"我很想回去，"回到我们以前住的那栋位于岩本町的小房子。你还记得吗？"

当时两岁的差距似乎有很大的影响，富次郎已印象模糊。

"那里位于巷弄深处，离水井很远，娘汲水相当辛苦……"

"对对对，是这样没错。"

"就是在我们住那里的时候，爹雇用的八十助。"

可能是气温变低，伊一郎双手伸进衣袖内，呵呵轻笑。

"虽然时机很凑巧，不过当时八十助原本不是在我们店内当伙计。他其实是来帮忙的。"

在当时伊兵卫挑着提袋四处叫卖的路线中，有一家裁缝店，八十助在那家店当伙计总管。那家裁缝店老板很关照伊兵卫。

——我日后想拥有一家足以和提袋名店越川、丸角齐名的店面。

他很敬佩伊兵卫胸怀大志，因此派八十助到他店里帮忙，希望能助他一臂之力。

"八十助原本待的那家裁缝店，老板决定要歇业。"

——伊兵卫先生日后会拥有一家气派的店面，到时候请好好重用八十助。

"原来有这么一段缘由啊。"

八十助帮伊兵卫和阿民提振家中的经济，勤于拜访接副业的裁缝女工，博取她们的信赖，并四处向裁缝店的老主顾展示伊兵卫和阿民做的提袋，增加客源——可说是十八般武艺尽展。

"爹当初沿街叫卖时，是博得不少好评，不过光靠这样还是无法保有忠实的顾客。如今三岛屋拥有的这些好主顾，都是当时八十助招揽来的。"

身为资深店员的八十助，一边卖力工作，一边也向伊兵卫建议，因为过去靠沿街叫卖累积了相当的好评和信用，也差不多该改为开店贩售了。

"这样才是脚踏实地的做生意方式。不过爹一直都没同意。"一开始的店面就算小也没关系，因为是从那里出发，所以只要慢慢扩大店面就行了，八十助的话也不无道理。但伊兵卫却认为，一旦拥有自己的店面，就要长长久久。

他不会像在赌运气似的，随便搬迁改店。既然这样，打从一开始就得挑一处好的地点，好的店面，看是要租屋还是买下。目前存款还不够。就算要向人借款，伊兵卫也还没有足够的信用可借到他想要的金额。

——现在只能靠一个"忍"字了。

就这样，他们铆起劲来工作，持续过着节俭的生活，最后终于在三岛町拥有这家店面。

此事富次郎还是第一次听闻。

"爹为何这么拘泥呢？"

"我也没仔细问过他这个问题，不过我自己推测，应该是这样比较能吸引世人的注意吧。"先从沿街叫卖的方式做起，在住家里做小买卖，然后再迁往大路旁的店家，赚更多钱，在更好的地点挂上招牌，这是稳扎稳打的做法，但不会引人注意。

然而，原本长期只靠一根扁担做生意的提袋小贩，要是哪天突然在神田三岛町的中心位置开了一家店，这肯定是飞黄腾达的好故事。

"爹向来都认为自己所卖的提袋不是日常用品，而是奢侈品，对此颇为自负。因此，与其采用一步步往上爬的这种小家子气的做法，他宁可像变戏法一样，华丽地大干一场。"

结果果然奏效，造就今日三岛屋的繁盛荣景。

"不过当时背了不少债务，听说就连当初全力支持的那位裁缝店老板也对我们有些微词。"

当初伊一郎偷听到父母在谈这件事情，便牢牢记在心中。

"这样啊……所以你当时很害怕吧。"因为伊兵卫的这场豪赌要是失败，三岛屋的生意不顺遂，一家人马上就会陷入流落街头的困境。

伊一郎用力点头："我很怀念以前住那栋小房子时的生活。我这不是人在福中不知福，而是对那样的生活觉得很满足。我甚至很想埋怨爹，觉得他太一意孤行了。"

生意是看每天的状况而定。有时门庭若市，有时门可罗雀。有时裁缝女工会捅娄子，有时也会没能留住信赖的好主顾。

"这每件事我都感受特别深。就连爹自己可能也没发现，当时他面对家人时，时喜时忧，反差很大。常为了一点儿小事而动怒，大声咆哮，或是独自一人脸色凝重地沉思，原本个性爽朗的爹就像变了个人似的。"

也不知道是幸运还是不幸，当时富次郎年纪尚小，伊一郎觉得自己很孤单。

"要是看到娘一脸疲态地暗自叹气，或是爹和八十助为了筹钱的事商量讨论，我就会感到背脊发冷，睡不安稳。"

每当承受不了这样的不安时，就会拿周遭的人出气，或是将苦闷往肚里塞。

"某天，习字所的老师把我叫去，逼问我，要我说出自己变得如此暴躁的原因。"伊一郎抱着会被痛骂一顿的心理准备，将心中所想的事一股脑儿全说了出来，结果没想到那位模样像枯树的老师听了之后竟然能接受。

——我不懂商人的辛劳，不过，身为孩子的你，因为对未来的不安而感到害怕，这点我能明白。

"如果觉得心里郁闷难过，随时都可以来找老师商量。如果有话想说，我可以当你的说话对象；如果想哭，就大声哭出来。要是不想回家，也可以待在习字所。只要你满意，想怎样都行。"

所以他就这样待在习字所里。

"老师不会对我说教，也没安慰我。老师都忙着写字，我则在一旁帮忙磨墨，或是打扫教室，大概就像这种感觉。"

当伊一郎有话想说时，老师也只是不发一语，让他尽情说，等到时机差不多了，就会对他吩咐一句。

——去洗把脸，朗读书本中的一篇。

"就只是这样。不过这似乎奏效了。我渐渐不再那么暴躁。"

嗯，是这样吗？虽然对大哥有点儿不好意思，不过富次郎对这方面的记忆同样很模糊。

"那时候你都朗读什么书？《生意往来》吗？"

伊一郎觉得好笑，笑了起来："不，不是教本，是老师的藏书。现在回想起来，全是一些艰涩难懂的书。"

例如，《学务知要》《四书直解》之类的，讲了仍旧不懂是怎样的书。"我想，老师应该是想让我看看格局恢宏的'问'和'历史'，以此让我明白，不必为生活的琐事所局限。

"真的很感谢。"伊一郎说。

"我完全不懂，但既然哥哥你能明白，那就好了。"

富次郎搔着头。

"当时的我就算待在家里也无法放松，像只东张西望的胆小老鼠，老担心会有不好的事发生，或是这个月会不会有人上门讨债。"

说完后，伊一郎又是扑哧一笑。

"嗯，真像老鼠。连我都觉得自己比喻得真好。因为我是老鼠，所以对猫特别敏感。我发现小茧不是一般的猫。"

不是一般的猫？这不是油店那位叔叔说的话吗？

富次郎眉毛往上挑，望向大哥。

"哥，该不会连你也说小茧其实是毛羽毛现吧？"

也就是说，这是个灵异故事？

"不，毛羽毛现这种东西，我不清楚。油店的阿久是你的好朋友，但她没和我提过这件事。"不过关于小茧，有件事只有伊一郎知道，"当时小茧其实更常跑进我们家中，只是你没发现而已。"

例如外廊底下、屋檐上方、洗手钵后方。

"只要一发现它，我当然马上赶它走。因为不想看到娘不悦的表情，所以我都没大声吆喝，以免让人发现。而小茧也明白，一旦被我发现，它就马上离开。"

而且小茧常爬上稻荷神祠堂的那株老梅树。

"坐在开三杈的树枝上望着我们家。"

从那里可以望见三岛屋。

"我留在老师那里,不是都自己一个人从习字所返家吗?这时小茧都会待在梅树上。它望着我们家的方向,当我来到稻荷神祠堂时,它就会跃下地面,身子往我的脚上磨蹭,然后离开。"

伊一郎认为小茧是在等他。

"可能是你都和阿久他们一起玩,只剩我一个人,它替我担心吧。真是只爱照顾人的猫。"感觉还不坏。在老师那里哭过的日子,只要小茧朝我脚下磨蹭,我就能受到它这份温情的安慰,甚至心想,既然富次郎这么疼爱它,娘要是别那么严厉,让富次郎养小茧不是很好吗?

"当然,这话不能说出口。"

就这样,某天小茧爬上了三岛屋的二楼,坐在熟睡中的婴儿阿凛脸上,引发了那场风波。

"当时娘派我出外跑腿,事情发生时,我刚好返家。"伊一郎打开后门,走进厨房的土间,旋即听见阿里在楼上大喊:"可恶的畜生!"

"小茧冲下楼梯。当真是迅如飞箭。它直接朝我靠了过来。"

虽然事出突然,但伊一郎仍一把抱起小茧,将它抱在怀中。

"虽然不知道发生何事,但我觉得得保护它才行。"接着传来阿民的声音,喊着要人抓住那只猫。伊一郎不顾一切,抱着小茧从后门冲出。难怪在三岛屋里抓不到小茧。

"我一路奔向稻荷神祠堂,待我停下脚步喘气时……"

小茧开口说话了。

"咦?"富次郎发出一声惊呼,"你说什么?"

"小茧说话了。"伊一郎一本正经地说,"它让我抱在怀里,圆睁着那双金眼。"

——一少爷,对不起。

"它真的那么说?"想当然地,伊一郎大吃一惊。

小茧趁机一个扭身,从他臂弯中溜走,奔进稻荷神祠堂后方,不见踪影。

"呃……"富次郎半是傻笑,半是困惑,身子微微往后缩。大哥喝醉了。该不会是为了在这里说故事,求好心切,而编出这样的故事吧?但伊一郎仍是那副正经的表情。

"而且我听过那个声音。会叫我'一少爷'的,就只有那个人。"他就像在出谜题般,望着富次郎,"而她都叫你'小少爷'。"

富次郎紧盯着哥哥瞧,摇了摇头。

"不知道。是谁啊?"

伊一郎叹了口气。"是阿金。在故事的一开头,我不是问你还记不记得阿金吗?我们住岩本町时,接我们店内副业做的那位裁缝女工啊。"

同样住在岩本町巷弄里的住家,三十出头,与当木桶工匠的丈夫同住。

"她丈夫是个酒鬼,一个无可救药的杂碎。多次冲进我们店里,嚷着要预支阿金的工钱。"伊兵卫吼了他几句,他便当场夹着尾巴跑走,但过几天又上门来,始终学不乖。最后甚至怀恨在心,在附近一遇到伊一郎,便上前找碴儿。他拿伊兵卫没辙,但面对他儿子,则展现出凶狠的模样,就是这么一个劣根性重的窝囊废。

"我还曾经被他抓住手臂,抓出瘀青,或是在我头上打出肿包来。"每次一有这种事,阿金就会哭着跑来道歉,"啊,所以……"

——一少爷,对不起。

"没错,我听过那个声音。"

阿金是个手艺很好的裁缝女工，而且当时已经跟伊兵卫、阿民合作了五年之久，日后理应会成为三岛屋的女侍才对。

"娘甚至还对她说过：'等我们有了自己的店，你就住到我们店里，然后和你那没用的丈夫断绝关系吧。'"

但就在伊兵卫与阿民开始有开店的打算时，阿金却被喝醉的丈夫打得跌倒在地，伤了右手。

"本以为是跌打损伤，加以冰敷，但没想到竟是骨折。"后来尽管已不痛了，肿也消了，但阿金的右手已无法像以前那样活动自如。应付日常生活还行，但没办法处理细腻的裁缝工作。

"'既然这样，就算当女侍也行，你就离开你丈夫，投靠我们吧。'爹娘都这样劝她。但她那没用的丈夫害阿金变成这样后，似乎有点儿悔改。"

——今后我会戒酒，好好珍惜我媳妇。

"因为他还向爹、娘，以及长屋的宅院管理人低头恳求，心地善良的阿金被拴住，留在丈夫身边，不再与三岛屋有往来。"

"后来接替阿金来到我们店里的，就是阿里。"她们两人原本是住同一处巷弄长屋的邻居。

"阿里还算手巧，而且她说想自己赚钱养孩子，就连宅院管理人也替她说情，问我们三岛屋能否关照一下阿里。"

阿金也请三岛屋多多照料阿里，爹娘这才留她在店里。

"这件事我是后来才得知的，听说娘当时很不情愿。娘说，虽然对阿里有点儿抱歉，不过阿里给人的感觉不太好，她觉得有点儿不安。"

她的直觉果然没错。

"阿金夫妇虽然后来没跟我们往来，但仍继续住在岩本町的巷弄长屋吗？"

伊一郎颔首："所以喽，只要想前去拜访，随时都能去。"

"也就是说……你跑去确认？"

阿金，有只金眼的白猫用你的声音说话，你是否知道些什么？事情是这样的，那只白猫坐在阿里她孩子的脸上，做了很过分的事。想问她这些事。

伊一郎双手插在衣袖里，像乌龟一样缩着脖子。

"虽然我还是个孩子，但这种问题实在很难启齿。"太荒诞了，"我也不想这样贸然前去拜访，而遇上她丈夫。虽然是就事论事，但听在别人耳里，可能会觉得这是在找碴儿，对吧？"确实有这层顾虑。

——一少爷，对不起。

"我想起阿金一再向我道歉的过往，便觉得很难过，所以我打消前往拜访的念头。"虽然此事离奇古怪，不可思议，心里一直有个疙瘩在，但倒也不是什么得铆足全力解开的谜团，"最重要的是，小茧不知跑哪儿去了，所以我心想，在它出现前，就先再观察一阵子吧。"

伊一郎静静等候了一天、两天。如果小茧若无其事地出现在三岛屋，跟富次郎撒娇，和阿久玩乐，向人讨食，那这件事就算了。白猫会说人话这件事，就忘了吧。

"你和阿久四处找寻小茧，还为此哭丧着脸呢。"

但小茧始终没回来。

第五天早上，伊一郎拿定主意。

"我决定要见阿金一面。"

一只以阿金的声音说人话的猫不见了。这是否表示阿金发生了什么事？

"我当时也没清楚地想到这个层面，完全只是因为这件事太过离奇，令我很在意。"

中午时，伊一郎没回家吃午饭，而是直接前往岩本町。路途并不远，一下就跑到了。

"我钻过巷弄长屋的木门，走在水沟板上，这时正好阿金打开纸门走了出来。"

阿金背着一个大包袱。一看到伊一郎，她大吃一惊，呆立原地。

"阿金一看到我，整张脸逐渐涨红。"

——啊，真难为情。

她双手掩面，原地蹲了下来。

——少爷，看您以这样的神情前来，表示您知道那只猫就是我。

金眼白猫小茧的真实身份，就是阿金。

"简单来说，"伊一郎眯起眼睛说道，"是阿金的生灵化成猫的形状，前来接近我们。"她那发誓会悔改的没用丈夫，撑不到两个月便守不住承诺，抛下她，下落不明。

"阿金在宅院管理人的介绍下，要住进位于向岛的一家商家的别院当女侍。这天她正准备启程前往。"

阿金请伊一郎进入她已空无一物的住家，大致知道缘由的宅院管理人也一并前来，伊一郎听闻了整个经过。

"无法当裁缝女工，因而不再与我们往来的阿金，四处承接煮饭、打扫、保姆的工作，打零工度日，生活过得很清苦。"她那没用的丈夫靠她赚来的钱买酒喝，这样还不够，四处赊账，欠了一屁股债后逃逸无踪。

变成孤家寡人的阿金，可能是被每天的工作压得筋疲力尽，从四月底那时候开始，常会坐着打盹儿。有时是一早，有时是白天，突然会一阵困意袭来，就此睡着。不论是站在井边，还是正在用陶炉烤鱼，都照样打盹儿。

身边的人们发现这样的异状，连宅院管理人也替她担心，不时会来查看阿金的情况。这种情形并非每天都会发生，但始终都不见改善。

"而就在某天早上,宅院管理人看见了。"

看见坐在入门台阶处打瞌睡的阿金,口中跑出一个蓬松的白色之物。

"宅院管理人见多识广,马上便察觉是怎么回事。"

——啊,是生灵。阿金的生灵出窍了。

"他在后头紧追,但跟丢了,于是他陪在阿金身边,过了约半个时辰,那白色的蓬松之物又回来了。"它溜进阿金口中后,阿金猛然醒来,这么一来,宅院管理人便确定是这样没错了。

"宅院管理人将刚才发生的事告诉阿金,问她在打盹儿时是否梦见了什么。"

——是,我确实做了梦。我爬向某棵大树,远望伊兵卫先生和阿民夫人开设的那家气派的店面。

"你第一次在稻荷神祠堂旁的梅树枝上发现那团白色的蓬松之物,时间正好与此吻合。"阿金不时会发生这种现象。宅院管理人尽可能在阿金身旁看顾她,待生灵返回后,再向她问话。

"听说阿金谈的尽是和三岛屋有关的事。"

——我看到一少爷和小少爷到习字所去。

——老板娘和女侍一起在晾衣服。

——他们的工房是一间日照充足、光线明亮的木板地房间。我原本应该也能在那里工作的。

"阿金很清楚地记得你爬上梅树,近距离和她对望的那件事。"

——我吓到小少爷了。

这种情形每发生一次,阿金的梦境就越发鲜明。

"为什么会这样呢?因为她出窍的灵魂已不再是白色的蓬松之物,而是开始有了完整的形体。"她化为一只金眼白猫,能到她想去的地方,就近看她想看的事物。她觉得很快乐,所以变得更加频繁。

"阿金几乎每天都从口中吐出生灵，宅院管理人看了很是担心。"

——阿金，生灵自行脱离你的身体，这表示你的心中有很深的牵挂。

"没错，她确实有牵挂。她满是牵挂。"

阿金明明是个有好手艺的裁缝女工，明明帮了伊兵卫和阿民很大的忙，却偏偏在三岛屋开业前断了这条路。

"而且在阿金之后加入三岛屋的阿里，不仅不是个称职的裁缝女工，还不检讨自己，老是向人说我们的坏话。"因为同样住在巷弄长屋里，所以阿里肆无忌惮，逢人便说的不平和不满，也传进阿金耳中。

我明明没做坏事，却非得结束裁缝女工的工作不可。明明很想在三岛屋的老板和老板娘底下工作，却不得不死了这条心，过着这种打零工的穷苦日子。我过去那么努力磨炼技艺，为的是什么？相对地，阿里明明那么受老天眷顾，明明在三岛屋工作得好好的，明明是我替她说情，帮她引介，她却不知感谢，还整天抱怨说闲话。真羡慕。真不甘心。真懊悔。真恼火。

"这无处宣泄的愤怒和悲伤不断累积，最后阿金的生灵形成的小茧才会做出想伤害阿里孩子的行径。"

变成小茧时，阿金很清楚自己所做的事。

"所以当我保护小茧时，她才会用人话向我道歉。"或许该说她忘了自己现在是一只猫，不由自主地说出人话。

"不小心让一少爷知道我此等卑劣的行径。"阿金哭哭啼啼地向伊一郎道歉，"我羞愧得想一死了之。"

不过，应该也是因为这份羞愧直透心底的吧，从那之后，阿金就不再生灵出窍。

"所以小茧也就不再出现了。"

——小少爷和油店的阿久很疼爱我，我很想向他们道谢，但我实在办不到。

为了不让自己的执着和愤怒继续累积下去，阿金决定远离三岛屋。因为有宅院管理人的帮忙，她找到了新工作。

——我将离开这里。能和一少爷在此告别，真的很庆幸。

阿金一再回头鞠躬行礼，走出巷弄长屋。那天傍晚，伊一郎回到三岛屋，对富次郎说别再找小萤了。因为他知道不管再怎么找，也不会再见到小萤了。所以才一脸冷淡。

"当你对阿里发火，最后被迫向她低头道歉时，我也一起道歉，其实是因为我觉得自己做了很对不起你的事。"

要不是伊一郎保护小萤，抱着它逃走，小萤就还会是油店养的猫，能继续受富次郎疼爱。

"是我让小萤消失的。"

——一少爷，对不起。

"我还让阿金觉得无地自容。"

黑白之间内盈满沉静的黑夜，逐渐变小的座灯光圈，微弱地照着这对迎面而坐的兄弟。

富次郎凝视着大哥。十三年前，那个绝不会在众人面前落泪的伊一郎，此时眼中闪着泪光。这或许也是黄汤下肚的缘故。

"世事无法尽如人意嘛。"富次郎说，"要是阿金现在能和我们大家一样过得幸福，那就好了。"

伊一郎低着头不发一语，眨了眨眼。当他再度抬起头来时，眼中已不带泪光。

"嗯，没错。"

"哥，你并没做错。阿金如果一直口吐生灵，对她也不会是好事。"

怒意会一再累积，也许下次真的伤了阿凛也说不定。很庆幸能及时阻止悲剧发生。

"不过，她明知我们爹娘讨厌猫狗，为什么偏偏要变成猫呢？"如果变成其他动物，应该能更轻松地潜入三岛屋才对。

"例如……有了，变成草蜥。"富次郎如此低语，伊一郎听了大为傻眼。

"富次郎，我说你啊……"伊一郎呼出浓浓酒气。

"你可真不懂人情义理啊。"竟然说变成草蜥，也太过分了吧——伊一郎咕哝道。

"那团白色蓬松之物之所以会逐渐成形，最后变成一只白猫，是因为我和你喜欢猫。之所以是吉利的金眼，一定也是因为阿金期盼三岛屋能生意兴隆。"竟然被你说成那样，太失礼了。

什么不好说，偏偏说草蜥！

富次郎抬手贴着额头，夸张地做出歉疚的动作。

"真是抱歉，大哥，好久没喝得这么尽兴了。你明天不是要回菱屋吗？我看你该去睡了。"他赶哥哥走，剩自己一个人后，搬动那张白天用过之后一直都靠在房内角落的书桌，取出墨壶和毛笔。趁座灯的油灯耗尽前画下吧。他用手肘抵着书桌，沉思了片刻。

嗯，我之前都忘了。决定当没发生过。

小茧真是可爱。它消失时心中的落寞。不管怎么叫唤、怎么寻找，都没有结果，泪水烧炙着脸颊，宛如硬生生将内心咬碎一般。这一切他原本都不愿再想起。

开始下笔后，便画得飞快。一只背对着他，微微偏着头，卷起尾巴的白猫。那对金眼与富次郎对望时，突然变得细长的眼瞳，就不画了吧。

咕噜咕噜，喵。

之后伊一郎在元旦这天又回到三岛屋，和大家一起围炉。伊兵卫和阿民不论是向老主顾拜年，还是客人上三岛屋来拜年，他们的话题都围绕在阿近的婚礼上。

三岛屋是出嫁,所以一切事宜都由葫芦古堂操办,媒人也是请租书店的同业聚会的召集人担任,他们是一头银丝白发的一对老夫妇,从勘一还是小婴儿时就知道他。

"整个人像是空心葫芦,很不可靠的勘一,竟然会娶到这么好的媳妇,真是天大的好福气啊。"

阿近在川崎驿站经营旅馆丸千的父母,无法暂停客栈的生意,而阿近的大哥喜一刚娶入门的媳妇又身怀六甲,一时人手调度困难,最后只有母亲一人赶在婚礼三天前来到江户。睽违许久,阿近终于得以和母亲促膝长谈,而阿民也带着她们两人前往参拜浅草的观音菩萨,顺便四处采买。

从三岛町的三岛屋到多町二丁目的葫芦古堂,只有三丁远。只要天气许可,阿近将徒走出嫁。

"要是晴天就好了。"

也许是老天爷听见伊兵卫的祈愿,当天一早便艳阳高照。天空万里无云,平静无风,是初春的好天气。

新娘队伍出门时,这一带的地主派来木材店的组长,为阿近唱运木歌。在店内留守的八十助等人大喊"恭喜",一同鞠躬行礼。

伊兵卫身穿印有店徽的礼服走在前头,头戴棉帽的阿近走后头。阿近的母亲则穿着阿民为她缝制的留袖和服[1],在一旁执着阿近的手。而同样身穿店徽礼服的伊一郎和富次郎两兄弟,则分列两旁,如同护卫一般。兄弟俩肩上都扛着细竹,上头装饰着三岛屋的商品。

由于阿近的陪嫁品已事先运往夫家,所以随行的行李不多。为这对

---

1 已婚女性所穿的最高级礼服。

年轻夫妻新做的几件衣服，收在染有三岛屋屋号的大包袱里，由阿胜和阿岛拿在手上，缓步而行。在今天这个大日子，很希望能尊称她们两位为"御女侍"[1]，而跟在她们两人身后的，则是一路郑重地向夹道送行的人们行礼，展现出老板娘堂堂威仪的阿民。

"谢谢各位。我们是三岛屋。我侄女阿近今日出嫁，都是承蒙诸位平日的惠顾。万分感谢，万分感谢。"阿民的随从新太，手中提着印有三岛屋屋号的灯笼，他就像煮熟的章鱼般满脸通红，频频向路人鞠躬。

富次郎透过扛在肩上的细竹重量，想到伊兵卫和阿民过去一路走来的艰辛。阿近从棉帽底下露出涂有胭脂的红唇，带着微笑，富次郎看了感到很开心。好不容易才见到面的丸千伯母，枉费阿胜那么用心帮她上妆，她却始终泪流不止，两颊的香粉留下两道泪痕。

这些景象全都仔细地留在脑中吧。事后再全部画下来，送给伯母当礼物带回去。

随着新娘队伍的行进，沿途满是欢笑。明明大家脸上都带着笑容，但来到葫芦古堂一看，就只有站在媒人夫妇和大老板中间的新郎勘一显得僵硬无比，活像一名被迫穿上礼服的孩童。

——啊，原来这小子也会紧张嘛。模样既好笑，又可爱。

将阿近交给葫芦古堂，在内院的客厅举办婚礼前，伊一郎和富次郎把挂在细竹上的提袋分送给跟在新娘队伍后面看热闹的群众。虽然都是怀纸袋或袂落[2]这类的小东西，但还是颇受欢迎，众人伸手抢着要。葫芦古堂备有一包包点心，名叫丸子的小厮很认真地四处发放。新太也在一旁帮忙。看来，两人同样是小厮，很快就混熟了。

---

[1] 原文为"お女中"，女中指一般的女侍，而加了个"お"，亦即"御"字，则是指贵族或武士家的女侍，身份较一般女侍高。

[2] 以绳子串着两边的袋子，藏在衣服里，两个袋子落向两手衣袖中的一种设计，可用来放烟或手帕。

勘一与阿近两夫妻喝交杯酒时，向来威仪十足的阿民竟然悄悄哭起来了，两颊留下两道粗大的泪痕。从今天起将成为阿近公公的葫芦古堂大老板，个头儿比勘一还高，身材清瘦，模样宛如一棵老树。牙齿几乎都已掉光，说话时会微微漏气。

"不觉得很像吗？"伊一郎戳着富次郎低语。

"像谁？"

"我们习字所的老师啊。"这样的话，他一定是位懂得人情义理的智者。

婚宴虽然算不上盛大，但热闹又欢乐。有可口的菜肴和香醇的美酒，宾主尽欢。酒量好的伊一郎喝得很尽兴，但富次郎可就已经三分醉了，他中途溜出宴席。

他问小厮丸子："我想出去吹吹风，该从哪儿走才好？"丸子马上应道："是！是！请往这儿走。"带他来到后门。不知为何，这小子老是蹦蹦跳跳，根本不像丸子，反倒比较像皮球。

在后门的木板地房间里，葫芦古堂的伙计正围着一桌酒菜在享用。十郎也在里头。

"哎呀，小少爷，要如厕，是吗？"他似乎也有几分醉，步履蹒跚地跟在富次郎后头。

"真是可喜可贺，可喜可贺啊。"

"十郎先生，厕所在这边啊。"丸子拉着他走。后门外是一座小庭院，外头围着树篱，设有一个出入用的简便木门，今天木门上也绑着红、白两色的水引[1]。木门外是一条狭窄的巷弄，隔壁商家的仓库墙壁挡在前方。富次郎伸手搭在木门上，闭上眼深呼吸一口气。从他鼻中呼出的气息带有浓浓的酒味。

---

1 祝贺时用来装饰的红白或黑白两色绳结。

——唉，喝太多了。感到一阵头晕目眩。

就在这时——"请问有人在吗？"近处传来一声叫唤，富次郎不禁为之一震。

他睁开眼，发现隔着木门与他相距约六尺远处，有名商人模样的男子靠在树篱上站着。

"三岛屋阿近小姐的婚礼已顺利结束了吗？"此人口齿清晰，嗓音悦耳。至于他的年纪……只要是介于四十岁到六十岁这个区间，不管要猜他是几岁似乎都行。

油亮的月代。粗大的眉毛。在眼白居多的眼睛里特别明显的一双小眼珠，焦点定在富次郎脸上。他那只有右侧嘴角微微上扬，向人讨好的笑脸，看起来似乎带有一丝嘲讽之色，莫非是自己想多了？

他一身唐栈和服，呈绿灰色和云母色的横条图案。虽然是别具风情的颜色图案，但不是一般商人会穿的服装。衣带也是采独钴纹[1]，所以算是博多带，应该是本博多吧。算是高级品。

以这样的衣服当便服穿，表示此人出身富贵。如果是葫芦古堂的老主顾，那可万万不能失礼。富次郎恭敬地行了一礼。

"托您的福，他们已喝完交杯酒，现在正和大家一起庆祝。"

"真是太好了。"男子说，"在下和小姐也算有一份缘，请代我祝她幸福。"

"谢谢您。"

富次郎如此回应后，仰起脸来，但已不见男子踪影。

富次郎看傻了眼，半晌说不出话来。

对方并非凭空消失。在富次郎抬头前，他看到男子转身离开树篱。他确实看见了。接着男子倏然消失。

---

1 独钴是密教所用的金刚杵，以此图案作为布料的花纹。

这时，他第一次看见男子脚下。男子打着赤脚。明明穿着一身上等和服和衣带，但脚下却没穿白布袜，也没穿鞋。

——他不是阳间之人。

富次郎双臂鸡皮疙瘩骤起。他双手抓着木门，无法动弹。方才亲眼看到的那一幕实在令人难以置信，但那是活生生发生在眼前的事。

"小少爷？"后门传来阿胜的声音。

他解开咒缚，一阵喘息，从木门上松开手。

"您怎么了？"富次郎不由自主地抓住阿胜的手臂，说出刚才的遭遇。阿胜专注聆听，目不稍瞬，听完后，她静静颔首。

"这样啊。对方祝他们幸福，是吗？"

"阿胜，你知道那个人是谁吗？"

阿胜莞尔一笑，眯起眼睛。

"就像他本人说的，是一位与小姐有缘之人。不，他应该不是阳间之人。不过他是位商人，"阿胜说，"穿梭于人世与另一个世界，卖想要的东西，给想要的人，向想卖的人收购。"

就是这样的人。

"至少当初他是对小姐这样自称的。"

"是这样吗？"富次郎又是一阵哆嗦，实在很没面子。阿胜轻轻按住他的手臂，抚平他短外罩衣袖上的褶皱。接着若无其事地说出惊人之语：

"他选了小少爷您，在您面前现身，向您道贺，那应该是表示他认同由您来担任奇异百物语的接替者。"

"咦？"

"您大可不必这么惊慌，有我阿胜担任守护者，不会有问题的。好了，请回座，再喝几杯吧。"

正好这时宴席上传来拍手打节拍和唱祝贺歌的声音。虽然歌喉不佳，但唱得相当开心。是谁在唱呢?

"嗯,好。阿胜,你也来吧。"

"是。"

目送富次郎离去后,阿胜仍在原地伫立了半晌。接着她那修长的身躯欠身行了一礼:"谢谢您的祝贺。"

她以柔美的声音如此低语,眼里漾着笑意,转身走回葫芦古堂内院。

# 文治
磨铁图书旗下子品牌

**更好的阅读**

出 品 人　沈浩波
特约监制　潘　良　于　北
产品经理　邱　树
特约编辑　朱韵鸽
营销支持　于　双　温宏蕾
版权支持　冷　婷　金丽娜　李孝秋

关注我们

官方微博：@文治图书
官方豆瓣：文治图书
联系我们：wenzhibooks@xiron.net.cn